Remigiusz Mróz

Die kalten Sekunden

Thriller *Aus dem Polnischen von
Marlena Breuer und Jakob Walosczyk*

Rowohlt Taschenbuch Verlag

Die Originalausgabe erschien 2018 unter dem Titel «Nieodnaleziona» bei Wydawnictwo FILIA, Poznań.

Deutsche Erstausgabe
Veröffentlicht im Rowohlt Taschenbuch Verlag,
Hamburg, Juni 2019
Copyright © 2019 by Rowohlt Verlag GmbH, Hamburg
«Nieodnaleziona» Copyright © 2017 by Remigiusz Mróz
«Nieodnaleziona» Copyright © 2018 by Wydawnictwo FILIA
Umschlaggestaltung Hafen Werbeagentur, Hamburg
Umschlagabbildung MarinaMariya/iStock
Satz Maiola bei Dörlemann Satz, Lemförde
Druck und Bindung CPI books GmbH, Leck, Germany
ISBN 978 3 499 27606 4

For those who know that silence is the most powerful scream.

There are two kinds of males – men who stand up for women's rights & cowards.
Abaida Mahmood

Teil I

1

Hätte ich die Frage nur einen Moment früher gestellt, wäre all das nie passiert. Man hätte uns nicht überfallen, ich wäre nicht ins Krankenhaus gekommen und sie nicht für immer aus meinem Leben verschwunden.

Dreißig Sekunden hätten gereicht, vielleicht sogar weniger. Aber manchmal ist das genug, und dann zerstört ein kurzer Moment das ganze Leben. Und das, was davon bleibt, wird zu einem einzigen langen Versuch, zu vergessen.

Mir gelang es nicht. Immer wieder ging ich die Ereignisse im Kopf durch und überlegte, was gewesen wäre, wenn wir ein Bier weniger getrunken, den Pub früher verlassen oder nicht so lange am Fluss geraucht hätten.

In der Psychologie nennt man das «kontrafaktisches Denken»: Der Verstand erfindet alternative Szenarien für etwas, das bereits stattgefunden hat. Das ist kein seltenes Phänomen, auch kein negatives – es erlaubt uns ja, in der Zukunft denselben Fehler zu vermeiden, und manchmal baut es uns wieder auf und gibt uns das Gefühl, Kontrolle über das eigene Schicksal zu haben.

In meinem Fall war es genau umgekehrt. Ich verfiel in noch tiefere Depressionen, mein Schuldgefühl wuchs ebenso wie das Gefühl, jeglichen Einfluss auf meine Umgebung verloren zu haben.

Immer wieder sagte ich mir, dass ich den Ring nur ein paar Sekunden früher aus der Tasche hätte holen müssen.

Aber das hatte ich nicht. Jeder noch so kleine Schritt an jenem unglücklichen Tag, jede noch so belanglose Entscheidung führten zu dem, was passiert ist.

Der Samstagabend vor zehn Jahren hatte ganz normal begonnen. Ich war mit Ewa in den *Highlander* gegangen, unseren Lieblingspub in der Altstadt von Opole. Er befand sich in einer Gasse direkt am Fluss.

Wir waren Stammgäste dort, schon lange, bevor wir überhaupt legal Alkohol trinken durften. Ebenso oft saßen wir an der Loża Szyderców, der Spötterloge, einer Stelle am Ufer der Młynówka, zu der hinter dem Pub schmale Stufen hinunterführen. Ich weiß nicht, wer sich diesen Namen ausgedacht hat. Er war vor über einem Jahrzehnt dort an eine Mauer gesprüht worden und hatte sich schnell verbreitet.

Als wir nach unten gingen, ahnte Ewa schon etwas. Allerdings hatte das nichts mit der Gruppe Männer zu tun, die im *Highlander* Bier trank. Sie kannte mich einfach gut und hatte meine Nervosität sicherlich bemerkt.

Wir waren schon ewig zusammen. Als Kinder tobten wir durch die Siedlung an der Ulica Spychalskiego in Zaodrze, unbeschwert und ohne uns zu fragen, was die Zukunft uns wohl bringen würde.

Wir waren unzertrennlich. Wir gingen in der Grundschule in dieselbe Klasse, mit zehn küssten wir uns das erste Mal auf der Treppe zur Garderobe. Zu Beginn des Gymnasiums, auf einer Klassenreise, schliefen wir das erste Mal miteinander. Vor dem Studium prophezeiten uns alle, dass es zwischen uns bald aus sein würde, denn Ewa ging aufs Polytechnikum und ich zur Uni. Laut unseren Freunden würden wir Opfer unserer Unzertrennlichkeit werden. Sie lagen falsch.

Wir mieteten eine Wohnung und planten unsere Zukunft. Es schien mir nur natürlich, ihr früher oder später einen Heiratsantrag zu machen. Und vielleicht wusste Ewa genau an diesem Tag, dass ich das vorhatte.

Ich wählte die Loża Szyderców dafür aus, den Ort, an dem wir so viel Zeit zusammen verbracht hatten. Dort hatten wir tonnenweise Nikotin geraucht, literweise billigen Branntwein getrunken und zum ersten Mal gekifft.

Früher war dieser Ort alles andere als romantisch gewesen, ein mit Müll übersätes Fleckchen Ufer, das sich unter der dürren Krone eines einsamen alten Baumes versteckte. Als ich ihr den Antrag machte, war das anders: Plötzlich war die Spötterloge Teil des «Oppelner Venedig», des sanierten Ufergebiets mit seinen charakteristischen, bunt angestrahlten Gebäuden, die fast das Wasser zu berühren scheinen.

Die Loża Szyderców war der richtige Ort. Zumindest dachte ich das.

Ich kniete vor ihr nieder und hätte mich sicherlich wie der letzte Idiot gefühlt, wenn ich vorher nicht so viel getrunken hätte. Ewa schlug theatralisch die Hand vor den Mund und gab mir damit zu verstehen, dass sie genau wusste, was jetzt kam.

Ich schob ihr den Ring auf den Finger, wir küssten uns, hielten uns in den Armen und schwiegen einen Moment lang. Unsere Beziehung war so eng, dass das Schweigen eine Verbindung zwischen uns war und nicht eine Wand, die Menschen trennt.

Wir waren trunken vor Glück und übermütig. Ich legte einen Arm um Ewa, dann stiegen wir die Stufen zum Pub hinauf, um zum Parkplatz zu gehen. Kurz bevor wir den Eingang des *Highlander* erreichten, traten fünf Männer aus der Tür. Sie waren ziemlich betrunken, grölten und schubsten sich gegenseitig.

Sie beunruhigten uns nicht, sie gehörten einfach zu einer Samstagnacht in der Altstadt von Opole. Doch das änderte sich schnell.

Einer von ihnen starrte Ewa an und verstummte. Er machte plötzlich den Eindruck, als befände er sich im Auge eines Zyklons. Seine Kumpels stießen ihn an, riefen ihm etwas zu, doch er blieb reglos stehen und starrte meine Verlobte an.

«Fuck», sagte er.

Immer noch kehre ich in Gedanken zu diesem Moment zurück, zu dem Blick und der Stimme dieses Mannes. Sie sind für mich genauso verschwommen wie damals, als ich Ewa fester an mich zog und den Schritt beschleunigte.

Derjenige, der gesprochen hatte, stellte sich uns in den Weg. Seine Kumpels schauten ihn fragend an, dann traten sie neben ihn.

«Gibt's ein Problem?», wollte Ewa wissen.

Jetzt weiß ich, dass ich etwas hätte sagen sollen. Ihre Aufmerksamkeit auf mich lenken, dann wäre vielleicht alles anders verlaufen.

Vielleicht auch nicht.

«Jep ...», gab einer zurück.

Die anderen schwiegen, ihre Mienen verhärteten sich, und alle fixierten meine Verlobte. Ich schaute mich nervös um. In der Nähe war niemand zu sehen. Noch ein Stück weiter die Straße hoch, auf dem Marktplatz, wäre sicherlich jemand vorbeigekommen. Am Fluss jedoch war niemand, der uns hätte helfen können.

Ewa murmelte «Sorry» und wollte weitergehen, aber die Männer rührten sich nicht. Sie standen dicht beieinander, ich hatte den Eindruck, mir würde das Herz aus der Brust springen.

«Worum geht es denn?», fragte ich.

«Ihr habt da unten was vergessen», antwortete der Muskulöseste von ihnen und zeigte auf die Treppe.

Die Übrigen waren nicht so kräftig, aber das war unwichtig. Sie waren zu fünft, ich war allein. Selbst ein professioneller Martial-Arts-Kämpfer wäre nicht mit ihnen fertiggeworden.

Das bestätigte mir schon der erste Schlag. Er war unsauber

geführt, typisch Straßenkampf, aber so unerwartet, dass er mich beinahe umgehauen hätte.

Der Muskelprotz hatte ihn mir verpasst. Ich hörte Ewa rufen, aber das Rauschen in meinem Kopf war so laut, dass ich kein Wort verstand. Sie packten uns und drängten uns in Richtung Loża Szyderców.

Ehe ich mich versah, waren wir wieder am Fluss. Ich wollte mich losreißen, aber einer von ihnen hielt mich fest, der Erste schlug erneut zu. Noch drei, vier Mal. Ich brach unter dem Baum zusammen, wo wir den ersten Joint zusammen geraucht hatten.

Obwohl das Blut in Strömen aus meinem Mund floss, bemerkte ich den metallischen Geschmack nicht. Das Bild vor meinen Augen war verschwommen, und trotzdem nahm ich wahr, wie sie Ewa ein paar Meter von mir entfernt zu Boden warfen.

Sie sagten etwas, lachten. Ewa schrie. Bis heute kann ich ihre Worte nicht in meinem Gedächtnis finden.

Ich versuchte aufzustehen, doch sie schickten mich wieder zu Boden. Es reichte ein gutgezielter Schlag. Trotzdem versuchte ich, sofort wieder zu meiner Verlobten zu kriechen.

Sie beschäftigten sich schon mit ihr. Einer von ihnen hatte ihre Bluse zerrissen, ein anderer knetete wie verrückt ihre Brüste. Ich schrie tonlos, zumindest kam es mir so vor, während ich vergeblich versuchte, zu ihr zu gelangen.

Da bemerkten sie meinen jämmerlichen Versuch. Ich bekam einen Tritt an den Kopf, kurz wurde mir schwarz vor Augen. Als ich wieder etwas sehen konnte, zerrte einer der Typen Ewa die Hose herunter.

Die Welt schien mir irreal. Von etwas Schwerem erstickt, so wie der Schrei meiner Verlobten, als einer der Angreifer ihr den Mund zuhielt. Ich drohte, fluchte und flehte die Männer sogar an, aufzuhören. Als mir nichts anderes mehr blieb, betete ich zu Gott. Ich versprach ihm alles, wenn er Ewa nur retten würde.

Dann sah ich ihre rote Spitzenunterwäsche. Sie hatte sie vor einiger Zeit gekauft und gesagt, sie sei für spezielle Anlässe.

Brüllend vor Lachen zerrissen die Angreifer Ewas Slip. Der erste öffnete seine Hose und legte sich auf sie. Ein anderer stand hinter mir und hielt meinen Kopf so, dass ich gezwungen war, alles mit anzusehen.

Bei jedem Versuch, mich loszureißen, bekam ich einen Schlag auf den Hinterkopf. Ich schrie und versuchte immer noch, zu Ewa zu gelangen. Ich krallte meine Hände in die Erde, zog mich vorwärts, aber ich war keinen halben Meter weit gekommen, bevor der Vergewaltiger mit ihr fertig war.

Dann legte sich der nächste auf sie. Er presste sie nieder, als wollte er sie zerquetschen. Ich hörte sie kreischen und weinen, ich sah, wie sie versuchte, ihren Peiniger von sich zu stoßen. Sie hatte nicht die geringste Chance.

Es gelang mir, ein Stück näher zu kommen, dann bemerkten sie mich. Einer kam zu mir, sagte etwas und hob das Bein über meinen Kopf. Bevor er seinen schweren Schuh auf mich niederdonnern ließ, schaute ich Ewa an. Der Ausdruck von Leid, Schmerz und Demütigung auf ihrem Gesicht brannte sich mir ins Gedächtnis. Es war das letzte Mal, dass ich sie sah.

Zumindest bis zu dem Moment, als ich zehn Jahre später bei Facebook auf ihr Foto stieß.

2

Die Polizei fand nie heraus, wer die Angreifer waren. Weder sie noch meine Verlobte wurden gefunden. Sie verschwanden ohne jede Spur und mit ihnen das Leben, das ich geplant hatte.

Nicht nur, weil ich plötzlich ohne Ewa leben musste. Mein Leben veränderte sich in jeder Hinsicht.

Nach dem Abitur hätte ich mich für Wirtschaftswissenschaft in Wrocław, Poznań oder Krakau bewerben können. Man hätte mich an jeder Universität mit offenen Armen empfangen. Aber ich wählte die Fakultät für Management in Opole, um mit Ewa zusammen zu sein. Sie wollte die Stadt nicht verlassen.

Lange überreden musste sie mich nicht. Nur sie zählte, und mit guten Ergebnissen konnte ich auch in Opole eine anständig bezahlte Arbeit finden. Vielleicht nicht gerade umwerfend gut, aber so, dass sie uns ein angenehmes Leben ermöglichte. Mehr brauchte ich nicht.

Doch ich beendete das Studium nicht. Von dieser schrecklichen Nacht erholte ich mich nie. Die ersten Monate lief ich auf Hochtouren, versuchte fieberhaft, irgendeine Spur von Ewa zu finden. Ich checkte alle Möglichkeiten, verfolgte jede Fährte, nahm jede Behörde, Organisation und Institution in Anspruch, die mir möglicherweise hätte weiterhelfen können.

Nichts.

Als wäre Ewa in einem Schwarzen Loch verschwunden. Die Männer, die uns überfallen hatten, waren vermutlich nur auf der Durchreise in Opole gewesen. Anfangs war ich davon überzeugt, dass sie aus einem Dorf vor der Stadt kamen, aber nach ein paar Monaten musste ich auch das ausschließen.

Sie blieben namenlos. Und ihre Gesichter existierten mit der Zeit nur noch in meinem Gedächtnis, unscharf und verstörend.

Nach diesen intensiven Monaten hatte ich keine Kraft mehr. Ich verließ die Uni und verschanzte mich in meiner Wohnung. Tiefer und tiefer versank ich in einem lethargischen Sumpf. Ich trank jeden Tag mehr und interessierte mich immer weniger für die Außenwelt.

Irgendwann ging es nur noch darum, das nächste Bier zu öffnen und die Zeit totzuschlagen. Meist machte ich das mit Computerspielen: *Dead Space*, *Left 4 Dead*, *GTA IV* und *Fallout 3* ersetzten mir die Wirklichkeit. Und vielleicht überlebte ich nur durch sie irgendwie. Wobei «irgendwie» das Schlüsselwort ist.

Noch bevor ich mich an die neue Situation gewöhnt hatte, war es zu spät, um zu meinen früheren Plänen zurückzukehren. An der Uni hätte ich zu viel wiederholen und im Lebenslauf lügen müssen, zudem wäre ich gezwungen gewesen, mit allem aufzuhören, was mich die ganzen Monate lang am Leben gehalten hatte.

Ungefähr ein Jahr nach der Nacht an der Loża Szyderców kehrte ich an den Ort zurück. Ich fand einen Job als Barkeeper im *Highlander* und arbeitete dort ziemlich lange. So lange, dass ich alle Kratzer auf der Theke und alle Gäste kannte.

Die Ungeheuer, die Ewa vergewaltigt hatten, kamen nicht zurück. Ich weiß nicht einmal, ob ich wirklich damit gerechnet hatte.

Ich zog von Kneipe zu Kneipe, blieb nirgendwo lange, freundete mich mit niemandem an. In der Stadt, in der zwanzigtausend Menschen leben, kannte mich trotzdem jeder, und niemand wunderte sich, dass ich zum Eigenbrötler wurde.

Das war ich nach wie vor, als ich fast zehn Jahre nach den Ereignissen einen Job in einem neueröffneten Restaurant am Marktplatz bekam, in der Nähe des Denkmals, das «Die Alte auf dem Stier» genannt wurde. Das *SpiceX* servierte indische Küche, ich arbeitete als Kellner. Es war das einzige Lokal dieser Art in Opole, außerdem günstig gelegen, deshalb reichten Gehalt und Trinkgeld, um meine Wohnung, Alkohol und Breitbandinternet zu bezahlen. Etwas anderes brauchte ich eigentlich nicht.

In den Jahren, in denen es nicht so gut lief, half mir Adam Blicki, den wir schon in der Grundschule «Blitz» genannt hatten. Er war der Einzige, den ich als meinen Freund bezeichnen konnte. Zumindest in einem gewissen Sinn. Wir gingen nie gemeinsam irgendwo hin, ich besuchte ihn nicht, und er kam auch nie zu mir. Er gab nach mehreren Versuchen auf, weil ich so tat, als wäre ich nicht zu Hause.

Dafür kam er regelmäßig in alle Bars, in denen ich arbeitete, als wären es seine Lieblingsorte. Das ging schon fast zehn Jahre so und passte uns beiden am besten.

Normalerweise brachte er gute Neuigkeiten, als betrachtete er es als Ehrensache, meine Laune zu verbessern. Doch diesmal war es anders. Er kam mit dem Laptop unter dem Arm ins *SpiceX*, sah sich um und winkte mich mit einer nervösen Geste zu sich.

«Werner», rief er und setzte sich an einen Tisch am Fenster.

Ich beeilte mich nicht zu sehr, denn meist geriet er wegen Sachen aus dem Häuschen, die mir eigentlich egal waren. Ich stellte mich neben seinen Tisch und öffnete den Mund, um ihn etwas zu fragen, aber er ließ mich gar nicht erst zu Wort kommen.

«Du musst dir das anschauen», stieß er hervor und klappte den Laptop auf. «Setz dich.»

Es war früh am Morgen, im Restaurant saß nur der Gast, dem ich kurz zuvor ein Mango-Lassi gebracht hatte. Ich musste keine Angst haben, dass ich Schwierigkeiten mit dem Chef bekam, weil ich mich mit einem Freund unterhielt. Ich setzte mich neben Blitz und starrte auf den Monitor.

«Sag jetzt nicht, dass sie das nicht ist», platzte Blitz heraus.

«Was meinst du?»

«Schau», befahl er und zeigte auf den Bildschirm.

Der Computer startete aus dem Ruhemodus, auf dem Monitor erschien ein Post auf Facebook. Das Foto war leicht verwackelt, aber nicht so sehr, dass ich nicht erkannt hätte, wer darauf zu sehen war.

Plötzlich war die Luft um mich herum elektrisch geladen, so als würde sich ein Gewitter ankündigen. Aber nicht in der Ferne donnerte es – der Donner befand sich direkt über mir.

Ewa.

Sie hatte sich so verändert, wie Menschen sich im Lauf eines Jahrzehnts verändern. Die Lachfalten traten deutlicher hervor, sie hatte ein wenig zugenommen, ein bisschen die Haare gefärbt, vielleicht hatte sie ihre Nase korrigieren lassen, aber ich hatte nicht den geringsten Zweifel, dass ich auf dem Foto vor mir Ewa sah.

«Wie ...», dann brachte ich kein Wort mehr heraus.

Blitz, den wir auch Blitzer oder Blitzkrieg nannten, reagierte normalerweise blitzartig auf alles, als verpflichtete sein Spitzname ihn dazu. Diesmal war er jedoch in völlige Starre verfallen und konnte mir nicht antworten.

Ich hatte das Gefühl, meine Umgebung würde immer unwirklicher. So wie zehn Jahre vorher am Ufer der Młynówka. Ich wollte schlucken, aber mein Mund schien mit Watte gefüllt zu sein.

«Wie kann das sein?», brachte ich schließlich hervor.

«Weiß ich nicht.»

«Was ist das für eine Fanpage?»

Diese Frage war wohl typisch für unsere Zeit. Früher hätte ich Blitzer gefragt, wie er das Foto gefunden habe, wo es gemacht worden sei usw., doch jetzt musste ich das nicht, denn die Antwort meines Freundes sagte mir alles.

«Spotted: Wrocław.»

Ich schüttelte den Kopf, und erst jetzt wurde mir bewusst, dass das Bild real war. Ich fasste mir an den Hals und schaute mich nervös um. Ich fühlte mich wie Wild in einem dunklen, undurchdringlichen Dickicht, dem sich eine ganze Schar Jäger nähert.

«Werner, das ist sie wirklich.»

Ich zwang mich zu einem kurzen Nicken.

«Und sie war nicht einmal hundert Kilometer von hier entfernt.»

Ich beugte mich wieder über den Computer und riss mich zusammen. Nach langer Suche hatte ich endlich eine Spur. Einen Hauch von Hoffnung, dass ich Antworten auf all die Fragen finden würde, die mir seit zehn Jahren im Kopf herumspukten.

Was war mit ihr nach der Vergewaltigung passiert? Warum war sie spurlos verschwunden? Was hatte sie die ganzen Jahre über gemacht? Hatte sie ihre Angreifer gekannt?

Alle Fragen, die unbekannten und ungelösten Aspekte, kehrten zurück wie eine Artilleriesalve und machten meine Welt dem Erdboden gleich.

Ich schaute das Bild an. Es zeigte Ewa auf einem Open-Air-Konzert. Es war dunkel, spätabends, die Bühne strahlte in verrückten, irgendwie paranoiden Farben.

Sie schaute nicht in die Kamera, vielleicht wusste sie gar nicht, dass jemand sie auf einem Foto verewigte. Sie lachte und streckte eine Hand Richtung Bühne. Neben ihr stand ein Mann im Sweatshirt und hielt sie an der Schulter, als wollte er ihre Aufmerksamkeit auf sich lenken oder sie zu sich heranziehen. Sein Gesicht war nicht zu sehen, er kehrte der Kamera den Rücken zu. Auf dem grauen Kapuzenshirt war das Logo der Foo Fighters zu sehen, eine Bombe mit Flügeln, und die Aufschrift «There is nothing left to lose».

Die Foo Fighters, Blitz' Lieblingsband. Er mochte ihre Musik schon fünfundneunzig, als wir anderen den Altersgenossen damit imponieren wollten, «Klappmesser» Liroys Texte auswendig zu kennen, heimlich aber die Soundtracks von «Toy Story» hörten.

«Das ...», setzte ich unsicher an und zeigte auf das Sweatshirt. «Das ist auf ihrem Konzert? Warst du dort?»

«Ja.»

«Verdammt, Blitz! Hast du sie gesehen?»

Ich hatte den Impuls, ihn zu packen und zu schütteln, hielt mich aber gerade noch zurück. Mein Herz hämmerte, und Hitze breitete sich in meinem Körper aus. Mein Verstand kapierte abwechselnd, was los war, und verlor dann wieder den Kontakt zur Wirklichkeit.

«Nein», antwortete Blitz, «ich hab sie erst vor einer halben Stunde auf dem Foto gesehen, als ...»

«Wie hast du es gefunden? Und von wem ist es?», fiel ich ihm ins Wort und machte mir dann bewusst, dass ich mich beruhigen musste, um Blitz nicht mit meinen Fragen zu überfahren. Ich schloss die Augen, richtete mich auf und verharrte einen Moment reglos.

«Wenn du mich ausreden lässt, kann ich's dir erzählen.»

«Sag schon.»

«Das Konzert war gestern. Die Foo Fighters haben im Städtischen Stadion gespielt.»

«Gestern?!»

«Ganz ruhig ...»

Ich holte tief Luft.

«Du hast mir nichts davon gesagt.»

«Weil wir nicht über solche Sachen sprechen», antwortete er und zuckte die Schultern. «Dir geht das am Arsch vorbei, und ich habe keine Lust, davon zu erzählen. Wenn ich eine Tussi aufreiße, sag ich's dir ja auch nicht.»

Nur Blitzer konnte Frauen auf diese Weise beschreiben. Normalerweise hätte ich das irgendwie kommentiert, aber diesmal kam es mir überhaupt nicht in den Sinn.

«So war es dieses Mal», fügte er hinzu, ohne den Blick von dem Bild abzuwenden. «Leider ist mir das Mädchen abhandengekommen, ich hab sie irgendwo in der Menge verloren. Also hab ich sie gleich heute Morgen gesucht. Und bin ich auf diese Fanpage gestoßen ... und auf das Bild.»

Jetzt schauten wir sie beide an wie einen Altar. Im Gegensatz zu dem Mann im Sweatshirt trug Ewa ein T-Shirt einer anderen Band. Zu sehen war nur ein Teil des Namens, Gutierrez Y Angelo. Das Album oder die Single hieß «Better Days». Es sagte mir nichts.

Das Schweigen zog sich hin, und ich bemerkte gar nicht, dass der einzige Gast im Lokal sein Mango-Lassi längst ausgetrunken hatte und sich ungeduldig umsah.

«Vielleicht ...», begann ich unsicher. «Vielleicht habe ich voreilig geglaubt, dass sie es ist.»

«Was?»

«Das kann doch nicht sein! Nach zehn Jahren taucht sie einfach so auf?»

«Und was sonst?»

Da hatte er auch wieder recht. Vielleicht hatte ich mich einer falschen Hoffnung hingegeben und voreilig akzeptiert, dass das Ewa auf dem Bild war – aber vielleicht auch nicht. Vielleicht war sie es wirklich.

«Mein Gott ...», stöhnte ich und schüttelte den Kopf. «Sie sieht glücklich aus», fügte ich hinzu.

«Sie ist auf einem Foo-Fighters-Konzert!»

«Aber ...»

«Hast du gedacht, sie wäre zehn Jahre lang in einem Keller eingesperrt gewesen?»

«Ich weiß nicht, was ich gedacht habe.»

Treffender hätte ich es nicht formulieren können. Es gab zu viele Theorien – einen Teil davon hatte ich mir selbst überlegt. Mich hatte aber auch das beeinflusst, was Journalisten oder anonyme Internetnutzer auf lokalen Portalen alljährlich dazu schrieben – dass Ewa noch immer nicht gefunden sei. Ständig erschienen Artikel, begleitet von Fotos und Bemerkungen, dass das Mädchen höchstwahrscheinlich in den Fluss gefallen wäre. Den Körper habe man jedoch nie gefunden, erklärten die Autoren dieser Beiträge.

Ein paarmal war es vorgekommen, dass jemand eine Sensation hervorrufen wollte. Einmal las ich sogar die Überschrift: «NEUE HINWEISE! DAMIAN WERNER VERHÖRT».

Tatsächlich wurde ich, ungefähr nachdem die Hälfte der Verjährungsfrist verstrichen war, als Zeuge verhört. Einer der Ermittler wollte prüfen, ob die Sache durch Mangel an Beweisen rechtskonform eingestellt worden war.

Das waren die «neuen Hinweise» aus der Überschrift. Eine gewöhnliche Zeitungsente – im Gegensatz zu dem, was ich jetzt vor mir zu sehen bekam.

«Sucht sie jemand?», fragte ich.

«Der Typ, der das Foto veröffentlicht hat. Phil Braddy.»

Ich schaute mir das winzige Bild und den Post an.

«Ein Amerikaner?»

«Engländer», antwortete Blitzer. «Sieht so aus, als hätte er sich für das Konzert extra aus London herbemüht. Und ihm gefiel das Mädchen, das er zufällig dort traf. Er schreibt, sie hätten ein paar Worte gewechselt, gelacht, und dann sei er kurz zu seinen Freunden gegangen. Als er wiederkam, war sie weg. Jetzt will er sie finden.»

Sofort beschloss ich, ihm zu schreiben. Ich wollte wissen, was Ewa gesagt hatte – als hätte das irgendeine Bedeutung.

«Ich hab ihm eine Nachricht geschickt, bevor ich losgegangen bin», fügte Blitzer hinzu.

Ich nickte ihm dankbar zu. Der Gast, der in der Nähe saß, räusperte sich vielsagend, aber ich ignorierte ihn.

«Hat jemand auf seinen Post geantwortet?», fragte ich.

«Mehr als zehn Leute, immerhin ist das Foto ziemlich auffällig.»

Blitzkrieg hatte recht. Die leicht verwischten Lichteffekte im Hintergrund, die große Party und das im Mittelpunkt stehende lachende, hübsche Mädchen. Alle, die die Seite besuchten, mussten es bemerken.

«Hat jemand was Konkretes geschrieben?», wollte ich wissen.

«Nein. Nur sinnlose Kommentare. Die willst du nicht lesen.»

Ich wollte nicht, aber ich würde sie lesen, sobald ich zu Hause war. Vorher musste ich allerdings woandershin. Ich hatte zu viele Filme und Serien gesehen, um nicht zu wissen, dass es ein grundlegender Fehler ist, den Ermittlungsbehörden solche Informationen vorzuenthalten.

Ich dankte Blitz und ging ins Hinterzimmer, um meinen Chef anzurufen. Ich behauptete, ich fühle mich nicht wohl. Die Arbeit in der Gastronomie hatte den entscheidenden Vorteil, dass die Lokalbesitzer solche Meldungen ernst nehmen. Besonders diejenigen, die wollten, dass ihre Gäste wiederkommen.

Meine Vertretung traf ziemlich schnell ein, aber ich schaffte es noch, dem Gast einen Papadam zu servieren, einen dünnen Pfannkuchen aus Kichererbsenmehl, und Ewas Foto so genau anzuschauen, dass ich später jedes Detail im Kopf hatte.

Als ich mich im Präsidium an der Ulica Powolnego meldete, hätte ich dem Beamten, der mich empfing, im Prinzip das ganze Foto aus dem Gedächtnis beschreiben können. Aber das musste ich nicht. Wir gingen auf das Profil, und ich zeigte ihm das Foto. Er sah mich lange an und runzelte die Stirn.

Der Beamte Prokocki hatte die Untersuchung vor zehn Jahren geleitet. Ich erwartete in seinen Augen ein Aufflackern zu entdecken, das mir selbst bestätigen würde, was ich sah.

Der Polizist machte aber eher den Eindruck, als hätte er das Bild irgendeiner Person vor sich.

«Das ist normal», sagte er schließlich.

«Was?»

«Dass Sie in anderen Frauen Ihre vermisste Verlobte suchen.»

Ich öffnete den Mund, doch es kam nichts heraus.

Sein bestimmter Ton hatte mich völlig aus der Bahn geworfen. Prokocki löste den Blick vom Bildschirm, holte tief Luft und sah mich mitfühlend an.

«Sie hatten seitdem keine Beziehung mehr, stimmt's?», fragte er.

«Nein, ich hatte keine Beziehung. Aber was hat das damit zu tun?»

«Sie fehlt Ihnen immer noch, also ist es nur natürlich, dass ...»

«Machen Sie Witze?»

«So etwas kommt vor.»

Ich zeigte mit dem Finger auf den Bildschirm, als wollte ich jemanden beschuldigen.

«Sehen Sie dasselbe wie ich?»

«Ich sehe ein Mädchen, das Ewa ähnelt, Herr Werner. Das ist alles.»

Ich schaute mich ratlos um, als hoffte ich, jemand würde mir helfen.

«Aber das ist sie doch, Herrgott!», rief ich. «Sehen Sie das nicht?»

Er holte wieder tief Luft.

«Ich kann Ihnen leider nicht zustimmen», sagte er in amtlichem Ton. «Zugegeben, die Ähnlichkeit ist da, aber ...»

«Ich weiß, wie meine Verlobte aussieht.»

Er erhob sich langsam, als wollte er mich nicht beleidigen. Dann legte er mir die Hand auf die Schulter und erklärte bedächtig, ich wüsste, wie sie vor zehn Jahren ausgesehen hatte, und dass mir mein Verstand nun einen Streich spiele. Das ging ein paar Minuten so, und mit jedem Satz hörte ich ihm weniger zu.

Seine Sicherheit, die Entschiedenheit in seiner Stimme und die fehlende Bereitschaft, anzuerkennen, dass sie es sein könnte, beunruhigten mich.

«Natürlich werden wir das untersuchen», versicherte er und führte mich zum Ausgang. «Bitte zweifeln Sie nicht daran.»

Natürlich zweifelte ich nicht. Vor allem nicht daran, dass hier etwas überhaupt nicht stimmte.

3

Ich war mir sicher, dass mir die Rückkehr nach Hause zumindest etwas Trost bringen würde. Das war jeden Tag so, wenn ich die Tür hinter mir geschlossen und die drei stabilen Schlösser zugesperrt hatte.

Wenn ich nicht mehr aus dem Haus gehen musste, fühlte ich mich wie im Rausch. Wenn ich jedoch aus irgendeinem Grund später noch einmal wegmusste, war ich unruhig und nervös.

Heute sollten meine vier Wände beruhigend auf mich wirken. Nur taten sie das nicht – im Gegenteil, ich fühlte mich in meiner Wohnung wie ein Fremder. Ich füllte den Raum mit den Klängen von Rainbow, im Gegensatz zu Blitzer mochte ich Bands, die schon lange keiner mehr hörte.

Meine Hände zitterten, ich fühlte mich, als hätte ich Fieber. Erst dann bemerkte ich, dass ich völlig verschwitzt war. Das T-Shirt klebte an meinem Rücken, doch die Hitze war aus meinem Körper gewichen. Vor dem Spiegel erkannte ich mich selbst nicht wieder. Ein leichenblasses Gesicht mit schwarzen Schatten unter den Augen. Meine Frisur, die sowieso immer etwas unordentlich war, erinnerte an Kabelsalat.

Ich wusch mir das Gesicht mit kaltem Wasser, dann machte ich ein Bier auf und setzte mich an den Computer. Ich hatte ihn selbst zusammengebaut und ziemlich viel Geld dabei gespart. Während die neueste Reihe von *Elder Scrolls* hochgeladen wurde, griff ich nach dem Smartphone – um es abzuschalten.

Ich musste aus der Welt verschwinden. Sofort, solange ich noch nicht total verrückt war. Warum sollte ich mich foltern, indem ich den Post auf Facebook noch einmal ansah oder darauf wartete, dass Phil Braddy zurückschrieb.

Ich hatte zehn Jahre gewartet. Jetzt kam es auf ein paar Minuten auch nicht mehr an, und ich musste mich dringend beruhigen.

Blitzer ließ mich allerdings nicht dazu kommen. Kaum hatte ich das Smartphone in die Hand genommen, erschien das lachende Gesicht meines Freundes auf dem Display, und aus dem Lautsprecher tönte mein Standardklingelton. Das Foto hatte Blitz selbst gemacht, vor Jahren, als ich noch im *Highlander* arbeitete.

Ja, ich gehöre zu diesen Menschen, die, wenn sie das Handy wechseln, alle Fotos übertragen. Heutzutage war das nicht mehr schwierig, aber der Umzug von meinem ersten Sony Ericsson mit Kamera auf das neue Nokia war ziemlich kompliziert gewesen.

Ich hielt *Elder Scrolls* an und wischte mit dem Finger über das Display.

«Dein Anruf kommt ungelegen», begrüßte ich ihn.

«Hast du es gesehen?», fragte er nervös und räusperte sich. «Nein, hast du nicht, sonst würdest du dich nicht so melden.»

«Was soll ich gesehen haben?»

«Den neuen Post auf Spotted.»

Schnell machte ich das Spiel aus, als hinge von der Geschwindigkeit, in der ich das tat, mein Leben ab. Ich öffnete den Browser und aktualisierte die Seite. Tatsächlich, da war ein neuer Eintrag von Phil Braddy.

«Vielleicht erkennt sie jemand mit diesem Foto», hatte er auf Englisch geschrieben und einen Link zu dem vorhergehenden Post eingefügt.

Ich schaute das Bild an und schien direkt durch ein Tor in eine alternative Wirklichkeit zu schauen. Dieses Foto, ich kannte es, sehr gut sogar. Es war für mich einzigartig.

«Bist du noch dran?», fragte Blitzer.

Ich wollte etwas sagen, konnte aber nicht.

«Werner!»

«Ich ... ja.»

«Das ist sie, tausend Prozent», meinte er. «Übrigens steht sie irgendwo auf der Ulica Krakowska, nicht weit entfernt von der ‹Alten auf dem Stier›, und sie ist ein paar Jahre jünger.»

«Zehn Jahre», stöhnte ich.

«Was?»

«Ich hab das Foto selbst gemacht.»

«Wie bitte? Wann? Wo?»

«Ein paar Tage, bevor sie verschwunden ist. Aber ... Blitz ...»

«Was denn?»

«Ich hab es noch nie jemandem gezeigt. Ich hab es nie ins Netz gestellt und auch niemandem gesagt, dass ich es gemacht habe.»

«Was? Wieso denn?»

«Weiß ich nicht», antwortete ich und rieb mir fieberhaft den Kopf. «Wahrscheinlich, weil ich etwas haben wollte, was nur ich kannte, etwas, das nur meins war, weil ...»

«Okay, ist egal», fiel er mir ins Wort. «Woher hat dieser Engländer das Bild?»

«Keine Ahnung.»

Ich konnte mir überhaupt nicht vorstellen, woher Phil Braddy das Foto haben könnte. Dieses Foto. Mein Foto.

Alle Erklärungen waren völlig absurd. Selbst wenn er länger mit Ewa geredet hätte, als er im ersten Post behauptete – sie hatte das Foto ja gar nicht. Ich hatte es ihr nicht einmal zeigen können, ja, ich hatte mich selbst erst an das Bild erinnert, als sie schon verschwunden war.

Ich griff nach dem Bier und leerte es in einem Zug. Die Kohlensäure rumorte in meinem Bauch.

Heute hatte ich viel mehr bekommen als nur eine dünne Spur, das war klar. Die Tatsache, dass Braddy das Foto besaß, zeigte doch, dass er irgendwie in die Sache verwickelt sein musste.

«Hat er zurückgeschrieben?», fragte ich.

«Ja.»

Mir lief ein Schauer über den Rücken.

«Gleich, nachdem er das Foto veröffentlicht hat.»

«Und?»

«Er behauptet, dass er sie tatsächlich nicht kennt, sie nie vorher oder hinterher gesehen hat und einfach mit ihr Kontakt aufnehmen wollte. Und er hat gefragt, ob ich sie kenne.»

«Schreib ihm, dass ...»

Ich unterbrach mich, weil ich zu dem Schluss gekommen war, dass ich mich nicht länger nur auf Blitz verlassen sollte. Ich ging auf Phil Braddys Profil und starrte das Gesicht an, das mir jetzt so bekannt war, weil ich es stundenlang angeschaut hatte. Dann schrieb ich ihm eine Nachricht:

«Ich kenne das Mädchen. Woher hast du das zweite Foto?»

Blitzer sagte etwas ins Telefon, aber seine Stimme schien sich in der Leitung zu verlieren. Ich starrte auf den Bildschirm, mir wurde noch heißer. Schließlich tauchte das blaue Icon rechts neben meiner Nachricht auf: Braddy hatte die Nachricht gelesen. Allerdings erschien keine Info, dass er eine Antwort schrieb.

Ich schob den Stuhl ein bisschen zurück, beugte mich vor und trommelte mit den Händen auf meine Schenkel. Während ich weiter auf den Monitor starrte, hatte ich das Gefühl, ich würde Braddy herausfordern.

Nur nahm der die Herausforderung nicht an.

«Er antwortet nicht», sagte ich.

«Hä?», murmelte Blitzer. «Hast du ihm geschrieben?»

«Ja, aber ...»

«Du solltest das doch mir überlassen.»

Ich konnte mich nicht erinnern, dass wir das so verabredet hatten, aber vielleicht nahm Blitzer ja an, dass er die Sache zu Ende führen musste, die er begonnen hatte.

«Er schreibt immer noch nicht zurück», sagte ich. «Aber die Nachricht gelesen hat er.»

«Warte ein bisschen.»

«Ich mache nichts anderes, Blitz», murmelte ich vor mich hin. «Eigentlich schon seit zehn Jahren.»

Jede Sekunde schien noch langsamer zu vergehen als die vorherige, ich wurde ungeduldig. Ich spürte, dass ich die Antwort genau vor mir hatte. Ich musste diesen Typen nur noch ein bisschen unter Druck setzen.

«Schwachsinn», bemerkte ich. «Die ganze Sache, dass er ein Mädchen vom Konzert finden will. Hier geht es um etwas anderes.»

«Um was?»

«Weiß ich nicht. Aber ich kriege es schon noch raus.»

«Allein?»

«Mit deiner Hilfe», antwortete ich, während mir klarwurde, dass ich ihm wohl nie etwas Netteres gesagt hatte. Eigentlich behandelte ich ihn zum ersten Mal so, wie ich es sollte. Wie einen Freund, auf den ich mich verlassen konnte.

«Klar, mit meiner. Aber vielleicht reicht das nicht.»

«Ich gehe gleich morgen aufs Präsidium.»

«Du warst noch nicht?»

«Doch, aber sie haben mich wieder weggeschickt.»

Nachdem ich ihm von dem Gespräch mit Prokocki erzählt hatte, schwieg er. Mein Blick klebte immer noch am Monitor, als könnte ich Phil Braddy damit zwingen, irgendetwas zu offenbaren.

Doch das Textfeld blieb leer. Mir wurde klar, dass er nicht vorhatte, mir zu antworten. Auch Blitz schrieb er nicht mehr. Ich ging zum nächsten Bier über und wusste schon, dass ich heute ein paar schlechte Entscheidungen treffen und am Morgen mit rasenden Kopfschmerzen aufwachen würde.

«Prokocki hat die Sache gar nicht interessiert?», fragte Blitz schließlich.

«Nicht nur das, er hat sogar versucht, mich abzuwimmeln.»

«Komisch.»

«Dachte ich am Anfang auch.»

«Und dann hast du deine Meinung geändert?»

«Mhm», bestätigte ich. «Jeden Tag verschwinden in Polen etwa fünfzig Personen spurlos. Prokocki bekommt wahrscheinlich ständig Hinweise, dass eine von ihnen wundersamerweise aufgetaucht ist.»

«Aber er hat das Foto gesehen! Er muss sie erkannt haben, schließlich hat er sie monatelang gesucht.»

«Vielleicht hat er sie erkannt», lenkte ich ein. «Und er wollte mir nur keine Hoffnungen machen.»

Das war die einfachste Erklärung, die begründen würde, warum er diesen neuen Beweis so missachtet hatte. Eine andere Möglichkeit, die ich mir überlegt hatte, führte zu viel düstereren Schlussfolgerungen.

Aber eigentlich war all das bedeutungslos. Jetzt, wo das Bild, das ich mit meinem Handy gemacht hatte, im Internet aufgetaucht war, gab es einen unstrittigen Beweis.

Prokocki würde die Gelegenheit nutzen, vorerst war noch Zeit. Die Sache war noch nicht verjährt. Sicher wollte auch er den Fall lösen und die Akte schließen. Wer weiß – vielleicht hatte er nur den Eindruck erwecken wollen, den neuen Beweis nicht ernst zu nehmen, aber in Wirklichkeit saß er schon wieder dran. Ich konnte mir das vorstellen, obwohl ich dazu noch zwei grüne Dosen flüssigen Optimismus öffnen musste.

Wie vermutet, wachte ich verkatert auf. Ich war auf dem Sofa eingeschlafen, der Laptop stand aufgeklappt auf dem Couchtisch. Von Braddy hatte ich keine Antwort erhalten. Er ignorierte auch Blitzer.

Ich duschte schnell, eigentlich nur deshalb, um auf dem Präsidium nicht den Eindruck zu erwecken, ich hätte es mit der Ausnüchterungsanstalt verwechselt.

Auf Prokocki musste ich ein Weilchen warten, aber ich hatte auch nicht angenommen, dass er mich sofort empfangen würde. Wahrscheinlich vermutete er, ich sei gekommen, um ihn grundlos zu nerven.

Als er mich schließlich begrüßte, zeigte ich ihm das zweite Bild, dann den Post auf Facebook. Die User zeigten langsam Solidarität mit dem Engländer, der die Polin suchte – sie identifizierten den Ort in Opole, informierten ihn, es sei nicht weit von Wrocław entfernt und dass er am ehesten dort suchen sollte. Allerdings: Niemand erkannte Ewa.

Auch Prokocki nicht.

«Das ist sie?», fragte er reserviert.

Ich brauchte einen Moment, um zu begreifen, dass er diese Frage tatsächlich stellte. Ich schüttelte den Kopf und erklärte ihm noch einmal, dass ich dieses Foto selbst gemacht hatte. Dann zeigte ich es ihm auf meinem Handy.

Er schaute es sich lange an; dann sah er mich an, als sei ich ein Krimineller und nicht jemand, der seine verschwundene Freundin sucht.

«Haben Sie heute früh etwas getrunken?»

Eine rhetorische Frage. Mein Atem ging schnell, und sicher verbreitete ich den Geruch nach Alkohol in seinem Büro.

«Ist das wichtig?», gab ich zurück.

«Nein. Das ist Ihr Leben.»

«Eher ein schlechter Ersatz», murmelte ich und zeigte auf

das Display. «Denn nur das ist mir von ihr geblieben, verstehen Sie?»

«Natürlich ...»

«Und sehen Sie auch, dass die Fotos identisch sind?»

«Zweifellos.»

«Warum glauben Sie mir dann nicht?»

Er atmete tief durch.

«Das ist nur professionelle Zurückhaltung. Sie können mir glauben, dass ich schon ein paar solcher Fälle hinter mir habe.»

Ich schwieg, um nichts zu sagen, was ich später bereuen würde.

«Sie können sich auf meine Erfahrung verlassen.»

«Ich verlasse mich auf Sie», erklärte ich, obwohl ich im Moment überhaupt kein Vertrauen zu ihm hatte.

«Ich bitte Sie, *uns* diesen Fall zu überlassen. Und ich verspreche Ihnen, dass wir alles tun, was in unserer Macht steht, um die Umstände zu klären.»

«Daran zweifle ich nicht.»

Ich wartete, dass er noch etwas sagen würde. Dass er den Engländer kontaktieren würde, zum Beispiel, ihn ausfindig machen, was auch immer. Prokocki jedoch erhob sich und streckte mir die Hand entgegen.

Ich dachte, er wolle sich auf diese Art von mir verabschieden, aber das war es nur halb.

«Ich fürchte, Sie müssen uns Ihr Handy überlassen.»

«Wie bitte?»

«Es könnte sich als wichtiger Beweis herausstellen.»

«Aber ...»

«Herr Werner, vertrauen Sie mir bitte. Wir werden alles tun, um Ihre Verlobte zu finden.»

Ich schaute das Handy an und hatte plötzlich das Gefühl, ich müsste mich von etwas viel Wertvollerem als nur einem Telefon verabschieden. Eigentlich benutzte ich es gar nicht so oft, dazu gab es keinen Grund, aber das Foto war darauf gespeichert. Und ich hatte keine Kopie.

«Ich würde gerne ...»

«Wollen Sie sie finden?», unterbrach mich der Polizist.

Ich nickte.

«Na also, dann geben Sie mir Ihr Handy. Wir wissen, was wir tun.»

Er stand noch immer mit ausgestreckter Hand da und wartete, dass ich ihm das Smartphone gab. Vielleicht hätte ich es mir zweimal überlegt, wäre ich nicht so verkatert gewesen. Und wenn mich das alles nicht sowieso in totale Verwirrung gestürzt hätte.

«Also nehmen Sie das Verfahren wieder auf?», fragte ich, während er mich zur Tür begleitete.

«Falls uns das neue Material das erlaubt, natürlich.»

«Falls?»

«Wir bleiben in Kontakt», versicherte Prokocki.

Für den Moment vergaß ich, dass das ziemlich schwierig sein würde, wo er mir doch gerade das Handy abgenommen hatte.

Aber das Smartphone war nicht das Einzige, das ich an diesem Tag verlor.

Ich kehrte nach Hause zurück mit dem Gedanken, so schnell wie möglich das Foto von Facebook herunterzuladen. Ich musste es haben, denn in gewisser Weise war es mir wichtiger als die Erinnerungen an Ewa.

Doch das Foto war verschwunden. Der Post auch.

Und Phil Braddys Account.

4

In Opole am Vormittag ein Lokal zu finden, in dem man anständig essen konnte, war gar nicht so einfach. Das *SpiceX* gehörte zu den Ausnahmen. Der Chef öffnete schon am Morgen, wir arbeiteten bis mittags, dann machte er für ein paar Stunden zu, und am Nachmittag ging es mit Volldampf weiter.

In den Mittelmeerländern oder in Indien funktionierte dieses Konzept vielleicht. Hier musste es früher oder später in den Bankrott führen, aber ich hatte nicht vor, dem Eigentümer das zu sagen.

Blitzer tauchte kurz vor elf auf, wieder mit dem Laptop. Er sah nicht viel besser aus als ich, wahrscheinlich war er auch fast die ganze Nacht wach gewesen. Ich würde tippen, dass er erst am Morgen eingeschlafen war. Denn als ich ihn nach meinem Besuch im Präsidium auf Skype anrief, um ihm kurz zu erzählen, was er wissen musste, hatte ich den Eindruck, ich hätte ihn geweckt.

Es fühlte sich merkwürdig an, jemanden an meinem Leben teilhaben zu lassen. Und dadurch wurde mir bewusst, dass ich es zehn Jahre lang vor der Außenwelt abgeschottet hatte. Selbst wenn ich meine Eltern in ihrer kleinen Wohnung in der Ulica Grottgera besuchte, sprachen wir so ziemlich über alles, nur nicht darüber, was bei mir los war.

Blitz setzte sich an denselben Tisch wie letztes Mal und winkte mich zu sich.

«Mir geht das nicht in den Kopf», sagte er. «Die Posts sind einfach verschwunden.»

«Hast du dem Admin geschrieben?»

«Gleich nach unserem Gespräch.»

Diesmal blieb mir nichts anderes übrig, als mich auf ihn zu verlassen. Am liebsten hätte ich mir selbst ein paar Tage freigenommen, nicht nur, weil ich jetzt einen Schluck hätte vertragen können, aber ich wusste, dass ich dann Probleme mit dem Chef bekommen würde. Und ich konnte es mir nicht leisten, meine einzige Einkommensquelle zu verlieren. Ich nahm an, dass ich das Geld noch brauchen würde.

«Sie haben geantwortet, sie hätten keine Einträge gelöscht», fügte Blitzkrieg hinzu. «Und im Internet geht ja nichts verloren, trotzdem habe ich keine einzige Spur von den Posts gefunden.»

«Genau wie von Braddy.»

«Eben», antwortete Blitz und drehte gedankenverloren die Speisekarte um, die auf dem Tisch lag. Einen Moment später stockte er, dann hob er langsam den Blick. Er musste nichts sagen, wir waren beide zu dem Ergebnis gekommen, dass sich die Sache als ziemlich zwielichtig herausstellen könnte.

Gelegentlich berichteten die Medien über Polizeibeamte, deren Verfehlungen erst nach Jahren ans Licht kamen. Vor nicht allzu langer Zeit waren mehrere Polizisten wegen Fahrlässigkeit angeklagt worden, weil sie den Mord an einem Mädchen vor über zehn Jahren nicht mit der nötigen Sorgfalt aufzuklären versucht hatten. Man warf ihnen Pflichtverletzung, Amtsmissbrauch und obendrein Strafvereitelung vor.

Jahrelang hatten sie Spuren gefälscht und die Wahrheit verschleiert. Sie waren mit mehreren Personen in eine Verschwörung verwickelt gewesen und hatten sich und die Täter gedeckt. War das auch in Ewas Fall so? Oder stellte ich jetzt schon Verschwörungstheorien auf?

Doch selbst wenn ich annehmen würde, dass die Polizei ihre Finger im Spiel hätte – wie konnten sie dann auf Facebook alle Spuren verschwinden lassen? Und das so schnell?

Und woher hatte Braddy das Foto, das ich gemacht hatte?

Immer neue Fragen schossen mir durch den Kopf, trotzdem war ich überzeugt, endlich die Antworten auf all das zu finden. Ich brauchte nur einen Anhaltspunkt. Etwas, das mich auf die richtige Spur führen würde.

«Ich hab dir gesagt, dass es nicht ausreicht, wenn ich dir helfe», meldete sich Blitzer.

«Stimmt. Und jetzt siehst du, wohin das führt.»

«Eigentlich hatte ich da nicht die Polizei gemeint.»

«Was dann?»

«Eine Detektei.»

Ich schaute ihn ungläubig an. Privatdetektive – ich musste unwillkürlich an billige Szenen vor laufender Kamera denken oder an vermeintlich untreue Ehepartner, denen man nachspionierte.

«Echte Experten», fügte Blitz hinzu und drehte den Laptop zu mir.

Ich sah mich um, ob ein Gast etwas bestellen wollte, dann beugte ich mich über den Tisch. Ein bisschen widerwillig begann ich die Selbstdarstellung einer Firma namens Reimann Investigations zu lesen.

«Der Inhaber war früher Geheimdienstoffizier», sagte Blitzer. «Die Firma hat eine Lizenz vom Ministerium. Sie ist im Staatsregister der Detekteien aufgeführt, ich hab das alles schon gecheckt.»

Ich überflog die allgemeinen Informationen auf der Seite.

«Sie gehören auch zum WAPI.»

«Was?»

«Zum Weltverband der professionellen Ermittler», erklärte er. «Außerdem sind sie Mitglied des WAD, das ist eine seit 1925 bestehende weltweite Assoziation von Detektiven. Das sind nicht irgendwelche unbedeutenden Referenzen.»

Ich beugte mich weiter vor und klickte auf die Preisliste, auch um mir einen Überblick über die Spannbreite ihrer Arbeit zu verschaffen.

Der Stundensatz betrug hundert Złoty, für einen vollen Achtstundentag veranschlagten sie tausendeinhundert. Wirtschaftskriminalität zu untersuchen war ein bisschen teurer, Zeugen ausfindig zu machen günstiger. Reimann Investigations arbeitete außerdem für Anwaltskanzleien, ermittelte im Fall von Wirtschafts- und Eigentumsdelikten und beschäftigte sich natürlich auch damit, vermisste Personen aufzuspüren.

Letzteres wurde auf der Liste der Dienstleistungen ganz unten aufgeführt, mit dem höchsten Stundensatz.

Die Preise begannen bei viertausendsiebenhundert Złoty.

«Schau dir das Team an», riet mir Blitz.

Ich öffnete den nächsten Tab, wo sich Informationen zum Firmensitz und zu den Mitarbeitern befanden.

«Rewal?», fragte ich. «Das ist am Meer, ungefähr sechshundert Kilometer von hier entfernt, Blitz.»

«Egal.»

«Vielleicht für jemanden, der Kohle hat. Mein Geld reicht nicht mal, um dorthin und zurück zu fahren.»

«Sie arbeiten hauptsächlich aus der Ferne.»

Ich zog mir einen Stuhl heran und setzte mich vor den Laptop.

«Die Zeiten haben sich geändert. Heute rennt ein Detektiv nicht mehr mit Fotoapparat und Teleobjektiv hinter einem Verdächtigen her», redete Blitzer weiter. «Es reicht, wenn er weiß, wie man das im Internet macht. Und diese Leute wissen das offensichtlich.»

Ich schaute mir die Liste der Mitarbeiter an. Es waren nicht viele, und aus offensichtlichen Gründen wurden ihre Gesichter nicht gezeigt. Das Unternehmen gehörte Robert Reimann, einem ehemaligen Geheimdienstoffizier für Zollangelegenheiten. Er hatte eine Reihe von Auszeichnungen erhalten und war mehrfach zum Mann des Jahres seiner Woiwodschaft gewählt worden. Leitende Ermittlerin war seine Frau, Kasandra Reimann, was der Firma in gewisser Weise Glaubwürdigkeit verlieh. Ein Betrüger würde wohl kaum seine Familie engagieren. Aber vielleicht war auch das nur eine Illusion.

Das Team umfasste noch weitere Personen. Eine hatte die Wissenschaftlich-Technische Universität in Krakau besucht, die zweite die Technische Universität in Łódź, die dritte kam von der Technischen Universität Kaiserslautern. Alle hatten sie Erfahrung im IT-Bereich, Details wurden nicht preisgegeben.

«Sieht nicht schlecht aus», sagte ich. «Aber ...»

«Werner, du brauchst solche Leute.»

«Vielleicht», räumte ich ein. «Aber ich brauche auch das Geld, um sie zu beauftragen.»

«Ich kann dir was leihen.»

«Und von was soll ich's dir zurückzahlen?»

«Ach, das kriegen wir schon hin», sagte er leichthin und wischte meine Bedenken mit einer Handbewegung fort. «Jetzt ist es erst einmal wichtig, die Wahrheit herauszufinden, bevor sie alle Spuren verwischen.»

Skeptisch zog ich die Augenbrauen hoch.

«Wer genau?»

«Weiß ich nicht», sagte er. «Und das ist vermutlich das Schlimmste.»

Im ersten Moment wollte ich ihm recht geben, aber gleich darauf dachte ich, dass das Schlimmste etwas anderes war. Nämlich die Tatsache, dass jemand die Wahrheit vor mir verborgen hatte.

Nein, nicht jemand. Sie.

Und jetzt taten entweder Ewa oder die Leute, die ihr das Leid zugefügt hatten, alles, damit ich nicht erfuhr, was wirklich nach dieser Horrornacht passiert war.

«Na gut», antwortete ich.

Blitz runzelte die Stirn und musterte mich.

«Wenn du für die Reimanns bürgst, nehme ich sie.»

«Sie scheinen ziemlich tough zu sein», antwortete Blitzkrieg, ohne zu zögern. «Ich habe mir erlaubt, ein bisschen nachzuforschen.»

«Das heißt?»

«Ich hab sie gegoogelt.»

«Das ist nicht wirklich nachforschen, sondern das virtuelle Äquivalent, um rumzufragen.»

«Unterschätz die Macht dieses Instruments nicht. Einige Leute leben davon.»

«Ich unterschätze nichts», gab ich zurück.

«Zum Beispiel Informatiker. In neunundneunzig Prozent der Fälle resultiert ihre Überlegenheit den Normalsterblichen gegenüber daraus, dass sie die Suchergebnisse schnell überblicken, die ihnen Google anzeigt.»

Blitzer ließ sich noch ein bisschen über die historische Bedeutung der Firma aus, die von zwei Doktoranden aus Stanford gegründet worden war. Ich schaltete ungefähr in dem Moment ab, in dem er behauptete, eine nicht funktionierende Suchmaschine sei der eine universelle und unwiderlegbare Beweis, dass das Internet auf einem Computer nicht laufe. Und dass wir an den Punkt in der Geschichte gelangt seien, wo es schwierig sei zu glauben, dass Page und Brin Google geschaffen hatten ... ohne es selbst nutzen zu können.

Während Blitzer munter weiterredete, vielleicht, um so mit seinen Gefühlen klarzukommen, schaute ich mir weitere Referenzen und Nachweise an, dass die Firma Reimann Investigations tatsächlich ihr Geschäft verstand.

Ich hörte erst wieder hin, als mein Freund auf das eigentliche Thema zurückkam.

«Egal, schau es dir doch selbst noch mal an», sagte er, als er mein Desinteresse bemerkte. «In Pomorze sind das keine Unbekannten. Die sponsern wohltätige Einrichtungen, unterstützen Unternehmen in der Region und unterhalten zwei Tierheime.»

«Klingt verdächtig.»

Blitz verdrehte die Augen.

«Wenn Leute, die anderen helfen, für dich verdächtig sind, dann will ich nicht wissen, wie die Welt aus deiner Perspektive aussieht.»

«Wie ein Ort, den ein paar Arschlöcher um jeden Preis zerstören wollen.»

«So schlimm ist es nicht.»

«Nein», gab ich zu und zuckte mit den Schultern. «Nur, dass alle anderen neugierig zuschauen und warten, wie sich die Ereignisse so entwickeln, anstatt sie aufzuhalten.»

«Das passt schon eher zu dir.»

«Hm», murmelte ich. Ich hatte nicht vor, mich weiter in den Pessimismus hineinzusteigern, der mich sowieso schon befallen hatte. «Was hast du noch über die Reimanns erfahren?»

«Nur, dass sie anonym irgendwelche NGOs unterstützen.»

«So anonym, dass du mir davon erzählst.»

Blitzer seufzte, als bedrückte ihn der Gedanke, dass ich ihn wie einen Advocatus Diaboli behandelte.

«Das haben irgendwelche Lokalreporter herausgefunden, die Information ist nicht bestätigt.»

«Es klingt aber trotzdem verdächtig», wiederholte ich und hob die Hand, um ihn davon abzuhalten, mir zu widersprechen. «Ich meine eher, wenn sie vermutlich ein kleines Vermögen gemacht haben, und ...»

«Jupp, haben sie», bestätigte er.

«Mit ihrer Detektei?»

«Nein. Robert Reimann verließ den Dienst, weil er ein paar Yachthäfen, Restaurants und agrotouristische Betriebe in der Umgebung geerbt hatte. Seine Frau hatte ebenfalls eine Firma, ein schnell expandierendes Immobilienunternehmen.»

Blitzkrieg hatte seine Hausaufgaben gemacht, das musste ich ihm lassen. Er servierte mir eine mögliche Lösung meines Problems auf dem Silbertablett. Und obendrein bot er an, das zu bezahlen.

Ich sah ein, dass ich nicht länger zögern sollte.

«Okay», sagte ich, «wenn du bereit bist, mir das Geld zu leihen, versuchen wir es.»

«Super. Vor allem, weil ich mit ihnen schon einen Stundensatz ausgehandelt habe.»

«Wie bitte?»

«Ich habe das Finanzielle schon mit Kasandra besprochen. Ein echter Schatz.»

«Zweifellos.»

Ich stellte mir eine typische Businessfrau vor, die arrogante Gattin eines reichen Provinzmagnaten. Obwohl sie laut Blitz ihre Privatsphäre schützen wollten und sich selten in der Öffentlichkeit zeigten, nahm ich an, dass sie wie ein Hollywood-Traumpaar aussahen.

«Bezahlt wird im Voraus, denn sie können mehr oder weniger einschätzen, welchen Aufwand die Ermittlung erfordert.»

«Und? Wie viel nehmen sie?»

Blitzer tat das Thema mit einer Handbewegung ab, aber ich vermutete, dass der Preis um einiges höher war als auf der Homepage angegeben.

«Du musst wissen, dass sie nicht jeden Fall annehmen.»

«Nur die, die in den Medien gut ankommen?»

«Nein. Sie sind nicht auf Sensationen aus.»

Arbeiteten die wirklich im Verborgenen? Eigentlich war das vom PR-Standpunkt her gesehen eine angemessene Strategie für ein Unternehmen, das bis zu einem gewissen Punkt undurchschaubar sein sollte. Vielleicht stellten sie wirklich die Antithese zu all den Detektiven dar, die ich immer im Fernsehen sah.

Solche, an die sich vor allem die Verzweifelten wandten. Ich seufzte und dachte, dass ich tatsächlich einer von ihnen war. Das bewies, in welch mieser Situation ich mich befand. Nun denn, wenn die Polizei mir nicht helfen wollte und die Beweise schneller verschwanden, als sie auftauchten, was blieb mir anderes übrig?

«Es gibt eine Bedingung», stellte Blitzer klar.

«Welche?»

«Du schaust heute Abend vorbei.»

«Was? Wo?»

«Scheiße, Werner ..., das sagt man so, wenn man jemanden einlädt», stöhnte er. «Du hast es tatsächlich nicht so mit zwischenmenschlichen Kontakten, was?»

Auf diese Frage musste ich nicht antworten. Noch vor zehn Jahren hatte ich mich in nichts vom Durchschnittsabsolventen einer Universität unterschieden; die fünf Jahre Studium hatte ich, wann immer es ging, auf Partys verbracht, und ich hatte keine Defizite gehabt, wenn es um zwischenmenschliche Beziehungen ging.

Jetzt war ich an dem Punkt angelangt, an dem ich sogar virtuelle Multiplayer-Spiele aufgegeben hatte. Ich war im Einzelspielermodus.

«Du schaust vorbei, wir trinken Bier und besprechen alles.»

«Heute? Eigentlich wollte ich ...»

«Was?», unterbrach er mich. «Dich allein besaufen?»

Obwohl mir mein Kater immer noch zusetzte, hatte ich genau das vorgehabt.

Schlussendlich hatte ich keine andere Wahl, als Blitzers Vorschlag zuzustimmen. Ich sah sogar ein, dass es mir guttun könnte. Und vielleicht konnten wir uns mit vereinten Kräften Klarheit über die Dinge verschaffen.

Am Schluss waren wir stockbesoffen.

Die ersten ein, zwei Stunden tranken wir tatsächlich Bier. Aber das war nur das unschuldige Präludium, bevor wir zu dem härteren Zeug griffen, das Blitz im Kühlschrank hatte. Als stärkstes Gift erwies sich Gin Tonic, aber ich vermute, dass bei der Mixtur, die wir schon intus hatten, uns sogar ein alkoholfreies Bier den Rest gegeben hätte.

Als ich aufwachte, fühlte ich mich gar nicht mal so übel, also lag die Schlussfolgerung nahe: Ich war noch immer betrunken. Das Schlimmste sollte jedoch noch kommen.

Ich quälte mich aus dem Bett im Gästezimmer und ging ins Wohnzimmer. Was ich sah, war eine postapokalyptische Landschaft. Mein Blick stolperte über leere Flaschen, zusammengedrückte Dosen, offene Chipstüten und überquellende Aschenbecher. Mir wurde flau im Magen.

Wie durch einen Nebel erinnerte ich mich, dass wir nach dem ersten oder zweiten Bier Reimann Investigations kontaktiert hatten. Ihre Vorgehensweise beunruhigte mich ein wenig, sie hatte etwas Konspiratives. Um mit der Person zu chatten, die mit dem Fall betraut war, erhielt man per SMS einen einmaligen Zugangscode, den man dann auf einer bestimmten Seite zusammen mit dem persönlichen Log-in und einem Passwort eingeben musste. Die Seite hatte keine Domain, nur eine IP-Adresse, außerdem wurde uns versichert, dass sie in keiner Suchmaschine verzeichnet war.

Ich bekam den Eindruck, dass das alles Marketingstrategien waren, die den Klienten den Eindruck vermitteln sollten, sie hätten es mit echten IT-Spezialisten zu tun. Vielleicht sogar mit einer Gruppe von Hackern, die sich nicht outen wollte.

Wir übergaben RI die wichtigsten Informationen, legten die Zeit für ein Gespräch am folgenden Tag fest und begannen dann alle alkoholischen Getränke durchzutesten, die Blitzer zu Hause hatte.

Vielleicht waren wir sogar irgendwann losgegangen, um mehr zu kaufen, ich war mir nicht sicher.

Jetzt, während ich das Ausmaß des im Wohnzimmer herrschenden Chaos betrachtete, kam es mir vor, als hätten wir Einkäufe im Großhandel getätigt.

Ich sammelte meine Sachen ein, dann schwankte ich Richtung Tür. Ich wollte Blitzer nicht wecken – für sein ganzes Engagement sollte er sich wenigstens ausschlafen dürfen.

Als ich die Wohnungstür erreichte, sah ich, dass sie nur angelehnt war.

Für einen Moment verspürte ich Angst, aber mein benebelter Verstand jubelte mir sofort den Gedanken unter, dass wir bei unserer Rückkehr aus dem Laden vermutlich zu betrunken gewesen waren, um sie zuzumachen.

Ich schluckte meinen zähen, nach Alkohol schmeckenden Speichel hinunter und drehte mich um. Nach kurzem Zögern ging ich zu Blitzers Schlafzimmer. Mir war leicht schwindlig, als ich die Tür öffnete. Das war jedoch nichts im Vergleich zu dem Gefühl, das mich überwältigte, als ich Blitzer sah.

Er lag rücklings auf dem Bett, ein Arm hing hinunter auf den Boden. Das Laken war voller Blut, und Blitzer starrte mit leeren, aufgerissenen Augen zur Decke. Sein Mund war unnatürlich weit offen, wie zu einem makabren Schrei erstarrt.

Ich weiß nicht, wie lange ich ebenfalls wie erstarrt dastand.

Dann stürzte ich stolpernd zum Bett. Ich legte einen Finger an seine Halsschlagader, aber das war nur ein reiner Reflex. Mir war absolut bewusst, dass es sinnlos war zu kontrollieren, ob mein Freund noch lebte.

5

Ich überlegte lange, wen ich auf den Fall der jungen Frau aus Opole ansetzen sollte. Im Grunde kamen nur zwei Personen in Frage, alle anderen hatten zu tun. Robert ließ ich außen vor – für ihn war Reimann Investigations nur noch Nebensache. Anfangs ein Hobby, war es inzwischen zu einem seiner vielen verschütteten Interessen verkommen.

Schließlich entschied ich mich für Jola Kliza, die in Deutschland, in Kaiserslautern, studiert hatte und die wir eigentlich nur aus diesem Grund eingestellt hatten.

Sie war dünn und voller Komplexe, machte aber keinen schüchternen, sondern einen eher schroffen Eindruck. Weil sie sich unwohl fühlte, nicht wegen eines bösartigen Charakters. Als wir sie einstellten, würdigte Robert sie keines Blickes, dabei wusste er weibliche Schönheit durchaus zu schätzen.

Wir trafen uns in einem von Roberts Lokalen in der Ulica Grunwaldzka in Pobierowo. In der Hochsaison befand sich das *Baltic Pipe* im Belagerungszustand, aber zu dieser Jahreszeit regelte ich geschäftliche Dinge gerne in diesem Café.

Obwohl unsere Klienten das sicher nicht vermuteten, hatten wir kein eigenes Büro. Im Unternehmensregister stand zwar die Adresse unseres Hauses an der Küste, aber das war nur der amtlichen Notwendigkeit geschuldet.

Mir schien das vernünftig, schließlich arbeiteten wir nur über das Internet. Unser Team bestand aus Leuten wie Kliza, die sich mit der Sicherheit der Surfer vom Kap Rewal im Netz bewegten.

Ich übergab Jola alle notwendigen Informationen, und sie nahm noch am selben Abend Kontakt mit dem Klienten auf. Auf dem Papier war Adam Blicki unser Auftraggeber, aber er legte Wert darauf, dass ein gewisser Damian Werner alle Entscheidungen traf.

Zum ersten Mal kam Kliza zu spät zu einem Treffen. Ich vermutete, sie hatte die ganze Nacht nach Informationen gesucht. Als wir sie einstellten, dachten wir, unser Team würde um eine Researcherin reicher, stattdessen aber holten wir uns einen ausgemachten Workaholic ins Boot. Aus unserer Sicht ein Volltreffer.

«Kasandra, das tut mir schrecklich leid», sagte Jola leise, als sie sich hinsetzte.

Ich bestand darauf, dass die Mitarbeiter uns duzten. Robert machte das auch, wenn auch nur ungern. Aber weil wir alle miteinander fast nur über Messenger kommunizierten, schienen mir Förmlichkeiten einfach fehl am Platz.

«Nicht schlimm», sagte ich und reichte ihr die Speisekarte.

Sie schüttelte den Kopf und strich sich das ungekämmte Haar zurecht.

«Du willst doch nicht, dass ich allein trinke?», fragte ich und zeigte auf mein Glas Prosecco.

«Es ist erst kurz nach zwölf.»

«Also höchste Zeit.»

Ich ließ den Blick durch das im Industrial-Look gehaltene Lokal wandern, nickte dem Kellner zu und zeigte auf mein Glas. Mehr brauchte er nicht, um zu verstehen.

Ich trank nicht viel, zumindest nicht viel auf einmal. Allerdings süffelte ich seit gut sieben Jahren den ganzen Tag lang Prosecco, in kleinen Schlucken. Das hatte gleich nach der Geburt von Wojtek angefangen, nach neun Monaten Abstinenz hatte ich was nachzuholen.

Ich dachte nie darüber nach, ob ich abhängig war. Genauso wenig wie die alten Römer und Griechen, die ihre Tage mit Wein begannen wie wir unsere heute mit Kaffee. Ich ließ antike Sitten fortleben.

«Danke, aber ich muss noch arbeiten», sagte Jola und holte ihr Tablet raus.

Sie legte es auf den Tisch und schaltete es ein. Wir zahlten ihr so viel, sie hätte sich das neueste iPad kaufen können, behauptete aber immer, sie wolle ein Gerät, das sich schnell rooten und an ihre Bedürfnisse anpassen ließ.

«Das ist ein interessanter Fall», sagte sie.

«Zweifellos», antwortete ich mit einem Lächeln.

Sie sah mich an und hob die Augenbrauen. Die geschwollenen Lider traten noch deutlicher hervor.

«Du hast nicht geschlafen», stellte ich fest.

«Nicht alle können aussehen wie du.»

«Gott sei Dank», platzte ich heraus und hob mein Glas, «sonst hätten wir hier bald eine Schwemme versnobter und neureicher Damen, die auf Aristokratin machen.»

Jola öffnete den Mund, aber bevor sie etwas sagen konnte, stellte der Kellner ein Glas Schaumwein vor mich hin.

«Das meinte ich nicht», brachte sie nur hervor.

«Schon gut, ich kann mich selbst auch mal von außen betrachten. Dem Prosecco sei Dank.»

«Aber so siehst du dich doch nicht, oder?»

Ich zuckte mit den Schultern; Kliza sah sich um.

«Für viele bist du ... Was weiß ich, fast so etwas wie eine Ikone. Und ganz sicher ein Vorbild.»

«Wie man sich reiche Männer angelt?»

«Eher in Sachen Stil, Eleganz und Klasse.»

Ich musste lächeln, weil sie in Gesellschaft so unbeholfen war, dass sie nicht einmal die billigsten Witze verstand.

«Die Gehaltserhöhung kannst du vergessen», sagte ich. «Es sei denn, ich kriege noch ein paar solche Komplimente zu hören.»

«Ich probier's mit was anderem», sagte sie und zeigte auf ihr Tablet.

Wir wurden ernst, es war Zeit, zum Geschäftlichen zu kommen.

«Gib dir Mühe, die Sache könnte für Aufmerksamkeit sorgen.»

«Ich dachte, die sei uns nicht wichtig.»

«Nicht für die Arbeit an sich. Für die Ergebnisse sehr wohl.»

Ich schob das Glas beiseite und legte die Hände auf den Tisch. Ich saß schnurgerade. Der teure Blazer und die blaue Bluse aus beinahe hundertprozentiger Baumwolle hätten auch sonst gut gesessen, aber nach jahrelanger Übung nahm ich diese Haltung fast schon unbewusst an.

«Was hast du herausgefunden?»

«Am Anfang hat man ihren Freund verdächtigt.»

«Damian Werner?»

Sie nickte.

«Die ersten Ergebnisse ließen auf Mord schließen.»

«Aber eine Leiche wurde nie gefunden?»

«Nein, obwohl die Ermittler vermuteten, der Typ hätte sie in den Fluss geworfen. Man suchte den Grund ab, aber das geschah erst viele Tage, nachdem Werner sie als vermisst gemeldet hatte. Bis dahin hätte die Leiche auch schon ganz woanders sein können.»

«Warum hat man ihn verdächtigt?»

Die Frage schien mir zulässig, obwohl die Polizei sich zunächst immer für das nähere Umfeld interessierte. In achtzig Prozent der Fälle stammten die Schuldigen aus dem Familienkreis. Meist wurden die Taten ungeplant und im Affekt begangen, und die Polizeistatistiken belegten, dass die Wahrheit meistens schon innerhalb von achtundvierzig Stunden ans Tageslicht kam.

Natürlich gab es auch solche Fälle, in denen jemand zwanzig Jahre lang eine Leiche im Keller liegen hatte und Freunden und Bekannten erzählte, er oder sie sei verschwunden oder verreist.

«Niemand hat den vermeintlichen Streit vor dem Pub beobachtet», sagte Kliza.

«Also musste sich Werner die Verletzungen selbst zugefügt haben?»

«Man nahm an, die Verlobte habe sich gewehrt.»

«Klingt reichlich verworren», kommentierte ich. «Und diese Version wurde tatsächlich in Erwägung gezogen?»

«Ja.»

«Der Junge macht seiner Freundin einen Heiratsantrag, vergewaltigt sie hinterher, tötet sie und schmeißt sie in den Fluss? Phantasiebegabt, unsere Polizei.»

«Oder erfahren.»

Treffende Bemerkung, dachte ich mir. Die polizeilichen Ermittler hatten sicherlich schon einiges gesehen.

«Es gab also keine Zeugen?», fragte ich.

«Nicht einen einzigen. Die Gäste berichteten lediglich von einer Gruppe Männer, die den Pub ungefähr zu der Zeit verließ, die Werner genannt hatte. Alles andere basierte allein auf seiner Aussage, also ...», sie zuckte mit den Schultern.

«Und DNA-Spuren?»

«Es wurden Proben genommen von dem Tisch, an dem die Männer gesessen hatten. Aber kein einziger Treffer im System.»

«Und vom Tatort? Von diesem ... Klub der Witzbolde?»

«Spötterloge», berichtete sie, und ich nickte. «Ein echter genetischer Flickenteppich. Genug DNA-Material, um alle Labore in Polen wochenlang zu beschäftigen.»

«Spermaspuren?»

«Keine gefunden.»

«Schweiß? Andere Absonderungen?»

«In Hülle und Fülle», erwiderte Jola, ohne den Blick vom Tablet zu wenden. «Es handelt sich um einen beliebten Treffpunkt in Opole, zumindest war das damals so. Heute hat da ein nahe gelegener Pub seinen Biergarten, ist alles wieder grün.»

Ich atmete tief ein, dann trank ich mein Glas leer und bestellte für Jola was Alkoholfreies. Der Kellner war sofort zur Stelle, er hörte unserem Gespräch zu und ließ uns nicht aus den Augen.

«Videoüberwachung?»

«Gab es dort damals nicht. Die nächstgelegene Kamera war ein paar hundert Meter entfernt, hatte aber zu der Zeit keine Gruppe von Männern aufgezeichnet. Die paar einzelnen, die auf den Bildern zu sehen waren, wurden identifiziert und verhört. Keiner von denen war in jener Nacht in der Gegend der Młynówka gewesen.»

«Młynówka?»

«Ein stillgelegter Arm der Oder», erklärte Kliza und winkte ab. «Ist auch nicht wichtig.»

«Sind da Schleusen?»

«Auf beiden Seiten.»

«Das heißt ...»

«Wenn der junge Mann die Leiche ins Wasser geworfen hat, ist sie zunächst sicher in einer davon hängen geblieben, aber bis die Suche begann, wurden die Schleusen mehrfach geöffnet. Vergiss nicht, zunächst ging man von einer Vermisstenfahndung aus. Erst später begann man, nach einer Leiche zu suchen.»

«Aber unser Klient wurde schließlich als Verdächtiger ausgeschlossen?»

«Formal ja.»

«Und tatsächlich?»

«Es sieht so aus, als wäre Marek Prokocki, der damals leitende Ermittler, er ist heute Hauptkommissar, sich bis zum Schluss nicht sicher gewesen, ob diese Entscheidung richtig war.»

«Weil?»

«Ihm kam Werner einfach verdächtig vor. Details findet man sicherlich noch im Bericht, aber an den komme ich nicht ran.»

«Noch nicht.»

Kliza verstand die kaum verhüllte Anspielung und nickte. Ich wusste, sie würde an jede Information herankommen, wenn sie nur genügend Zeit hätte. Und dabei von andern in Ruhe gelassen würde.

Ich hatte ewig gebraucht, sie dahin zu bringen, sich in meiner Anwesenheit so wohlzufühlen, dass sie in ganzen Sätzen sprach. Ich konnte mir nicht vorstellen, wie sie mit solchen Schwierigkeiten in Kaiserslautern umgegangen war. Vielleicht auch gar nicht. Vielleicht hatte sie sich einfach in ihrem Zimmer eingeschlossen und sich in die Bücher vertieft. Vielleicht gerade daher ihre beeindruckenden Studienleistungen.

Ich hörte ihr noch eine gute halbe Stunde lang zu. Keiner der Beweise hatte Damian Werner belastet, also war man zu dem Schluss gekommen, dass der Verlobte nichts mit der ganzen Sache zu tun hatte. Es schien, die Polizei habe länger als nötig gebraucht, um diesen eigentlich logischen Schluss zu ziehen.

Als ich das Jola sagte, verzog sie den Mund.

«Ich denke, sie waren gewissenhaft; zumindest, was ihn betraf», bemerkte sie. «Mir scheint jedenfalls etwas anderes verdächtig.»

«Was?»

«Sie fanden biologische Spuren an seinem Körper und seiner Kleidung. Und sein Gesicht war voll mit Formspuren, was zeigt, wie die Angreifer mit ihm umgegangen sind.»

Ich hob die Brauen.

«Ich meine Schuhabdrücke.»

«Ich weiß schon, was Formspuren sind», erwiderte ich mit einem schwachen Lächeln und nahm das Prosecco-Glas. «Was ist daran verdächtig?»

«Es wurde kein Abgleich mit den Schuhabdrücken im Pub vorgenommen. Man hätte ein Profil erstellen können, mit etwas Glück auch mit den Lippen- und Fingerabdrücken von den Biergläsern. Man hätte viel mehr haben können. Aus irgendeinem Grund aber hat man sich die Mühe nicht gemacht.»

«Jemand bei der Polizei wollte was verbergen?»

«Vielleicht.»

Einen Moment lang schwiegen wir. Der Kellner starrte uns noch immer an, als wäre er kein Angestellter des *Baltic Pipe*, sondern Bediensteter in einem Adelshaus. Ich merkte, dass sich Jola deswegen unwohl fühlte, konnte aber nichts dagegen tun. Robert gab seinem Personal Anweisungen, gegen die auch ich nicht ankam.

«Die junge Frau ist also vor zehn Jahren verschwunden und taucht jetzt einfach so bei einem Konzert auf, das zufälligerweise auch ein Bekannter von Werner besucht», fasste ich zusammen.

«Kein Bekannter, sondern sein bester Freund. Nach allem, was ich weiß, auch sein einziger.»

«Und zu allem Überfluss taucht im Netz auch noch ein Foto auf, das Werner auf seinem Handy hatte.»

«Mhm», bestätigte Kliza.

«Und kaum wird ein wenig nachgeforscht, ist alles verschwunden, einschließlich des Accounts, über den das Foto hochgeladen wurde.»

Jola verzog das Gesicht, als wäre die letzte Bemerkung ihr unangenehm.

«Egal, wie wenig wir haben, normalerweise hätte ich etwas gefunden. Aber das Schlimmste ist, dass ich nicht mal diesen Braddy finden kann.»

Das war wahrscheinlich das erste Mal, dass ich sie so etwas sagen hörte. Sonst meinte sie immer, für das Internet gelte das Gleiche wie für die Natur: Jeder hinterlasse Spuren, selbst der größte Virtuose im Verwischen.

Ich schwieg und wartete ab, was sie weiter sagen wollte. Aber offensichtlich war das schon alles.

«Du hast gesagt, man könne sich leichter in der Wüste als im Internet verstecken», brach ich schließlich das Schweigen. «Du musst doch auf irgendeine Spur gestoßen sein.»

«Bin ich auch», antwortete sie und seufzte tief. «Google hat alles archiviert, aber das Einzige, auf das ich gestoßen bin, ist ein gelöschtes Facebookprofil von Phil Braddy. Ich konnte lediglich die IP-Adresse prüfen und so feststellen, dass er TOR genutzt hat.»

The Onion Router. Ein Netz wie eine Zwiebel, das es erlaubt, sein Netzverhalten zu verschlüsseln. Bei TOR fanden mehr Menschen Zuflucht vor den Strafverfolgungsbehörden als in den Höhlen Afghanistans zur Blütezeit von al-Qaida.

«Die Zahl der Router war ungewöhnlich hoch», fuhr Jola fort, «die meisten von ihnen befanden sich in Großbritannien. Und es ist gut möglich, dass einer davon auf Braddys Computer war. Das kann ich jetzt nicht mehr feststellen.»

«Er hat sich also ziemlich viel Mühe gemacht, bevor er das Foto hochgeladen hat», quittierte ich.

«Mehr als ein gewöhnlicher Nutzer.»

Ich sah das Funkeln in ihren Augen und wunderte mich überhaupt nicht mehr, dass sie keinen Schlaf fand. An ihrer Stelle hätte ich wahrscheinlich auch ganze Nächte damit zugebracht, dem Geheimnis auf die Spur zu kommen.

«Okay», sagte ich und gab zu verstehen, dass mein Interesse für heute befriedigt war. «Was machst du als Nächstes?»

«Ich werde die Spur des zweiten Fotos verfolgen. Wenn es nur auf Werners Smartphone war, muss ich prüfen, ob jemand Zugang dazu hatte.»

«Dieser Freund vielleicht?»

«Sieht so aus, als wäre er der Hauptverdächtige», gab Jola zu.

«Zumal er auch in Wrocław auf dem Konzert war. Und er hat bei Spotted das Foto gefunden.»

«Aber immerhin bezahlt er unsere Rechnung.»

«Vielleicht nur, um den Anschein zu wahren.»

Ich sah aus dem Fenster und schwieg eine Weile. Die leeren Straßen, durch die sich in einigen Monaten Ströme von Touristen wälzen würden, wirkten beruhigend auf mich.

«Die grundlegende Frage lautet: Kann das wirklich sie gewesen sein?», murmelte ich vor mich hin.

«Augenscheinlich ja.»

«Keine verlorene Zwillingsschwester? Keine Doppelgängerin?»

«Weder das noch ein Klon oder ein Alter Ego aus einer Parallelwelt.»

«Aber was hat sie in diesem Fall all die Jahre gemacht? Und warum ist sie überhaupt verschwunden?», fragte ich und schüttelte den Kopf. «Hat sie jemand gegen ihren Willen festgehalten?»

Jola sah mich unsicher an, als wäre ihr nicht klar, ob ich mir oder ihr diese Fragen stellte.

«Auf dem Bild vom Konzert sieht sie nicht so aus, als würde sie jemand zu etwas zwingen.»

«Der Schein kann täuschen.»

«Vielleicht», gab Kliza zu. «Der Mann, der von hinten zu sehen ist, sieht nicht besonders freundlich aus.»

So viele Möglichkeiten. Ich empfahl Jola, sie schnellstmöglich einzugrenzen, dann stand ich vom Tisch auf. Ich sah Robert mit seinem silbernen BMW 4er Gran Coupé vorfahren. Der Wagen fiel auf, es war schwierig, ihn auf der Straße nicht zu bemerken – obwohl ich auch mit geschlossenen Augen gewusst hätte, dass mein Mann gerade angekommen war. Er verpasste nie eine Verabredung.

Ich verabschiedete mich von Kliza und rief ihr zu, sie solle doch noch einen Prosecco auf Kosten des Hauses nehmen. Dann stieg ich in den Wagen. Er roch neu, obwohl er älter als ein Jahr war.

Ich sah Robert an, als er dem am Fenster stehenden Kellner einen bedeutungsvollen Blick zuwarf. Der nickte ihm zu und entfernte sich.

Mein Mann räusperte sich.

«Hör mal, Kas...»

«Ist nicht der Rede wert», versicherte ich ihm. «Was gestern war, ist vorbei.»

«Bist du dir sicher?»

Ich war mir sicher, aber nicht so, wie er dachte. Was Robert getan hatte, würde gewaltige Konsequenzen haben. Es würde sein Leben ruinieren und meines völlig umkrempeln, obwohl ihm das noch nicht klar war.

Weil er mein Schweigen für eine ausreichende Antwort hielt, wendete er den Wagen und fuhr in Richtung unserer Villa an der Küste.

«Wie war dein Treffen?», fragte er.

«Kliza ist genau die Richtige.»

Er nickte, ohne etwas zu sagen, und starrte auf die Straße vor uns. Dann blickte er auf seine nur allzu bekannte Art zu mir herüber.

«Mein Gott, Robert ...», sagte ich, «ich habe ihr nichts gesagt. Was unterstellst du mir da?»

Keine Antwort.

6

Verschwitzt, erschöpft und komplett verwirrt kam ich in der Wohnung meiner Eltern in der Ulica Grottgera an. Ehrlich gesagt wusste ich nicht, was ich tat, vielleicht handelte da ein biologischer Mechanismus, der einem in der Krise befiehlt, bei den Eltern Schutz zu suchen.

Ich war mir sicher, dass ich sie in ihrer Wohnung antreffen würde. Es war zwar Mitte der Woche, aber sie waren beide seit ein paar Jahren pensioniert. Die meiste Zeit verbrachten sie damit, die vielen Bücher, die sie schon kannten, noch einmal zu lesen. Selten ließen sie sich zu etwas anderem überreden.

Meine Mutter öffnete die Tür, doch bevor sie etwas sagen konnte, war ich an ihr vorbei und in der Wohnung. Der erschreckte Ausdruck, der über ihr Gesicht huschte, entging mir aber nicht.

«Damian?», fragte sie mit bebender Stimme. «Was ist passiert?»

Schwer atmend schlug ich die Tür hinter mir zu und lehnte mich dagegen. Ich drehte den Kopf zur Seite und schloss die Augen.

Gute Frage, dachte ich.

Was war passiert?

Bevor ich aus Blitzers Wohnung geflüchtet war, hatte ich im Schlafzimmer ein blutiges Messer bemerkt. An Blitzers Körper hatte ich nur eine Wunde entdecken können, gleich unterhalb der Rippen. Das viele Blut auf dem Bett deutete darauf hin, dass Blitz noch einige Zeit mit dem Tod gerungen hatte, vielleicht hatte er versucht, Hilfe zu holen. Oder er hatte mit dem Angreifer um sein Leben gekämpft.

Ich zuckte zusammen.

Das konnte kein Zufall sein. Da hatte ich nicht den leisesten Zweifel.

Es sah aus, als sei aus der Wohnung nichts Wertvolles verschwunden, außerdem hatte Blitz keine Feinde. Er war allgemein beliebt, fiel nicht auf, und die Frauen, mit denen er kurze Affären hatte, wussten nicht einmal, wo er wohnte.

Umgebracht hatte ihn der, der hinter Ewas Verschwinden steckte.

«Was ist passiert?», wiederholte meine Mutter.

Ich öffnete die Augen und schaute sie an. In diesem Moment kam mein Vater aus dem Wohnzimmer und runzelte die Stirn.

«Mein Junge?», er hatte eine dröhnende, tiefe Stimme.

Er nannte mich immer so, ich glaube, er hatte noch nie meinen Namen benutzt. Anfangs war das sein persönlicher Protest gegen die Entscheidung meiner Mutter gewesen, mich Damian zu nennen. Später wurde es zur Gewohnheit.

Beide waren sie gütige, anständige Leute – so würde ich sie auch beschreiben, wenn sie nicht meine Eltern wären. Manchmal schien es mir, als wäre die Vorstellung vom Bösen, die so vielen Menschen geläufig ist, für sie eine reine Abstraktion.

Daher war es für mich umso schwieriger, ihnen zu erklären, was passiert war.

Eine gute Stunde lang brauchte ich, um alles herauszubringen. Wir saßen in dem kleinen, vollgerümpelten Wohnzimmer und tranken theoretisch Tee. Praktisch standen die Tassen unberührt auf dem Tisch und waren kalt geworden, bevor wir den ersten Schluck nahmen.

Anfangs konnten meine Eltern nicht glauben, was sie da hörten, dann verweigerten sie sich. Schließlich jedoch akzeptierten sie, was passiert war, schneller, als viele andere Menschen es an ihrer Stelle getan hätten. Ich wusste, woran das lag. Wir waren an die Tragödie gewöhnt, sie war nichts Neues. Nach Ewas Verschwinden waren wir auf alles gefasst.

Für meine Eltern war sie wie eine Tochter gewesen, nähergekommen waren sie sich besonders, als Ewas Eltern bei einem Autounfall starben, ungefähr ein Jahr vor der Attacke an der Młynówka. Vorher hatte aufgrund meiner Schwiegereltern in spe eine leichte Distanz zwischen ihnen geherrscht. Sie kamen aus unterschiedlichen Welten – meine Eltern waren in einfachen Arbeiterfamilien großgeworden, Wohlstand war ein Fremdwort für sie gewesen. Die Eltern meiner Verlobten hingegen besaßen von allem mehr als genug.

Das Schicksal entriss Ewa meinen Eltern gerade da, als sie sie liebgewonnen hatten. Ich war überzeugt davon gewesen, dass uns dieses Ereignis, das uns zehn Jahre zuvor erschüttert hatte, härter gemacht hätte, aber kaum hatte ich alles erzählt, wusste ich, dass das auf einen von uns nicht zutraf. Mir war kotzübel.

«Du bist ganz blass», sagte meine Mutter.

Konnte ich einen anderen Kommentar erwarten? Sie schaute mich zutiefst beunruhigt an, während mein Vater mit leerem Blick die Wand anstarrte. Einen Moment lang sagte keiner von uns ein Wort.

«Du meine Güte», stöhnte meine Mutter und schüttelte den Kopf, dann erhob sie sich plötzlich. «Jetzt mach ich erst mal was zu essen. Du musst ... Du hast ja noch nichts gegessen, oder?»

«Nein.»

Sie ging in die Küche, und ich wechselte mit meinem Vater einen kurzen, aber bedeutsamen Blick. Uns beiden wurde allmählich klar, in welch elender Situation ich mich befand.

«Hast du die Polizei verständigt?», fragte er.

Ich schüttelte den Kopf.

«Vielleicht solltest du das. Es wäre besser, wenn sie das von dir hören.»

«Was sollte das bringen?»

«Es würde einen besseren Eindruck machen.»

«Der Eindruck ist eindeutig», wehrte ich ab. «Meine Fingerabdrücke sind überall in der Wohnung.»

«Genau das meine ich ja, mein Junge. Du musst so schnell wie möglich beweisen, dass du mit alldem nichts zu tun hast.»

Das Trauma war für uns seit Jahren eine große Last gewesen, daher blieben wir jetzt einfach sachlich. Trotzdem konnte ich mir kein Szenario vorstellen, das mir hätte helfen können.

«Ich kann nicht hexen», gab ich zurück und rutschte auf dem Sofa herum. «Außerdem hat bestimmt schon jemand die Polizei alarmiert. Vielleicht untersuchen sie die Wohnung gerade nach Fingerabdrücken. Und sobald sie im Labor analysiert wurden, kommen sie zu mir.»

«Das kannst du nicht wissen.»

«Nein?»

Ich schnaubte, vermutlich aus reiner Hilflosigkeit. Dann schloss ich die Augen und lehnte den Kopf zurück – für einen Augenblick kam es mir so vor, als sei das alles eine alkoholbedingte Illusion.

«Du hast das Messer dort gesehen, oder?»

«Ja, ich glaube schon.»

Ich erinnerte mich nur schemenhaft an das alles, aber ich machte mir nicht vor, dass es lange so bleiben würde. Mit den Erinnerungen an die Młynówka war es ähnlich gewesen. Am Anfang waren sie verschwommen und teilweise unerreichbar gewesen wie hinter Milchglas. Dann wurden die Bilder durch Albträume und aus dem Abgrund zurückkehrende Erinnerungen wieder schärfer. Und am Ende waren sie so klar wie die Gegenwart.

«Auf dem Messer befinden sich keine Fingerabdrücke von dir», fügte mein Vater hinzu. «Das wird reichen.»

«Sie werden sagen, ich hätte Handschuhe getragen.»
«Und waren dort irgendwo welche?»
«Papa ...»
«Das sind alles wichtige Fragen.»
Ich schüttelte ratlos den Kopf.
«Für dich, aber nicht für die Polizei», gab ich entschieden zurück. «Sie werden annehmen, dass ich die Handschuhe mitgenommen und irgendwo entsorgt habe.»

Kaum hatte ich das gesagt, wurde mir schlagartig bewusst, dass die Wohnung zu verlassen das Schlimmste gewesen war, was ich hatte tun können. Ich hätte dort bleiben und sofort die Vollzugsbehörden benachrichtigen sollen. Und dann warten und nichts anfassen.

Aus der Küche drang der Duft von gebratenem Ei herüber. Meine Mutter machte mit Abstand das beste Rührei, aber in diesem Moment verursachte mir allein der Gedanke an Essen Übelkeit.

Ich beugte mich vor und vergrub mein Gesicht in den Händen.

Was zur Hölle war hier los? Wer hatte Blitzer umgebracht und warum? Auf eine Art und Weise, die nahelegte, dass ...

Mein Gedankengang riss ab, als plötzlich eine Hitzewelle meinen Körper durchfuhr. Meine Handflächen wurden feucht, und mir wurde noch übler. Langsam ließ ich die Hände sinken und starrte meinen Vater mit leerem Blick an.

«Was ist los?», fragte er.

«Das Messer ...»

Mein Vater hob die Augenbrauen, und die tiefen Falten auf seiner Stirn schienen den Ansatz seines schütteren grauen Haars fast zu berühren.

«Oh Scheiße», stöhnte ich.

«Was ist denn los, Junge?»

«Ich hab das Messer gestern Abend benutzt», antwortete ich und rieb mir nervös den Nacken. «Ich habe es benutzt, um Wein aufzumachen, ich hab die Folie an der Flaschenöffnung abgeschnitten ...»

«Und du bist dir sicher, dass es dasselbe Messer war?»

Ich nickte. Ich war mir zwar nicht hundert Prozent sicher, aber es schien mir logisch. Der Mörder war in die Wohnung eingedrungen, hatte das Messer auf der Küchenarbeitsplatte liegen sehen und beschlossen, es zu benutzen. Blitz hatte bestimmt nicht viel Widerstand geleistet, er war genauso blau gewesen wie ich. Vielleicht sogar noch mehr.

Unwillkürlich stellte ich mir vor, wie er aus seinem Säuferschlaf erwachte, nur, um dann sofort zu sterben. Der Gedanke ließ mich schaudern.

Mein Vater und ich schwiegen eine Weile. Erst als meine Mutter mit dem Rührei ins Wohnzimmer kam, erwachten wir aus unserer Starre. Sie reichte uns die Teller, obwohl sie wissen musste, dass das Frühstück das gleiche Schicksal teilen würde wie der nicht beachtete Tee. Aber sie brauchte das Gefühl, etwas getan zu haben, versucht zu haben, sich um uns zu kümmern.

Sie setzte sich neben meinen Vater aufs Sofa und schaute mich zutiefst besorgt an.

«Was machen wir jetzt?», fragte sie.

«Erst mal nichts.»

Ich befürchtete, dass mein Vater mich noch mal zu überreden versuchen würde, die Polizei zu kontaktieren, doch er sagte nichts. Erst nach einer Weile verstand ich, dass er seine Einwände auf andere Art vorbrachte. Er durchbohrte mich mit dem altbekannten Blick.

«Das ist doch sinnlos», murrte ich.

«Ich sage ja gar nichts, Junge.»

«Musst du auch nicht. Ich sehe schon, dass du immer noch willst, dass ich die Polizei rufe.»

«Nein, tue ich nicht.»

«Dann ist es ja gut», antwortete ich ein wenig zu scharf, aber meine Emotionen gewannen langsam die Oberhand. «Du siehst hoffentlich, dass mir das in die Schuhe geschoben werden soll. Und dass, wer auch immer hinter alldem steckt, einen gewissen Einfluss auf die Polizei hat.»

Er seufzte, meine Mutter schaute weg. Sie kannten das schon, das immer gleiche Lied, ich hatte es nach Ewas Verschwinden lange genug wiederholt. In den verschiedenen Depressionsstadien, die ich durchlaufen hatte, gab ich jedem, der mir einfiel, die Schuld.

Eine Zeitlang hatte ich darauf beharrt, dass die Ermittler die Beweismittel vertuschten und selbst in die Sache verstrickt waren. Irgendwann kam ich sogar auf die Idee, dass die Angreifer in Wahrheit Beamte waren, die sich in ihrer Freizeit amüsieren wollten.

Schließlich hatte ich alle Verschwörungstheorien und absurden Szenarien verworfen, doch jetzt musste ich sie wieder in Betracht ziehen. Angesichts der Umstände war alles möglich.

«Die kommunistischen Zeiten in Polen sind vorbei», sagte mein Vater. «Heute haben sie die Ausrüstung, die Technologie ... Sie werden feststellen, was tatsächlich passiert ist.»

Blitz war tot, und ich lebte – das war passiert.

Es konnte nur einen Grund dafür geben. Dem Mörder war es nicht nur darum gegangen, meinen Freund auszulöschen, nicht nur darum, eine Botschaft zu senden, sondern auch, mich zu belasten. Aber warum? Wäre es nicht einfacher gewesen, mich auch umzubringen?

Mir wurde noch heißer, als ich darüber nachdachte, wie nahe ich dem Tod gewesen war. Ein Moment hätte gereicht. Die Entscheidung eines einzelnen Menschen.

«Jede Spur, die sie finden, wird auf mich deuten», murmelte ich vor mich hin. «Wer auch immer das getan hat, hat dafür gesorgt.»

Bevor einer von ihnen etwas antworten konnte, ließ uns ein Ton zusammenzucken. Nur einen Augenblick später realisierte ich, dass es Blitzers Handy war. In meiner Panik musste ich es reflexartig aus der Wohnung mitgenommen haben. Ich zog das Smartphone aus der Tasche und sah eine ungelesene Nachricht.

Ein Zugangscode von Reimann Investigations. Unwillkürlich legte ich das Telefon auf die Sessellehne, aber keine Sekunde später starrte ich stirnrunzelnd auf das erlöschende Display.

Ich sprang auf und rannte in mein ehemaliges Kinderzimmer, das meinem Vater jetzt als Büro diente. Vor einiger Zeit hatte ich meinen Eltern meinen alten Computer gegeben, denn sie hatten darauf bestanden, mit der Zeit Schritt zu halten und alle Vorteile zu nutzen, die das Internet zu bieten hatte. Der etwas betagte PC war dafür nicht das beste Gerät, aber meine Eltern ließen sich nicht dazu überreden, sich einen neuen Computer anzuschaffen.

In einem Schrank stand auch noch der alte Asus, mein erster Laptop, der eigentlich genauso gut in einem Museum hätte stehen können. Tatsächlich schien mir der alte PC das geringere Übel.

Ich fuhr den Computer hoch, ging auf die Seite und gab den Code ein.

Ein kleines Chat-Fenster öffnete sich mit nur zwei aktiven Teilnehmern, die durch eine Reihe zufälliger Zahlen und Buchstaben identifiziert wurden. Das Skript auf dieser Seite war angeblich hervorragend gesichert, aber ich wusste nicht, ob das der Wahrheit entsprach. Oder ob es nur das übliche Marketingversprechen der RI-Mitarbeiter war, um Blitzer davon zu überzeugen, ihre Dienste in Anspruch zu nehmen.

Sie hatten versichert, dass alle Informationen mit dem Algorithmus AES-256 CTR verschlüsselt wurden. Und zwar, bevor die Mitteilung den Computer des Senders verließ. Auf den Server gelangte also nur die verschlüsselte Version – unmöglich, sie ohne den Code zu lesen, den man vorher per SMS erhalten haben musste.

Eine weitere Sicherheitsmaßnahme sollte sein, dass die Nachrichten nur für dreißig Sekunden auf den Festplatten von Reimann Investigations gespeichert wurden.

Ich schaute auf den schwarzen Bildschirm und wartete. Schließlich erschien eine Frage:

[xc97it] Ist alles in Ordnung?

Ich musste nicht lange über die Antwort nachdenken.

[w0p6z1] Nein. Nichts ist in Ordnung.

[xc97it] Du bist Werner, richtig?

[w0p6z1] Ja. Wer bist du?

[xc97it] Jola.

Ich beobachtete, wie die Textzeilen erschienen und gleich darauf verschwanden. Der Name sagte mir nichts. Ehrlich gesagt wusste ich nicht einmal, ob sich auf der anderen Seite tatsächlich ein Mensch befand.

[xc97it] Wir haben gestern miteinander gechattet.

[w0p6z1] Ich kann mich nicht so genau daran erinnern.

Eine größere Pause entstand, zumindest aus meiner Sicht. Ich hatte den Eindruck, dass nicht nur ein paar Sekunden, sondern Minuten vergingen, bevor die nächste Nachricht aufpoppte.

[xc97it] Was ist passiert?

Jetzt erinnerte ich mich wieder, dass die Person, mit der wir gestern in Kontakt waren, sich als Jola Kliza vorgestellt hatte. Sie sollte sich mit Ewas Fall beschäftigen, und Blitzer hatte behauptet, wir hätten es nicht besser treffen können – vor allem, weil er sich Jola als langbeinige Blondine mit Sanduhrfigur vorstellte.

Mein Blick glitt durch das Zimmer, und ich entdeckte, dass meine Eltern viele Dinge aus meiner Kindheit behalten hatten. Einige Geschenke von Ewa, die sie mir, glaube ich, noch in der Grundschule gemacht hatte. Die Sammlung enthielt unter anderem zahlreiche Spider-Man-Figuren – der Held meiner Kindheit, nach dem ich total verrückt gewesen war. So sehr, dass Ewa mich genauso nannte wie Mary Jane ihren Peter Parker: Tiger. Normalerweise wäre das ziemlich peinlich gewesen, aber angesichts meiner Verehrung für den fiktiven Superhelden war ich mehr als glücklich darüber.

Es gab sogar noch die Blechtafel, die ich zusammen mit Blitzer irgendwann von einem Verkehrsschild abmontiert hatte.

Erst jetzt spürte ich die ganze Last all dessen, was passiert war. Trotzdem wusste ich, dass für Trauer später noch Zeit sein würde. Bis dahin musste ich mich anstrengen, damit nicht alles von einem Moment auf den anderen zusammenbrach.

Vielleicht war ich inzwischen paranoid, aber ich meinte zu wissen, was mir bevorstand. Die Polizei würde mich festnehmen, die Staatsanwaltschaft Anklage erheben. Ich würde in Untersuchungshaft kommen und dort den Prozess abwarten. Dann würden sie mich direkt ins Gefängnis schicken.

Eine Spur von Ewa zu finden, könnte ich dann vergessen. Ich würde sie niemals finden. Ein weiteres Mal wäre sie für immer verschwunden.

Ich starrte mit leerem Blick auf den Monitor, entfernte mich in Gedanken immer weiter. Erst dieselbe Frage auf dem Bildschirm riss mich aus meiner Abwesenheit.

[xc97it] **Was ist passiert?**

Weil ich wusste, dass Jola momentan die einzige Person war, die mir helfen konnte, beschrieb ich ihr alles, woran ich mich erinnerte. Ich verlor mich nicht in Details, sie schienen mir momentan nicht von Bedeutung. Wenige Sekunden später verschwand der Text, und ich starrte wieder in das leere schwarze Fenster. Der weiße Cursor schien unheilvoll zu blinken.

[xc97it] **Hast du etwas zum Schreiben?**

In der Schublade fand ich einen kleinen Post-it-Block. Dann schrieb ich die Nummer auf, die auf dem Bildschirm zu lesen war.

[xc97it] Kauf eine Prepaid-Karte und ein gebrauchtes Handy. Dann schickst du eine SMS an die Nummer, die ich dir gegeben habe: b4lt1cp1p1.

Ich notierte alles.

[w0p6z1] Und dann?

[xc97it] Das sage ich dir später, fürs Erste musst du das Telefon loswerden.

[w0p6z1] Willst du, dass ich abhaue?

Der Cursor blinkte wieder wie das Auge eines im Dunkeln lauernden Raubtiers. Ich schluckte. Dann kam endlich die Antwort.

[xc97it] Ja.

Und plötzlich wurde ich völlig überraschend ausgeloggt, das Fenster schloss sich. Einen Moment saß ich verblüfft da, bis ich verstand, dass Kliza an Informationen herankam, die ich nicht hatte.

Vielleicht wusste sie mehr als ich.

Ich hatte mehrere Möglichkeiten, aber alle waren ähnlich hoffnungslos. Schließlich wählte ich die, die am wenigsten ausweglos schien. Aus irgendeinem Grund hatte Blitzer diesem Mädchen vertraut – vielleicht sollte ich es auch tun.

Mir kam nicht in den Sinn, dass er vielleicht ihretwegen gestorben war.

7

Daheim warteten Blumenbouquets mit weißen Schwertlilien auf mich. Eines in jedem Zimmer, was insgesamt eine ansehnliche Anzahl bedeutete. Robert wusste genau, dass es meine Lieblingsblumen waren, und kaufte sie bei jeder Gelegenheit. Mich freute das, auch wenn es eine absurde Note hatte, schließlich war Weiß die Farbe der Unschuld und Reinheit.

Und mit diesen Eigenschaften konnte mein Mann sich nicht gerade rühmen.

Auf dem Weg nach Hause fragte er mehrfach, ob ich ihm wirklich nicht böse sei, was ich wie eine gesprungene Schallplatte verneinte. Als wir die Eingangshalle unserer Villa betraten, beobachtete er meine Reaktion ganz genau. Ich tat also alles, um ihn in der Überzeugung zu stärken, eine Entschuldigung sei nicht nötig.

Wir umarmten und küssten uns, dann nahm er mich an der Hand und ging mit mir ins Esszimmer. Es war im Erdgeschoss, auf der Nordseite des Hauses. Von Süden her hatten wir Wald, aber von hier aus überblickte man die grenzenlose Ostsee. Die Villa stand an einer kleinen Böschung, und man konnte bis zum Horizont sehen. Bei gutem Wetter waren die Umrisse von Schiffen auf dem offenen Meer erkennbar, Riesen, die von hier aus nur wie kleine Punkte vor den Wolken am Horizont wirkten.

Das Essen war fertig. Unsere gesamte Küche war digital gesteuert,

Robert hatte das Essen vor der Abfahrt in den Ofen gestellt und ihn von unterwegs eingeschaltet.

Er servierte mir Ente auf vietnamesische Art. Ich wusste, dass ihm das Kochen fehlte – es war eines der Hobbys, für die ihm inzwischen die Zeit fehlte. Die Schärfe und die Anis-Note überraschten mich nicht, diese Geschmacksrichtung nahm das Gericht bei Robert immer an. Eigentlich wunderte mich bei ihm gar nichts mehr. Alles, was er tat, war Teil eines uns bekannten Musters.

«Worüber hast du mit Jola gesprochen?», fragte er, während er uns neuseeländischen Pinot Noir einschenkte. Er war überzeugt, kein anderer Wein harmoniere so gut mit gebratener Ente.

«Übers Geschäftliche.»

«Du hast nicht ...»

«Ich habe dir doch schon gesagt, dass ich das nicht getan habe.»

Er füllte mein Glas zu einem Drittel und setzte sich mir gegenüber.

«Eines habe ich noch nicht gesagt», kam von ihm.

«Und was?»

«Entschuldige.»

Ich sah ihn an und seufzte. Er hatte bisher wirklich nur sichergehen wollen, dass ich ihm nichts übel nahm, eine Entschuldigung war ausgeblieben. Früher oder später kam sie immer. Doch erst musste er den Boden bereiten.

Das war ein Tanz auf dem Parkett, den wir beide hinlegten, damit unsere Liebe Bestand hatte. Die weißen Schwertlilien, das Kochen nur für mich, das Umsorgen, als wäre ich eine Königin und er mein Diener. Eine wunderschöne Illusion. Allerdings nur bei Tag.

«Schon gut», antwortete ich.

Er senkte den Blick, als wäre er zutiefst beschämt. War er das wirklich? Ich weiß es nicht. Obwohl wir uns an der Uni kennengelernt und fast sofort ein Paar geworden waren, hatte ich den Eindruck, meinen Mann nicht wirklich zu kennen.

«Probier den Wein», sagte er.

«Ich habe gerade Prosecco getrunken, ich möchte nicht mischen.»

Er bestand nicht darauf, und für mich war es noch früh. Ihm war bewusst, sollte ich mich jetzt volllaufen lassen, würde ich mir später Vorwürfe machen – bis Sonnenuntergang blieb noch viel Zeit, und eine Menge Schaumwein wartete darauf, von mir getrunken zu werden.

Jeder High-Functioning-Alcoholic – HFA, wie man das modisch nannte – war sich völlig im Klaren darüber, dass es beim Trinken ein gewisses Maß zu wahren galt. Der Schlüssel zum Erfolg war, dieses Maß auf keinen Fall zu überschreiten.

Robert aß etwas von der Ente, dann legte er langsam sein Besteck nieder. Er sah immer noch nicht auf.

«Das wird sich niemals wiederholen», sagte er.

«Ich weiß.»

«Ich habe zu viel getrunken, Kas. Mir sind die Sicherungen durchgebrannt.»

«Ich hab dir doch schon gesagt, dass ...»

«Dass ich mir keine Sorgen machen muss», unterbrach er mich mit einem Kopfschütteln. «Aber das stimmt nicht.»

Er stand auf, kam rüber und ging neben meinem Stuhl in die Hocke. Nahm meine Hand und sah mich lange an. In seinen Augen sah ich Leid, Scham und tiefe Trauer. Und das war nicht gespielt, er war aufrichtig. Ein Mensch voller Widersprüche, vielleicht genauso wie ich.

«Wir können jetzt nicht einfach so zur Tagesordnung übergehen», sagte er.

«Lass gut sein.»

«Ich habe dich geschlagen, Kas.»

Nicht das erste und nicht das letzte Mal, dachte ich mir.

Außerdem schien es mit jedem Mal schlimmer zu werden. Nein,

es schien nicht nur so. So war es wirklich. Es hatte ganz unschuldig begonnen, wenn Gewalt überhaupt unschuldig beginnen kann.

Eines Nachts hatte Robert mich übel beschimpft, weil ich bei einer Lappalie, irgendwas mit einem seiner Strandlokale, nicht richtig aufgepasst hatte. Ich weiß nicht mal mehr, worum es ging.

Anfangs hatte er mich nur verbal verletzt, aber irgendwann ging er weiter. Er ohrfeigte und schubste mich. Er beherrschte sich sofort wieder, als erwachte er aus einer Lethargie – er entschuldigte sich, bat um Verzeihung und schwor, dass sich das niemals wiederholen würde.

Damals glaubte ich ihm, weil ich ihm glauben wollte.

Ich fühlte mich gedemütigt, schwach und bedroht, aber er war trotzdem der einzige Mensch, auf den ich mich verlassen konnte. Jemand, der noch nie Gewalt seitens eines geliebten Menschen erfahren hat, wird das nicht verstehen. Das entzieht sich jedem Verständnis, jeder Logik. Doch es dauerte nicht lange, bis er mit der Faust zuschlug. Wenn er mich anschrie, betete ich um zwei Dinge: dass er nicht noch weitergehen und Wojtek nichts hören würde. Meine erste Bitte wurde nicht erfüllt, bei der zweiten fand sich da oben anscheinend jemand, der mein Flehen erhörte. Letzte Nacht hatte er überzogen. Er hatte mich an den Haaren gezerrt, mir direkt ins Gesicht geschrien und mich dann ein paarmal in den Unterleib geboxt. Da beschloss ich, das nicht länger hinzunehmen.

Heute wollte ich den ersten Schritt in ein neues Leben machen.

Deswegen wollte Robert wissen, mit wem ich gesprochen hatte und worüber. Und deshalb sollte einer seiner Angestellten mich im Auge behalten. Er wusste, dass er zu weit gegangen war und ich nicht zulassen würde, dass das noch einmal passierte.

Ich sah die Schwertlilien. Ich machte mir etwas vor, das waren schon lange nicht mehr meine Lieblingsblumen. In Wirklichkeit hasste ich sie seit einer Weile. Sie waren der greifbare Beweis für die Ausweglosigkeit meiner Situation.

«Wir können das so nicht stehen lassen», sagte er leise.

«Was meinst du?»

«Lass uns zum Arzt fahren ...»

«Was?»

«Ich bringe dich nach Kamień Pomorski, wir gehen ins Krankenhaus und ...»

«Bist du verrückt geworden?!»

«Dann hast du einen Beweis.»

Ich schob den Stuhl etwas nach hinten und drehte mich zu ihm. Er legte seinen Kopf in meinen Schoß. So verharrte er eine Weile, während ich ihm sanft über den Kopf strich.

Wollte er ein Damoklesschwert über seinem Kopf haben? Wollte er, dass es Beweise gab für das, was er mir angetan hatte?

Es konnte ihm nur darum gehen. Und ich nahm an, dass er es ehrlich meinte. Ich sah, dass er sich ändern wollte, einige Male hatte er es sogar geschafft, sich kurz zusammenzureißen, bevor er handgreiflich wurde.

Aber Ausnahmen bestätigten nur die Regel.

«Denkst du, das wird etwas ändern?», fragte ich.

«Dann wirst du jederzeit ...»

«Was, zur Polizei gehen können?»

Robert hob den Kopf. Er hatte glasige Augen und erinnerte mich nicht im Geringsten an den Menschen, der mich noch gestern angeschrien, herumgeschubst und geschlagen hatte.

«Ich soll also zulassen, dass du ins Gefängnis wanderst?», fügte ich hinzu. «Und Wojtek ohne Vater aufwachsen lassen? Und wir sollen zu zweit ohne dich zurechtkommen?»

«Sag das nicht.»

«Aber so ist es nun einmal, Robert. Wie stellst du dir das vor?»

Wir waren immer sehr direkt zueinander gewesen. In jeder anderen Liebesbeziehung hätte sich die Situation vermutlich komplett anders entwickelt. Die Frau wäre gegangen, oder sie hätte die Gewalt als Tabuthema akzeptiert.

Bei uns gab es keine Tabus. Wir sprachen über alles und machten einander nichts vor. Eigentlich hatten wir uns niemals belogen ... Wenn man von der geringfügigen Tatsache absah, dass er die dunkle Seite seines Charakters verschwiegen hatte.

Er rückte näher, dann umarmte er mich auf dem Boden sitzend.

«Wie kannst du nur mit so einem Mistkerl zusammen sein?», fragte er.

«Weiß ich auch nicht», erwiderte ich und zwang mich zu einem Lächeln.

«An deiner Stelle würde ich ihm wenigstens die scheiß Angeberkarre mit einem Schlüssel oder sonst was zerkratzen.»

«Ich habe vor, sie heute Nacht mit Sprühfarbe zu ruinieren.»

«Gute Entscheidung.»

Als er mich wieder ansah, küsste ich ihn und hielt dabei seinen Kopf fest in meinen Händen. Wieder dachte ich, dass wir uns von anderen Paaren unterschieden, die in einer solchen Situation sicher direkt ins Schlafzimmer gegangen wären.

Aber wir schliefen selten miteinander. Seit er mich schlug, sogar noch seltener. Ich hatte manchmal den Eindruck, Robert würde seine Lust befriedigen, indem er mich verprügelte. Er gehorchte dann immer irgendeinem wilden, unkontrollierbaren Trieb. Dem Ruf des Tieres, gegen den er sich nicht wehren konnte.

Gleichzeitig schlug er so, dass er keine Spuren hinterließ. Das beunruhigte mich am meisten, denn es zeigte, dass in seinen Taten auch kalte Berechnung steckte.

Ich schloss die Augen und konzentrierte mich auf die Berührung seiner Lippen. Mein Gott, reichte das schon aus, um meinen Entschluss ins Wanken zu bringen? Noch einige Stunden zuvor war ich mir sicher gewesen, dass ich das durchziehen würde. Nie mehr würde ich ihm erlauben, so mit mir umzugehen.

Mit dieser Überzeugung war ich doch in den BMW gestiegen, als er mich abgeholt hatte.

Wie wenig brauchte es, damit ich meine Meinung änderte. Und hatte ich sie wirklich geändert? Ich wusste es nicht. Ich wusste nur, dass Liebe das gefährlichste Gift war, das die Natur im Angebot hatte.

Robert ging wieder an seinen Platz und nahm einen Schluck Wein. Unsicher schaute er auf die gebratene Ente.

«Die ist mir entweder nicht gelungen, oder aber ich empfinde so einen Ekel vor mir selbst, dass mir der auf den Appetit schlägt.»

«Eins von beidem wird es wohl sein.»

«Vielleicht hast du recht», sagte er und schob seinen Teller weg.

Er war so blass wie Jola Kliza, die wahrscheinlich nur an der frischen Luft war, wenn sie von einem Gebäude in ein anderes ging. Ihr Teint war leichenblass, und die schwarzen, hüftlangen Haare unterstrichen diesen Eindruck nur. Sie schien den Kopf immer leicht gesenkt zu halten, wodurch ihr die Haare ins Gesicht fielen.

Ich fragte mich, ob sie bezüglich Ewa irgendwelche Fortschritte gemacht hatte. Das war ein guter Gedanke, um die nächtlichen Ereignisse zu verdrängen. Daher beschloss ich, ihn mit Robert zu teilen.

«Ich hab dir doch von der verschwundenen Frau erzählt, oder?»

Er stellte sein Glas ab und sah mich eine Weile aufmerksam an, als würde er überlegen, ob ein Themenwechsel eine gute Idee sei.

«Nur, dass sie am Fluss vergewaltigt wurde und sich ihre Spur danach verloren hat. Und die der Täter auch.»

«Bis jemand Fotos gepostet hat.»

«Stimmt. War das in Opole?»

Ich nickte.

«Ich hab davon schon mal etwas gehört, glaube ich. Wie lange ist das her?»

«Zehn Jahre.»

«Und ihr denkt wirklich, dass sie nach all den Jahren plötzlich wiederauftaucht?»

«Sieht danach aus. Aber gleichzeitig gibt sich jemand große Mühe, dass sich ihre Spur erneut verliert.»

«Vielleicht sie selbst?», fragte Robert, während ich mir ein Stück Ente nahm. «Vielleicht will sie nicht wiedergefunden werden?»

«Schwer zu sagen», erwiderte ich mit einem kleinen Stück Fleisch im Mund. Für meine Geschmacksnerven war das Gericht zu scharf, aber ich hatte nicht vor, das zu erwähnen. Schließlich war das Essen als Entschuldigung gedacht, und die Zubereitung hatte viel von dem in Anspruch genommen, was Robert ohnehin fehlte: Zeit.

«Vielleicht wollte sie nach der Vergewaltigung ganz neu anfangen», bemerkte Robert.

«Und den Verlobten einfach so zurücklassen? Da hab ich meine Zweifel.»

«Habt ihr mit der Familie gesprochen? Mit Freunden? Vielleicht weiß jemand etwas oder hatte Kontakt zu ihr?»

«Sie hat keine Familie mehr», sagte ich und spürte, dass ich doch Wein wollte. «Ihre Eltern sind ungefähr ein Jahr vor der Vergewaltigung bei einem Autounfall ums Leben gekommen.»

«Pech.»

«That's life», entgegnete ich und zuckte mit den Schultern. Ich ließ das Thema schließlich fallen, weil Robert nicht sonderlich interessiert schien. Als wir Reimann Investigations gegründet hatten, war er völlig besessen von dem, was wir erreichen könnten. Er war wie ein kleiner Junge, der endlich das ersehnte Spielzeug bekommen hat. Doch mit der Zeit hatte sein Enthusiasmus merklich abgenommen.

Und meiner ehrlicherweise auch. Die meisten unserer Klienten wollten ihren Ehepartner ausspionieren oder einen Schuldner aufspüren. Auf Fälle wie den von Ewa hatten wir immer gewartet. Ich erwartete, dass Roberts Begeisterung zurückkehren würde, aber offensichtlich hatte ich mich getäuscht.

Wir aßen weiter und redeten dabei nur noch über Nebensächliches. Als ich aufstand, wurde mir kurz schwindlig. Prosecco und Rotwein waren keine gute Mischung, besonders wenn man seinen Tag mit Ersterem begonnen hatte.

Und ihn damit auch beenden wollte.

Es gab Tage, da gab ich mich der Illusion hin, das würde nicht passieren. Aber heute war sicher keiner davon. Das wurde mir klar, als ich die SMS von Jola las.

Robert wollte gerade los, um Wojtek von der Schule abzuholen. Mir gefiel nicht, dass er mit seinem BMW bei der Grundschule vorfuhr, dadurch entstand eine Kluft zwischen unserem Sohn und den anderen Schülern. Sie würde für böses Blut zwischen den Kindern sorgen, und zwar nicht nur in den Pausen.

Auch die halbleere Weinflasche fiel mir negativ auf, aber ich sagte nichts. Es hatte keinen Sinn zu protestieren, Robert würde sich trotzdem ans Steuer setzen, und meine Einwände würden höchstens den nächsten Streit provozieren.

Wegen der Polizei musste er sich keine Sorgen machen. Selbst bei einer Kontrolle würden die Gesetzeshüter den Strafzettel eher sich selbst als ihm ausstellen. Auf dem Papier verfügte der Kreis Rewal über einen Landrat und jede ihrer Ortschaften über einen Bürgermeister, aber in Wirklichkeit hatten hier Leute wie Robert das Sagen. Lokale Größen aus dem Tourismus- und Gastronomiegeschäft, von denen ganze Familien abhängig waren.

«Ist was?», fragte Robert, als er vom Tisch aufstand.

Ich sah vom Telefon auf.

«Kliza hat eine SMS geschickt.»

«Was schreibt sie? Gibt es Fortschritte?»

«Eher Probleme», sagte ich schwerfällig. «Sie schreibt, wir müssten schnellstens reden, weil das Ganze komplizierter wird.»

«Soll ich dich ins *Baltic Pipe* fahren?»

«Nein, ich mach das am Telefon.»

Er deckte den Tisch ab und spülte das Geschirr mit klarem Wasser, bevor er alles in die Spülmaschine stellte. Ich hatte ihm tausendmal erklärt, dass man das nicht macht, weil das Reinigungsmittel dann nicht funktioniert und nur sinnlos Schaum produziert. Doch er setzte sich schweigend darüber hinweg.

Er küsste mich zum Abschied, auch wenn er in weniger als einer Viertelstunde wieder da sein sollte. Dann hörte ich den BMW leise starten.

Ich atmete tief ein und wählte Jolas Nummer. Sie nahm sofort ab, als hätte sie auf meinen Anruf gewartet.

«Blicki ist tot», platzte es aus ihr heraus. Jola gehörte gewiss nicht zu den Personen, die lange um den heißen Brei redeten. Aber ich muss zugeben, dass sie mich aus dem Konzept brachte, einen Moment lang wusste ich nicht, was ich sagen sollte. Nichts schien mir angemessen.

«Man hat ihn tot in seiner Wohnung aufgefunden», fügte sie im sachlichen Tonfall einer Nachrichtensprecherin hinzu.

Ich stand auf und ging zum Kühlschrank. Es sah so aus, als wäre heute einer der Tage, an denen ich die heiligen Regeln der HFA missachten würde.

«Weiß man Genaueres?»

«Offiziell gibt die Polizei keine Details preis. Sie verweisen wie immer auf die laufenden Ermittlungen.»

«Und inoffiziell?»

«Es sieht so aus, als hätte Werner bei ihm übernachtet.»

Ich erstarrte mit dem Weinglas in der Hand.

«Du willst doch nicht etwa sagen, dass ...»

«Nein», fiel sie mir ins Wort. «Warum sollte er es auf Blicki abgesehen haben?»

Ich nahm einen Schluck und fühlte mich gleich etwas besser.

«Das ergibt keinen Sinn», redete Kliza weiter. «Blicki war nicht nur sein einziger Freund, sondern auch der einzige Mensch, der bereit war, ihm zu helfen. Außerdem wäre Werner klug genug, ihn geschickter um die Ecke zu bringen.»

«Also versucht jemand, ihn zu belasten?»

«Schlimmstenfalls ja. Bestenfalls ist es reiner Zufall.»

Ich glaubte nicht an Zufall. Für mich war der Begriff eine Worthülse, die wir benutzten, wenn wir die Hintergründe nicht kannten.

«Jedenfalls sind in der Wohnung genügend Spuren von Werner, um ihn zu verdächtigen.»

«Bist du dir sicher?», fragte ich.

«Nicht hundertprozentig. Alles, was ich weiß, habe ich nur von meinen Kontaktleuten. Aber sicher ist, dass er als Hauptverdächtiger gilt.»

«In diesem Fall sollten wir ihn ...»

«Verstecken, ich weiß», schnitt sie mir das Wort ab. «Darum habe ich mich schon gekümmert.»

Ich runzelte die Stirn. Warum rief sie mich dann an? Ich hatte ihr zwar mehrfach gesagt, dass ich bei Ermittlungen auf dem Laufenden sein wollte, aber nur, wenn es um wichtige Fragen ging. Und in diesem Fall hatte sie bereits selbst entschieden.

Ich stellte das Glas auf die Küchenplatte und setzte mich daneben. Durch die Panoramafenster blickte ich auf die Küste.

«Vergewissere dich, dass er es nicht war», lautete meine Anweisung. «Wir können keine schlechte Presse gebrauchen.»

«Mach ich», versicherte Jola. «Aber erst muss ich dafür sorgen, dass er nicht hinter Gittern landet, sonst verlieren wir den Kontakt zu ihm.»

«Mhm», brummte ich, «das ist klar, aber du hast mich doch nicht deswegen angerufen?»

«Nein, deswegen nicht.»

«Also, worum geht es?»

«Ich hab noch mal das ganze Material durchgesehen.»

In ihrer Stimme schwang eine beinahe kindliche Aufregung. Und ein stummes Versprechen.

«Diese junge Frau hat versucht, eine Nachricht zu übermitteln.»

«Was?», schoss es aus mir heraus. «Was für eine Nachricht? An wen?»

In meinem Kopf dröhnten die Fragen wie Geschützsalven.

«Das weiß ich noch nicht», sagte Kliza. «Aber ich werde es herausfinden.»

8

Das Handy kaufte ich im erstbesten Laden, die SIM-Karte ein Stück weiter an einem Kiosk. Ich wollte keine Zeit verlieren und schickte gleich eine Nachricht an die Nummer, die mir die junge Frau von Reimann Investigations gegeben hatte.

Sie rief sofort zurück.

«Gut», stieß sie hervor. «Jetzt können wir in Ruhe reden.»

«Die Ruhe fehlt mir ein bisschen.»

«Ich weiß.»

Ich fuhr mir nervös durch die Haare und schaute mich um. Tatsächlich hatte ich das Gefühl, dass alle Passanten ihre Blicke auf mich richteten. Alle schienen zu wissen, dass mich die Polizei im Visier hatte.

«Wie ist das passiert?», stammelte ich. «Wie konnte es dazu kommen?»

«Wir werden das alles herausfinden. Aber jetzt ...»

«Nein», unterbrach ich sie. «Ich muss wissen, was los ist. Wer war das? Warum?»

Ein Mann ging an mir vorbei und schaute mich misstrauisch, fast anklagend an. Ich warf einen Blick über die Schulter, doch er entfernte sich.

«Warum sollte ihn jemand umbringen?» Ich wollte mich nicht geschlagen geben.

«Wir werden das herausfinden.»
«Wer arbeitet gegen mich? Die Polizei?»
«Werner, hör mir kurz zu ...»
«Was wollen die?»
«Werner!»

Ich schüttelte den Kopf und besann mich. Jola Klizas mir fremde Stimme hatte mich auf die Erde zurückgeholt, wahrscheinlich, weil sie so klang, als gehörte sie zu jemandem, der mich sehr gut kannte. Es half mir, mir klarzumachen, wie mies meine Situation war. Die einzige Person, der ich vertrauen konnte, war eine Fremde.

«Du musst dich zusammenreißen», fügte sie hinzu. «Wir werden herausfinden, was passiert ist, aber fürs Erste ist es wichtig, dass du nicht festgenommen wirst.»

Ich nickte wie in Trance.

«Bist du noch da?»

«Ja.»

«Momentan fahndet niemand offiziell nach dir, das solltest du nutzen.»

«Offiziell ...»

«Ich will damit sagen, dass du gegen kein Gesetz verstößt, selbst wenn du ins Ausland abhaust», sagte sie entschlossen, doch ich hörte auch eine gewisse Zurückhaltung in ihrer Stimme. «Noch wurden keine Schritte gegen dich eingeleitet, es gibt noch keinen Haftbefehl. Du bist genauso frei wie jeder andere Bürger. Mach was daraus.»

«Willst du, dass ich das Land verlasse?»

«Nein. Aber ich kann viel mehr für dich tun, wenn du nach Pomorze kommst.»

Ich hielt an der Piastowski-Brücke an, mein Blick glitt über die Stahlbögen. Es hatte so viele Unfälle gegeben, weil Leute hinaufgeklettert waren, daher hatte die Stadtverwaltung komische Warnschilder aufgestellt, dass das Betreten verboten sei.

Ich blieb auf der rechten Seite stehen und lehnte mich ans Geländer. Ich schaute zu den zwei Hotels auf der Pasieka hinüber, einer kleinen Insel, die vom Wasser der Oder und der Młynówka umgeben war. Die Loża Szyderców befand sich auf der anderen Seite.

«Ich gehe nirgendwohin», sagte ich.

«Das ist nicht so klug, wenn du bedenkst ...»

«Ich hab auch nicht die Absicht, etwas Kluges zu tun», murmelte ich vor mich hin. «Sonst hätte ich mich schon längst bei der Polizei gemeldet.»

«Das klingt nicht gerade vernünftig, Wern.»

«Wern?»

«Warum nicht?», meinte sie.

«Entweder Damian oder Werner. Mach keinen Wern aus mir.»

Mein Blick blieb an der Promenade hängen, die zum Amphitheater führte, ich beneidete die Leute, die sorglos dort entlangschlenderten. Sie spürten die Bürde der Zukunft nicht, die auf meinen Schultern lastete. Ihre Welt war nicht so hoffnungslos wie meine. Sie hatten keine so düstere, unsichere und verstörende Zukunft vor sich.

Ich fragte mich, was noch alles auf mich zukommen würde. Wer auch immer hinter alldem steckte, er schien zu allem bereit. Wenn ich eine Bestätigung dafür brauchte, musste ich nur die Augen schließen. Noch immer konnte ich Blitzers blutüberströmten Körper vor mir sehen.

«Vielleicht sollte ich es doch tun ...», murmelte ich.

«Was?»

«Mich bei der Polizei melden.»

«Auf keinen Fall. Das ist keine gute Idee, schon gar nicht in dieser Situation.»

«Warum eigentlich?», fragte ich, während ich mich umdrehte. Ich lehnte mich ans Geländer. «Vielleicht sind wir nur paranoid? Vielleicht hat die Polizei gar nichts damit zu tun?»

«Willst du das auf die harte Tour herausfinden?»

«Warum nicht?», antwortete ich mit wachsender Zuversicht in der Stimme. Nur in der Stimme. «Vielleicht wäre ich auf dem Revier sicher? Dort gibt es Kameras, jede Menge Leute ...»

«Und trotzdem kann dort etwas Schlimmes passieren, Wern.»

«Werner.»

«Und ich sage nur, dass du vorsichtig sein sollst. Solange dich niemand offiziell sucht, hast du das Recht, überall hinzugehen.»

«Ein theoretisches Recht», antwortete ich und senkte den Kopf. «Ich bin vom Tatort geflüchtet. Ich hätte sofort ins Präsidium gehen müssen.»

«Du standest unter Schock.»

«Jetzt aber nicht mehr», gab ich gepresst zurück. «Wenn diese Sache vor Gericht landet, wird die Tatsache, dass ich die Stadt verlassen habe, zumindest verdächtig wirken.»

«Das macht nichts.»

Ich schnaubte; die Selbstsicherheit dieses Mädchens widersetzte sich jeder kalten Logik. Aber vielleicht musste ich mich nicht wundern – Detekteien lebten selten in einer Symbiose mit der Polizei.

«Aber wenn wir schon von Schock reden», griff Kliza auf, «bist du das Telefon losgeworden?»

«Nein.»

«Warum hast du es überhaupt aus Blickis Wohnung mitgenommen?»

«Weiß ich nicht.»

Sie schwieg einen Moment, aber ich wusste genau, was sie mir sagen wollte. Ich musste den einzigen Gegenstand entsorgen, der mir von meinem Freund geblieben war. Früher oder später würde Blitzers Handy für mich sonst ein Problem werden.

Ich holte tief Luft, dann drehte ich mich um, ging sicher, dass mich niemand beobachtete, und warf das Telefon in die Oder. Sofort verschwand es im trüben Wasser.

«Ich weiß, dass du das nicht hören willst, aber du musst ...»
«Erledigt.»
«Gut.»

Wieder blieb Kliza für einen Moment still. Ich vermutete, dass es für sie nicht leicht war, in einer Situation zu schweigen, in der die Stille die absolute Bestätigung für die Riesenhaftigkeit meiner Probleme war. Bestimmt überlegte sie fieberhaft, was sie sagen könnte. Schließlich wählte sie das Schlimmstmögliche.

«Du kannst jetzt niemandem vertrauen.»

«Danke», gab ich zurück. «Genau das wollte ich hören.»

Sie seufzte, während ich mich in Bewegung setzte.

«Wenn du nicht herkommen willst, dann bleib wenigstens unterhalb ihres Radars.»

«Wie?»

«Wir werden dir bei allem helfen», versicherte sie mir. «Ich reserviere dir gleich ein Zimmer außerhalb der Stadt. Habt ihr da irgendwelche Hotels?»

Ich hob flehentlich den Blick.

«Ich kann nicht mal die billigste Pension zahlen.»

«Das braucht dich erst mal nicht zu kümmern.»

«Und wer zahlt das? Ihr? Habt ihr euch plötzlich in eine Darlehensfirma verwandelt?»

Ich wusste, dass ich letzten Endes einen Gang runterschalten und mit diesem Misstrauen aufhören musste. Vielleicht hatte ich meine Gründe, niemandem vollständig zu glauben, aber den Leuten, auf die Blitzer sich verlassen hatte, sollte ich doch ein bisschen mehr Vertrauen entgegenbringen.

«Ich hab Kasandra von deinem Fall erzählt, sie ist interessiert», sagte Jola, als müsste mir das etwas sagen.

«Wem?»

«Der Chefin von RI.»

«Ich dachte, Robert Reimann ist der Besitzer.»

«Ja, aber er interessiert sich schon lange nicht mehr für die Agentur. Seine Frau kümmert sich jetzt um alles, und ich kann dafür sorgen, dass sie an dem Fall dranbleibt. Sie ist übrigens schon involviert, und je weiter die Ermittlungen voranschreiten, desto mehr wird sie sich damit beschäftigen.»

«Aber wohl kaum so viel mehr, dass sie meine Übernachtungen zahlen wird.»

«Ganz ruhig. Diese Leute müssen nicht jeden Groschen zählen.»

Entweder hatte sie gerade angedeutet, sie würde wegen des Geldes ein bisschen herumtricksen, oder die Lebenserfahrung ließ mich automatisch Unehrlichkeit erwarten.

Während ich Richtung Altstadt lief, kam ich wieder an Passanten vorbei, die sich ausschließlich auf mich zu konzentrieren schienen. Erst jetzt wurde mir bewusst, dass ich mich nicht täuschte. Aber es brauchte mich auch nicht zu wundern: Ich zog ihre Aufmerksamkeit auf mich, weil ich mich die ganze Zeit umsah, als hätte ich mich verlaufen.

Ich holte tief Luft und versuchte mich zu beruhigen.

«Warum hilfst du mir?», fragte ich.

«Weil mich dein toter Kumpel dafür engagiert hat.»

Ich sagte nichts.

«Reicht das nicht als Grund?», fragte sie. «Oder war das zu direkt?»

Ich wusste selbst nicht, auf welche dieser Fragen ich eine positive Antwort geben konnte.

«Es kommt mir einfach komisch vor.»

«Ich will herausfinden, warum er umgebracht wurde», erwiderte sie. «Und ich will dir helfen, deine Verlobte zu finden.»

«Dann bist du also ein guter Mensch ...»

«Das ist meine Arbeit. Und die Rechnung ist schon bezahlt.»

Ich beschloss, nichts mehr zu sagen. Mit Jola Kliza stimmte anscheinend etwas nicht. Im besten Fall hatte sie ein merkwürdiges Interesse an meiner Sache, im schlimmsten Fall war sie eine Psychopathin.

«Wir werden herausfinden, was mit Ewa passiert ist, und dann erfahren wir auch alles andere», fügte sie hinzu.

In diesem Moment war ich mir da nicht so sicher.

«Fangen wir mit diesem Foto an, das du auf deinem Handy hast», redete sie weiter. «Kannst du es mir genau beschreiben?»

«Natürlich. Ich kenne jeden Pixel.»

Während ich ziellos durch die Innenstadt wanderte, beschrieb ich ihr alle Einzelheiten, und sie murmelte ab und zu etwas vor sich hin. Ich hatte keine Ahnung, wozu sie diese Informationen brauchte. Wenn sie das Foto finden wollte, sollte sie das eher von der technologischen Seite her angehen und sich Zugang zu meinem Handy verschaffen, das in irgendeinem Schrank auf dem Präsidium eingeschlossen war.

«Okay, und jetzt das andere Foto. Das aus Wrocław.»

An das erinnerte ich mich nicht so gut, aber ich hatte es mir lange genug angeschaut, als dass ich die wichtigsten Details aus meinem Gedächtnis abrufen konnte.

«Der Typ mit dem Rücken zur Kamera hatte ein Kapuzenshirt der Foo Fighters an, auf dem ‹There is nothing left to lose› stand. Außerdem war eine Bombe mit Flügeln drauf, wahrscheinlich ist das ihr Logo oder das Bild von einem CD-Cover, ich weiß es nicht.»

«Und Ewa? War sie genauso gekleidet?»

«Nicht ganz. Sie hatte ein T-Shirt mit einer anderen Aufschrift.»

«Was für einer?»

«Irgendwas mit guten Tagen.»

«Genauer, Werner, ich brauche etwas Genaueres.»

Ich überlegte einen Moment.

«*The better days*», sagte ich.

«Bist du dir sicher?»

«Ja.»

«Du klingst aber nicht so.»

Sie hatte recht, ich war mir nicht sicher. Den Namen der Gruppe hatte ich auf dem Foto zum ersten Mal gesehen, er erinnerte mich an irgendeine Indie-Rock- oder Underground-Band.

Ich stoppte auf der Rückseite eines niedrigen Wohnblocks und lehnte mich mit dem Rücken gegen die Wand. Erst jetzt wurde mir bewusst, dass ich mich wie schlafwandelnd durch die Stadt bewegte. Ich wusste nicht einmal, wo genau ich war. Wahrscheinlich irgendwo in der Nähe der Ulica Andersa und der Ulica Waryńskiego.

«Vielleicht ohne *the*», sagte ich. «Nur Better days.»

Ich hörte Jola tippen.

«Mit Ausrufezeichen oder ohne?

«Ohne.»

«Also ist es nicht das Album der Bruisers. Schade, die machen ziemlich guten Punk.»

Ich lehnte den Kopf an die Wand, meine Schläfen schmerzten leicht. Der Adrenalinpegel ging runter, auch wenn er das vielleicht nicht sollte. Und der Kater machte sich langsam doch bemerkbar.

«Ist das wichtig?», fragte ich.

«Vielleicht, vielleicht auch nicht», antwortete Kliza diplomatisch. «Erinnerst du dich an den Namen der Band?»

«Nein.»

«Aber es waren nicht die Foo Fighters?»

«Nein, sicher nicht. Es war irgendeine spanische Gruppe.»

«Welche?»

«Ich sag dir doch, dass …»

«Konzentrier dich, vielleicht ist das wirklich wichtig.»

«Weil?»

«Weil man normalerweise bei einem Konzert ein T-Shirt der Band trägt, die auf der Bühne steht, oder nicht?»

Sie hatte recht, aber ich maß dem nicht allzu viel Bedeutung bei. Ewa hatte nie für die Foo Fighters geschwärmt, sie hatte immer behauptet, die Musik sei für sie zu chaotisch. Ich erinnerte mich gut daran, weil Blitzer uns unzählige Male hatte überreden wollen, das neue Album zu hören.

Ich durchwühlte mein Gedächtnis, um das Muster auf dem T-Shirt zu finden. Es hatte einen amateurhaften Eindruck auf mich gemacht, nicht wie ein professionell hergestelltes Albumcover. Vielleicht war mir deshalb sofort Indie-Rock in den Sinn gekommen.

«Also?», drängte mich Jola. «Wie hieß die Gruppe?»

Ich rieb mir die Schläfen und versuchte, die Elemente miteinander in Verbindung zu bringen, auf die richtige Spur zu kommen oder einfach ein Detail zu finden, um das berühmte Klicken in meinem Hirn zu hören. Schließlich dämmerte es mir.

«Warte», murmelte ich. «Es erinnert mich an diesen Fußballer, der eine Spider-Man-Maske aufsetzte.»

«Wie bitte?»

«Es gab mal einen argentinischen Spieler, der nach einem Tor diese Maske aufgesetzt hat und so tat, als würde er Netze aus dem Handgelenk schießen.»

Kliza schwieg.

«Ich bin früher ziemlich auf Spider-Man abgefahren.»

«Aha.»

«Ewa hat das tapfer ertragen, obwohl sie in ihrer Kindheit selbst nie auf etwas so fixiert war. Außer vielleicht auf Archäologie. Sie interessierte sich besonders für das frühe Siedlungswesen in Polen.»

Jola räusperte sich leise.

«Jeder hat so einen Spleen», fügte ich hinzu.

Sie antwortete immer noch nicht, und mir ging durch den Kopf, dass es vielleicht kein Zufall war, dass mich das T-Shirt an meinen Lieblings-Comic-Helden erinnerte.

Nein, es musste ein Zufall sein. Ich suchte eine geheime Bedeutung, wo keine war.

Oder doch?

«Schau mal nach ...»

«Bin schon dabei», unterbrach mich Jola. «Der Fußballer heißt Jonás Gutiérrez.»

Ich schnipste mit den Fingern.

«Gutiérrez», sagte ich. «Diese Aufschrift war auf dem T-Shirt.»

Meine Gesprächspartnerin schwieg wieder, und mir reichte es langsam. Vorher hatte ich ihr Schweigen als Kommentar zu meiner Faszination mit dem Spinnenmann angesehen, aber jetzt beunruhigte es mich.

«Bist du noch da?», fragte ich.

«J-ja.»

Ihre Stimme war schwach, als hätte die Kraft sie plötzlich verlassen. Ich stellte mir vor, dass sie blass geworden war.

«Stimmt was nicht?»

«Dieser Name ...», stöhnte sie. «War das Natalia Gutierrez Y Angelo?»

«Kann sein.»

«Mein Gott ...»

«Was ist los?»

Sie antwortete nicht.

«Hey», rief ich irritiert. «Was ist los?»

«Mehr, als du denkst.»

9

Das hatte ich mir nicht gut überlegt.

Als Kliza gefragt hatte, ob sie in die Villa kommen könne, anstatt mir alles am Telefon zu berichten, hatte ich sofort ja gesagt. Ich hatte nicht bedacht, dass sie Robert stören würde. Er mochte es nicht, wenn ich solche Entscheidungen nicht mit ihm absprach.

Für andere Paare wäre das kein Ding gewesen. Schließlich konnte immer jemand unangemeldet auftauchen. Bei uns war das anders. Wenn jemand kam, musste das einige Tage im Voraus angekündigt werden. Robert wollte sich darauf einstellen können – und ich brauchte ein paar Tage, um das Haus auf Vordermann zu bringen.

Er kam kurz vor Kliza mit Wojtek zurück. Gerade rechtzeitig, um nicht vor vollendeten Tatsachen zu stehen.

Wojtek warf seinen Rucksack noch im Flur auf den Boden und ging schnurstracks in Richtung seines Zimmers.

«Wohin?», fragte ich und versperrte den Durchgang.

Er hielt an und musterte mich.

«Hallo, Mama.»

«Hallo, kleiner Quälgeist.»

Er kam zu mir und umarmte mich. In seinem Alter machte er das noch, ohne sich zu genieren, aber ich wusste, das würde nur noch drei oder vier Jahre so weitergehen. Irgendwann würde ein Küsschen auf die Wange vor seinen Freunden ausreichen, um ihn zum Gespött zu machen. An dem Tag würde er mit hängendem Kopf nach Hause kommen und von da an keine Zärtlichkeiten mehr dulden.

Ich fuhr ihm durchs Haar und wollte sagen, dass er seinen Rucksack aufheben soll, aber Robert hatte das schon erledigt. Er war ein toller Vater, einen besseren konnte ich mir für Wojtek nicht vorstellen. Vielleicht fehlte ihm ein wenig die Weitsicht, wenn er mit seinem BMW bei der Grundschule vorfuhr, aber in jeder anderen Hinsicht war er so gut wie vollkommen.

Was ihm als Ehemann fehlte, machte er als Vater wett. Vielleicht ließ ich ihn anfangs gerade deshalb gewähren. Doch dann wurde es alltäglich. Ich ließ die Schläge über mich ergehen, ohne auch nur einen einzigen Gedanken daran zu verschwenden.

Und wenn ich es doch tat, dann hielt die Wirkung nie lange an, genauso wie meine Entschlossenheit nach dem letzten Ausbruch.

«Wie war die Schule?», fragte ich.

Der Junge schielte kurz in Richtung seines Zimmers. Er träumte davon, endlich seinen Laptop einzuschalten. Obwohl er in der Schule vermutlich die ganze Zeit mit seinem Smartphone online gewesen war und im Auto sicher gleich das Tablet eingeschaltet hatte.

«Nichts Besonderes», grummelte er.

Auch mit ihm führte ich tagtäglich einen Tanz auf. Er begann zwar mit «nichts Besonderes», aber Stück für Stück zog ich ihm doch Details aus der Nase. Heute konnte ich mir nicht erlauben, ihn Löcher in den Bauch zu fragen. Ich ließ ihn vorbei und lächelte Robert beiläufig an, als er den Rucksack hinter der Schwelle abstellte.

Noch immer sah ich Angst in seinen Augen, als wartete er darauf, dass seine gestrige Grenzüberschreitung das Höllenfeuer auf ihn niederbrächte. Und der auslösende Funke von mir käme.

Ich nahm seine Hand.

«Kliza ist auf etwas Wichtiges gestoßen», sagte ich leise. «Offensichtlich hat diese junge Frau eine Nachricht übermittelt.»

«Eine Nachricht?»

«Jola will am Telefon keine Einzelheiten nennen, sie will unter vier Augen reden.»

«Also doch ins *Baltic Pipe*?»

«Ich habe ihr gesagt, sie kann hierherkommen», erwiderte ich schnell. «Das wird nicht lange dauern, wir machen das oben bei mir.»

Ich nutzte das umgebaute Dachgeschoss. Das Zimmer dort oben war groß, und ich liebte Dachschrägen. Hier war mein Refugium, der Ort, an dem ich mich am wohlsten fühlte.

Mir war lange nicht klar, warum eigentlich, erst später verstand ich, dass es einer der wenigen Räume in der Villa war, die Robert fast nie betrat. Und einer der wenigen, in denen er mich nie schlug. Noch nicht.

Ich schob den Gedanken beiseite, obwohl mir Roberts Blick das nicht gerade einfach machte.

«Hier?», fragte er mit zusammengebissenen Zähnen.

Er schüttelte den Kopf, drehte sich um und ging in die Küche. Schweigend machte er sich an der Kühlschranktür zu schaffen. Wieder schüttelte er den Kopf. Ich konnte beinahe körperlich spüren, wie die Wut in ihm aufstieg.

Ich sah auch, wie viel Kraft es ihn kostete, sie zu unterdrücken.

Er nahm die Weinflasche und schenkte sich ein. Nach zwei Schlucken war das Glas leer.

«Wie oft noch?», sagte er schließlich.

«Sie hat gefragt, und ich hab einfach ...»

«Du weißt doch, dass ich keinen unerwarteten Besuch mag.»

«Das weiß ich, aber das hier ist geschäftlich. Wir erledigen das schnell oben in meinem Zimmer.»

«Ihr konntet euch nicht im *Baltic* treffen?»

Endlich drehte er sich zu mir um. Ich sah das vorwurfsvolle Flackern in seinen Augen.

«Was gefällt dir am *Baltic* nicht?»

«Mir gefällt es da, ich wollte dir nur keine Mühe machen.»

«Das ist keine Mühe. Und wenn doch, dann ist mir das immer noch lieber, als jemand Fremdes im Haus zu haben.»

«Das ist deine Angestellte, Robert.»

Er machte einen so energischen Schritt in meine Richtung, dass ich unwillkürlich zurückwich. Für gewöhnlich war es das Vorspiel für eine weitere Auseinandersetzung. Doch diesmal hielt er sich zurück.

«Sie wird nicht mal hier reinkommen», sagte ich und sah mich um. «Wir gehen direkt nach oben.»

Schweigen. Er starrte mich noch einen Augenblick lang an, während ich fürchtete, er würde gleich die Kontrolle verlieren. Schlug er einmal, gab es kein Zurück mehr. Was mir Sorgen machte, waren diesmal nicht die Prügel, sondern das gecancelte Gespräch mit Jola. Vielleicht würde er das aber auch selbst regeln, ihre Nummer wählen und ihr erzählen, ich würde mich unwohl fühlen. Ähnliches hatten wir schon mehrfach durchexerziert.

Bevor er einen weiteren Schritt in meine Richtung tun konnte, erklang das Tonsignal, das einen Besucher am Tor ankündigte. Schweigend sahen wir einander an.

«Ich kann sie wegschicken», sagte ich unsicher.

«Jetzt?», schnaubte er. «Und was sagst du ihr?»

«Ich muss mich vor ihr ja wohl nicht rechtfertigen.»

«Nein», entgegnete er kühl. «Sie soll reinkommen.»

Er öffnete selbst das Tor und setzte sich dann ans Ende der Couch, damit er vom Eingangsbereich aus nicht zu sehen war. Er saß schweigend da, während Jola und ich nach oben gingen.

Ich vermutete, dass Kliza sich wie alle benehmen würde, die uns zum ersten Mal besuchten. Staunen, Begeisterung und Komplimente. Manche begeisterte der Blick durch die Panoramafenster hinaus auf das Meer. Andere waren von den Bücherregalen angetan, mit denen wir das Treppenhaus vollgestellt hatten.

Aber Jola ging in mein Zimmer, als sähe sie gar nichts. Sie sprach erst, als sie an dem kleinen Tisch unter den großen Dachfenstern saß. Abgesehen davon standen hier mein Schreibtisch, einige Stühle und eine Glasvitrine mit Büchern.

Sie stützte die Ellenbogen auf den Tisch und fuhr nervös mit den Fingern über ihr Gesicht. Dann sah sie mich auf eine Art an, die gespenstisch wirkte.

«Das kann es eigentlich nicht geben», erklärte sie. «Ein komplett verzwickter Fall.»

Ich setzte mich neben sie.

«Was hast du herausgefunden?»

«Nicht ich, sondern Wern.»

Ich hob die Brauen.

«Ich meine Werner», murmelte sie und winkte ab. «Eigentlich sind wir gemeinsam darauf gekommen. Aber das alles ging von Ewa aus.»

«Was genau?»

Jola setzte sich aufrecht hin und räusperte sich.

«Auf dem Bild, das vom Profil bei Spotted verschwunden ist, trug Ewa ein T-Shirt, das mit den Foo Fighters nur wenig zu tun hatte.»

«Hm?», brummte ich.

«Es war ihr Konzert, aber Ewa trug das Shirt einer anderen Combo.»

«Und weiter?»

«Nichts weiter, außer, dass ich darauf aufmerksam geworden bin. Wern hat ein bisschen in seiner Erinnerung gegraben, ich habe ein bisschen nachgeholfen, und wir haben festgestellt, dass Natalia Gutierrez Y Angelo auf Ewas Shirt zu sehen war.»

«Sagt mir nichts.»

«Better Days?», versuchte sie mir weiterzuhelfen.

«Sagt mir immer noch nichts.»

«Es sollte dir aber was sagen, denn die Sache hat es in sich.»

Ich sah sie leicht irritiert an, denn ich fürchtete, dass Robert an der Tür klopfen und mich unter irgendeinem Vorwand rausbitten würde, ehe sie zur Sache kam. Er hatte seine Emotionen für einen Moment in den Griff bekommen, aber ich kannte meinen Mann gut genug, um zu wissen, dass das nicht lange so bleiben würde.

«Du hast sicher von der FARC gehört», setzte Jola an.

«Natürlich. Vor kurzem haben die ein umstrittenes Friedensabkommen mit der kolumbianischen Regierung geschlossen.»

Der Name dieser Guerillabewegung sagte mir nur deshalb etwas, weil kurz zuvor viel über ein Friedensabkommen nach rund fünfzig Jahren Bürgerkrieg berichtet worden war. Fast zweihunderttausend Menschen waren getötet worden, fünf Millionen Zivilisten hatte man umsiedeln müssen. Der Architekt des Friedensabkommens, Santos, erhielt später den Friedensnobelpreis, aber das Thema war mir nicht deshalb in Erinnerung geblieben. Das kolumbianische Volk war aufgefordert worden, den Friedensvertrag in einem Referendum zu bestätigen, aber es lehnte ihn ab. Das Volk war nicht einverstanden damit, dass das Abkommen für bestimmte Kriegsverbrechen Straffreiheit vorsah. Dieser Ansatz war vielleicht irrational, aber er gefiel mir.

«Super, dann reicht es ja, wenn ich dir nur das Wichtigste erzähle.»

Mit einer Handbewegung trieb ich sie zur Eile an und sah unsicher zur Tür.

«2010 führten kolumbianische Spezialeinheiten eine Reihe von Aktionen gegen die Camps der FARC durch», sagte Jola und richtete sich auf. «Bei einer davon sollten Geiseln befreit werden, die dort seit fast zehn Jahren festgehalten wurden. Vorher aber musste ihnen eine Botschaft übermittelt werden.»

«Warum?»

«Die FARC waren sehr gut darin, der Regierung jede Lust auf Geiselbefreiungen zu nehmen. Sie erschossen die Geiseln einfach, sobald der geringste Verdacht aufkam, eine Befreiungsaktion sei geplant.»

«Verstehe.»

«Der Befehlshaber, Oberst Espejo, hatte also ein Problem: Wie sollte er den Geiseln übermitteln, dass Hilfe unterwegs war und sie sich auf die Flucht vorbereiten sollten? Zehn Jahre hatte es keinen Kontakt zu ihnen gegeben, und jede öffentlich verbreitete Information, selbst in verschlüsselter Form, wäre von den Rebellen unweigerlich erkannt worden.»

Ich nickte in der Hoffnung, Kliza würde jetzt schneller vorankommen.

«Das Militär entschloss sich, Juan Carlos Ortiz, einen Marketingspezialisten, zu engagieren, der eine innovative Methode entwickeln sollte, die Botschaft zu transportieren.»

«Und was ist ihm dazu eingefallen?»

«Morsezeichen.»

«Nicht besonders innovativ.»

«Die Rebellen kannten das Morsealphabet nicht besonders gut», fuhr Kliza unbeeindruckt fort. «Die gefangen gehaltenen Militärs dafür umso besser. Ortiz ging davon aus, sie würden es sofort erkennen.»

«Aber trotzdem ...»

«Sie mussten die Botschaft natürlich irgendwie geschickt verpacken. Sonst hätten die FARC-Kämpfer sie gar nicht entschlüsseln müssen, um zu begreifen, dass etwas im Busch war. Ein weiteres Problem war, das Signal in den Dschungel zu senden, damit es die Geiseln überhaupt erreichte. Sie wurden im Dschungel festgehalten, fernab von jeder Zivilisation. Ortiz kam auf die Idee, das in Form eines Songs zu tun, der dann von allen großen Radiosendern rund um die Uhr gespielt werden sollte.»

Ich legte meine Stirn in Falten.

«Sie engagierten also zwei Musiker und ein ganzes Team aus Komponisten, um eine Melodie zu schreiben. Es war einfacher als gedacht. In den Refrain baute man eine Botschaft aus zwanzig Wörtern ein. Das Ganze klang dann wie ein typischer Popsong mit Elektro-Elementen, die aber Morsezeichen waren.»

«Nicht schlecht.»

«Besonders oft spielte man den Song in Dschungelnähe. Es gibt Schätzungen, wonach drei Millionen Menschen das Lied gehört haben. Aber nur die eigentliche Zielgruppe erkannte die verschlüsselte Botschaft. Und die Geiselbefreiung glückte.»

«Und was hat das jetzt mit Ewa zu tun?»

«Die beiden unbekannten Musiker, die zuvor Jingles fürs Radio produziert hatten, hießen Natalia Gutierrez Y Angelo. Und der Song, der die verschlüsselte Botschaft enthielt, hieß ...»

«Better Days.»

Jola strich ihr Haar zurück, ihr Gesichtsausdruck wirkte jetzt zufrieden. Wahrscheinlich sah ich sie zum ersten Mal so.

«Es gab keine zusätzlichen Aufnahmen, keine kommerziellen Veröffentlichungen und schon gar keine T-Shirts», fügte sie hinzu. «Die Tatsache, dass Ewa dieses Shirt trug, ist eine Botschaft.»

«Welche?»

«Dass sie gegen ihren Willen festgehalten wird.»

Ich stand auf und machte ein paar Schritte durchs Zimmer. Einen Moment lang blieb ich vor den Dachfenstern stehen und sah in die Wolken, die sich langsam über den Himmel schoben. Dann drehte ich mich wieder zu Kliza.

«Das würde heißen, dass diese Leute sie nach der Vergewaltigung entführt haben», sagte ich.

Jola nickte.

«Und dass diese junge Frau seit zehn Jahren durch die Hölle geht.»

«Ich fürchte schon», gab Kliza zu. «Aber ich habe keine Zweifel, dass das Shirt ein Hilferuf ist. Es war kein Zufall, dass Ewa gerade auf diesem Konzert auftauchte. Sie wusste, dass Blitzer auch da sein würde.»

«Glaubst du?»

«Sie wusste, dass er verrückt nach den Foo Fighters war. Er hätte sich das Konzert nie entgehen lassen, zumal es in der Nähe von Opole stattfand.»

Ich setzte mich auf die Kommode und massierte gedankenverloren meinen Nacken.

«Aber auf dem Bild soll sie doch gewirkt haben, als ginge es ihr gut», bemerkte ich.

«Das hat Wern behauptet.»

«Das passt aber nicht dazu, dass sie festgehalten wird.»

«Vielleicht war das gespielt.»

«Vielleicht», gab ich zu. «Aber warum sollten die sie überhaupt auf ein Konzert gehen lassen? Das ergibt keinen Sinn.»

«Im Gegenteil.»

Ich sah Kliza fragend an.

«Viele entführte Frauen werden von Zeit zu Zeit nach draußen gelassen, allerdings immer gut bewacht. Die Kidnapper möchten, dass die Geisel nach so vielen Jahren der Gefangenschaft und Abgeschiedenheit die Außenwelt als bedrohlich wahrnimmt. Dass sie merkt, wie fremd ihr diese Welt geworden ist. Und dann freiwillig an den Ort ihrer Gefangenschaft zurückkehrt.»

«Und du bist der Meinung, sie hat sie überlistet.»

Jola strich sich wieder über das Haar. Diesmal schienen die Bewegungen altbekannt, nervös, fast neurotisch.

«Sie muss sich lange darauf vorbereitet haben», sagte sie. «Das

T-Shirt herbeizuschaffen muss schon schwierig genug gewesen sein. Aber wo auch immer sie festgehalten wird, etwas Freiheit scheint sie zu haben. Genug, um einen Hilferuf abzusetzen.»

Wir sahen einander an, und in unseren Blicken mischte sich Entsetzen mit Neugier.

«Zehn Jahre», stöhnte ich.

«Schrecklich, ich weiß.»

«Was muss sie in den ganzen Jahren durchgemacht haben?»

Kliza zuckte mit den Schultern, aber diese Geste war alles andere als gleichgültig.

«Nach der Vergewaltigung ließen sie Wern am Fluss, die Frau müssen sie in ein Auto verfrachtet und irgendwohin gebracht haben. Wahrscheinlich haben sie sie misshandelt und noch lange da weitergemacht, wo sie an der Młynówka aufgehört hatten. Bis sie gebrochen war. Bis sie sich ihnen unterwarf.»

Wir verstummten für einen Moment, der ewig zu dauern schien. Ein paar Sekunden hätten ausgereicht, um sich das Ausmaß all dessen klarzumachen.

Als ich Kliza gerade fragen wollte, ob sie herausgefunden hätte, wie Ewas Botschaft genau lautete – und ob wir davon abgesehen überhaupt noch etwas in Erfahrung bringen konnten –, klopfte es plötzlich an der Tür. Ohne eine Antwort abzuwarten, kam Robert rein. Er lächelte freundlich und entschuldigend.

Ich wusste genau, was er gleich sagen würde. Wie zur Bestätigung blickte er zunächst vielsagend auf seine Uhr.

«Entschuldigt die Störung, aber wir müssen jetzt langsam los», erklärte er. «Wir haben noch ein Meeting und dürfen uns nicht verspäten.»

Kliza stand auf, als würde ihr Stuhl sehr heiß.

«Natürlich, bitte entschuldigen Sie, Herr Reimann.»

«Kein Problem.»

«Hör mal, Robert ...», begann ich.

«Wir verspäten uns wirklich», antwortete er, und sein Gesichtsausdruck wirkte, als täte es ihm wirklich schrecklich leid, dass er Jola so plötzlich hinausbitten musste.

Er war ein großartiger Schauspieler. Ich wusste, die heutige Nacht würde unruhig werden.

10

Ich versuchte jede Einzelheit dieses verdammten T-Shirts aus meinem Gedächtnis hervorzukramen. Jedes Detail der Aufnahme, Ewas Haltung, ihren Gesichtsausdruck, alles, was irgendwie hilfreich sein könnte.

Irgendetwas musste da sein. Nach dem, was Kliza gesagt hatte, gab es für mich keinen Zweifel, dass es sich um einen Hilferuf handelte, vielleicht sogar um mehr: eine verschlüsselte Botschaft oder einen Hinweis, wo ich Ewa suchen sollte.

Trotzdem versagte mein Gedächtnis. Kopfschmerzen, Müdigkeit und die immer wiederkehrenden Bilder von Blitzer, blutüberströmt auf dem Bett, waren auch nicht gerade hilfreich. Obendrein die Gewissheit, dass die Polizei nach mir fahndete. Auch wenn es keinen Haftbefehl gab, würde mich der erste Polizist, der mich erkannte, nicht mehr aus den Augen lassen.

Ich wusste, ich musste mich ausruhen oder zumindest meinem Verstand eine Pause gönnen, damit er wieder arbeiten konnte.

Kliza rief eine, vielleicht anderthalb Stunden nach unserem letzten Gespräch erneut an.

«Wo bist du?», fragte sie.

«Wieder in Zaodrze.»

«Du solltest die Stadt verlassen. So schnell wie möglich.»

«Das habe ich auch vor, aber ...»

«Weißt du, wo Chrząstowice ist?»
«Mhm», bestätigte ich.
«Da gibt es ein Hotel, an der Straße nach Częstochowa.»
«Kenne ich.»
Wer kannte es nicht? Außerhalb von Opole gab es zwei große Tennis-Komplexe, einen in Chrząstowice, den anderen in Zawada. Sie waren zu einer Zeit entstanden, als noch niemand Agnieszka Radwańska kannte.

«Du wirst dort eine Weile bleiben», sagte Kliza. «Es gibt genügend Zimmer, also solltest du eigentlich niemandem auffallen. Außerdem sieht es ein bisschen nach Straßenmotel aus, da kommen sicher eine Menge wildfremder Personen vorbei.»

«Nicht ganz», widersprach ich. «Dass es sich an einer Überlandstraße befindet, heißt nicht ...»

«Egal.»

Ich verdrehte die Augen und hielt das Telefon kurz von mir weg.

«Musst du mir immer ins Wort fallen?», fragte ich schließlich.

«Ich will nur das Wichtigste schnell erledigen.»

«Dann solltest du dir einen anderen Ort überlegen, denn in diesem Hotel gibt es ein Restaurant, wo die Leute aus der Stadt ziemlich gerne hingehen.»

Jola brummte etwas Unverständliches, wahrscheinlich fluchte sie.

«Kann man sich im Hotel bewegen, ohne das Restaurant zu betreten?»

«Ja, aber ...»

«Also. Dann checkst du nur ein und lässt dich ansonsten nirgendwo blicken.»

Ich hatte nicht die Kraft, zu protestieren. Und sie hatte ja recht. So oder so brauchte ich einen Ort, an dem ich in Ruhe darüber nachdenken konnte, was sich noch auf dem Foto befunden hatte.

Ich fluchte in Gedanken, als ich daran dachte, dass es noch da wäre, wenn wir Ewas Kidnapper nicht in Alarm versetzt hätten.

Eines verstand ich trotzdem nicht.

«Wern, bist du noch da?»

Ich gab auf, sie zu korrigieren, dann halt *Wern*.

«Ich denke gerade über etwas nach.»

«Hör auf nachzudenken, tu was.»

«Ist das dein Lebensmotto?»

«Nein, aber in deinem Fall könnte es funktionieren.»

Ich schwieg und ließ meinen Blick über die vorbeifahrenden Autos schweifen. Das paranoide Gefühl war schwächer geworden, ich hatte nicht mehr den Eindruck, dass alle um mich herum auf mich achteten.

«Wer ist Phil Braddy?», fragte ich.

Kliza antwortete nicht.

«Auf welcher Seite steht er? Und welches Interesse hat er an der ganzen Sache?»

Als die Stille auf der anderen Seite sich immer länger hinzog, räusperte ich mich vielsagend.

«Was soll ich dir sagen?», fragte Jola mürrisch.

«Irgendetwas!»

«Ich habe nur herausgefunden, dass er kein neues Konto angelegt hat, nachdem das alte gelöscht worden war. Keine Spur von ihm.»

Bei dem Gedanken, dass ihn das gleiche Schicksal wie Blitzer ereilt haben könnte, zuckte ich zusammen. Nein, das war unmöglich. Derjenige, der Ewa entführt hatte, konnte keine so große Macht haben, jemanden in Großbritannien ins Visier zu nehmen.

Ich hoffte, dass ich mich nicht täuschte.

«Fährst du mit öffentlichen Verkehrsmitteln zum Hotel?»

Ich schüttelte den Kopf, als wäre ich aus einem bösen Traum erwacht.

«Der Bus fährt bis zu den Schrebergärten.»

«Das sagt mir nichts.»

«Von dort aus kann ich zu Fuß gehen.»

«Fällt das nicht auf?»

«Nein, nein», versicherte ich ihr und hatte dabei den Eindruck, als befände ich mich in einer fremden, surrealen Welt. Tatsächlich hatte ich keine Ahnung, wie ich mich in ihr zurechtfinden sollte. Auch nicht, ob es mir gelingen würde, nicht aufzufallen.

Ich ging zur nächsten Bushaltestelle und dachte an die unsichere Zukunft, die mich erwartete.

«Was dann?», fragte ich.

«Ich werde dich abholen.»

Das löste eigentlich nichts, aber auf irgendeine Art machte es mir Mut.

«Du wirst eine Weile bei mir bleiben und dich verstecken.»

«Bist du dir sicher?»

«Sonst würde ich es ja nicht vorschlagen. Und dann überlegen wir, wie es weitergehen soll.»

«Ich würde das gern jetzt überlegen», murmelte ich. «Wir haben das Foto nicht, wir haben keine Spur. Nur die Information, dass Ewa Hilfe braucht. Und diese Leute haben alles auf Facebook gelöscht, also wissen sie es wahrscheinlich. Verstehst du, was das bedeuten könnte?»

Ich vermutete, dass ihr Schweigen in diesem Moment nicht daher kam, dass sie es nicht wusste.

«Sie hat zehn Jahre ausgehalten, dann wird sie es noch ein bisschen länger schaffen», antwortete Kliza nach einer Weile. «Es sieht so aus, als könnte sie auf sich selbst aufpassen.»

Was das betraf, hatte ich keine Zweifel. Aber ich wollte mir gar nicht vorstellen, was sie tun musste, um ihre Sicherheit zu garantieren. Ihre Entführer mussten rasend wütend gewesen sein, als sie herausfanden, dass sie versucht hatte, mich zu kontaktieren.

Erst jetzt wurde mir bewusst, was das wirklich bedeutete. Nach zehn Jahren hatte Ewa es endlich geschafft, mir eine Botschaft zu senden. Sie war am Leben. Sie versuchte, etwas zu tun, sie kämpfte um ihre Freiheit. Das war das Wichtigste.

«Sie braucht unsere Hilfe», sagte ich, als ich gerade an der Haltestelle ankam. «Und das so schnell wie möglich.»

«Wir werden alles tun, Wern.»

«Das heißt?»

«Wir werden alles in Ruhe analysieren. Du musst dich ausruhen und dich dann an die Details auf diesem Foto erinnern.»

«Falls ich mich erinnere, dann bestimmt nicht an alles. Wir brauchen mehr.»

Ich fuhr mit dem Finger den Fahrplan entlang, während ich die Linie 17 suchte. Ich wusste, dass sie von der Kehre an der Ulica Dambonia abfuhr und bei den Schrebergärten in der Ulica Częstochowska endete. Von dort zum Hotel waren es noch fünf, sechs Kilometer. Aber ich war mir nicht sicher, ob es die richtige Richtung war.

«Was schlägst du vor?», fragte Jola.

«Dass ich zurück in Blitzers Wohnung gehe.»

«Bist du verrückt?»

«Vielleicht hat er einen Screenshot gemacht, vielleicht befindet sich irgendwas auf seinem Laptop ...»

«Du bist verrückt», fiel mir Kliza ins Wort. «Nicht nur, dass dich die Polizei sofort aufgreift – du wirst ohnehin nichts finden. Siehst du nicht, wie gründlich diese Leute vorgehen?»

Ich hatte keine Lust, mich mit ihr zu streiten, und im Grunde genommen wusste ich, dass sie recht hatte. Vielleicht hatte ich sogar erwartet, dass sie mir widersprechen würde.

«Mach, was ich dir gesagt habe, Wern. Das wird für dich besser ausgehen.»

«Gar nichts wird besser ausgehen.»

Ich sah auf die Uhr. Der Bus fuhr etwa in einer Viertelstunde. Ich setzte mich unter die Überdachung und ließ den Kopf hängen.

«Am schlimmsten ist diese Passivität», fügte ich hinzu. «Ich will endlich etwas tun.»

«Und was?»

«Ich werde dieses Profil nutzen, Spotted. Aber ich werde dort nicht eine Person, sondern Bilder von dem Konzert suchen.»

Jola seufzte direkt in den Hörer.

«Ich hab mir schon alle angeschaut, die im Netz sind», sagte sie bedrückt. «Ewa ist auf keinem drauf. Entweder haben sie die bereits gelöscht, auf denen Ewa zu sehen ist, oder aber dafür gesorgt, dass sie gar nicht erst im Bild ist. Dieses eine Foto hatten sie wohl übersehen.»

«Weil sie nur auf Fotoapparate geachtet haben, aber nicht auf Smartphones?»

«Genau.»

«Also könnte es noch mehr Fotos geben, private, die nicht gepostet wurden.»

Kliza musste das nicht bestätigen, es war offensichtlich. Ereignisse dieser Art dokumentierten die Leute schließlich nicht in ihrem Gedächtnis, sondern auf ihren Handys. Anstatt direkt zur Bühne zu gucken, schauten sie jetzt auf ihre Smartphonedisplays.

«Werner, das ist keine gute Idee.»

«Haben wir eine bessere?»

«Du kannst nicht nur dir damit Ärger bereiten, sondern auch ihr. Wenn die Entführer sehen, dass du weitere Bilder suchst, verschlechterst du Ewas Situation.»

«Warum?», fragte ich zurück. «Sie werden einfach denken, dass ich dringend irgendetwas suche, das mir helfen könnte.»

Ich wollte so denken. Ich wollte sie mir als eine Gruppe stumpfsinniger Kidnapper vorstellen, die nichts mit Profis gemein hatten. Ich wusste jedoch, dass ich mich damit im Grunde selbst belog.

«Das ist die einzige Chance», sagte ich.

Als der Bus an der Haltestelle hielt und sich der Gestank von Abgasen in der Luft verbreitete, hatte ich den Eindruck, dass Kliza zumindest teilweise überzeugt war. Aber war ich es selbst auch?

Ich riskierte etwas, als ich meinen Vater bat, mich an einer Haltestelle der 17 zu treffen. Ich brauchte einen Laptop, und in dieser Situation musste sogar mein alter Asus ausreichen.

Ich hätte keine Möglichkeit gehabt, meinen Vater zu kontaktieren, wenn er nicht seit seinem ersten Handy immer dieselbe Nummer gehabt hätte. Er hatte es zu einer Zeit gekauft, in der man die Nummer für alle Fälle auswendig lernte. Jetzt speicherte ich Kontakte nur noch im Telefon und vergaß sie dann.

Während die Fahrgäste an der Haltestelle ausstiegen, überreichte mir mein Vater die kleine Tasche mit dem Laptop durch die Tür.

«Deine Mutter hat dir noch was zum Essen eingepackt», sagte er.

Zum ersten Mal seit langer Zeit musste ich mich nicht zu einem Lächeln zwingen. Wir schauten uns an, wechselten aber kein Wort mehr. Als sich die Türen schlossen, sah ich, wie mein Vater dem abfahrenden Bus hinterhersah.

Ich fühlte mich, als würde ich in meine Kindheit zurückkehren, als ich ins Ferienlager oder ins Schullandheim fuhr. Aber ganz passend war der Vergleich nicht. Damals hatte ich die Stadt immer mit dem Gefühl verlassen, bald zurückzukehren. Heute konnte ich mir sicher sein, dass es nicht so sein würde.

Ich checkte ins Hotel ein, niemand schien mich zu beachten. Die Tasche mit dem Laptop war vielleicht insofern hilfreich, als ich ein wenig den Eindruck erweckte, ich sei auf Reisen.

Im Zimmer öffnete ich das ausgediente Gerät und schaute mir die am meisten abgenutzten Buchstaben an: W, A, S, D. Natürlich, das typische Aussehen eines Computers, der viel zum Spielen benutzt wurde.

Das WiFi in Gang zu kriegen dauerte ein bisschen, und der

Laptop pfiff, als würde er bald seinen Geist aufgeben. Schließlich gelang es mir aber, einen neuen Account auf Facebook anzulegen, ein altes Bild als Profilfoto hochzuladen und wahllos ein paar Leute als Freunde hinzuzufügen.

Langsam kam auch mein Verstand wieder in Gang, und mir wurde bewusst, dass ich Spotted gar nicht nutzen musste. Viel schlauer wäre es, meine Frage nach Fotos auf der Fanpage der Foo Fighters zu platzieren. Wenn die Entführer Profis waren, würden sie auch diese Seite überwachen, trotzdem war meine Chance so größer, Ewa zu finden.

Ich lud die Seite im Durchschnitt alle zwanzig Sekunden neu, weil ich hoffte, ein Wunder würde geschehen und jemand eine Antwort schicken. Ich hatte keine Details angegeben, nur, dass ich Fotos von diesem Konzert suchte. Auf diese Weise konnte ich die Entführer vielleicht überlisten. Doch diesen Gedanken verwarf ich schnell wieder. Sie hatten bereits bewiesen, dass sie wachsam waren.

Nach einer Stunde trafen die ersten Fotos ein. Die meisten waren mit dem Smartphone aufgenommen und zeigten irgendwelche Bekannten – eine gute Gelegenheit, sich an nicht lange zurückliegende Eindrücke zu erinnern.

Ich schaute sie langsam durch, weil ich nicht erwartete, Ewa zu entdecken. Zehn Jahre lang hatte ich kein Glück gehabt, es gab keinen Grund, anzunehmen, dass sich in dieser Hinsicht etwas änderte.

Und es änderte sich auch nichts. Ich verbrachte den ganzen Abend damit, Ewa in der Menge ausfindig zu machen. Doch umsonst. Ich war schon dabei, wegzudämmern, als ich einen kurzen, lauten Ton hörte. Im ersten Moment begriff ich nicht, woher er kam, dann wurde mir klar, dass mich das neue Handy informierte, dass ich eine SMS erhalten hatte.

Halbherzig griff ich nach dem Telefon. Kliza würde mit Sicherheit anrufen, und meinem Vater hatte ich verboten, sich unter dieser Nummer mit mir in Verbindung zu setzen, weil er sich selbst und mir damit nur Probleme verursachen konnte.

Trotzdem kam die Nachricht von ihm.

«Mach den Fernseher an.»

Nur dieser eine Satz, daher wusste ich nicht, was mich erwartete. Ich schaute mich nach der Fernbedienung um und tat, was mein Vater mir nahegelegt hatte. Im Ersten und Zweiten und auf den anderen, kommerziellen Kanälen war nichts zu sehen, was mich interessiert hätte.

Erst als ich auf TVN24 ging, wurde mir klar, was er gewollt hatte.

«In Opole wurde die Leiche einer vor zehn Jahren verschwundenen Studentin gefunden», lautete die Schlagzeile auf dem gelben Newsticker.

11

Bis Sonnenuntergang war ich sicher. Eigentlich führte ich ein Doppelleben. Das eine, tagsüber, teilte ich mit einem fürsorglichen und romantischen Mann. Das andere, nachts, lebte ich an der Seite eines vollkommen anderen Menschen.

Ich half Wojtek bei seinen Hausaufgaben, danach schaffte ich es noch, ein paar Seiten des neuen Romans von Stephen King zu lesen. Ich mochte seine Bücher, aber nicht, weil sie dem Leser Angst einjagten – Angst hatte ich auch so mehr als genug. Was mich an King faszinierte, war die Art, wie er die düstersten Dämonen bloßlegte. Diejenigen, die in der menschlichen Psyche schlummerten. Wenn ich das las, hatte ich das Gefühl, als habe er mein Leben studiert und wisse bestens darüber Bescheid.

An diesem Abend würde ich nicht lange lesen können. Es reichte, zu sehen, wie Robert ins Schlafzimmer trat und die Tür hinter sich schloss. Er tat das einen Tick zu langsam und zu ruhig. Als wollte er Selbstbeherrschung demonstrieren.

Dann wandte er sich mir zu und sah mich lange an.

Kämpfte er gegen seine Dämonen? Machte er sich vor, er könne seine Emotionen im Zaum halten? Ging er gegen seine Gedanken an? Versuchte er, das, was in ihm lauerte, nicht nach außen dringen zu lassen?

Ich wusste es nicht. Er wirkte zwar so, aber es war schwer zu sagen, ob das nur Fassade war oder er wirklich einen Kampf mit sich ausfocht.

«Musstest du das wirklich tun?», fragte er.

Ich sagte nichts. Inzwischen hatte ich gelernt, dass das die beste Lösung war. Wenn ich anfing, mich zu entschuldigen, machte ihn das nur noch wütender. Er hatte dann das Gefühl, dass er die Lage beherrschte. Dass er mich beherrschte.

Wenn ich zu diskutieren begann, verunsicherte ihn das zunächst zwar, später aber schlug er stärker und länger zu.

«Hätte das Treffen nicht bis morgen warten können?»

Er kam immer näher, die Hände in den Hosentaschen. Als würde das seine Fäuste hindern loszulegen.

«Ich habe dich etwas gefragt.»

«Es war dringend.»

«Ja?»

Er blieb neben dem Bett stehen, während ich das Buch zuklappte und auf den Nachttisch legte. Das Absurde an dieser Situation war, dass ich genau wusste, was gleich passieren würde, aber zugleich inständig hoffte, im letzten Moment würde sich doch noch etwas ändern.

Ich sollte mich nicht länger belügen. Aber Robert überzeugte mich jeden Morgen von neuem, dass er sich beim nächsten Mal rechtzeitig in den Griff kriegen würde. Er glaubte wahrscheinlich selbst daran, deshalb gab auch ich die Hoffnung nicht auf.

«Du hast mir den Abend ruiniert», schoss es aus ihm heraus.

«Wir mussten wirklich miteinander reden.»

«Es gibt Telefon, Internet, verfluchte Scheiße, so viele Wege, zu kommunizieren», zischte er. «Und du musst sie in unser Haus lassen. Und mir die Stimmung verderben.»

Er schüttelte den Kopf und schnaubte, als hätte ich mir wirklich was zuschulden kommen lassen und als fehle ihm die Kraft, das länger zu ertragen.

Ich wusste genau, was er fühlte, jahrelang hatte er mir das beschrieben. Wenn etwas auch nur ein kleines bisschen von seiner Vorstellung abwich, wie es zu sein hatte, quälte ihn das bis hin zur Obsession. Stundenlang ließen ihn die Gedanken nicht mehr los, und er wurde immer wütender.

So musste es auch jetzt sein.

Er sah mich mit hasserfüllten Augen an und erstarrte für einen Moment. Dann riss er mir die Bettdecke herunter, stieß einen Fluch hervor und legte sich ausgestreckt neben mich hin. Seine Arme verschränkte er hinter dem Kopf.

Ich hatte etwas anderes erwartet.

Vielleicht ist es heute Nacht wirklich anders, dachte ich mir.

«Die fliegt hochkant raus.»

«Robert ...»

«Nein, es reicht, sie fliegt raus bei RI.»

«Vor kurzem hast du Glazur rausgeschmissen, wir können uns keine weiteren Entlassungen leisten.»

Er starrte an die Decke, und ich war ihm dankbar dafür. Hätte er mich angesehen, wäre mein Ekel noch größer gewesen.

Auch Glazur hatte RI meinetwegen verlassen müssen. Wir hatten uns einmal zu oft im *Baltic Pipe* getroffen. Es ging wie immer ums Geschäft, nur hatte ich vergessen, es Robert vorher anzukündigen.

Das hatte ausgereicht, um Glazur am nächsten Tag zu feuern. Und deshalb musste ich Roberts Worte ernst nehmen. Er war fähig dazu, gleich am Morgen bei der Personalabteilung anzurufen und Jola Klizas Vertrag auflösen zu lassen.

«Scheiß drauf», murmelte er. «Die ist sowieso nicht geeignet.»

«Sie arbeitet an einem wichtigen Fall ...»

«Ja, ja, wichtig ... Meine Scheiße», schnitt er mir das Wort ab.

Einen Moment lag er still da. Dann schnaubte er noch einmal leise, als wollte er zu verstehen geben, dass es mit mir nichts zu bereden gäbe. Er griff nach der Bettdecke, zog sie rauf und drehte sich auf die Seite, mit dem Rücken zu mir.

Ich atmete auf.

«Mach das Licht aus.»

Wortlos gehorchte ich und drehte mich vorsichtig auf den Rücken. Ich hatte den Eindruck, über hauchdünnes Eis zu wandeln. Irgendwo in der Ferne hörte ich es brechen, aber das Wichtigste war, dass es mich im Moment noch trug.

Ich lag eine Viertelstunde da und lauschte seinem unruhigen Atem. Ich wusste, dass er nicht schlief, dass die Emotionen noch immer in ihm loderten.

Trotzdem hoffte ich, er würde sie unter Kontrolle bekommen.

Vergeblich.

Plötzlich sprang er aus dem Bett, ging ins Badezimmer und knallte die Tür zu. Kurz darauf hörte ich, wie er den Wasserhahn aufdrehte. Ich stellte mir vor, wie er sich im Spiegel betrachtete und immer wieder kaltes Wasser in sein Gesicht spritzte. Und wie er mit seinen Dämonen kämpfte.

Als er aus dem Badezimmer kam, begriff ich sofort, dass er den Kampf verloren hatte.

«Nicht genug, dass ich mich den ganzen Scheißabend auf nichts konzentrieren kann, wegen dir kann ich auch noch die halbe Nacht nicht schlafen», sagte er und kam immer näher. «Warum, verflucht, musst du so sein?»

«Robert ...»

Er hob die Hand und schlug mir ins Gesicht. Ich kniff die Augen zusammen und drehte den Kopf weg. Eine andere Reaktion gestattete ich mir nicht.

Er griff mein Pyjamaoberteil und zerrte mich aus dem Bett. Ich landete auf dem Boden. Als ich mich hochrappeln wollte, war er schon wieder neben mir.

«Robert ...»

«Halt's Maul.»

«Weißt du noch, was du mir heute versprochen hast?», fragte ich, während ich versuchte, mich aufzurichten.

Vielleicht wäre es besser gewesen, reglos auszuharren, aber mein Fluchtreflex war stärker als der Verstand. Sofort packte er mich wieder und presste mich zu Boden.

«Ich weiß, verdammt noch mal, ich weiß», sagte er. «Und weißt du, dass ich mir jeden Tag den Arsch für euch aufreiße? Mich für euch kaputt mache, damit es euch an nichts fehlt?»

Er schüttelte mich so, dass ich mit dem Kopf auf dem Boden aufschlug.

«Und was verlange ich als Gegenleistung? Was? So viel?»

Ich öffnete den Mund, aber er schlug mich wieder mit der flachen Hand.

«Ich habe dich was gefragt!»

«Robert ...»

«Ich will nur etwas Ruhe am Abend, ein paar verfickte Stunden lang!», schrie er und schüttelte mich immer heftiger.

Er hatte die Grenze überschritten. Jetzt würde es nur schlimmer.

Und so kam es.

In der Regel ähnelte sich das Szenario. Robert schleuderte mir immer mehr Fragen entgegen und gab mir die Schuld an allen möglichen Dingen, so absurd sie manchmal auch waren. Als ob aus seiner Sicht irgendeine Kleinigkeit der Grund für alle Misserfolge und für alles war, das nicht so lief, wie er es sich vorstellte.

Er konstruierte ganze Kausalketten, die nur von immer stärker werdenden Schlägen unterbrochen wurden. Er zerrte mich durchs Schlafzimmer, schlug mir mit der Faust in den Bauch, warf mich zu Boden und trat auf mich ein.

Er sprach davon, wie der Besuch von Kliza ihm seinen Tagesplan ruiniert hätte. Wie er morgen unausgeschlafen zur Arbeit gehen müsste. Unkonzentriert sein würde und die Verhandlungen dadurch nicht das gewünschte Ergebnis bringen könnten. Wir würden ins Minus rutschen und vielleicht sogar unsere Ausgaben drosseln müssen.

Er spann die Geschichte immer weiter, und jedes neue Element nährte die Flamme, die von den nur allzu realen Gespenstern Stephen Kings entfacht worden war.

Diese Anfälle dauerten normalerweise ein paar Stunden. Manchmal zwei, manchmal auch sechs. Ich vertrug sie schlecht und konnte hinterher kein Auge zutun – auch wenn das Ende immer gleich war: Robert weinte, bereute, wollte Wiedergutmachung leisten.

Meistens schlug er hinterher sich selbst, einmal hatte er den Badezimmerspiegel in Scherben hinterlassen. Wenn seine Emotionen nachließen und sich stattdessen als Hämatome und Wunden auf meinem Körper materialisierten, wurde er zu einem völlig anderen Menschen.

So war es auch diesmal. Gedemütigt und erschöpft ließ er mich auf dem Boden zurück und verschwand im Badezimmer. Für einen kurzen Moment schien in der Villa vollkommene Stille zu herrschen. Dann hörte ich Flüche und Schläge. Schließlich Weinen.

Wie üblich verzichtete ich darauf, meine Wunden in Augenschein zu nehmen. Ich hatte Angst, mit der Zunge über meine Zähne zu fahren, in den Spiegel zu sehen oder mich überhaupt zu regen. Ich dachte, erst wenn ich mich bewegte, würde mir klar, was er mir angetan hatte.

Nicht nur körperlich. Nach ein paar Minuten kam er zurück. Den Blick gesenkt und mit laufender Nase, schlug er sich immer wieder mit der flachen Hand an die Schläfe. Er fiel neben mir auf die Knie und flehte mich um Verzeihung an, dann half er mir auf und legte mich ins Bett. Er vergrub das Gesicht in meinem Schoß, und bald spürte ich, wie die Hose meines Schlafanzugs nass wurde von seinen Tränen. Mein Adrenalinspiegel sank, doch damit kam der Schmerz.

Ich lag bis zum Morgen in einer Art vegetativem Zustand da, der mir natürlich und vertraut vorkam. Ich verweigerte jeden Gedanken, ich reflektierte nicht. Vielleicht hatte ich nur deshalb so lange ausgehalten.

Am nächsten Morgen hatte ich das Gefühl, neben einem völlig anderen Mann zu liegen. Robert war halb beschämt und halb rasend vor Wut. Ganz so, als hätte mir jemand anderes Leid zugefügt und als wollte er diese Person um jeden Preis bestrafen.

Er brachte mir Frühstück, dann fragte er mich immer wieder, wie es mir gehe. Ein ums andere Mal bat er um Vergebung und schwor, sich beim nächsten Mal eher die Hand abzuhacken, als sie gegen mich zu erheben.

Er würde eine Therapie machen.

Sich für die Nacht in einem anderen Zimmer einsperren.

Mir eine Waffe kaufen.

Die Liste an Versprechungen variierte jedes Mal leicht, je nachdem, wie viel er sich in der Nacht zuvor erlaubt hatte. Diesmal war er bereit, mir alles zu versprechen. Und das Schlimmste war, dass ich in seinen Augen sah, dass er es ernst meinte.

Ich konnte mir etwas aussuchen.

Allerdings wusste ich, dass unsere Beziehung wie ein Bienenstock war und unser Familienglück einem Ameisenhaufen glich: Es reichte, einen Stock hineinzustoßen, und die Tragödie würde ihren Lauf nehmen. Manche Dinge mussten hinter verschlossenen Türen bleiben.

Gegen zehn saß ich im Salon und trank Prosecco, während ich auf das Meer schaute. Robert war mit Wojtek in die Schule gefahren, ich war allein zu Haus. Ich machte mir ein Bild meiner körperlichen Schäden, an die psychischen traute ich mich nicht heran.

Zumindest äußerlich war es nicht besonders schlimm. Ein paar blaue Flecken, die sich problemlos verbergen ließen. Damit hatte ich schließlich Erfahrung. Was mir Sorgen bereitete, war ein andauernder Schmerz in der Magengegend, als wäre dort etwas gerissen.

Aber der Schaumwein half, wie immer. Ich griff nach dem Tablet und stellte es auf dem Tisch auf, dann begann ich die Nachrichten zu lesen. Ich hatte gerade ein paar Artikel durch, als das Telefon klingelte.

Kliza.

«Ja?»

«Hast du es gesehen?», fragte sie ohne Umschweife.

«Was hab ich gesehen?»

«Öffne eine Seite mit Lokalnachrichten.»

Erst dachte ich, es ginge um Rewal, aber schnell wurde klar, dass sie Opole meinte. Jola lebte inzwischen in einer anderen Welt. Ewas Fall formte ihre Realität. Ich klickte die Regionalausgabe der *Gazeta Wyborcza* in Opole an und erstarrte.

Ich fühlte, wie das Blut aus meinem Gesicht wich. Ich vergaß die Nacht, den Bauchschmerz, vergaß auch, dass ich etwas unternehmen musste, bevor mein Mann einen Schritt weiter ging.

«Das ist nicht möglich ...», stöhnte ich.

«Und trotzdem steht es da.»

«Wann hast du es gesehen?»

«Frühmorgens.»

«Warum hast du nicht sofort angerufen?»

«Was hätte das gebracht? Die junge Frau ist tot, es ist ohnehin zu spät. Außerdem haben wir ein paar Probleme.»

Ich fragte nicht nach, welche Probleme sie meinte, weil meine Gedanken ausschließlich um Ewa kreisten. Ich schüttelte den Kopf.

«Ist man sich sicher, dass es ihre Leiche ist?»

«Eine DNA-Untersuchung hat das bestätigt», antwortete Jola. «Sie haben keinen Zweifel, dass es sich um die Frau handelt, die wir gesucht haben. Und wir haben sie ins Grab gebracht.»

«Hör zu, das ...»

«Das ist die Wahrheit», unterbrach mich Kliza. «Hätten wir nicht angefangen, im Dreck herumzuwühlen, wäre Ewa noch am Leben.»

Ich trank mein Glas Prosecco aus und merkte, dass meine Hand zitterte. Ich klemmte sie mir unter die Achsel, ganz so, als könnte das Zittern jemandem auffallen.

«Der Kontakt ging nicht von uns aus», bemerkte ich.

«Redest du dir das ein, um dich nicht schuldig zu fühlen?»

«Wir haben keinen Grund, uns schuldig zu fühlen, genauso wenig wie Werner.»

«Das siehst du so.»

Ich sah nach der Flasche. Ich sollte mir nicht direkt nachschenken, aber vielleicht konnte man an einem Tag wie diesem eine Ausnahme machen? Nein, sagte ich mir. Nur ein einziges Mal, und ich verwandle mich von der HFA in eine stinknormale Alkoholikerin.

Absurd, nicht wahr? Ich war nur deshalb in der Lage, mich zu kontrollieren, weil ich fürchtete, sonst für immer auf Alkohol verzichten zu müssen.

Ein Widerspruch. Einer von vielen.

«Wir haben ihr Leben beendet», sagte Jola nach einer Weile.

Der Euphemismus wunderte mich nicht. Es war leichter, das so zu formulieren, als zu sagen: ‹Wir haben sie getötet.›

«Wie auch immer dieses Leben war», murmelte sie.

«Vielleicht hatte es nicht viel gemein mit einem echten Leben.»

«Vielleicht nicht», räumte Kliza ein. «Aber wir hätten sie retten können, eine kleine Chance gab es durchaus.»

«Nicht unbedingt. Wir hatten die Spur doch schon verloren.»

«Du machst dir was vor», entgegnete sie leise. «Aber das ist deine Sache.»

«Ich sage doch nur, wie ich die Sache sehe.»

«Du hast nicht das ganze Bild vor Augen.»

Das klang nach einem unnötigen Seitenhieb auf das Leben, das Robert und ich führten. In den Augen der anderen waren wir ein perfektes Paar mit einer Traumvilla am Meer, einer Garage voller Luxusautos und einem gesunden Kind, auf das wir stolz sein konnten. Wir gingen zu exklusiven Events, hatten einen guten Ruf, und auch die Zukunft schien rosig.

Wie im Bilderbuch. Nur, dass dieses Buch mit Blut, Gewalt, Hass und Scheinheiligkeit gemalt war.

Doch darum ging es Kliza nicht. Ich witterte überall Kritik an unserem Lebensstil, aber sie meinte etwas völlig anderes.

«Ich wollte sagen, du weißt nicht alles», fügte sie nach einem kurzen Schweigen hinzu.

«Was heißt das genau?»

«Wern hat mich gerade kontaktiert.»

«Und?»

Ich zuckte nervös zusammen, denn in ihrer Stimme war etwas, das nach einem großen Durchbruch klang. Aber hatte das unter diesen Umständen noch irgendeine Bedeutung?

«Er hat mir nur gesagt, dass er auf einem der Fotos etwas Wesentliches entdeckt hat. Er klang betrunken, aber ...»

«Was hat er gefunden?»

«Das weiß ich nicht.»

«Warum nicht?»

Sie seufzte tief.

«Wie gesagt, wir haben ein paar Probleme ...», murmelte sie. «Und zwar ganz schön ernste.»

«Und zwar?», fragte ich etwas irritiert darüber, dass ich ihr die Informationen regelrecht aus der Nase ziehen musste. Ich hätte mich daran gewöhnen können, aber andererseits, was sprach dagegen, dass sie ihr Verhalten änderte?

«Der Leiter der Personalabteilung hat mein Gespräch mit Wern unterbrochen», erklärte sie, «und gesagt, er müsse sofort mit mir sprechen.»

Ich wusste, was jetzt kam.

«Er hat mir mitgeteilt, dass ich entlassen bin. Mit sofortiger Wirkung.»

Ich sprang auf und hörte, wie der Stuhl unter mir über den gebeizten Holzboden schurrte. Seine Beine hatten eindeutig Spuren hinterlassen.

Ich holte den Prosecco aus dem Kühlschrank und stellte ihn auf die Arbeitsplatte. Dann fluchte ich leise und stellte ihn wieder zurück.

Bevor die Reue eingesetzt hatte, musste Robert nachts jemanden aus der Personalabteilung aus dem Schlaf geklingelt und Klizas Entlassung angeordnet haben. Das hätte ich erwarten können. Er hatte die Schläge immer wieder kurz unterbrochen und war irgendwohin verschwunden. Doch ich war zu benommen gewesen, um zu kapieren, was er tat.

«Im Grunde wundert mich das nicht», sagte Jola nun.

«Was?» Ich konnte meine Verwunderung nicht verbergen.

«Kaum hab ich angefangen, die junge Frau zu suchen, da findet man auch schon ihre Leiche.»

«Nein, darum geht es nicht. Mach dir keine Sorgen, ich biege das wieder hin.»

«Da gibt es nichts hinzubiegen.»

«Kliza, es ist nicht so, wie du denkst.»

«Geht mir am Arsch vorbei», entgegnete sie. «Ist gut so, wie es ist.»

Die Entschlossenheit in ihrer Stimme ließ mich annehmen, dass es nichts mehr zu diskutieren gab. Zumindest nicht jetzt. Aus ihrer Sicht war eine weitere Beschäftigung bei Reimann Investigations die schlechteste Wahl.

Sie brauchte Zeit, um sich abzukühlen. Und ich brauchte Zeit, um Robert zu überreden, seine Entscheidung rückgängig zu machen.

War das überhaupt möglich?

Nein. Dafür kannte ich ihn zu gut. Trotzdem machte ich mir vor, dieses eine Mal würde er seine Meinung ändern.

«Ich schicke dir eine SMS mit seiner Nummer», sagte sie noch. «In deinem Postfach hast du eine Anleitung, wie man sich als Admin in die Kontaktplattform von RI einloggt. Die kannst du an den nächsten Mitarbeiter weitergeben oder selbst benutzen, mir ist das jetzt egal.»

«Du kannst nicht einfach so ...»

«Was?», fiel sie mir ins Wort. «Ewa ist tot, man hat sie gefunden. Selbst wenn ich nicht entlassen worden wäre, ist meine Arbeit damit erledigt. Unser Job ist es nicht, Witwer zu trösten.»

Sie legte auf, bevor ich etwas antworten konnte. Das war's. Die beste Mitarbeiterin, die wir jemals hatten, war weg.

Eine Stunde wartete ich, dann schenkte ich mir nach. Ich nahm kleine Schlucke, auch wenn mir das unglaublich schwerfiel. Ich setzte mich vor den Computer in meinem Zimmer und verschränkte die Arme hinter dem Kopf. Eine Weile saß ich reglos da.

Dann entschied ich, dass es höchste Zeit war, sich an die Arbeit zu machen. Der Fall war noch nicht abgeschlossen. Werner war auf etwas Neues gestoßen, und ich musste wissen, was das war.

Gleichzeitig musste ich aufpassen, meinen Mann nicht weiter zu verärgern. Klizas Entlassung bedeutete auch, dass Robert nicht wünschte, dass Reimann Investigations sich weiter mit Ewas Fall befasste. Ich musste ihn daher auch als meinen Feind betrachten.

Das machte mir klar, wie gering mein Einfluss in der Firma tatsächlich war. Und wie wenig Freiheit ich hatte. Ich wusste genau, dass Robert regelmäßig meine Telefonrechnung prüfte und jede

Verbindung einzeln analysierte. Ich vermutete auch, dass er in seinem Büro die Videoüberwachung bei uns zu Hause nutzte, um zu wissen, was ich gerade machte.

Ich loggte mich auf der Kontaktplattform ein und schickte Damian Werner seinen einmaligen Zugangscode. Das war eigentlich nur nötig, wenn der Klient sich einloggen wollte, aber es war eine gute Methode, mit Damian in einen privaten Chat einzusteigen.

Ich wollte keine überflüssige Anonymität. Die Verbindung war sowieso verschlüsselt, und die Nachrichten wurden sofort gelöscht. Ich änderte also nur einige Einstellungen und führte Nutzernamen ein.

So würde Werner das Gefühl haben, am anderen Ende sitze eine reale Person.

Er loggte sich lange Zeit nicht ein. Ich wartete angespannt und unsicher, ob ich das Richtige tat. Ich hatte das Gefühl, als würde ich Robert betrügen. Nein, nicht betrügen, aber es zumindest in Erwägung ziehen.

Als hätte ich in einer Hotelbar einen Typen kennengelernt, der sich als gute Begleitung entpuppt. Eigentlich nichts Verwerfliches, aber man wusste ja, wohin so etwas führen konnte.

Als Werner sich schließlich meldete, erstarrten meine Hände über der Tastatur. Ich überlegte, was ich schreiben sollte, doch mir fiel nichts Gutes ein.

Auf dem Bildschirm tauchte eine Frage auf:

    [Wern] **Kasandra?**

Ich überlegte, wie viel ich ihm verraten sollte.

    [Wern] **Die Besitzerin von RI?**
    [Kasandra] **Ja.**
    [Wern] **Was ist mit Kliza?**
    [Kasandra] **Sie musste sich eine andere Beschäftigung suchen. Komplizierte Sache.**

Eine Weile lang antwortete er nicht.

> [Wern] Sie muss zurückkommen.
>
> [Kasandra] Das geht leider nicht, aber ich schaue, was ich tun kann.

Die Nachrichten verschwanden eine nach der anderen, der Cursor blinkte in Erwartung einer neuen Eingabe. Ich stützte die Ellenbogen auf den Tisch und starrte auf den Monitor. Damian war sich offenbar nicht sicher, ob er mir vertrauen konnte.

Einerseits war ich eine Fremde, andererseits kommunizierten wir auf einer geschützten Plattform. Und er wandte sich an die Firma, die ihm als einzige eine helfende Hand gereicht hatte.

> [Kasandra] Kliza sagte, du bist auf etwas gestoßen?

Die Antwort darauf ließ eine gefühlte Ewigkeit auf sich warten.

> [Wern] Richtig. Auf etwas Großes.
>
> [Kasandra] Das heißt?
>
> [Wern] Sie lebt.
>
> [Kasandra] Was!?
>
> [Wern] Ich weiß, wie das klingt. Aber ich kann das beweisen.

Unwillkürlich griff ich nach dem Glas.

> [Kasandra] Bist du dir sicher?
>
> [Wern] Ja.

Ich nickte gedankenverloren, ganz so, als könnte er es sehen. Sollte ich einwenden, dass man die Leiche gefunden hatte? Wäre sinnlos gewesen, er wusste es bestimmt.

> [Wern] Ich weiß, was du denkst. Der Verlobte kann den Verlust nicht verwinden, sucht nach irgendwelchen absurden Erklärungen und klammert sich an jeden Strohhalm. Aber du musst mir glauben.

Ich atmete tief ein und wusste immer noch nicht, wie ich reagieren sollte.

Zweifel hätten ihn verschrecken können.

Ein Vertrauensvorschuss wäre ebenso unvernünftig gewesen. Schließlich entschied ich zu warten, bis Damian noch mehr schrieb.

Einen Augenblick später erschien die nächste Zeile.

[Wern] Sie lebt. Und ich kann es beweisen.

Teil II

1

Ich machte mir nichts vor – die Chefin von Reimann Investigations glaubte mir bestimmt nicht alles. Doch ich vermutete, dass der Agentur daran lag, ihre Verpflichtungen zu erfüllen, und mich Kasandra deshalb nicht abwimmelte. Blitzer hatte schließlich eine Pauschale bezahlt, sie hatten das Geld bereits auf dem Konto. Aber vielleicht waren sie vor allem an gutem Marketing interessiert. Ein verbitterter, enttäuschter Klient stellte sicherlich ein unnötiges PR-Risiko dar.

Unser erster Chat auf RIC dauerte eine gute halbe Stunde. Ich sagte nichts, als ich sah, dass Kasandra mir den Nickname «Wern» verpasst hatte. Ich fragte auch nicht nach der Bedeutung der Abkürzung, die sie zwischendurch verwendete. Das C in RIC bedeutete wahrscheinlich einfach nur «Chat». Nichts Besonderes.

Ein bisschen dauerte es, bis sie mich überzeugt hatte, dass Kliza nicht wiederkommen würde. Kasandra wollte zwar alles tun, um sie zurückzuholen, aber die Chancen mussten sehr gering sein. Es klang so, als hätte Kliza diese Entscheidung selbst getroffen. Was ich allerdings schwer glauben konnte.

Aber eigentlich kannte ich die junge Frau ja nicht. Nachdem Ewas Leiche offiziell gefunden worden war, hatte sie vielleicht gedacht, ihre Arbeit sei beendet, und sie könne woanders weitermachen.

Nur passte zu dieser Version nicht, dass sich Kasandra jetzt selbst mit mir in Verbindung setzte. Zwar hatte sich Kliza bemüht, Kasandra für meine Sache zu interessieren, aber ich hatte nicht erwartet, dass das so weit ging. Ich erinnerte mich, was Blitz über die Reimanns gesagt hatte. Sie waren reich, glücklich, angesehen und wahrscheinlich ständig beschäftigt – entweder damit, ihr Geld zu vermehren, oder damit, es auszugeben.

Offensichtlich gab es noch einen anderen Grund, warum Kasandra mir persönlich helfen wollte. Sie hatte es gesagt, obwohl sie mir bestimmt nicht glaubte, dass Ewa noch lebte.

Vor allem, weil ich ihr keinen Beweis dafür lieferte. Entgegen meinen Behauptungen besaß ich ihn nicht.

Ich war ja selbst nicht ganz überzeugt davon, dass er existierte. In dieser Phase war ich mir keiner Sache mehr sicher. Die Erklärung der Polizei schien glaubhaft, aber ich wusste, dass ich niemandem trauen sollte.

Fast niemandem. Aber daran erinnerte mich erst der Anruf meines Vaters. Ich antwortete mit einem gewissen Zögern, denn wenn die Polizei wirklich anfing, nach mir zu fahnden, würde sie auch meine Eltern unter die Lupe nehmen.

Ich bezweifelte, dass jemand die Gespräche abhörte, aber irgendwann mussten die Ermittler die Anrufliste einsehen und mir auf die Spur kommen. Ich konnte meinen Eltern Probleme machen, und weiß Gott, sie hatten schon genug.

Trotzdem nahm ich ab. Ich musste eine bekannte Stimme hören, außerdem war das letzte Gespräch sowieso registriert. Mein Vater fragte sofort, wo ich sei. Im ersten Moment dachte ich, er sei verrückt geworden – wie konnte er versuchen, das zu erfahren?

Dann wurde mir klar, dass ich mit diesem Wahnsinn aufhören musste. Ich wurde paranoid, weil ich annahm, dass Leute nach mir suchten, die daran interessiert waren, dass Ewa nicht gefunden wurde. Und wenn dem so war, konnten sie mich jetzt in Ruhe lassen. Der Körper war angeblich gefunden worden – es gab keinen Grund mehr, mich weiter zu verfolgen.

Ich konnte keinen klaren Gedanken mehr fassen. Ich wusste nicht, was die Wahrheit war. Was war eine logische, begründete Hypothese, und was waren Albträume meines müden Verstands? Eine weitere durchwachte Nacht half da sicher nicht.

Also sagte ich meinem Vater, wo ich war. Ich brauchte ihn, ich brauchte meine Mutter. Sie waren die einzigen Menschen, auf die ich zählen konnte, und allein kam ich mit alldem nicht zurecht.

Außerdem gab es ein ganz praktisches Problem. Wenn ich Antworten auf die Fragen finden wollte, die mich ständig quälten, brauchte ich dringend zwei Dinge: ein Auto und Geld.

Meine Eltern kamen eine knappe Stunde später. Wir trafen uns hinter dem Hotel, dann nahm ich sie mit aufs Zimmer. Ich schloss die Tür und lehnte mich mit dem Rücken dagegen.

«Hast du was gegessen?», fragte meine Mutter.

Ich schüttelte den Kopf und schaute aus dem Fenster.

«Ich will nicht paranoid klingen, aber seid ihr sicher, dass euch niemand gefolgt ist?», fragte ich.

«Ja», versicherte mir mein Vater.

Ich glitt zu Boden und griff mir nervös ins Haar. Während ich auf meine Eltern wartete, hatte ich mir alles im Kopf zurechtgelegt. Letztendlich erkannte ich, dass ich mich nur auf eine Sache verlassen konnte. Meine Intuition.

Und die suggerierte mir nur ein mögliches Szenario.

«Alles wird gut», sagte meine Mutter.

«Weiß ich.»

«Jetzt, wo sie sie endlich gefunden haben, können wir ...»

«Sie ist es nicht», hielt ich dagegen.

Sie schauten mich beunruhigt an. Ich kannte diesen Blick, immer wenn ich eine Grippe oder sonst etwas bekommen hatte und die ersten Anzeichen auftauchten, sahen sie mich so an.

«Ich bin mir sicher, dass sie es nicht ist.»

«Aber Junge ...»

«Ich weiß, was die Zeitungen schreiben», antwortete ich. «Aber das gehört nur zu ihrem Spiel. Warum sollten sie sie umbringen? Jetzt, nach so vielen Jahren?»

Ich wusste, was sie antworten würden, also kam ich ihnen zuvor.

«Die Tatsache, dass ich sie suche, ändert nichts. Ich mache das doch, seit sie verschwunden ist.»

Sie schauten sich an.

«Ich bin ihr nicht einmal nähergekommen, sie hatten keinen Grund, beunruhigt zu sein. Übrigens sehen sie mir nach dem, was sie gemacht haben, nicht danach aus, als würden sie sich vor etwas oder jemandem fürchten.»

Meine Eltern setzten sich aufs Bett und sagten immer noch nichts. Das wunderte mich nicht, ich an ihrer Stelle hätte auch vorgezogen zu schweigen. Ich zog die Beine an und stützte die Hände auf meine Knie.

«Wo wurde sie angeblich gefunden?»

«Das weißt du nicht?», antwortete mein Vater.

Auch wenn ich das hätte tun sollen – ich hatte mir die neuesten Mitteilungen in den Medien nicht genau durchgelesen. Vielleicht war es ein Fehler, denn eigentlich sollte ich ihren Plan genau kennen, damit ich mich überzeugen konnte, wie entschlossen sie waren. Aber das stellte in gewissem Sinn eine Form des Widerstands gegen die Realität dar. Einen Protest gegen das, was passiert war.

«Am Fluss», sagte meine Mutter. «Irgendwo auf Bolko.»

Die kleine Insel in der Stadtmitte war eine Enklave für Spaziergänger, Biker, Jogger und Kajakfahrer. Und sicher für eine ganze Schar von Menschen, die anderen Zeitvertreib suchten, von bierdosenleerenden Jugendlichen bis hin zu den Rentnern mit ihren Würfeln.

Das Gebiet, das nicht überwacht wurde, war groß genug, um eine Leiche dort verschwinden zu lassen. Oder es vorzutäuschen, weil niemand behaupten konnte, dass tatsächlich ein Körper gefunden worden war.

«Warum mussten sie die Leiche unbedingt dorthin werfen?», fragte ich.

Das Wort Leiche verursachte meinen Eltern fast physischen Schmerz. Ich verbot mir jedoch, Ewas Namen zu benutzen. Falls man einen Körper gefunden hatte, war das nicht ihrer.

«Wenn sie es wäre, hätten sie sie an einem Ort versteckt, wo niemand sie findet», fügte ich hinzu. «Das ergibt doch alles keinen Sinn.»

«Vielleicht wollten sie, dass die Suche beendet wird», bemerkte mein Vater. «Vielleicht hatten sie das Gefühl, dass du ihnen zu nahe kommst.»

«Auf welche Art?»

Er schaute mich an, als wollte er sagen: «Das wissen wir nicht und werden es wahrscheinlich auch nie erfahren.» Er musste aber nichts sagen, ich verstand es von selbst.

«Junge, sie haben ihre Identität festgestellt», meldete er sich nach einer Weile.

«Mhm», murmelte ich wenig überzeugt. «Ziemlich schnell sogar.»

«Heute geht eine DNA-Analyse ganz schnell. Vor allem wenn sie schon Vergleichsmaterial haben.»

Ich schaute weg, denn ich ertrug die Sorge nicht, die sich auf den Gesichtern meiner Eltern abzeichnete. Sie waren nicht nur überzeugt, dass das Leben mir seit Jahren zusetzte, sondern ich mir selbst. Wahrscheinlich dachten sie, ich würde das nicht glauben und alles ablehnen, bis ich wahnsinnig wurde.

Ich stand auf und fuhr mir mit der Hand über das T-Shirt. Ich kam zu dem Ergebnis, dass ich, wenn nicht zu meinem eigenen, dann zu ihrem Wohl, eine entsprechende Maske aufsetzen musste. Ich setzte mich an das Tischchen an der Wand und griff nach der Tasche, die meine Mutter mir gebracht hatte.

Als ich die Behälter mit Essen sah, in denen ich früher mein Pausenbrot mit in die Schule genommen hatte, lächelte ich schwach.

«Ist eins mit Nutella?», fragte ich und nahm ein belegtes Brot heraus.

Meine Mutter antwortete mir mit einem ähnlich übermüdeten Lächeln.

«Eine DNA-Analyse dauert sogar dann länger, wenn es um Staatsangelegenheiten geht», fügte ich hinzu. «Es ist unmöglich, dass sie sie so schnell durchgeführt haben.»

«Sie haben nicht angegeben, wann der Körper tatsächlich gefunden wurde», hob mein Vater hervor. «Vielleicht ist es schon etwas her?»

«Das glaube ich nicht.»

«Es ist normal, dass du dir noch Hoffnungen machst», warf meine Mutter ein. «Aber du musst doch wissen, dass solche Informationen nicht publik gemacht werden, wenn nicht sicher ist ...»

«Die einzige Sicherheit, die ich habe, beschränkt sich darauf, dass an der Sache was nicht stimmt.»

Ich wusste, dass ich langsam wie ein Verrückter klang, aber das war nicht so schlimm. Zumindest für mich. Die Unruhe meiner Eltern dagegen wuchs mit jedem Moment.

«Und haben sie auch angegeben, wie sie gestorben sein soll?», fragte ich mit vollem Mund.

«Es gibt nur einen wahrscheinlichen Grund.»

«Das heißt?»

«Sie ist ertrunken.»

«Einfach so?»

Die Frage war unangebracht, außerdem konnte mein Vater nicht besonders gut darauf antworten. Er rutschte nervös hin und her, und meine Mutter legte ihm eine Hand aufs Knie, als sollte ihn das beruhigen.

«Ich meine, dass die Entführer sie nach zehn Jahren einfach so in einen Fluss oder einen Tümpel werfen?», fügte ich hinzu. «Das ist absurd.»

«Niemand behauptet das. Vielleicht haben sie sie betäubt, und dann ...»

«Nein», sagte ich entschlossen und legte das Brot in den Behälter zurück.

«Warum bist du dir so sicher, mein Junge? Hast du was entdeckt?»

«Mehr als anfangs gedacht.»

Beide hoben fast gleichzeitig ihre Brauen. Diese übereinstimmende Reaktion sah ich nicht zum ersten Mal. Meine Eltern kopierten ihr Verhalten oft, obwohl sie sich dessen nicht bewusst waren. Sie hatten so viele Jahre miteinander verbracht, dass die Symbiose auf den ersten Blick erkennbar war.

Ich dachte mit Bitterkeit daran, dass ich und Ewa auf dem besten Weg gewesen waren, das Gleiche irgendwann über uns sagen zu können.

«Es hat sich jemand gefunden, der ein Foto auf diesem Konzert gemacht hat», sagte ich.

«Wer?»

«Ich weiß nicht, irgendein Typ. Ich bin im Internet auf ihn gestoßen.»

Ich wollte nicht ins Detail gehen, und sie fragten nicht weiter. Trotz der hochtrabenden Ankündigungen, dass sie mit meinem alten Computer das Internet benutzen würden, wusste ich ganz genau, dass sie es nicht ein einziges Mal versucht hatten. Die virtuelle Welt wirkte auf sie wie ein rotes Tuch.

Und für mich war sie die Erlösung.

«Sie war fast nicht im Bild», fügte ich hinzu. «Das Gesicht ist nicht zu sehen, aber dafür ein Stück des T-Shirts.»

«Und was bedeutet das?»

«Auf dem T-Shirt stand eine Nachricht für mich.»

«Was für eine Nachricht?», fragte mein Vater misstrauisch.

In seiner Stimme hörte ich große Zweifel, aber das wunderte mich nicht. Ich erzählte ihm grob davon, was ich von Kliza wusste. Beide machten den Eindruck, als bräuchten sie Zeit, sich daran zu gewöhnen.

«Ewa hat wahnsinnige Mühen auf sich genommen, um das vorzubereiten», sagte ich. «Und sie war extrem vorsichtig.»

Meine Mutter räusperte sich.

«Und deshalb denkst du …»

«Dass die Entführer es nicht bemerkt haben», vollendete ich für sie. «Und dass Ewa noch immer lebt. Sie wartet auf meine Hilfe.»

«Aber du hast keinen Beweis», bemerkte mein Vater.

«Nein.»

Das Schweigen, das sich über das Hotelzimmer legte, konnte eigentlich alles bedeuten. Ich erkannte, dass es einfacher war, das Thema anzugehen, bevor sich in den Köpfen meiner Eltern neue Zweifel breitmachten. Aus irgendeinem Grund verspürte ich das Bedürfnis, sie zu überzeugen. Vielleicht war ihre Akzeptanz für mich sehr wichtig, um der Spur, die ich gefunden hatte, weiter zu folgen.

«Während ich auf euch gewartet habe, habe ich das Bild auf dem T-Shirt mit dem Original verglichen, das man im Internet findet.»

«Das gibt es?», fragte mein Vater verhalten. «Du hast gesagt, dass die Gruppe fiktiv ist.»

«War sie. Sie hatten kein Logo, es gab auch kein CD-Cover. Aber es ist eine Zeichnung aufgetaucht, die wohl nach dem Vorbild eines Artikels über diese Sache entstanden ist. Sie hat sich schnell im Netz verbreitet, und Ewa hat sie benutzt, um das Logo zu entwerfen.»

Ich öffnete den Laptop und rief das Bild auf. Es zeigte ein altes Radio, das auf einem Tisch in einem Zelt stand. Darüber schwebten rote und blaue Schwaden. Das Bild war sanft gezeichnet, ohne scharfe Konturen. Das Original zeigte Gestalten hinter einem Zaun, die an die Gefangenen eines Straflagers erinnerten. Auf dem T-Shirt waren nicht alle Personen zu sehen, wahrscheinlich hatte Ewa nicht ihre Entführer alarmieren wollen, indem sie bekannte Symbole auf dem T-Shirt unterbrachte.

Ich drehte den Computer zu meinen Eltern und zeigte auf das Bild.

«Ein Detail unterscheidet das Bild von Ewas», begann ich. «Bei ihr taucht eine kleine, aber deutliche Wolke auf. Diese Wolke hat auf der rechten Seite eine richtig ausgemalte Kontur, auf der linken besteht sie aus Equalizer-Balken.»

Sie schauten mich verständnislos an.

«Das sind diese Balken, die ihre Höhe im Rhythmus der Musik verändern», fügte ich für alle Fälle hinzu. «Auf dem Display eines Equalizers.»

«Aha ...»

«Ihr wisst immer noch nicht, was ich meine.»

Diesmal wusste ich genau, was die Stille bedeutete.

«Aber für mich war es eindeutig.»

«Auf welche Art?», fragte mein Vater.

«Das ist ein ziemlich bekanntes Logo. SoundCloud.»

«Was?»

«Ein Online-Musikdienst, bei dem man kostenlos anderen Leuten Musik und andere Aufnahmen zugänglich machen kann. Jemand hat dort einen Teil von «Better Days» veröffentlicht. Zusätzlich ist da anstelle des CD-Covers die Zeichnung, die ich euch gezeigt habe.»

Vor allem bei einer der Dateien, fügte ich in Gedanken hinzu. Es gab eine Kopie, scheinbar dieselbe Version. Sie unterschied sich jedoch in einem kleinen Detail. In der rechten oberen Ecke war das kleine, fast nicht erkennbare Logo von SoundCloud.

Als ich es entdeckt hatte, war mir klargeworden, dass ich mit Ewa Kontakt hatte. Nach zehn Jahren Schweigen hörte ich endlich ihre Stimme. Sie war undeutlich, verlor sich ein bisschen im Rauschen der vielen Ereignisse, aber sie war da.

Jetzt musste ich nur erfahren, was sie sagte.

Ausschließlich registrierte Mitglieder konnten Dateien auf dieser Plattform veröffentlichen, also schaute ich mir sofort den Nickname des Uploaders an: PaulFrancis. Das sagte mir nichts. Nichts außer der Tatsache, dass Ewa diesen Benutzernamen ausgewählt hatte, als sie die Datei auf den Server lud.

Es dauerte ein Weilchen, bis ich mich an diesen Gedanken gewöhnt hatte. Ich war auf etwas gestoßen, was sie persönlich gemacht hatte. Natürlich hatte das keine physische, sondern nur eine virtuelle Gestalt. Aber was hatte das schon für eine Bedeutung. Das ungreifbare Geld auf dem Bankkonto war ebenso real wie die Geldscheine im Portemonnaie.

Mein Blick glitt über die Equalizerbalken, die den Player auf SoundCloud visualisierten. Ich wusste, falls Ewa «Better Days» ausgesucht hatte, wartete die Nachricht im Lied auf mich. Sie tat genau das Gleiche wie Espejo und Ortiz. Nur dass sie die Nachricht, anstatt sie im Radio zu verbreiten, im Internet platziert hatte.

Als ich meinen Eltern die Situation beschrieb, war ich mir nicht sicher, ob so viele Internetneologismen sie nicht aus dem Konzept brachten. Offensichtlich jedoch nicht, denn beide nickten und fragten nicht nach.

«Also hat sie dich auf eine konkrete Aufnahme hingewiesen ...», murmelte mein Vater.

«Ja.»

«Hast du sie angehört?»

«Natürlich. Und sicher wundert es euch nicht, dass zwischen den Zeilen ein anderer Morsecode enthalten ist.»

Ich erlaubte mir wieder ein Lächeln. Diesmal war es überhaupt nicht erzwungen.

«Wie lautet die Nachricht?»

«Webster.»

Sie konnten nicht wissen, worauf sich das bezog. Streng genommen konnte das niemand. Außer mir.

2

Dieser Tag war anders. Zum ersten Mal seit langem fürchtete ich den Abend nicht, sondern erwartete ihn ungeduldig. Ich wusste, ich würde mich in meinem Zimmer einschließen, mich in RIC einloggen und erfahren, was Werner herausgefunden hatte.

Er hatte mir versichert, einen Beweis zu haben, dass Ewa lebte. Was konkret das war, wusste ich nicht, ich hatte das Gespräch abbrechen müssen, weil Robert nach Hause kam.

Er hatte keine festen Arbeitszeiten. Was er machte, erforderte keine systematische Arbeit im Büro. Nicht zuletzt, weil seine wirkliche Tätigkeit wenig gemein hatte mit dem Anschein, den er sich vor den Bewohnern Rewals und seiner Umgebung gab.

Unser Leben war eine Fassade. Im Privaten wie im Beruflichen.

Er brachte erwartungsgemäß Blumen mit. Diesmal hatte er sich für die weniger prächtige Schwertlilie im Blumentopf entschieden. Er sagte, er würde sich um sie kümmern und alles tun, damit sie blühe. Als Metapher für unsere Beziehung schien mir das keine gute Wahl – ein paar vertrocknete Stängel wären treffender gewesen.

Ich wollte es ausnutzen, dass mein Mann bereute. Als er endlich aufgehört hatte, sich zu entschuldigen und zu versprechen, er würde sich ändern, kam ich auf Klizas Entlassung zu sprechen. Ich dachte, das wäre ein guter Moment, aber ich lag falsch.

Kaum hatte ich seine Entscheidung angezweifelt, erstarrte sein Gesicht zu Stein, und sein Blick wurde eiskalt.

«Nein», sagte er nur.

Die Entschiedenheit in seiner Stimme und der plötzliche Stimmungswandel ließen mich von weiteren Versuchen absehen, zumindest für den Moment. Zum wiederholten Mal durfte ich mich davon überzeugen, dass, obgleich Frauen als sensibel gelten, nichts auf der Welt so empfindlich ist wie das männliche Ego.

Aber das war bedeutungslos. Kliza wäre ohnehin nicht bereit gewesen, zurückzukehren. Sie hätte sich nie überzeugen lassen, dass Ewa lebte, selbst wenn Werner konkrete Beweise geliefert hätte. Ich trank Prosecco und wartete auf den Abend. Dachte nach, ob es vielleicht besser wäre, einen klaren Kopf zu bewahren, aber dann fiel mir ein, dass ich das früher schon versucht hatte und die Sache immer schlecht ausgegangen war.

Wiktor Osiatyński, der bekannteste Anonyme Alkoholiker Polens, hat einmal gesagt, wenn er nüchtern werde, erkenne er sich nicht mehr wieder. Mir ging es ganz ähnlich.

Ich zweifelte nicht nur all meine Entscheidungen an, sondern auch die Sinnhaftigkeit meines ganzen Lebens. Vielleicht auch meiner ganzen Existenz. Mein einziger Anker war Wojtek. Dank ihm riss mich der Sturm nicht mit.

Die einzige Lösung war die Fahrt in ruhigen Gewässern. Und der Wein half mir dabei.

Robert und ich verbrachten einige Stunden auf dem Sofa und sahen uns Folge um Folge von *Fortitude* an, einer düsteren Geschichte, die im fernen und eisigen Norden spielte. Meine Laune wurde dadurch nicht besser. Trotzdem bereitete die Serie mir ein degeneriertes, absurdes, selbstzerstörerisches Vergnügen. Ich war gerne von Traurigkeit umgeben. Das hatte ich schon vor einer Weile erkannt.

Als wir fertig waren, setzte Robert sich an den Laptop und erledigte Dinge, die seinen unmittelbaren Einsatz verlangten. Aber davon gab es immer weniger. Er delegierte immer mehr an seine Angestellten und hatte auf diese Weise mehr Zeit für Wojtek und mich.

Tagsüber war ich froh drum. Ich hatte einen Mann um mich, der mit mir meine Lieblingsserien sah, mir Köstlichkeiten zubereitete und mich behandelte, als wäre ich seine ganze Welt.

Nachts wäre mir lieber gewesen, er wäre schwer beschäftigt.

Auf diese Weise funktionierten wir seit vielen Jahren. Ich hatte mich an einen bestimmten Rhythmus gewöhnt.

Heute war es anders. Nervös wartete ich darauf, mich endlich in meinem Zimmer einsperren zu können. Oder eigentlich nicht einsperren. Robert mochte das nicht, er bevorzugte eine angelehnte Tür.

Das störte mich nicht. Mit Werner wollte ich ohnehin über RIC kommunizieren, das mir jetzt als mein ganz eigenes, virtuelles Sanktuarium erschien.

Ich loggte mich ein und schickte Damian seinen Aktivierungscode. Seine erste Nachricht kam umgehend, als hätten seine Finger auf der Tastatur gewartet.

[Wern] Endlich.

Die Tatsache, dass nicht nur ich dem Gespräch entgegengefiebert hatte, fühlte sich angenehm an. Es dauerte eine Weile, bis ich mir klarmachte, dass Werner andere Gründe dafür hatte als ich.

[Wern] Hättest du dich nicht früher melden können?
[Kasandra] Nein.

Das Beste war, auf Einzelheiten zu verzichten. Damian war nicht mein Beichtvater, seine Rolle war anders definiert. Er war die Person, die mir von ihren Entdeckungen berichtete, um mich vom Albtraum meines Alltags abzulenken.

[Wern] Konntest du Kliza überzeugen?
[Kasandra] Leider nein.

Mein ‹leider› würde für ihn unaufrichtig klingen, deshalb fügte ich schnell hinzu:

> [Kasandra] Ich hab alles versucht, aber Pustekuchen. Sie zieht um und will was ganz anderes machen.
> [Wern] Scheiße!
> [Kasandra] Du bekommst von mir jede Hilfe, die du brauchst, Wern.

Eine Weile lang schrieb er nicht zurück, und jede Sekunde kam mir wie eine Ewigkeit vor. Ich sah zur Tür hinüber und lauschte. Das leise Tippen von unten bedeutete, dass Robert noch an seinem Laptop saß.

Mir blieb nicht viel Zeit. Aber die wollte ich nutzen. Bevor ich meine Nachricht tippen konnte, kam seine:

> [Wern] Werner.

Ich hob die Brauen.

> [Wern] Nicht Wern. Das klingt, als hätte ich außergewöhnliche Reisen hinter mir.
> [Kasandra] In gewisser Weise ist es ja so.
> [Wern] So würde ich das nicht nennen. Für mich sieht das eher nach einer Reihe nicht enden wollender Tragödien aus.

Ich nickte, denn ich kannte das nur zu gut.

> [Kasandra] Was brauchst du?
> [Wern] Die Fähigkeit, SMS in die Vergangenheit zu schicken. Ich würde mir selbst schreiben, dass ein versifftes Flussufer nicht der richtige Ort für einen Heiratsantrag ist. Und dass ich Netflix-Aktien kaufen soll, bevor der Service auf den Markt kommt.

Ich lächelte, weil er versuchte, ein Gespräch, das per se negativ war, mit einem positiven Element zu versehen.

> [Wern] Und vielleicht noch, dass Brasilien in der

> Weltmeisterschaft 2014 eins zu sieben gegen
> Deutschland verliert. Damit würde ich ein Ver-
> mögen bei den Buchmachern machen.

Keine Ahnung, was ich antworten sollte. Schließlich wählte ich die schlimmste aller möglichen Repliken.

> [Kasandra] :]

Gott sei Dank war das Emoticon schnell weg, wenn auch nur vom Bildschirm.

Das blöde Zeichen konnte für Damian bedeutsamer sein als ein ganzer Haufen enigmatischer Wörter.

Ich tröstete mich mit dem Gedanken, dass auch die alten Ägypter Hieroglyphen benutzt hatten, und nahm einen Schluck Prosecco.

> [Kasandra] Brauchst du noch etwas?
> [Wern] Momentan nicht. Meine Mutter hat mir belegte
> Brote mitgebracht.

Kurz überlegte ich, ob das nicht der nächste Versuch war, einen Witz zu machen. War es sicher. Also antwortete ich einfach gar nichts.

> [Wern] Aber bald werde ich wohl etwas brauchen.
> [Kasandra] Und was?
> [Wern] Das erfährst du dann schon.

Vertraute er mir nicht? Kein Wunder. Ich war wie aus dem Nichts auf der Bildfläche erschienen, und meine knappen Antworten klangen, als wäre mir das alles egal.

> [Kasandra] Ich wüsste lieber jetzt Bescheid.
> [Wern] Too bad.

Ich klopfte mit den Fingernägeln gegen mein Glas und nahm einen Schluck. Obwohl ich kurz angebunden war, schien das Gespräch für beide Seiten angenehm. Vielleicht war das aber auch nur Wunschdenken.

> [Kasandra] O.k. Dann lass uns darüber sprechen, was
> du in Erfahrung gebracht hast.

[Wern] Vor allem, dass die Person, die die Audio-
datei hochgeladen hat, Paul Francis heißt.
[Kasandra] Päpste?
[Wern] Nein. Etwas anderes.
[Kasandra] Und was?

Eine Weile antwortete er nicht.

[Wern] Eigentlich hätte ich nicht daran gedacht,
wenn nicht die in einer Melodie verborgene Nachricht wäre.

Ich nahm die Haare nach hinten. Dann neigte ich leicht den Kopf und starrte auf den Bildschirm. Wäre Robert jetzt ins Zimmer gekommen, er hätte sicher wissen wollen, warum ich so rot geworden war.

Bestimmt hätte es dann kein weiteres Gespräch mit Werner mehr gegeben. Ich musste vorsichtig sein.

[Kasandra] Wie lautete diese Botschaft?
[Wern] Webster.
[Kasandra] Das sagt mir nichts. Zumindest nichts
Konkretes.
[Wern] Weil es dir oder sonst igendjemandem nichts
sagen kann.
[Kasandra] Und das heißt?

Nervös drehte ich das Glas hin und her.

[Wern] Lasse ich dich zappeln?
[Kasandra] Etwas, ja.
[Wern] Aber du mich auch. Was dich betrifft.
[Kasandra] Das verstehe ich nicht.
[Wern] Im Grunde weiß ich ja nicht, ob du nicht
gerade mit ein paar Freundinnen zusammensitzt
und ihr euch über mich totlacht. Das kann ich mir
ganz gut vorstellen.

Ich schnaubte leise, als könnte er mich hören. Ich und ein paar

Freundinnen. Meinen letzten, von Robert genehmigten Frauenabend hatte ich drei Nächte lang bereuen müssen. Er kam immer wieder darauf zurück und dachte sich absurde Geschichten aus, wie wir über ihn lästerten, wie ich plante, ihn zu verlassen, und meine Freundinnen schon einen neuen Kerl für mich suchten.

Danach traf ich sie nie wieder allein. Und wenn Robert und ich einluden, dann immer nur zu Pärchenabenden.

Ich legte die Finger auf die Tastatur und dachte nach. Schließlich entschied ich, dass es das Beste wäre, professionell zu bleiben.

[Kasandra] PaulFrancis. Webster. Was bedeutet das?

[Wern] Du hast dich früher nie für Spider-Man interessiert, oder?

[Kasandra] Nein.

[Wern] Tja, ich schon. Und Ewa weiß das.

Präsens. Damian glaubte wirklich, dass Ewa am Leben war.

[Kasandra] Also, worum geht's?

[Wern] Um einen amerikanischen Songtexter, der einen Kultsong über die Spinne geschrieben hat. Du würdest dich bestimmt erinnern, wenn ich dir die Melodie jetzt vorsummen würde. Wenn auch nur deshalb, weil sie in vier Filmen gespielt wurde. Im ersten von Sam Raimi in der Originalversion. In der zweiten von Michael Bublé gesungen, im dritten spielen sie sie bei einer großen Party auf der Straße. Sie ist auch im Remake mit Andrew Garfield zu hören, in dem Peter so einen Klingelton hat.

Ich schaute ungläubig auf den Bildschirm.

[Kasandra] Und was hat das zu bedeuten?

[Wern] Dass ich weiß, wo ich die nächsten Hinweise suchen muss.

[Kasandra] Dann klär mich mal auf.

[Wern] Ich musste nur auf SoundCloud «Spider-Man-Theme» eingeben, und schon hatte ich die richtige Datei.

Ich öffnete ein neues Fenster und tat das, was er beschrieben hatte. Die Suche ergab endlos viele Treffer. Das Original in unzähligen Varianten, dazu Cover-Versionen, lustige Versuche von Spider-Man-Fans und eine Reihe weiterer Dateien, die direkt oder indirekt was mit dem Stück von Webster zu tun hatten.

[Kasandra] Gar nicht so wenig.

[Wern] Aber wenn dir klar ist, worauf du achten musst, ist es gar nicht so schwierig.

[Kasandra] Und dir war das klar?

[Wern] Natürlich. Sonst hätte Ewa diese Nachricht nicht hinterlassen.

[Kasandra] Also, welche Datei klicke ich an?

[Wern] Die, den der Benutzer mit dem Nickname Tiger eingestellt hat.

[Kasandra] Tiger?

[Wern] So hat sie mich manchmal genannt.

[Kasandra] Klingt nicht besonders.

[Wern] Das war … unsere Masche. So wie das Wettrennen, wer schneller die Bettwäsche wechseln konnte. Oder wenn wir bei Ikea herumalberten und «zu Hause» spielten. Oder wie wir aus Sesseln und Decken zum Fernsehen Forts bauten.

[Kasandra] Forts?

[Wern] Das ist lange her. Es ging darum, den Fernseher so zuzubauen, dass es wie im Kino war. Ist ja egal.

Über mein Gesicht huschte ein leichtes Lächeln, ich nickte.

[Kasandra] Das Stück enthielt auch eine Nachricht im Morsecode?

[Wern] Ja.

Ich konnte mir vorstellen, welche Freude es ihm bereitete, mir die Informationen häppchenweise zu servieren. Wieder schaute ich unsicher zur Tür. Diesmal hörte ich keine Geräusche von unten und wurde unruhig.

[Kasandra] Welche?

[Wern] Eine Adresse, die auf bit.ly endet.

[Kasandra] Was ist das?

[Wern] Ein Kurz-URL-Dienst.

Ich hielt kurz inne.

[Wern] Ein Service, der lange Adressen von Internetseiten in kurze verwandelt, die man gut verschicken kann.

[Kasandra] Wohin führte sie?

[Wern] Zu einer Seite, die wie eine Kopie von SoundCloud aussieht. Das Problem ist, dass sie blockiert ist.

[Kasandra] Wie?

[Wern] Man braucht ein Passwort.

[Kasandra] Und das kennst du nicht?

[Wern] Noch nicht.

Wieder nickte ich, als könnte er das sehen.

[Wern] Und ich weiß auch noch nicht, was mich dort erwartet. Aber eines ist sicher.

[Kasandra] Was?

[Wern] Dass die Schnitzeljagd vorbei ist. Ewa hat eine konkrete Nachricht für mich.

3

Kasandra Reimann war tatsächlich so, wie ich sie mir vorgestellt hatte. Geheimnisvoll, wortkarg, kalt. Vielleicht sogar gleichgültig. Aber gerade wegen dieser Gleichgültigkeit fand ich ihre Person auf eine gewisse Art anziehend.

Merkwürdig, dass ich mir dieses ganze Bild aus den Buchstaben auf dem Bildschirm zusammensetzen konnte. Oder war es gar nicht so merkwürdig? Seit Bücher gelesen wurden, hatten die Menschen sich auf der Grundlage von Wörtern Vorstellungen gemacht.

Blitzer war kein Meister geflügelter Worte gewesen, aber einmal war es ihm gelungen, etwas Schlaues zu sagen. Musik formt die Wirklichkeit. Treffender hätte er es nicht formulieren können. Und ganz ähnlich formten Wörter die Vorstellungen der Menschen. Schließlich ist die Sprache das Werkzeug, um den Verstand zu kontrollieren – man muss es nur richtig zu nutzen wissen.

Kasandra konnte es mit Sicherheit. Sie war sparsam, hielt Distanz, in manchen Momenten erweckte sie den Eindruck, als interessierte sie sich nicht sonderlich für das, was ich schrieb.

Oder vielleicht übertrieb ich? Vielleicht schuf ich mir in Gedanken das Bild einer mächtigen, cleveren und rücksichtslosen Frau, um das Gefühl zu haben, dass in meiner Mannschaft nur die Besten spielten?

Ich wollte das lieber nicht vertiefen. Was zählte, war die Spur, die ich gefunden hatte.

Ich war mir sicher, dass ich nur das Passwort eingeben musste, um Ewa zu sehen. Dass sie noch lebte. Wenn man verlobt ist, weiß man solche Dinge einfach. Auch wenn der Heiratsantrag zehn Jahre zurückliegt.

Aber welches Passwort konnte es sein?

Es musste eines sein, das nur ich herausfinden konnte. Ewa konnte sich sicher sein: Nachdem ich das Foto vom Konzert der Foo Fighters gesehen, «Better Days» entdeckt hatte und bis zur Datei mit der Titelmelodie von Spider-Man gelangt war, war nur ich imstande, diese Seite zu finden. Jetzt brauchte sie die Sicherheit, dass nur ich die Tür öffnen konnte.

Ich kratzte mich am Kopf, während ich überlegte, wie das Passwort lauten könnte. Sicherlich war es in keinem der Hinweise enthalten. Das Risiko, dass jemand anders es fand, war zu hoch. Ewa brauchte eine andere Verifizierung. Das Pendant zum einmaligen SMS-Code, der nur eine einzige Person erreichte.

Ich wanderte durch das Zimmer und versuchte, darauf zu kommen, was es sein könnte. Das Problem war nicht, dass ich keine Idee hatte. Im Gegenteil, entschieden zu viele geisterten durch meinen Kopf.

Die Geschichte unserer Beziehung war so reichhaltig, dass ich eigentlich alles aus ihr herausangeln konnte. Herumalbern bei Ikea oder das Wettrennen, wer als Erster das Kissen bezogen hatte – das waren nur Tropfen im Meer.

Ich stand am Fenster und schaute nach draußen. Das Auto meiner Eltern stand auf dem bewachten Hotelparkplatz. Sie hatten es mir dagelassen und waren mit dem Bus zurückgefahren. Der alte Škoda Felicia sah aus wie eine Antiquität, aber er fuhr. Außerdem war er aufgetankt, was mir in Anbetracht meiner begrenzten Mittel sehr half.

Jetzt musste ich nur noch erfahren, wohin es gehen sollte.

Ich lehnte mich an den Fensterrahmen und dachte gründlich nach. Mögliche zufällige Wörter flossen wie ein angeschwollener Strom durch mein Gehirn. Am Ende erkannte ich, dass es irgendeins davon sein musste. Vielleicht war das gewöhnliche, primitive «trial and error» in dieser Hinsicht die beste Methode.

Ich setzte mich an den ausgedienten Asus und tippte das erste Passwort ein: AMZBGMAN, einen der Codes für das Spider-Man-Game. Das einzige, zu dem ich Ewa überreden konnte. Sie spielte nur unter der Bedingung, dass ich diesen Cheat einsetzte. Durch ihn verwandelte sich der vom Spieler gesteuerte Held in Bag-Man, eine Gestalt mit einem Sack anstelle der Maske über dem Kopf. Dieses Passwort war genauso gut wie jedes andere. Und irgendwo musste ich ja anfangen.

Im Eingabefeld erschienen Sternchen, und als ich die Enter-Taste drückte, schlug mir das Herz bis zum Hals.

Die Seite wurde geladen.

Eine schwarze Seite mit einem weißen Totenkopf.

Gleich danach flackerte eine Information auf, die mich erstarren ließ.

1/3.

Ich musste nicht lange überlegen, um zu wissen, dass ich einen von drei Versuchen verschwendet hatte. Die Methode, die ich hatte anwenden wollen, kam nicht mehr in Frage. Ich fluchte leise und machte mir Vorwürfe. Das hätte ich erwarten müssen. Ewa hatte den ganzen Prozess genau vorbereitet und natürlich auch diese Sicherheit eingebaut.

Ich zweifelte nicht daran, dass die Seite nach dem dritten Fehlversuch unwiederbringlich verschwinden würde. Sie hatte also einen eingebauten Kill Switch: ein Selbstzerstörungssystem.

Ich stand auf und ging wieder zum Fenster, als könnte ich auf diese Weise dem, was ich gerade erkannt hatte, entfliehen.

Zwei Versuche.

Noch einmal durfte ich mich irren.

Ich beobachtete die Leute, die ins Restaurant und zu den Tennis- und Badmintonplätzen fuhren, und beneidete sie um das Leben, das sie führten. Ihr größter Kummer war wohl, dass sie bis zum Wochenende noch mehr Zeit hatten, als sie haben wollten.

Mir ging durch den Kopf, dass ich mich in meiner Situation darum nicht sorgen musste. Der Besitzer des SpiceX hatte mich bestimmt schon gestrichen, weil er mich nicht erreichte.

Kein Servieren von Hühnchen mehr, dem unanfechtbaren König der Speisekarte. Mein Chef behauptete, Geflügelgerichte seien alle absolut außergewöhnlich, denn das Huhn sei das einzige Tier, das wir sowohl vor seiner Geburt als auch nach seinem Tod konsumierten.

Es lag etwas Poetisches in diesem Gedanken, aber es half mir keinesfalls bei der Lösung meines Problems. Ich seufzte und versuchte meine Gedanken zu sammeln.

Wieder wanderte ich durchs Zimmer und kratzte mich im Nacken. Mir fiel nichts Genaues ein. Schließlich blieb ich vor dem Laptop stehen und schaute auf den Monitor.

Mein Gott! Der Totenkopf war verschwunden, an seiner Stelle befand sich eine digitale Uhr. Wann der Countdown begonnen hatte, wusste ich nicht, aber jetzt blieben mir bis zum Ende noch knapp acht Minuten.

Ein Zeitlimit. Ewa hatte dafür gesorgt, dass nicht nur die Anzahl der Versuche, sondern auch die Zeit begrenzt war, die die Person, die sich einloggen wollte, hatte, um nachzudenken.

Mir schien, dass etwas die Sekunden bis zu meinem Ende abzählte. Ich schluckte meinen zähen Speichel und starrte weiter auf den Zähler. Dann setzte ich mich an den Tisch und schüttelte den Kopf. Zeit, mich zusammenzureißen.

Anstatt allerdings über das Passwort nachzudenken, überlegte ich, wie ich die Sicherung umgehen konnte. Wenn ich die IP- und die MAC-Adresse änderte, konnte ich die Seite vielleicht noch einmal aufrufen.

Nein, so ging es nicht.

Und gleichzeitig konnte sich diese Seite ja nicht bei jedem Internetnutzer, der zufällig auf sie stieß, so verhalten. Jede erstbeste verirrte Seele würde Ewas Plan zunichte machen. Nur: Die Seite war sicher nirgends verzeichnet und ihre Adresse so kompliziert, dass es keine Möglichkeit gab, sie zufällig zu finden. Die einzige Möglichkeit, den chiffrierten Link zu erhalten, war der Morsecode in dem Text von Paul Francis Webster.

Das alles war nur für mich bestimmt.

Ich wischte mir über die Stirn, denn plötzlich war mir heiß geworden. Die Uhr zog mir immer noch kostbare Sekunden ab, und ich fühlte mich, als risse jede weitere einen Teil aus mir heraus.

Plötzlich verschlimmerte sich die Situation noch mehr.

Als bis zum Ende des Limits nur noch gut sechs Minuten blieben, erzitterte der Totenkopf. Auf dem Bildschirm erschien eine lange Schnur und auf ihr eine Reihe Nadeln. Der Totenkopfmund öffnete sich, und die ganze Kette von Spitzen verschwand irgendwo in seinem Schlund.

Die Uhr beschleunigte sich. Der Countdown ab fünf Minuten konnte nicht länger als ein paar Sekunden dauern.

Ich stürzte zur Tastatur, weil ich lieber irgendetwas schreiben wollte, als zuzulassen, dass der Mechanismus den zweiten Versuch von sich aus als erfolglos registrierte. Doch ich zögerte, und das reichte. Die Uhr lief ab.

«2/3», hieß es nun auf dem schwarzen Bildschirm.

Der Totenkopf verschwand und mit ihm die Schnur mit den Nadeln. Wieder erschien die digitale Uhr, diesmal begann der Countdown bei fünfzehn Minuten. Sicher würden wie beim vorherigen Mal die letzten Minuten schneller ablaufen.

Ich erstarrte, als würde das leiseste Zittern bewirken, dass die Zeit noch schneller lief. Die Schweißtropfen, die mir jetzt über das Genick liefen, wischte ich nicht ab.

Das, was ich sah, konnte kein Zufall sein. Es war ein Hinweis. Ein Tipp allein für mich.

Ich rüttelte mich wach.

Eine Schnur mit Nadeln. Woran erinnerte mich das?

Nein, nicht nur eine Schnur. Es ging darum, dass der Totenkopf sie zusammen mit den Nadeln schluckte.

Schließlich dämmerte es mir. Harry Houdini. Das war eine seiner berühmtesten Nummern. Er fädelte fünfzig bis hundert Nadeln auf eine lange Schnur, und dann schluckte er das Ganze und zeigte dem Publikum seinen leeren Mund. Hinterher griff er sich scheinbar in die Kehle und zog heraus, was vorher darin verschwunden war.

Ich wusste das, weil die letzten zwei Filme, die ich mir mit Ewa angeschaut hatte, in uns das Interesse an Illusionen geweckt hatten. Im Januar 2007 sahen wir «Prestige – Die Meister der Magie» mit Hugh Jackman und Christian Bale. Im März schauten wir uns «The Illusionist» mit Edward Norton an.

Hinterher sahen wir uns auf YouTube Dokumentarfilme über Zauberkünstler an. Harry Houdini kam natürlich am häufigsten vor, und das Kunststück mit den Nadeln war eines von denen, die den größten Eindruck machten.

Trotz allen Anscheins war es nicht sehr gefährlich. Wenn Houdini seine Kunststücke aufführte, setzte er normalerweise seine Gesundheit aufs Spiel, sogar sein Leben, aber in diesem Fall nicht. Vor seinem Auftritt versteckte er zwischen Lippen und Mundraum eine Schnur mit stumpfen Nadeln, die scharfen ließ er im Ärmel oder im Kragen verschwinden, ich wusste es nicht mehr genau. Am Schluss musste er nur die stumpfen Nadeln verdecken, während er dem Publikum seinen leeren Mund zeigte.

Harry Houdini.

Es war gar nicht so dumm, dass Ewa gerade ihn ausgewählt hatte. Sie wusste, dass ich sofort begreifen würde, um was es ging. Und wie das Passwort lautete.

Ich schaute auf den Countdown. Jetzt hatte er keine Bedeutung mehr. Ich wusste genau, dass ich das richtige Wort eingeben konnte, auch wenn sich die Uhr beschleunigte.

Alles hatte mit Musik begonnen. Mit dem Konzert der Foo Fighters.

Alles war mit Musik verbunden.

Und endete mit Musik.

Ich lächelte und schüttelte den Kopf. Ewa hatte sich wirklich riesige Mühe gegeben. Sie hatte ein Mittel gefunden, alle Elemente zu einem Ganzen zu verbinden.

Offensichtlich wäre sie eine gute weibliche, moderne Version von Houdini geworden. Aber wollte sie mir auch das übermitteln, indem sie sich für diesen Bezug entschied? War das mehr als nur ein Hinweis? Eine Andeutung, dass sie die Entscheidung getroffen hatte, an diesem Abend am Fluss für immer zu verschwinden?

Ich wollte das nicht erörtern. Umso mehr, als die Antworten auf der Internetseite auf mich warteten.

Ich kehrte in Gedanken zu Harry Houdini zurück. Er war berühmt geworden als Meister der Illusionen, aber auch als Person, die Mythen widerlegte. Besonders genau behandelte er das Thema Geisterbeschwörung. Er nutzte sein Wissen, um während der spiritistischen Séancen die Tricks aufzudecken, die die Personen, die als Medium fungierten, benutzten, um die Geister aus dem Jenseits herbeizurufen.

Er machte sich damit viele Feinde und verlor sogar die Sympathien Arthur Conan Doyles. Gleichzeitig war er selbst nicht überzeugt davon, dass ein Kontakt auf dieser Ebene tatsächlich unmöglich war.

Im Gegenteil, er erkannte, dass, falls irgendjemand imstande sein sollte, das zu erreichen, er das war.

Schließlich schloss er mit seiner Frau einen Vertrag. Durch ihn sollte Houdini nach seinem Tod eine Möglichkeit finden, mit ihr in Kontakt zu treten ...

Ich unterbrach meinen Gedankengang für einen Moment. Jetzt sollte ich eigentlich nicht daran denken, wie viele Analogien in diesem Moment zwischen diesen beiden und Ewa und mir bestanden.

Später blieb noch Zeit genug, um andere versteckte Hinweise zu erörtern.

Meine Gedanken kehrten zu Harry Houdini zurück.

Er vereinbarte mit seiner Frau Bess, dass diese nach seinem Tod alle Personen aufsuchen würde, die als Medium in Frage kamen. Sie machte das zehn Jahre lang und nahm dabei an verschiedenen spiritistischen Séancen teil.

Sollte der Kontakt tatsächlich hergestellt werden, wollte Harry Bess ein Kennwort übermitteln, das nur sie beide kannten: Rosabelle, believe.

«Rosabelle» war ihr Lieblingslied. Bess hatte es ihm vorgesungen, als sie sich auf Coney Island kennenlernten.

Ich nickte, gab den Code in das Feld ein, in dem der weiße Cursor blinkte, und drückte Enter.

Die Uhr verschwand. Die Seite wurde geladen.

4

Die Stille im Salon war für mich das Zeichen, meinen Chat mit Werner schnell zu Ende zu bringen. Ich schloss RIC, unzufrieden, dass meine Fragen heute nicht beantwortet werden sollten.

Ich würde bis morgen warten müssen. Natürlich konnte ich versuchen, Damian im Lauf des Tages zu kontaktieren, aber selbst wenn Robert das Monitoring im Haus nicht nutzte – jemand von den Hausangestellten würde ihm sicher alles zutragen.

Manchmal hatte ich den Eindruck, wir hatten für alles einen Angestellten. Zum Aufräumen, für den Garten, die Wäsche, das Trocknen und auch für unsere Sicherheit. Die meisten von ihnen kamen aus dem Osten und hielten sich illegal in Polen auf. Das große Plus war, dass die Arbeit, die wir ihnen gaben, sehr viel besser bezahlt war als alles, was sie auf legalem Weg hätten finden können.

Das Minus war, dass ich mich die ganze Zeit überwacht fühlte, zumindest tagsüber.

Nachts schienen wir allein im Haus zu sein. Eigentlich allein in der ganzen Welt.

Ich ging ins Erdgeschoss und traf Robert in der Küche an. Er stand vor der offenen Besteckschublade und schüttelte den Kopf.

«Ich hab dich so oft darum gebeten, verdammt noch mal.»

Ich blieb zwischen Küche und Salon stehen.

«Ist es wirklich so schwer, meine Messer auf die rechte und deine auf die linke Seite zu legen?»

Dieser Anlass war für ihn so gut wie jeder andere, um auszuflippen. Jeder von uns hatte sein eigenes Besteck. Meins kam meist aus Supermärkten, seins kaufte er im Internet. Das Set von Gerlach kostete fast einen Tausender, aber er gab das Geld bedenkenlos aus.

Und genauso bedenkenlos erhob er die Hand gegen mich.

Als er sich zu mir umdrehte, gab es keinen Zweifel, dass es gleich wieder so weit sein würde.

«Warum kannst du nicht einfach tun, worum ich dich bitte?»

Ich schwieg. Wandte den Blick nicht von ihm ab, rührte mich nicht. Ich stellte mir vor, dass es heute Nacht nicht so übel würde. Ich halte eine Stunde durch, vielleicht auch zwei, dann ist alles vorbei. Am Morgen wache ich auf, trinke einen Prosecco, halte irgendwie bis zum Abend durch.

Dann erfahre ich, was Werner Neues herausgebracht hat.

«Scheiße noch mal, das ist doch nicht so kompliziert!»

Robert machte einen schnellen und entschlossenen Schritt auf mich zu. Bevor ich reagieren konnte, packte er mich am Kragen und zerrte mich in Richtung Küche. Er knallte mich gegen einen der Schränke, als wäre ich ein Sack Müll. Packte mich am Hals und zog mich rüber zu der offenen Schublade.

«Schau hin», zischte er, «rechts meine, links deine, verdammt noch mal!»

Er drehte meinen Kopf leicht nach oben, und für einen Augenblick befürchtete ich, er würde ihn in das ordentlich aufgereihte Besteck knallen.

Stattdessen drehte er mich um, presste mich mit einer Hand gegen den Hängeschrank, mit der anderen griff er nach einem Messer. Eins von seinen, Marke Gerlach. Gefertigt aus rostfreiem Stahl, es schimmerte wie ein Spiegel.

Er hielt mir die Klinge ans Gesicht, als wollte er mir ein Auge ausstechen.

«Siehst du jetzt? Erkennst du jetzt, welches von mir ist?»

«Robert ...»

«Halt die Fresse, du Fotze!»

Er ließ mich los, aber ich rührte mich nicht. Ich wusste, ein Fluchtversuch würde kein gutes Ende nehmen. Robert holte aus und schlug mich mit der flachen Hand. Dann schnappte er mich wieder an der Bluse, schüttelte mich und hielt das Messer in meine Richtung.

«Muss ich dir erst was antun, damit das in deinen dummen Schädel geht?»

«Nein.»

«Trotzdem wiederhole ich das, seit ... verflucht noch mal, seit ich denken kann! Aber du machst trotzdem immer das Gleiche. Dir geht das alles am Arsch vorbei.»

Er warf das Messer in die Schublade, packte mich mit beiden Händen und schüttelte mich so heftig, dass ich mit dem Kopf gegen den Schrank schlug. Dann schüttelte er mich weiter und beschimpfte mich dabei mit allen möglichen Ausdrücken. Das meiste davon verstand ich nicht, von den Schlägen rauschte es mir im Kopf.

Ich betete nicht, dass er aufhöre, sondern dass Wojtek nichts mitbekomme. Und dass sein Vater so etwas niemals mit ihm tue.

Nur deswegen ertrug ich das alles. Ich war überzeugt, dass ich auf diese Weise meinen Sohn beschützte. Dass jeder Schlag, der mich traf, genauso gut Wojtek treffen konnte. Indem ich das mit mir machen ließ, opferte ich mich für meinen Sohn.

«Irgendwann bringe ich dich um, verstehst du!?»

Er warf mich zu Boden, dann schlug er die Schublade zu. Griff nach mir und schleppte mich ins Schlafzimmer.

Als er die Tür hinter sich zumachte, wusste ich, dass es nicht ein oder zwei Stunden dauern würde. Ich musste mich auf viel länger einstellen.

Das Gewaltfestival dauerte bis vier Uhr früh.

Dann verwandelte sich die Gewalt in Bedauern. Terror wurde zu flehenden, erbarmungswürdigen Rufen um Vergebung. Und um Hilfe.

Am Morgen schätzte ich den Schaden ein und konnte mich davon überzeugen, dass ich immer professioneller darin wurde, meine Verletzungen zu maskieren. Und dass der Aufwand jedes Mal größer wurde.

Robert wartete mit dem Frühstück auf mich, er las Zeitung auf dem iPad. Wojtek saß mit am Tisch, auch er las irgendwas im Internet. Sie wechselten irgendwelche Bemerkungen, und alles wirkte so, als frühstücke da eine liebevolle, glückliche Familie.

Als ich vor der Besteckschublade stand, schloss ich für einen Augenblick die Augen. Dann zwang ich mich zu einem Lächeln. Es war nur an mich gerichtet. Ich hatte schon lange entdeckt, dass sogar etwas so Phantasieloses dabei helfen konnte, den Anschein zu wahren. Ich öffnete die Schublade und sah, dass das Besteck von Gerlach fehlte. Ich drehte mich um und hob die Augenbrauen. Robert mied meinen Blick.

«Die hab ich weggeschmissen», sagte er. «Deine sind definitiv besser.»

«Meine haben kaum 50 Złoty gekostet.»

«Ist doch gut so. Ist doch nur Besteck, warum sollte man mehr dafür ausgeben?»

Ich schüttelte den Kopf. Mir gefiel das nicht. Nicht die Tatsache, dass er fast 1000 Złoty in den Müll geschmissen hatte – ich wollte dieses Besteck hierhaben. Es sollte Robert tagsüber daran erinnern, in wen er sich nachts verwandelte.

«Wo ist es?»

«Weggeschmissen.»

Ich klappte den Mülleimer auf, aber da war das Besteck nicht. Den Deckel schloss ich einen Tick zu fest, sodass Wojtek unsicher aufblickte. Ich schenkte ihm ein warmes Lächeln und vergaß das Thema. Es hatte keinen Sinn, wegen einem bisschen Stahl Aufruhr zu machen.

Früher oder später würden die guten Sets zurückkehren. So, wie alles andere immer zurückkehrte.

Ich setzte mich an den Tisch und aß etwas von Roberts selbstgemachtem Knuspermüsli. Er mochte solche Frühstücke nicht besonders. Er hatte das für mich gemacht, als könnte so die schmerzhafte Erinnerung an die Nacht gemildert werden.

Ich blickte auf die gewaltigen Schatten unter den Augen meines Mannes. Er hatte länger geschlafen als ich. Nach seiner Katharsis schlief er meistens selig ein. Allerdings konnte er die Spuren der Nacht nicht so gut verstecken wie ich.

Er klappte das Futteral seines iPads zu und sah mich an.

Irgendwer hat mal gesagt, Liebe sei nichts anderes als die Fähigkeit, sich selbst in den Augen des anderen zu erkennen. In den Augen meines Mannes sah ich eine vollkommen fremde, mir kein bisschen ähnliche Person.

«Ich denke über Reimann Investigations nach», sagte er.

«Und das heißt?»

«Entweder wir stellen jemanden für Glazur und Kliza ein, oder wir überlegen uns, ob wir dieses Business überhaupt noch brauchen.»

«Natürlich brauchen wir es.»

«Wofür?»

«Du weißt, dass da ein paar Fälle laufen.»

Mit Mühe schluckte ich ein paar Kürbiskerne und Mandeln hinunter. Meinem geistigen Auge bot sich das beunruhigende Bild, ich könnte die einzige Sache verlieren, die mich manchmal aus dieser Wirklichkeit herausholte.

Es fehlte nicht viel, und Robert würde sie mir wegnehmen. Er hatte das schon mehrfach getan.

Ab und an schenkte er mir eine Dosis Freiheit, indem er mich ein Zimmer im Dachgeschoss einrichten oder bei RI das Steuer übernehmen ließ. Dann verging eine Weile, und er änderte seine Meinung. Er kam dann zu dem Schluss, ich würde zu selbständig, ganz so, als ob ihm das gefährlich werden könnte.

Das war ein Echo der Paranoia, die ihn nie verließ. Er war überzeugt, dass diese oder jene Tätigkeit mich von ihm entfernen würde. Am schlimmsten war es während der Schwangerschaft.

Aber daran wollte ich jetzt nicht denken. Wenigstens nahm er unseren Sohn als verbindendes, nicht als trennendes Element wahr.

«Der Fall der jungen Frau aus Opole ist abgeschlossen», sagte er, «und die übrigen kannst du auch bald abschließen.»

«Aber ...»

«Offen sind noch ein paar Fälle Betriebsspionage und eine Fotosession.»

Als Fotosession bezeichneten wir die übelsten Aufträge, die RI erhielt – observieren von Eheleuten und sammeln von Materialien für die Schlammschlacht nach der Trennung.

«Wir haben noch ...»

«Die Prüfung irgendeines Kandidaten für die Verwaltung», unterbrach er mich, «ich weiß.»

Er wusste natürlich alles. Er war ein Kontrollfreak. Mehr sogar. Ein Fanatiker. Er war wie ein gnadenloser Diktator, der in fremden Territorien nur seine künftigen Herrschaftsgebiete sah.

«Die lassen sich alle in einer Woche abschließen, höchstens in zwei. Danach können wir über eine Auflösung der Firma nachdenken.»

Ich überlegte, wie ich antworten sollte, ohne in Wojteks Beisein einen Sturm zu entfachen.

«RI bringt keinen Gewinn», fügte Robert hinzu.

Das stimmte zwar nicht, ich konnte Robert aber nicht berichtigen. Ich wusste, welches Ende es nahm, wenn ich seine Worte in Frage stellte. Tagsüber würde er seine Hand nicht gegen mich erheben, es sei denn, ich würde auf Konfrontationskurs gehen, aber Wojtek würde die Spannungen spüren. Kinder sahen sehr viel mehr, als ihre Eltern zuzugeben bereit waren.

«Aber es verursacht auch keine großen Kosten», sagte ich.

«Große vielleicht nicht ...»

«Überleg es dir noch mal.»

«Mach ich», versicherte er mit einem Lächeln.

Einen Augenblick später gab ich meinem Sohn einen Kuss auf die Wange und klopfte ihm auf die Schulter. Mich begleitete noch immer das dringende Gefühl, dass der Tag, von dem an Wojtek auf Zärtlichkeiten verzichtete, unmittelbar bevorstand.

Ich sah den beiden nach, dann holte ich einen gekühlten Prosecco und setzte mich allein an den Tisch. Draußen machte sich ein Ukrainer an unserem Rasen zu schaffen. Er schaute immer wieder zu mir rüber, wahrscheinlich auf Anweisung von Robert.

Ich goss mir ein, trank aber nicht. Eine Weile saß ich bewegungslos da und starrte vor mich hin wie ins Nichts.

Robert schließt Reimann Investigations. Ich war hilflos. Wie immer, wenn er Entscheidungen traf, war hier nichts mehr rückgängig zu machen. Nichts und niemand konnte ihn davon überzeugen, seine Meinung zu ändern.

Mir blieb wenig Zeit. Und die musste ich nutzen.

Ich nahm das Glas und ging nach oben. Wenn das Monitoring eingeschaltet war oder die Bediensteten tatsächlich ein Auge auf mich hatten, würde Robert sofort wissen wollen, was ich tagsüber in meinem Zimmer machte. Aber in dieser Situation musste ich das Risiko eingehen.

Ich schickte Werner den Aktivierungscode und wartete.

Schließlich tauchte er auf und reagierte gleich auf den Nickname, den ich ihm diesmal gegeben hatte.

> [J. Verne] Ich sehe, du hast heute gute Laune.
> [Kas] Ausnehmend gute.
> [J. Verne] Und du kürzt gerne Namen ab.
> [Kas] Jeder hat irgendeine Perversion.
> [J. Verne] Jeder hat auch seine Pläne, bis er eine aufs Maul bekommt.

Ich hob die Augenbrauen. Er konnte nicht wissen, wie sehr dieser Gedanke ins Schwarze traf.

> [J. Verne] Das hat Mike Tyson gesagt. Und er hatte recht, mit einer Ausnahme. Ewa hat ihren Plan auf jede erdenkliche Art geschützt und sich auf jede Eventualität vorbereitet.
> [Kas] Hast du das Passwort erraten?
> [J. Verne] Beim letzten Versuch. Ich hatte drei.

Ich nahm einen Schluck und fühlte mich gleich besser. Keine Ahnung, ob das wegen des Alkohols war oder weil Damian auf etwas Konkretes gestoßen war.

> [J. Verne] Houdini wäre stolz auf sie gewesen.
> [Kas] Wie war das?
> [J. Verne] Auf Ewa. Sie hat so eine Nummer gebracht, dass …

Er brach ab, und seine Nachricht verschwand nach ein paar Sekunden.

> [J. Verne] Egal. Sie hat mich kontaktiert, das ist wichtig.

Ich tippte sofort drauflos.

> [Kas] Was? Wie?

Ich schrieb, ohne nachzudenken, fieberhaft. Hätte ich einen Augenblick nachgedacht, wäre meine Antwort wahrscheinlich geschmeidiger ausgefallen.

[J. Verne] Nachdem ich mich eingeloggt hatte, bin ich auf eine andere Seite gekommen. Erst dachte ich, es sei dieselbe. War sie aber nicht. Sie hat mich weitergeleitet.

[Kas] Wohin?

[J. Verne] Ins Deep Web natürlich.

[Kas] Das heißt?

Für einen Moment blinkte der Cursor auf dem schwarzen Bildschirm. Es kam keine Antwort. Ein Reigen düsterer Gedanken ging mir durch den Kopf, offensichtlich war mein früherer Optimismus allzu brüchig.

Ohne Mühe konnte ich mir vorstellen, wie jemand Damian auf die Schliche kommt. Er lokalisiert ihn in seinem Hotel bei Opole und schickt ein paar Leute, die sich um ihn kümmern. Genau so, wie sie es bei seinem Freund gemacht haben.

Mich schüttelte es. Nicht nur ich war in einer ungemütlichen Lage. Eines verband Werner und mich. Die reale Gefahr für Leib und Leben. In seinem Fall ging sie von Fremden aus, in meinem nicht.

Aber beide waren sie real.

Endlich zeigte der Bildschirm eine Antwort.

[J. Verne] Wo kommst du denn her?

[Kas] Ich bin nicht auf dem Laufenden, was technische Neuerungen angeht. Ich hab noch ein Leben.

[J. Verne] Das Deep Web ist keine Neuheit.

[Kas] Trotzdem musstest du ein paar Sachen googeln, sonst hättest du schneller geantwortet.

[J. Verne] Die Blase hat eine Pause angeordnet.

[Kas] Glaub ich nicht. Das hättest du nicht so schnell geschafft.

[J. Verne] Woher weißt du, dass ich nicht mit dem Laptop auf dem Klo sitze?

Ich lächelte und drehte den Kopf.

[Kas] Weiß nicht.

[J. Verne] Genau das ist das Schöne an der virtuellen Kommunikation.

Nein, das Schöne war, dass Robert sie nicht stören konnte. Zumindest jetzt nicht. Ich sah zur offenen Tür rüber, ängstlich lauschend, ob nicht plötzlich die Haustür aufging.

[Kas] Was ist dieses Deep Web?

Kliza war oft darin unterwegs gewesen. Einmal hatte sie mir sogar erklärt, wie es funktionierte.

[J. Verne] Das tiefe Netz.

[Kas] Ja, so viel verstehe ich auch.

[J. Verne] Um es besser zu verstehen, musst du wissen, dass du mit deinem Browser auf etwa vier Prozent des gesamten Internets Zugriff hast.

Er erklärte mir, dass ungefähr viereinhalb Milliarden Seiten indiziert seien. Der Rest bleibe unter der Oberfläche, man finde sie nicht, wenn man nicht präzise wisse, wie man suchen müsse.

Das Deep Web bestand aus legalen und illegalen Seiten. Von Regierungsdokumenten, die auf sicheren Servern gelagert wurden, über ganz gewöhnliche Seiten, zu denen keine Links führten, bis hin zum Schwarzmarkt, auf dem man alles kaufen konnte. Und finden.

Das Letzte nannte er Darknet.

[J. Verne] Dort gibt es alles. Du kannst Konten auf Netflix kaufen, aber auch Waffen, einen gefälschten amerikanischen Pass und Drogen. Pornographie, so viel das Herz begehrt, gibt es auch. Außerdem kann man dort kommunizieren, ohne dass man Angst haben muss, dass einem jemand auf die Spur kommt.

[Kas] Wie über RIC.

[J. Verne] Nein, wir nutzen TOR nicht. Obwohl wir natürlich im Deep Web sind … Wenn nicht sogar im Darknet.

[Kas] Ist auch egal.

[J. Verne] Es geht im Prinzip darum, dass niemand Zufälliges auf eine bestimmte Internetseite stößt. Auch niemand Unerwünschtes. Ewa konnte sich sicher sein, dass nur ich zu dem gelangen würde, was sie mir hinterlassen hat.

[Kas] Und was war das?

[J. Verne] MP3-Dateien.

Meine Finger trommelten kurz und heftig über den Schreibtisch. Wie viel Zeit hatte ich noch? Robert musste nicht ins Büro, wahrscheinlich würde er von der Schule direkt hierherfahren. Nein, er würde irgendwo anhalten und Blumen kaufen. Aber die Blumenläden verkauften auch fertige Bouquets.

Ich musste fast lachen, als ich mir vorstellte, welchen Eindruck die Blumenhändler von Robert haben mussten: Ohne Zweifel hielten sie ihn für einen besonders hingebungsvollen Ehemann, der seine Frau auf Händen trug, wie Männer das sonst nur mit Liebhaberinnen machen, und selbst da nicht alle.

[Kas] Was beinhalten diese Dateien?

[J. Verne] Alles.

[Kas] Was heißt das? Ich hab genug von dieser Geheimniskrämerei, Wern.

[J. Verne] Sorry. Ich hab sie von dir gelernt.

Kurz überlegte ich, ob das nicht der Moment wäre, um mehr von mir selbst preiszugeben. Aber nein. Es war egal, wie Damian mich wahrnahm.

[Kass] Also?

[J. Verne] Die Dateien sind Aufnahmen, die Ewa für mich gemacht hat.

[Kas] Aber was ist da drauf?

[J. Verne] Alles. Wirklich.

Ich ließ leise einen Fluch los.

[Kas] Ich habe nicht viel Zeit.

[J. Verne] Das ist schlecht. Die Aufnahmen gehen ein
Weilchen. Ewa beschreibt darin, was mit ihr passiert ist. Von dem Moment an, als ich am Flussufer das Bewusstsein verlor.

Mein Herz schlug schneller. Das Blut strömte mit verdoppelter Geschwindigkeit durch meine Venen, als hätte mein Organismus bis dahin nur mit halber Kraft funktioniert. Ich nahm das Glas und trank es in einem Schluck leer. Die Bläschen prickelten in meinem Hals.

Ich legte die Hände auf die Tastatur und holte tief Atem.

Bevor ich antworten konnte, hörte ich, wie unten die Tür aufging.

5

Ich erwartete eine Flut von Fragen. Der leere Bildschirm und der blinkende Cursor deuteten jedoch an, dass Kasandra nichts mehr wissen wollte. Erst dachte ich, sie warte, bis ich ihr den Link zur ersten Aufnahme schicken würde, aber bevor ich sie daran erinnern konnte, ging RIC vom Netz.

Unsicher schaute ich den alten Laptop an, als sei er schuld. Aber Kas hatte sich ausgeloggt, und das System warf automatisch alle hinaus, die sich im Chat befanden.

Ich musste zugeben, das Schicksal hatte mir eine ziemlich merkwürdige Verbündete zugeteilt. Ich verstand sie nicht, aber vielleicht musste ich das auch nicht, um ihre Hilfe in Anspruch zu nehmen. Nur konnte ich sie jetzt nicht mehr kontaktieren.

Doch ich vermutete, dass ich früher oder später eine weitere SMS mit einem Code bekommen würde. Ich musste mich nur gedulden.

Also schloss ich den Tab mit RIC und starrte erneut auf den Bildschirm.

Irgendwo unter der Internetoberfläche war Ewa verborgen und wartete die ganze Zeit auf mich. Sie hatte sich im Dunkel versteckt, aber war in Reichweite – ich musste nur den Weg zu ihr finden.

Auf dem weißen Hintergrund war ein Spinnennetz aus Equalizer-Balken erschienen. Es erinnerte mich an die Frau, die sich im

Gewand meines Lieblings-Comic-Helden verbarg. Das war aber auch schon das einzig Positive.

Doch erst nachdem ich die erste Aufnahme gehört hatte, wurde mir klar, dass das Spinnennetz auch eine Metapher war. Es stellte Ewas Leben dar. Ein Leben, das ich nicht kannte, das sie sorgfältig vor mir verborgen hatte.

Die erste Datei trug den Titel «Bevor ich dich kannte». Als ich das «Play»-Icon drückte, fühlte ich mich, als würde ich die Grenze vom Traum zur Wirklichkeit überschreiten.

Ewa kehrte in mein Leben zurück.

Auch wenn sie nicht dieselbe Person war, mit der ich so viel geteilt hatte. Im Gegenteil, erst jetzt schien sie mir ihr wahres Gesicht zu zeigen. Sie enthüllte sich, um mir alle ihre Geheimnisse zu verraten.

Und schließlich auch das zu offenbaren, was nach dieser Schicksalsnacht in der Spötterloge passiert war.

Die zu einem Spinnennetz geformten Balken erzitterten. Dann ertönte aus den Lautsprechern eine Stimme, die aus dem Jenseits zu kommen schien.

Bevor ich dich kannte

Dir scheint es, du würdest mich seit jeher kennen? Mir schon.

Mit jedem Blick in den Spiegel betrachtete ich dieselbe Person, die auch du jeden Tag gesehen hast. Aber wir haben uns beide nicht bewusstgemacht, dass es nur ein Spiegelbild war.

Ich weiß, ich hätte dir alles erzählen sollen, bevor es zu spät war. Aber woher hätte ich wissen sollen, wann das war? Ich dachte, wir hätten noch viel Zeit. Ich war mir sicher, auf uns würden glückliche Momente warten, ich wollte sie nicht zerstören.

Ich machte mir vor, wir seien sicher. Viele Personen, denen ich vertraut habe, bestätigten mir, dass es so war.

Ich verschob es also auf später, dir die Wahrheit zu sagen. Auf ein unbestimmtes «Später». Wie eine aufgeschobene Visite beim Arzt, wenn du tief in deiner Seele bereits weißt, dass du eine schwere Krankheit hast, aber die Diagnose nicht hören willst.

Als du mir den Heiratsantrag gemacht hast, wusste ich, dass ich es nicht länger aufschieben konnte. Du hattest verdient, alles zu erfahren, bevor wir heirateten. Du solltest wissen, in was genau du dich hineinbegibst.

Aber es kam, wie es kam.

Ich überlebte, obwohl ich nach diesem Abend nicht einmal mehr meinem Spiegelbild ähnelte. Es vergingen Jahre, bevor ich mich entschied, die Geschichte für dich aufzunehmen. Ich brauche aber deine Hilfe, Tiger, und ich weiß, wenn ich auf irgendjemanden zählen kann, dann auf dich.

Du wirst alles der Reihe nach erfahren. Ich weiß, dass du gerne sofort alle Antworten auf deine Fragen hättest, aber bevor ich sie dir gebe, musst du mich verstehen. Du musst die Geschichte von Anfang an kennen.

Sonst wirst du nie begreifen, warum ich diese und keine andere Entscheidung getroffen habe. Warum ich aus deinem Leben verschwunden bin. Und warum du so viele Jahre nichts von mir gehört hast.

Ich werde beim Anfang beginnen.

Suchst du die Zeitleiste?

Mein Player hat diese Funktion nicht, es tut mir leid. Du kannst diese Datei auch nicht herunterladen, dafür habe ich gesorgt. Du musst diese Geschichte zu meinen Bedingungen hören. Denn es ist mein Leben, das ich dir erzählen möchte.

Also hör bitte zu ...

Dass unsere Eltern sich nie richtig verstanden haben, war für uns kein Geheimnis. Normalerweise taten wir das Thema mit einem Lachen ab, machten Witze darüber und dachten uns absurde Szenarien aus, wie wir sie einander näherbringen würden. Und wenn es mal ein ernsthaftes Gespräch darüber gab, schoben wir alles auf die Tatsache, dass sie aus unterschiedlichen Welten kamen.

Meine Eltern wechselten ihr Auto alle ein, zwei Jahre, sie hatten immer das neueste Modell der snobistischsten Marken. Deine konnten sich gerade mal einen Škoda Felicia leisten, und sie träumten auch von nichts anderem.

Es lag auf der Hand, dass die Kommunikation zwischen ihnen schwierig sein würde und war. Aber aus einem anderen Grund, als du denkst. Es ging nicht um Geld, um Karriere oder Prioritäten.

Es ging darum, dass deine Eltern gute Menschen waren.

Meine nicht.

Natürlich kümmerten sie sich um mich, stellten sicher, dass ich alles hatte, was ich brauchte. Und gleichzeitig erlaubten sie nicht zu viel Luxus. Sie haben sich sogar zurückgehalten, auch wenn das schwer zu glauben ist. Denn sie hatten genügend Geld, um das Auto nicht alle paar Jahre zu wechseln, sondern alle paar Tage.

Du dachtest, mein Vater würde eine gewöhnliche Anwaltskanzlei leiten? Falsch. Sein Service war rund um die Uhr verfügbar, und zwar für die, die am meisten zahlten. Moralische Bedenken gab es für ihn nicht, und wie es sich für einen richtigen Rechtsanwalt gehört, missachtete er das Recht, wo er nur konnte.

Nach all den Jahren scheint es mir sogar, dass er sich selbst die Klienten suchte, die illegale Geschäfte machten. Er wusste, dass man dort das meiste Geld verdiente. Und seine ganze Existenz war darauf ausgerichtet, es zu vermehren.

Er war die beste Bestätigung für das Prinzip, dass du immer mehr brauchst, je mehr du besitzt. Das Geldverdienen wurde zur Obsession, obwohl er es nicht sorglos ausgeben konnte, aus Angst, er würde die Aufmerksamkeit des Finanzamts auf sich ziehen. Hätte meine Mutter ein anderes Wertesystem gehabt, hätte sie ihn vielleicht in einem gewissen Moment stoppen können.

Aber das hat sie nicht. In dieser Hinsicht waren sie wie füreinander geschaffen. Beide waren sie von dem ungesunden Bedürfnis getrieben, Vermögen anzuhäufen. Beide vergaßen, dass Geld im besten Fall ein Mittel ist, um ein Ziel zu erreichen, nicht aber das Ziel selbst. Sie waren überzeugt, Reichtum bedeute, sich alles kaufen zu können. Und nicht etwa, Dinge zu besitzen, die nicht käuflich sind.

Viele Jahre lang teilte ich ihre Weltanschauung. Immerhin war ich ihre Tochter. Du wusstest das nicht, denn ich habe es immer sorgfältig vor dir verborgen. Doch in Wirklichkeit begleitete mich ständig die Sorge, dass wir auf dem Weg, den wir für uns gewählt hatten, irgendwann an den Punkt kommen würden, an dem uns das Geld fehlte.

In manchen Momenten war es eine obsessive Angst.

Erst später wurde mir etwas klar. Nämlich, dass meine größte Angst von etwas anderem herrührte: dass du mich irgendwann so sehen würdest, wie ich mich selbst sah. Es erinnerte mich daran, dass du für mich das Allerwichtigste auf der Welt warst. Und ich anfangen musste, an mir zu arbeiten.

Ich tat alles, um die Erziehung, die auf der Liebe zum Geld und nicht zu einem anderen Menschen beruhte, hinter mir zu lassen. Schließlich gelang es mir. Dank dir, denn du hast mir gezeigt, was wirklich wichtig ist.

Schade, dass meine Eltern nie einen solchen Menschen getroffen haben.

Vielleicht hätte das die Tragödie verhindert, die sich etwa ein Jahr vor deinem Antrag abspielte.

Ein Autounfall? Nein, ihr Tod war kein Unfall. Oder Zufall. Sie wurden ermordet.

Davon werde ich dir in der nächsten Aufnahme erzählen. Jetzt musst du nur wissen, dass alles mit dem Tod meiner Eltern begann. Die Spirale der Ereignisse, in die ich hineingeraten war, beschleunigte sich. Schließlich habe ich auch dich hineingezogen.

Ich bin genauso schuldig wie sie.

Ich meinte es gut, aber trotzdem habe ich nur Trauer und Leid über uns gebracht. Ich will, dass du verstehst, warum das geschehen ist. Ich will, dass du weißt, in welcher Familie ich aufgewachsen bin. Ich welch dunklen Kreisen meine Eltern verkehrten. Und mit welchen Leuten ich selbst durch sie in Kontakt kam.

Ich wuchs in völlig anderen Verhältnissen auf als du. Dadurch machte ich Fehler, die ich versteckt habe, weil ich wusste, dass ich sie nicht machen sollte. Der Schock kam erst, als meine Eltern starben.

Denk über all das nach.

Und wenn du bereit bist, fahr nach Wrocław.

An dem Ort, an dem du dich zum ersten Mal so betrunken hast, dass ich dich stützen musste, findest du einen USB-Stick mit der nächsten Aufnahme. Er ist mit einem Passwort geschützt, demselben, das dir diese Tür geöffnet hat.

Entschuldige, dass ich dich warten lasse. Aber ich muss mir sicher sein, dass du die Aufnahmen erhältst. Nur eine physische Bestätigung, nur deine Gegenwart an diesem Ort kann mir die Gewissheit geben, dass es so ist.

Und wer weiß? Vielleicht findest du irgendwo dort auch mich.

Die Aufnahme endete, und ich bemerkte, dass ich wieder die Luft angehalten hatte. Nichts von dem, was ich gehört hatte, ergab einen Sinn. Ewa hatte zwar immer im Wohlstand gelebt, aber nie hätte ich gesagt, dass sie im Luxus schwelgte.

Doch wenn ihr Vater sich tatsächlich davor fürchtete, mit dem Finanzamt in Konflikt zu geraten, schien das logisch.

Ich massierte meine Schläfen und versuchte alles, was ich gehört hatte, von mir wegzuschieben. Während ich die Aufnahme anhörte, hatte ich den Eindruck gehabt, Ewa sei nicht weit entfernt. Sie wartete auf mich, es ging ihr gut.

Aber ich wusste nicht, wann sie die Nachricht aufgenommen hatte. Ich wusste nicht, was danach mit ihr passiert war.

Und ich wusste auch nicht, ob die von der Polizei gefundene Leiche tatsächlich jemand anderes war.

Jetzt, nachdem Ewa dunkle Verbindungen zum kriminellen Milieu erwähnt hatte, schien alles möglich. Und mein müder Verstand nutzte das fleißig aus, um mir besonders pessimistische, düstere Szenarien aufzunötigen.

Ich beschloss, mich sofort auf den Weg zu machen, als könnte ich so alle Zweifel und Ängste hinter mir lassen. Ich packte den Laptop ein, stellte mich ans Fenster und schaute auf die Uhr. Mein Vater müsste eigentlich schon hier sein. Er sollte mir Kleidung, eine Reisetasche und Bargeld mitbringen. Ich vermutete nämlich, dass einige Zeit vergehen würde, bis ich nach Opole zurückkam, also musste ich vorbereitet sein.

Von meinem Vater keine Spur. Das machte mich stutzig, denn er verspätete sich selten, selbst wenn er weniger wichtige Verabredungen hatte.

Mein Hals schnürte sich bei dem Gedanken zu, jemand könne herausgefunden haben, dass ich auf eine weitere Spur gestoßen war.

Nein, das war unmöglich. Wer auch immer hinter dem Ganzen steckte, konnte nicht von meiner Entdeckung in der virtuellen Welt erfahren haben. Ewa hatte dafür gesorgt, dass niemand zufällig auf die Informationen zugreifen konnte. Sie hatte uns im Deep Web versteckt.

Während ich auf die Felder in der Ferne blickte, überlegte ich, was jetzt mit meiner Verlobten geschah. Und ob ich sie überhaupt noch so bezeichnen konnte.

Dieser Gedanke war wie der Katalysator in einer gefährlichen chemischen Verbindung. Sie löste eine thermonukleare Reaktion in meinem Kopf aus. Weitere Fragen erschienen wie ein Atompilz, der mir den Verstand vernebelte.

Was war nach der Vergewaltigung passiert? Warum war Ewa für so viele Jahre verschwunden?

Wer war Phil Braddy? Warum hatte Blitzer sterben müssen?

Was hatte Ewa vor mir verheimlicht, als wir noch zusammen waren?

Ich fühlte mich wie ein Drogenabhängiger, dem jemand nach langer Abstinenz den Stoff aus der Hand riss, kurz bevor er ihn nehmen konnte.

Das Chaos in meinem Kopf übertrug sich auch auf meinen Körper. Meine Hände begannen zu zittern. Für einen Moment schloss ich die Augen, seufzte tief und rieb mir die Schläfen. Als ich die Augen wieder öffnete, sah ich, wie ein Taxi auf dem Hotelparkplatz hielt.

Mein Vater bezahlte den Fahrer und bat ihn anscheinend, zu warten. Er stieg aus, und ich drehte mich um und griff nach meiner Tasche. Bevor ich die Tür öffnete, warf ich noch einmal einen Blick aus dem Fenster.

Da sah ich den schwarzen Opel Vectra, der ein Stück weiter entfernt parkte. Ich kannte die Nummernschilder der Zivilstreifen nicht, aber ich wusste, dass die Beamten oft in solchen Modellen unterwegs waren.

Kurz betrachtete ich die zwei Männer im Wageninnern. Sie machten keine Anstalten, auszusteigen.

Und ihre Aufmerksamkeit war voll auf meinen Vater gerichtet.

Mir wurde klar, ich hatte ein Problem.

6

Ich aß schweigend, weil Robert und Wojtek damit beschäftigt waren, gemeinsam eine Hausaufgabe zu lösen. Mathematik war nie meine Stärke gewesen, deshalb zog ich es vor, mich zurückzuhalten.

In der Schule nahmen die Hausaufgaben überhand, die Bestätigung lieferten mir Robert und Wojtek. Selbst beim Mittagessen mussten sie Zeit dafür aufwenden.

Untersuchungen hatten ergeben, dass es schädlich für die kindliche Psyche war, täglich mehr als siebzig Minuten in Hausaufgaben zu investieren. Andere Ergebnisse bestätigten, dass diese Aktivitäten chronische depressive Zustände hervorrufen konnten.

Am überzeugendsten fand ich aber, was Harris Cooper, ein Guru im Bereich der Lernforschung an der Duke University, gesagt hatte. Es gebe keine Beweise dafür, dass diese Form der Ausbildung einen positiven Effekt auf die Schüler habe.

Und trotzdem hielten wir daran fest, als würde davon abhängen, ob unsere Kinder sich das nötige Wissen aneigneten. Ich betrachtete Wojtek und versuchte, mich auf ihn zu konzentrieren, nicht auf Robert.

Aber meine Gedanken gehorchten mir nicht. Sie wanderten von den Hausaufgaben und davon, was sie mit dem Jungen anstellten, unablässig zu Robert und zu der Frage, welchen Einfluss er auf unseren Sohn hatte.

Würde Wojtek als Erwachsener wie sein Vater werden? Steckte das mir so wohlbekannte Böse auch in ihm verborgen? Und sollte es eines Tages erwachen?

Ich nahm einen Schluck Prosecco, als würde mir das helfen, eine Antwort zu finden. Das Display meines Smartphones leuchtete auf. Ich hatte den Ton und die Vibration ausgeschaltet, ich wollte nicht, dass uns irgendjemand beim Mittagessen störte.

Außerdem erwartete ich keine Anrufe.

Schon gar nicht von Kliza.

Ich runzelte die Stirn, dann griff ich nach dem Telefon. Mit einem Blick hinüber zu Robert stand ich vom Tisch auf. Er war so versunken in die Aufgabe, dass er kaum merkte, wie ich mich entfernte.

«Du hast es dir also doch anders überlegt», begrüßte ich Jola.

«Nein, aber das bedeutet ja nicht, dass mir alles egal ist.»

Ich blieb vor der Terrassentür stehen und blickte hinaus aufs Meer. Der Himmel hatte sich zugezogen, und es sah heute nicht so aus, als würde das Wetter besser werden. Ein kräftiger Wind ging, und die weiße Gischt draußen auf dem Meer beunruhigte mich.

Eigentlich gefiel mir Klizas Antwort. Hätte sie mir mitgeteilt, sie habe es sich anders überlegt und wolle nun doch wieder für RI arbeiten, hätte mich das vor eine schwierige Wahl gestellt. Die Firma retten zu wollen und Jola zurückzuholen, zum Unmut von Robert? Oder nichts zu riskieren und ihn machen zu lassen?

Zum Glück blieb mir die Suche nach einer Antwort erspart. In meinem tiefsten Innern war sie mir womöglich ohnehin schon klar.

«Warum rufst du dann an?»

«Wie du weißt, hatte ich ein paar Locals aufgetan.»

«Locals?»

«Ein paar Leute aus Opole, die mich mit Informationen versorgen.»

«Bei dir klingt das, als wären sie Mitglieder eines afrikanischen Stammes.»

«Wie auch immer», murmelte sie. «Für mich sind alle fremd.»

Ich lächelte, erwiderte aber nichts.

«Einer von denen hat mich gerade angerufen», sagte sie.

«Wer?»

«MEPI.»

«Bitte?»

«Mein Persönlicher Informant.»

«Kliza ...»

«Es geht niemanden etwas an, mit wem ich zusammenarbeite», erklärte sie. «Besonders jetzt, wo du diese Kontakte vielleicht nutzen könntest.»

Das klang kindisch und feindselig zugleich, wunderte mich aber nicht. Ich hatte Gelegenheit gehabt, Kliza etwas besser kennenzulernen, und wusste, dass ihr für gewisse Nuancen, die in zwischenmenschlichen Beziehungen wichtig waren, schlicht das Einfühlungsvermögen fehlte.

«Der MEPI sitzt im Polizeirevier, so viel kann ich verraten.»

«Ein Polizist?»

«Nein, die mögen mich nicht besonders.»

«Ist auch nicht wichtig», warf ich ein. «Etwas Neues im Fall Ewa?»

«Nicht ganz. Es geht um Wern.»

«Konkreter?»

«Es wurden keine Ermittlungen gegen ihn eingeleitet.»

Ich blickte über die Schulter zu Robert hinüber. Er schien immer noch vertieft in seine Rechnungen, aber mir war völlig klar, dass er jedes einzelne Wort genau vernommen hatte.

Der Kontrollfreak sah mich dabei aber nicht einmal an.

«Das ist eine gute Nachricht, oder?»

«Könnte man meinen ...», entgegnete sie ohne Überzeugung.

«Trotzdem fahndet die Polizei nach ihm. Und zwar fieberhaft, wenn mein MEPI die Wahrheit sagt.»

«Warum?»

«Das weiß ich nicht. Und er auch nicht.»

«Vielleicht wollen sie nur, dass er aussagt?»

«Der MEPI sagt, danach sehe es nicht aus. Die Polizei verhalte sich eher so, als sei sie auf der Jagd. Und das ohne gesetzliche Grundlage.»

«Ohne gesetzliche Grundlage?»

«Ja», bestätigte sie und hüstelte. «Sie ermitteln nicht gegen ihn, trotzdem läuft eine Fahndung. Sagt dir das nichts?»

«Ich spekuliere ungern.»

Jola verstummte für einen Moment, und ich starrte auf die dunklen Wolken. Sie bedeckten den ganzen Himmel, erst am Horizont verschwanden sie.

«Wenn das so ist, helfe ich dir mal auf die Sprünge.»

«Ja?»

«Bald gibt es für Spekulationen keinen Anlass mehr», fügte Kliza hinzu. «Sie werden ihn holen.»

«Was?»

«Sie haben ihn in diesem Hotel am Rand der Stadt ausfindig gemacht. Offensichtlich hat er den typischen Fehler begangen, den Menschen auf der Flucht machen. Er hat mit jemandem aus seinem Umfeld Kontakt aufgenommen.

Mir wurde angst und bange.

«Ruf ihn an», sagte ich, ohne zu überlegen.

Das alles würde ich Robert am Abend erklären müssen, jedes einzelne Detail. Und es würde übel enden. Für mich und für den Fall.

«Du musst ihn warnen», fügte ich hinzu.

«Bist du verrückt geworden?»

«Wenn die ihn jetzt einsperren ...»

«Was dann?»

Sie hatte ja keine Ahnung, was Damian in Erfahrung gebracht hatte. Wusste nicht, wie wenig bis zum Durchbruch fehlte. Und ich hatte weder die Zeit noch das Recht, ihr davon zu erzählen.

«Ich weiß, dein Vertrauen zu mir hält sich in Grenzen», sagte ich.

«Vorsichtig formuliert.»

«Vergiss das, zumindest für den Augenblick. Es geht nicht um mich, sondern um ihn.»

Obwohl ich mit dem Rücken zum Tisch stand, spürte ich plötzlich deutlich, dass Robert aufgeblickt hatte.

«Vertrau mir dieses eine Mal. Lass es ihn einfach wissen.»

«Nein.»

«Kliza, das ist kein Witz.»

«Das weiß ich», gab sie zurück. «Und genau deshalb werde ich ihm nichts sagen. Wenn er festgenommen wird, werden sie in seinem Telefon sehen, dass ich ... wie heißt das formell? Die Arbeit der Strafverfolgungsbehörden behindere?»

Ich hatte Lust, mit der Hand gegen die Scheibe zu schlagen.

«Das kann ich mir nicht erlauben», fügte sie hinzu. «Nicht jetzt, wo ich einen lupenreinen Lebenslauf brauche.»

Sie legte auf, bevor ich etwas erwidern konnte. Der letzte Satz schien ihr wohl eine ausreichend aussagekräftige Verabschiedung. Und vielleicht stimmte das sogar.

Allerdings konnte ich dankbar sein, dass sie mich überhaupt informiert hatte. Nur, wie sollte ich es jetzt anstellen, dass diese Information auch Werner erreichte? Ich hatte den Eindruck, jeder weitere Schritt, den ich machte, würde Roberts Interesse vergrößern.

Anrufen konnte ich nicht, außerdem kannte ich Damians Nummer nicht – die war nur in RIC gespeichert. Ich konnte mich nur anmelden und ihm einen Aktivierungscode senden. Dann warten, bis er online ging. Sollte es überhaupt dazu kommen.

Ich musste es riskieren.

Ich schenkte mir Prosecco nach, dann stellte ich mich hinter Wojtek und Robert. Ich beugte mich zu ihnen, meine Hand auf Roberts Schulter. Hauptsache, den Anschein wahren. Darin hatte ich langjährige Erfahrung.

Ich machte ein paar lockere Bemerkungen und betonte, dass das alles für mich ein Buch mit sieben Siegeln sei. Dann gab ich Robert einen Kuss und entfernte mich langsam. Das Wichtigste war, einen ruhigen Gang zu demonstrieren. Als würde ich balancieren.

Obwohl ich wusste, wie tief der Abgrund unter mir war.

Ich trat ins Zimmer und stürzte zum Computer. Loggte mich ein und schickte Werner den Aktivierungscode. Dann wartete ich, während meine Finger nervös auf den Schreibtisch hämmerten.

Ich sah immer wieder vom Bildschirm auf und zur offenen Tür. Dann wieder zurück zum Bildschirm. Es schien eine Ewigkeit so zu gehen.

Von Damian kein Zeichen. Leise Stimmen aus dem Erdgeschoss ließen vermuten, dass mir noch Zeit blieb. Aber nicht viel. Weil ich die Ruhe bewahrt hatte, war es Robert zunächst gleichgültig gewesen, was ich machte. Aber es war nur eine Frage der Zeit, bis er kam.

Endlich war Wern da. Ich atmete auf.

Wenigstens für einen Augenblick.

[Werner] Ich hab nicht viel Zeit. Die Polizei ist hier.

«Fuck ...», entfuhr es mir.

Ich wollte gerade antworten, als ich Schritte hörte. Ich fluchte noch einmal, diesmal leiser.

Robert nahm die letzte Stufe.

[Kasandra] Hau ab!

Mehr konnte ich nicht schreiben. Ich loggte mich aus und lächelte meinen Mann an, der gerade in der Tür erschien.

7

Ich schlug den Laptop zu und steckte ihn zurück in die Tasche. Vermutlich hatte Kasandra mich warnen wollen, aber sie kam zu spät. Eigentlich nur um ein paar Minuten, mit ein bisschen Glück hätte ich noch fliehen können.

Doch jetzt war es zu spät.

«Junge?», fragte mein Vater beunruhigt.

Er musste von meinem Verhalten überrascht sein. Sobald er ins Zimmer gekommen war, hatte ich die Tür zugeschlagen, aber bevor ich irgendetwas erklären konnte, kam eine SMS mit dem Aktivierungscode.

«Was ist los?», fügte er hinzu.

«Die Polizei ist dir gefolgt.»

Er schüttelte entschieden den Kopf.

«Ich habe mich vergewissert, dass niemand hinter mir hergefahren ist.»

Ich hatte nicht vor, das zu erörtern. Wenn ich vor einem Moment noch daran hätte zweifeln können, weil die zwei Männer im Auto sitzen geblieben waren, anstatt meinem Vater zu folgen, hatte ich durch Kasandra jetzt Gewissheit.

Ich deutete auf den Laptop.

«Mir wurde es gerade bestätigt.»

Mein Vater wurde blass und drehte sich zum Fenster. Er wollte etwas sagen, es vielleicht sogar abstreiten oder sich entschuldigen. Ich ließ ihm jedoch keine Gelegenheit.

«Das ist jetzt nicht wichtig», sagte ich. «Ich muss sofort hier weg, bevor Verstärkung kommt.»

Er schaute mich ungläubig an.

«Ich weiß, wie das klingt», redete ich weiter. «Aber bei dieser Sache handelt es sich um weit mehr, als wir geglaubt haben.»

«Sicher wird keiner eine Verbrecherjagd veranstalten, Junge.»

«Nein, keine Verbrecherjagd. Aber ein paar Polizisten stellen sich gerade hier auf.»

«In den Zeitungen stand nichts über dich.»

«Umso schlimmer», antwortete ich leise. «Deshalb können sie mehr.»

«Wer?»

«Die Polizei, die dunklen Typen … Was weiß ich. Aber die Antworten warten auf mich auf einem USB-Stick in Wrocław.»

«Wo?»

«Das ist egal. Ich muss zum Auto kommen, ohne dass sie mich bemerken.»

Er schüttelte den Kopf. Das reichte schon, um mich darin zu bestärken, dass es einfach unmöglich war. Mir war es noch nicht einmal gelungen, vor einem Buskontrolleur zu flüchten, wie also vor der Polizei?

Ich hatte bisher ja auch nie einen Anlass dazu gehabt. Es war sinnlos, mir vorzumachen, dass der erste Versuch nicht zugleich der letzte war.

Was blieb mir? Na ja, ich hatte ein paar Sachen zum Anziehen und Geld, letztendlich würde ich auch ohne Auto klarkommen.

Ich musste nur unbemerkt das Hotel verlassen. Wenn diese Polizisten das erste Mal hier waren, konnten sie nicht wissen, dass man das Hotel nicht nur vorne durch den Hauptausgang, sondern auch durch den Hinterausgang des Gebäudekomplexes verlassen konnte, wo sich das Schwimmbecken befand und ein Stück weiter dahinter die Tennisplätze und der Wald.

Sie waren allein gekommen, es war niemand sonst da. Oder schien mir das nur so? Vielleicht sollte es mir so erscheinen.

«Was hast du vor?», fragte mein Vater.

«Ich weiß es nicht.»

«Vielleicht solltest du mit ihnen ...»

«Die Frage erörtern, ob ich freiwillig mitkommen möchte?», fiel ich ihm ins Wort und trat zum Fenster. «Die wollen sicher über nichts anderes mit mir reden.»

Mein Vater hatte die Schwierigkeiten während des Kommunismus am eigenen Leib erfahren. Jeder hatte das, aber immerhin zeigte er ein eingeschränktes Vertrauen gegenüber staatlichen Organen.

Ich schielte zu den Polizisten hinüber. Sie saßen noch immer im Wagen und machten den Eindruck, als würden sie auf jemanden warten. Einen Moment lang hatte ich die irrationale Hoffnung, ein Junge mit Tennistasche würde aus dem Haupteingang kommen und zu dem schwarzen Opel gehen.

Eine irrationale Hoffnung. Diese beiden warteten auf mich. Oder auf ihre Genossen, die vermutlich schon auf dem Weg waren.

Ich musste mich entscheiden.

«Ich gehe hinten raus», sagte ich.

Mein Vater stellte sich neben mich und sah aus dem Fenster.

«Bist du sicher, dass das eine gute Idee ist?»

«Ich bin sicher, dass es das nicht ist. Aber was soll ich sonst machen?»

Er drehte sich zu mir.

«Vielleicht kann ich dir helfen.»

«Nein», antwortete ich sofort. «Du wirst ihnen nur zeigen, dass etwas nicht stimmt. Bleib im Zimmer.»

Eigentlich konnte ich ein kleines Ablenkungsmanöver gebrauchen, aber ich wollte nicht, dass mein Vater ein Risiko einging. Das hatte er schon oft genug getan. Und ich wusste nicht, was mit ihnen passieren würde, wenn ich nach Wrocław ging.

Falls ich ging.

Ich schaute mir die Beamten noch einen Moment lang an und hoffte, sie würden wenigstens die gewöhnlichste Sünde begehen, indem sie mich falsch einschätzten. Mich für einen Amateur hielten, der nicht einmal wusste, dass sie da waren.

Nein, ich brauchte mir nichts vorzumachen.

Ich nahm die Tasche, umarmte meinen Vater – wohl zum ersten Mal seit etwa fünfzehn Jahren. Ich versprach ihm, auf mich aufzupassen, obwohl das im Grunde nicht von mir abhing.

Dann ging ich den Korridor entlang zum Hinterausgang. Den Wald, der sich hinter dem Komplex hinzog, kannte ich nur grob, irgendwann war ich mal mit dem Fahrrad dort unterwegs gewesen. Aber ich wusste genau, dass sich sogar die Bewohner der umliegenden Dörfer im Dickicht verirren konnten.

Das hatte seine Vor- und Nachteile. Mit ein bisschen Glück konnte ich auf diese Weise fliehen. Hinter dem Wald befanden sich Niwki und ein Stück weiter Turawa, der lokale Magnet für alle, die im Sommer gerne Zeit am Wasser verbrachten.

Ich war überzeugt, dort irgendwo auf einen Zug nach Wrocław zu stoßen.

Ich musste nur aus dem Hotel rauskommen.

Am Hinterausgang hielt ich kurz an und blickte mich um. Soweit ich sehen konnte, bewachte niemand den Zugang. Vielleicht konnte ich von hier aus zur Schwimmhalle oder gleich zur Rückseite des Restaurants gelangen.

Das Gelände war eingezäunt, was ein kleines Problem darstellte. Wie viele Leute aus Opole hatte auch ich hier irgendwann mal Tennis gespielt. Der Ball war ein, zwei Mal über das Netz auf die andere Seite geflogen. Um den Zaun zu umgehen, musste ich am Waldrand entlanglaufen.

Ich verließ das Gebäude und schaute mich wachsam um. Vom Parkplatz aus konnte man mich nur kurz sehen, während ich vom Hotel zum Schwimmbad eilte. Als ich die Mauer erreichte, atmete ich kurz auf. Niemand hatte mich bemerkt. Und niemand wartete auf mich.

Zumindest hatte ich das gerade noch gedacht.

Als ich mich zum Wald wandte, hörte ich eine heisere, männliche Stimme.

«Immer mit der Ruhe, Werner.»

Ich blickte den wenige Meter entfernt stehenden uniformierten Polizisten an.

Also hielten sie mich nicht für einen kompletten Anfänger.

Ich erstarrte und wusste nicht, was ich tun sollte. Seine Hand lag auf dem offenen Pistolenholster. In seinen Augen nahm ich eine unausgesprochene Warnung wahr und spürte, wie mir heiß wurde.

Mir fiel kein Ausweg aus dieser Situation ein. Es war sinnlos, zu fliehen zu versuchen. Bestechung? Ich hatte nicht mal die Hälfte der Summe dabei, die ich dem Mann hätte geben müssen. Eine verzweifelte Attacke? Selbst wenn ich in Schlägereien geübt wäre, der Polizist würde seine Pistole ziehen.

Er schaute mich forschend an, unsicher, als erwartete er, dass ich etwas Unvernünftiges tun würde. Dazu hatte er jeden Grund. In dieser Sache hatte ich mich von Beginn an irrational verhalten.

«Keine abrupten Bewegungen», sagte er.

Speichel sammelte sich in meinem Mund, ich konnte ihn nicht schlucken. Ich stand wie vom Blitz getroffen da, konnte mich nicht rühren. Erst jetzt wurde mir klar, dass das tatsächlich das Ende war. Ich würde in ein kleines, fensterloses Zimmer gebracht und verhört werden und dann in Untersuchungshaft kommen.

Wäre ich nicht aus der Stadt geflüchtet, hätte ich sicherlich auf freiem Fuß bleiben und mich so vor Gericht verantworten können. Aber in dieser Situation würde die Polizei eine vorübergehende Inhaftierung beantragen. Und das Gericht nicht lange überlegen.

Die Situation war klar. Alle Beweise sprachen gegen mich, und ich hatte sie bestätigt, indem ich mich in einem Hotel außerhalb der Stadt versteckt hielt.

Ich machte also das Einzige, was ich konnte. Ich stellte die Tasche auf den Boden und hob die Hände.

«Das ist alles ein Missverständnis», sagte ich.

Der Mann schaute sich nervös um. Ich war kein Spezialist in Dienstgraden, aber zwei schräge Streifen auf der Schulterklappe bedeuteten keinen sonderlich hohen Rang. Trotzdem machte der Beamte den Eindruck, als sei er ein alter Hase.

Er schaute die Tasche an, dann mich.

«Heb sie auf», sagte er.

Hatte ich mich verhört? Dann begriff ich, dass etwas gar nicht stimmte. Der Polizist griff nicht nach dem Funkgerät, um seine Kollegen zu alarmieren, dass ich hatte fliehen wollen.

«Heb sie auf und verschwinde.»

Ich wusste nicht, was ich antworten sollte, und erst recht nicht, wie reagieren. Seinem aggressiven Ton entnahm ich, dass er die Pistole ziehen würde, sobald ich tat, was er mir befohlen hatte.

«Das habe ich nicht vor», antwortete ich. «Ich werde alles machen ...»

«Du verstehst mich nicht.»

Er kam einen Schritt näher und schaute sich noch einmal um.

«Du musst von hier verschwinden. Sofort.»

«Was soll das?», gab ich zurück.

«Mein Kommandant ist auf der anderen Seite, er wird gleich hier sein.»

Er schaute nervös zum Wald.

«Ach Scheiße, hau ab. Hände runter und weg!»

«Aber ...»

«Du hast keine Zeit!», unterbrach er mich und kam noch näher. Ich sah, dass er die Pistole gezogen hatte.

«Ich verstehe nicht, was ...»

«Du wirst noch alles verstehen, Werner», zischte der Polizist. «Jetzt musst du von hier verschwinden.»

Ich öffnete den Mund, um zu sagen, dass ich nicht einmal wusste, wohin ich fliehen sollte, aber der Polizist konnte offensichtlich Gedanken lesen.

«Die nächste Bahnhaltestelle ist in Dębska oder Chrząstowice. Weiß du, wo?»

Ich schaute auf sein Namensschild. J. Falkow. Was auch immer hier passierte, ich vermutete, dass ich mich an ihn erinnern sollte.

«Ja, ich glaub schon», stammelte ich. «Aber ich habe eigentlich vor ...»

«Was, in die andere Richtung gehen und dich im Wald verlaufen?»

Er schüttelte den Kopf, und so viel reichte mir, zuzugeben, dass meine Idee nicht die allerbeste gewesen war. Ich erinnerte mich, dass eine Bahnlinie durch den Turawa-Wald verlief, aber in der Nähe gab es wahrscheinlich keine Haltestelle. Vielleicht sollte ich tatsächlich zu einer der beiden auf der anderen Seite gehen.

Aber wieso hatte ich überhaupt die Wahl?

Ich schaute Falkow an, und der zeigte mir mit einer nervösen Geste die Richtung.

«Hau ab, Werner. Solange du noch kannst.»

Einfach so zu gehen kam für mich nicht in Frage. Nicht, wenn ich schon einem Menschen begegnet war, der offensichtlich mit dem, was passiert war, in Verbindung stand. Ich wusste, dass die Zeit drängte, aber ich konnte mir nicht leisten, diese Gelegenheit verstreichen zu lassen.

«Erklär mir erst, was hier los ist. Und wer du bist.»

«Du hast keine Zeit.»

«Tja.»

«Aber jetzt verschwindest du von hier, oder ...»

Er unterbrach sich, als aus der Ferne ein leiser Ruf kam.

«Das ist mein Vorgesetzter», sagte Falkow. «Weißt du, was passiert, wenn er herkommt?»

«Weich mir nicht aus. Ich will wissen, was das alles zu bedeuten hat, verdammt noch mal. Wer hat Blitzer umgebracht? Und was ist mit Ewa?»

Der Beamte fluchte und runzelte die Stirn. Er warf mir einen feindlichen, fast hasserfüllten Blick zu.

«Ich hab gesagt, dass du noch alles erfahren wirst.»

«Ich will aber nicht warten.»

Wieder erscholl der Ruf. Ich wusste, dass Falkow antworten musste, damit er keinen Verdacht erregte. Tatsächlich rief er seinem Vorgesetzten zu, wo er sich befand. Mir wurde heiß. Erst jetzt wurde mir klar, dass ich nur einen kleinen Schritt davon entfernt war, gefasst zu werden.

«Du musst verschwinden.»

Er hatte recht. Zwar hatte ich hier die Gelegenheit, etwas Genaueres zu erfahren, aber noch immer war da die Chance, nach Wrocław zu fahren und die zweite Aufnahme anzuhören ...

Länger konnte ich nicht zögern. Ich schnappte die Tasche und drehte mich um.

«Vertraue niemandem», raunte Falkow mir hinterher, als ich mich in Bewegung setzte.

Ich stoppte und schaute ihn an.

«Niemandem.»

8

Der Abend brachte eine Verschnaufpause wie eine Abkühlung nach einem besonders heißen Tag. Ich setzte mich an den Computer und wusste, dass Werner mich gleich in seine Welt entführen würde. In der ich aufhören konnte, an die Wirklichkeit zu denken, in der ich funktionieren musste.

Ich las die Lokalnachrichten aus Opole. Er war nicht gefasst worden. Keine Seite erwähnte das Thema, und ein Polizeieinsatz wäre keinesfalls unerwähnt geblieben.

Früher hätte man das vielleicht unter den Teppich kehren können. Aber heute lief jeder mit einem Smartphone durch die Gegend und konnte alles dokumentieren.

Vielleicht wäre aber auch die Polizei selbst damit an die Öffentlichkeit gegangen. Der Mord an Blicki hatte in der Lokalpresse für viel Wirbel gesorgt, und das Polizeipräsidium wäre froh gewesen, etwas Konkretes präsentieren zu können.

Wern war es irgendwie gelungen, ihnen zu entkommen. Da war ich mir sicher.

Nein, war ich nicht. Ich wollte aber, dass es so war.

Besonders, nachdem ich Robert mit viel Aufwand davon überzeugt hatte, dass nichts Verwerfliches daran war, zu ungewöhnlicher Zeit allein in meinem Zimmer zu sitzen. Ich erinnerte mich nicht mehr genau, was ich zu Kliza am Telefon gesagt hatte, ich wusste auch nicht, wie viel er gehört hatte. Es war nicht leicht, mir ein Märchen aus den Fingern zu saugen, das er schlucken würde.

Aber es gelang mir. Ich überzeugte Robert davon, dass das Gespräch nichts mit dem Fall zu tun hatte. Ganz im Gegenteil: Ich verknüpfte es mit einem älteren Fall, an dem Glazur – der Hacker, den Robert vor einer Weile gefeuert hatte – dran gewesen war.

In meinem Szenario wollte der Ehemann einer Klientin, die uns mit der Suche nach kompromittierendem Material beauftragt hatte, an Glazur Rache nehmen. Ich lavierte ein wenig, konnte das aber dadurch erklären, dass ich mich verantwortlich fühlte. Hätten wir ihn nicht entlassen, stünde er schließlich unter unserem Schutz. Denn eines konnten wir immer garantieren: die Sicherheit unserer Mitarbeiter.

Das hatte mit Roberts zweiter, weniger offiziellen Tätigkeit zu tun. Er vermischte beide Welten häufig miteinander, und für gewöhnlich profitierten beide davon. Gelegentlich führte es zu Komplikationen, doch angesichts jahrelanger erfolgreicher Praxis handelte es sich dabei um Ausnahmen, die die Wirksamkeit der Regel nur bestätigten.

Schließlich schlug ich vor, Kliza anzurufen und zu prüfen, ob ich die Wahrheit sagte. Robert signalisierte seine Bereitschaft, aber ich wusste, dass er mich nur testete. Er hatte nicht vor, sie oder sonst wen anzurufen.

Ich war in Sicherheit. Zumindest für den Augenblick.

Mit einem Glas Prosecco in der Hand loggte ich mich ein und verschickte den Aktivierungscode. Mir wurde immer wärmer, und zwar nicht wegen des Alkohols. Nervös erwartete ich die ersehnte Textzeile auf dem Bildschirm. Sie würde mich an einen anderen Ort beamen. Worte waren machtvoll, sie schufen Wirklichkeiten. Zumal ich in einer Welt lebte, die arm an Worten war. Und reich an Fäusten.

Ich schaukelte leicht vor und zurück, nahm einen Schluck. Ich begann das Glas auf dem Tisch hin und her zu drehen, und mir wurde bewusst, dass sich so ein Junkie verhält, der auf seinen Stoff wartet. Sollte ich in die nächste Abhängigkeit geraten sein?

Bevor ich mir eine Antwort geben konnte, loggte sich Damian ein. Ich atmete auf, weil ich jetzt wusste, dass er entkommen war.

[Wern] Ist das unsere feste Zeit?
[Kas] Ja.
[Wern] Wann haben wir sie festgelegt?
[Kas] Beim ersten Gespräch.
[Wern] Kann mich nicht erinnern, dass mich jemand gefragt hat.
[Kas] Weil du nichts zu melden hattest.

So wie ich, fügte ich in Gedanken hinzu. Robert gab immer sehr präzise an, wann ich oben den Computer nutzen, wann ich mit ihm Serien schauen und wann ich die Terrasse betreten durfte.

Ich hielt unsere Sprache immer für reicher als die der Engländer und Amerikaner, aber was die Bezeichnung *Freak* anging, zog ich vor ihnen den Hut. Es klang viel geschmeidiger als unsere Wörter dafür, wie Besessener, Fanatiker oder Eiferer. Keines davon traf den Kern. Sie kamen dem *Clou* des Ganzen nicht einmal nahe. Und der bestand darin, dass der *Freak* im Grunde wahnsinnig war.

[Wern] Wahrscheinlich muss ich mich sowieso freuen, dass du mich in deinem Tagesplan berücksichtigst.
[Kas] Vielleicht.
[Wern] Du bist bestimmt wie all die anderen, die eine eigene Firma leiten. Du arbeitest vierundzwanzig Stunden am Tag. Wahrscheinlich sitzt du jetzt im Kostüm in irgendeinem Büro mit Glaswänden.

[Kas] Warum bist du dir so sicher, dass ich nicht
mit dem Laptop auf dem Schoß im Badezimmer
sitze?

Ich hatte lange auf die Gelegenheit gewartet, das zu schreiben. Ich starrte auf den Bildschirm, aber es kam keine Antwort. Meine Schlagfertigkeit musste Damian trotzdem zumindest ein leichtes Lächeln entlockt haben.

Erst nach einer Weile erschien die nächste Nachricht.

[Wern] Danke.

[Kas] Für die Vision?

[Wern] Nein, für den Wink. Ohne ihn wüsste ich nicht, wie sehr ich verschissen habe.

[Kas] Hast du?

[Wern] Du weißt gar nicht, wie.

Automatisch nahm ich den nächsten Schluck. Die Bewegung natürlich, unbewusst. Trinken war für mich so normal wie atmen.

[Kas] Wie bist du entkommen?

[Wern] Mit Raffinesse, Gerissenheit und einem Geistesblitz.

[Kas] Also Glück gehabt?

[Wern] Nicht ganz. Jemand hat mir geholfen.

[Kas] Wer?

Die Antwort ließ zu lange auf sich warten. Entweder stimmte was nicht, oder Werner überlegte, ob er mir vertrauen konnte.

Nach einer Weile wurde mir klar, dass ich noch lange auf eine Antwort warten konnte. Wer hatte ihm da geholfen? Die Informationen, die Kliza gesammelt hatte, ergaben das Bild eines Menschen, der sich nur auf sich selbst verließ.

Irgendwann hatte er sich in den Kokon seiner einsamen Existenz – oder was er dafür hielt – zurückgezogen. Nach dem Verlust von Ewa ließ er keinen an sich heran und entfernte sich von allen. Ich konnte mir kaum vorstellen, dass irgendwer so viel Vertrauen zu ihm hatte, dass er ihn in einer Krisensituation gegen die Polizei unterstützte.

Ich sah noch kurz auf den leeren Bildschirm.

[Kas] Noch da?
[Wern] Ja.
[Kas] Ich hab gefragt, wer dir geholfen hat.
[Wern] Weiß ich selbst nicht.
[Kas] Versteh ich nicht.
[Wern] Das ist normal für Leute wie dich.

Ich hob die Augenbrauen.

[Kas] Was meinst du damit?
[Wern] Dass du in einer reichen Familie aufgewachsen bist, du hast das Leben im Prinzip fertig serviert bekommen. Wir anderen mussten uns von Anfang an durchkämpfen.

Mir war nicht ganz klar, worauf er hinauswollte. Ich wartete auf mehr, aber wieder antwortete er nicht.

[Kas] Meinst du was Konkretes?
[Wern] Nur, dass du gewisse Dinge nicht verstehst.
[Kas] Du willst das Thema wechseln?
[Wern] Eigentlich schon.

Ich fluchte leise.

[Kas] Wenn schon jemandem vertrauen, dann eigentlich mir, Werner. Das ist dir klar, ja?
[Wern] Du hast mir den Nick «Wern» gegeben. Da brauchst du eigentlich kein Vertrauen zu erwarten.
[Kas] Ich meine es ernst.
[Wern] Ich auch.

Ich schüttelte den Kopf. Kurz dachte ich darüber nach, ob es noch einen Weg gab, das herauszufinden. Ich konnte auf die Mitarbeiter von RI zurückgreifen, aber dann würde sich auch Robert dafür interessieren.

[Kas] Wo bist du?

[Wern] Auf dem Weg nach Wrocław.

[Kas] Und schreibst vom Laptop? Hast du nicht gelesen, dass jeder vierte Autounfall in Polen dadurch verursacht wird, dass die Leute am Steuer SMS schreiben?

[Wern] Ich schreibe ja keine SMS.

[Kas] Stimmt.

[Wern] Außerdem sitze ich im Zug. Es ist gar nicht so schlecht, mit W-LAN und ohne Leute, die weiche Eier in sich hineinstopfen. Meine hab ich vorher schon eingebüßt.

[Kas] Was machst du in Wrocław?

[Wern] Dort warten ein paar Antworten auf mich.

Ich beugte mich weiter vor zum Bildschirm.

[Kas] Und was machst du, wenn du sie kennst?

[Wern] Die Person finden, die sie für mich hinterlassen hat.

[Kas] Du denkst immer noch, dass sie lebt.

[Wern] Du ja auch.

[Kas] Warum bist du dir so sicher?

[Wern] Sonst würdest du mir nicht helfen. Du würdest sagen, die Sache sei beendet und Reimann Investigations habe den Auftrag erfüllt.

[Kas] Du hältst mein Interesse für rein beruflich.

[Wern] Ist es das nicht?

[Kas] Vielleicht ist es mein neues Hobby?

[Wern] Vielleicht. Vielleicht hast du mich auch nur gern.

[Kas] So weit würde ich nicht gehen.

Erst nach einer Weile merkte ich, dass ich den weißen Buchstaben, die auf dem schwarzen Bildschirm auftauchten und wieder verschwanden, zulächelte. Ich fühlte mich wie ein Mädchen, für das sich endlich der süßeste Junge der Schule interessierte.

> [Wern] Ich muss Schluss machen. Wenn ich mehr weiß, melde ich mich.
>
> [Kas] Alles klar. Sei vorsichtig.
>
> [Wern] Bestimmt.

Ich saß noch eine Weile still da, nachdem er sich ausgeloggt hatte, und dachte nach, warum wir beide das eigentlich machten. Eigentlich brauchte er mich jetzt nicht. Vielleicht hatte auch sein Helfer ihm geraten, sich von mir fernzuhalten.

Mein Image war nicht besonders. Die öffentliche Kasandra Reimann erinnerte nur entfernt an diejenige, die Robert und Wojtek kannten. Für die Außenwelt war ich ein kalter Snob, an dem alles abprallte und der Geld spendete, um sein öffentliches Bild etwas aufzupolieren.

Mag sein, dass jemand, der mit Ewas Verschwinden befasst war, die Information gefunden hatte, dass Reimann Investigations den Fall untersuchte. Er oder sie konnte Damian geraten haben, sich von uns fernzuhalten.

Ich holte tief Luft und nahm mein Telefon. Höchste Zeit, selbst etwas in Erfahrung zu bringen.

Jola nahm nach dem zweiten Piepton ab.

«Ich hab's schon gesehen», sagte sie hastig.

«Was hast du gesehen?»

«Was in den Lokalnachrichten los ist.»

Ich hatte keine Ahnung, was sie meinte. Schnell öffnete ich ein lokales Portal und sah mir die Startseite an. Die Polizei hatte sich offiziell zu der Leiche geäußert, die angeblich auf der Insel Bolko aufgetaucht war. Fremdverschulden wurde ausgeschlossen.

Ewa sollte Selbstmord begangen haben. Man äußerte sich nicht zu Details, aber ein Polizeisprecher ließ keinen Zweifel daran, dass der Fall als Selbsttötung qualifiziert würde.

«Aber mir scheint, du rufst nicht deshalb an», bemerkte Kliza.

«Nein», gab ich zu.

«Gut, denn ich will nicht darüber reden.»

Kein Wunder. Ob Werner die Nachricht wohl schon gesehen hatte? Wenn ja, würde das nichts ändern. Für ihn wären das die nächsten Fake News.

«Ich brauche Zugang zu deinem MEPI im Präsidium», sagte ich.

«Ausgeschlossen.»

«Ich werde das keinem ...»

«Mir ist egal, ob du das für dich behältst. Solche Dinge bleiben unter Verschluss, und Ende.»

Ich presste die Lippen zusammen und fühlte Zorn in mir aufsteigen. Vielleicht war es an der Zeit, mich von der Seite zu zeigen, die die Außenwelt an mir wahrnahm, wahrnehmen wollte.

«Dann wirst du mir anders helfen», erklärte ich. «Du rufst diesen Menschen an und fragst, wie Werner es geschafft hat, der Polizei vor der Nase zu entwischen.»

Kliza sagte nichts.

«Und du gibst keine Ruhe, bis du die Antwort hast», fügte ich hinzu, als wäre ich noch immer ihre Vorgesetzte. «Verstanden?»

Sie hüstelte unsicher.

«Hab ich schon gemacht», räumte sie ein.

«Umso besser.»

«Aber der MEPI hat keinen Schimmer, wie Werner das geschafft hat. Er meint, alle Ausgänge seien umstellt gewesen. Sie haben den alten Werner verhört, aber der behauptet, seinen Sohn nicht gesehen zu haben. Als er ins Hotel kam, sei der Junge schon weg gewesen.»

Ich fuhr mir mit der Hand durchs Haar und schob den Pony zur Seite.

«Was war da los, Kliza?»

«Das weiß ich nicht», erwiderte sie.

Wir schwiegen, weil uns beiden nichts einfiel, was wir noch hätten sagen können. Weitere Fragen zu stellen schien sinnlos und deprimierend.

«Dafür weiß ich, dass das, was wir in dieser Sache herausgefunden haben, nur die Spitze des Eisbergs ist», fügte sie hinzu. «Dass alles viel komplizierter ist, als wir dachten.»

9

Vertraue niemandem. Diese zwei Worte hallten wie ein Echo in meinem Kopf, als ich am Bahnhof in Wrocław aus dem Zug stieg. Wieder hatte ich den Eindruck, dass mich alle anstarrten, was die Worte von Falkow noch eindringlicher machte.

Vielleicht hatte er recht, vielleicht auch nicht. Aber er hatte mich aus einer ausweglosen Situation gerettet. Hatte er eine geheime Motivation? Gut möglich.

Bald würde ich vermutlich alles erfahren. Als ich Richtung Marktplatz ging, dachte ich darüber nach, was die Polizei in Opole vor kurzem öffentlich gemacht hatte: Beamte waren in einen Fall verwickelt.

Die Frau, deren Leichnam man gefunden hatte, konnte nicht Ewa sein. Selbstmord kam nicht in Frage, das ergab überhaupt keinen Sinn. Noch vor ein paar Jahren hätte ich mir einreden können, dass man die Untersuchung vermasselt hatte. Doch jetzt war es nicht mehr so einfach wie früher, die Kriminaltechniker in die Irre zu führen.

Niemand hatte die Ermittlungen manipuliert. Die Polizei hatte selbst ihre Finger im Spiel, und vermutlich umfasste die Verschwörung mehr Personen als bisher gedacht. Zumindest schien der vorgetäuschte Selbstmord eines völlig unschuldigen Mädchens diese Hypothese zu bestätigen.

Bis zum Solny-Platz lief ich fast eine Stunde. Ich wusste genau, dass ich zum *Guinness* musste. Diesen Pub hatte Ewa gemeint. Von dort hatte sie mich weggebracht, nachdem ich mich so besoffen hatte, als wäre ich nach einer mehrjährigen Mission im Weltall zur Erde zurückgekehrt und hätte die Fähigkeit verloren, mit der Schwerkraft klarzukommen. Ich war definitiv schwerelos gewesen.

Ich betrat den Pub, der mit seinem Inselklima an den *Highlander* erinnerte. In gewissem Sinn schloss sich hier die Geschichte zu einem Kreis, obwohl ich nicht glaubte, dass Ewa es auf diese Symbolik abgesehen hatte.

Ich grinste einen der Angestellten an und ging zur Bar. Ich überlegte, wie ich das Gespräch eröffnen konnte. Mir schien es am einfachsten, erst einmal in die Karte zu schauen.

Ich überflog die Drinks. Für Blitzer wäre das hier das Paradies gewesen: Come As You Are, Du Hast, Ace Of Spades, Highway To Hell ...

«Ein grünes Bier, bitte», sagte ich.

«Welches?»

«Egal.»

Der Barkeeper zapfte mir ein Leżajsko vom Fass, mixte es mit grünem Saft und stellte den beschlagenen Krug vor mich hin. Ich wollte nicht alles trinken, ich musste nüchtern bleiben. Doch nach dem ersten Schluck änderte ich meine Meinung.

Ich schaute mir den Mann an, als er die Bestellungen der anderen Gäste entgegennahm. War er es, den Ewa ausgewählt hatte, um mir den USB-Stick zu übergeben? Aber wenn, warum gerade er?

Nein, sicher arbeiteten hier zu viele Personen, als dass ich sofort an den geraten würde, mit dem sich meine Verlobte abgesprochen hatte.

Ich räusperte mich, um die Aufmerksamkeit des Kellners auf mich zu ziehen. Er schaute mich an, dann den Bierkrug und schaute weg, weil er meinte, das Räuspern hätte nichts zu bedeuten. Als ich es wiederholte, überlegte er es sich anders und kam zu mir herüber.

«Ich bin eigentlich nicht zum Trinken hergekommen.»

«In dem Fall empfehle ich Shepherd's Pie, einen Lammeintopf.»

«Ich bin auch nicht zum Essen hergekommen.»

Fragend zog er die Augenbrauen hoch.

«Hier soll jemand einen USB-Stick für mich abgegeben haben.»

Trotz der Musik aus den Lautsprechern hatte ich den Eindruck, als verstummten plötzlich alle Geräusche. Ich schaute den Kellner an und er mich. Wir maßen uns mit Blicken wie kurz vor einer Konfrontation.

«Damian?», fragte er schließlich.

Ein heißer Schauer lief mir über den Rücken.

«Ja.»

«Sie kommen spät.»

Ich musste wohl mitspielen.

«Ich konnte nicht früher.»

«Na ja. Aber der Stick ist gesund und munter und wartet auf Sie.»

«Wunderbar.»

Der Barmann verschwand für einen Moment hinter der Bar. Er bückte sich und holte unter der Theke etwas hervor. Ein paar Gäste wurden ungeduldig, weil sie etwas bestellen wollten, und ich erinnerte mich, dass ich mich während meiner Zeit im *Highlander* immer über die Gäste geärgert hatte, die abends an den Wochenenden zu mir kamen, nur um ihr Telefon aufzuladen. Weil es ein Notfall war. Weil es gleich ausgehen würde. In der Zwischenzeit warteten andere Gäste auf ihre Drinks. Normalerweise eher ungeduldig.

Diesmal war ich ein solcher Quälgeist. Aber ich hatte nicht vor, mich so schnell geschlagen zu geben.

Der Barkeeper kam mit einem USB-Stick mit Spider-Man-Bild zurück. Ich konnte mir ein kleines Lächeln nicht verkneifen.

«Dann ist es also wichtig?», fragte der Mann, als er meine Reaktion sah.

Er legte den Stick auf die Theke. Ich starrte die Spinne an und hatte plötzlich Angst, ihn in die Hand zu nehmen, als könnte das, was sich darauf befand, verschwinden. Ich hob den Blick.

«Sehr wichtig.»

Er schwieg, was mich annehmen ließ, dass sie ihn nicht an einen Computer angeschlossen und entdeckt hatten, dass ein Passwort erforderlich war. Eine gute Entscheidung. Der USB-Stick konnte schließlich einen Virus enthalten.

Der Barkeeper wollte sich gerade wieder entfernen, aber ich hielt ihn mit einem Blick zurück.

«Wer hat ihn hinterlegt?», fragte ich.

«Ein Mann.»

«Ein Mann?»

Ich fühlte mich wie ein Idiot, weil ich das so nachplapperte. Aber der Barkeeper schüttelte den Kopf, als wäre er vertraut mit Leuten, die nicht ganz zurechnungsfähig waren.

«Wie sah er aus?», fragte ich.

«Weiß ich nicht, ich war nicht da.»

«Kommt der Typ häufiger vorbei?»

«Nein, seither ist er nicht mehr hier aufgetaucht. Aber ich muss jetzt ...»

«Nur noch einen Moment», fiel ich ihm fast flehend ins Wort.

Er schaute zu den ungeduldigen Gästen hinüber, und ich fand es an der Zeit, mich auf seine Solidarität zu berufen. Ich musste mich nur glaubwürdig als Kollege vom Fach präsentieren.

«Entschuldige, dass ich keiner von denen bin, die einen klaren Wodka ohne Eis in einem großen Glas und dazu Mineralwasser bestellen», sagte ich.

Er runzelte die Stirn.

«Ich hab auch mal in einer Bar gearbeitet», sagte ich. «Und an solchen Abenden kommt immer irgendein Alkoholiker, der seit Jahren nicht getrunken hat und es in dieser Nacht nicht mehr aushält. Und der die ganze Nacht lang wortlos seine beiden Gläser austrinkt und sich nicht mehr rührt.»

Der Typ lächelte leicht, weil er offensichtlich zu schätzen wusste, dass ich mich offen als eine dieser Nervensägen zu erkennen gab.

«Warte kurz», sagte er und ging los, um ein paar Bestellungen entgegenzunehmen.

Ich starrte auf den USB-Stick. Eigentlich wollte ich ihn sofort an meinen Laptop anschließen, das Passwort eingeben und hören, was Ewa mir zu sagen hatte. Andererseits hatte ich jetzt die Gelegenheit, zu erfahren, wer den Stick hinterlegt hatte. Und das sollte ich nutzen.

Nach einer Weile kam der Mann zurück. Er lehnte sich an die Theke und schaute mich misstrauisch an.

«Um was geht es dir bei diesem Stick?», fragte er.

«Gute Frage.»

Er sah etwas verlegen aus, also lächelte ich schnell und beendete das Thema mit einer Handbewegung.

«Das ist eine Nachricht von einer Frau», erklärte ich. «Das Problem ist nur, dass ich nicht weiß, wer sie für mich dagelassen hat.»

«Komisch.»

«Aber nicht schlimm. Im Grunde ist es nur ein harmloser Spaß.»

Nichts war weiter entfernt von der Wahrheit, mir schien allerdings, dass der Barkeeper das nicht bemerkte. Und glücklicherweise hatte er beschlossen, sich nicht einzumischen, weil er wusste, dass er nicht viel Zeit hatte, um mit mir zu reden.

«Ich brauche einen kleinen Vorsprung», fügte ich hinzu. «Deshalb die Frage, wer den Stick hergebracht hat.»

«Aha.»

«Wie sah er aus?»

«Weiß ich nicht. Ich hab ihn nicht gesehen.»

Ich schaute mich nach den anderen Mitarbeitern um, aber alle waren an den Tischen beschäftigt, an denen lachende, angeheiterte junge Leuten saßen.

Wrocław war sicherlich die intellektuellste Stadt in Polen. Wenn sich jemand davon überzeugen wollte, musste er nur am Wochenende in irgendeinen Pub gehen.

«Arbeitet derjenige, der den Stick entgegengenommen hat, heute nicht?»

«Nein.»

«Könntest du mir die Telefonnummer geben?»

«Schau mal ...»

«Das ist echt wichtig. Spaß ist das eine, aber mir liegt wirklich etwas an dieser Frau.»

Er seufzte tief.

«Ach, weiß nicht ...»

«Du würdest mir wahnsinnig helfen.»

Er überlegte noch ein wenig, bis er schließlich nachgab. Wahrscheinlich nur deshalb, weil es sich um einen Kellner, nicht um eine Kellnerin handelte. Die Nummer einer Frau zu bekommen wäre zweifellos schwieriger gewesen.

Ich dankte ihm und nahm noch einen Schluck Bier. Ich spürte einen leicht synthetischen Nachgeschmack, aber vielleicht kam mir das nur so vor. Dann legte ich einen Zwanzig-Złoty-Schein auf den Tisch.

«Danke», wiederholte ich und steckte den USB-Stick und das Kärtchen mit der Telefonnummer in die Tasche.

«Schon gut.»

«Sag mir nur noch ... Wann hat der Typ den Stick gebracht?»

Der Barkeeper kratzte sich am Ohr und dachte einen Moment

nach. Er verzog das Gesicht, als müsste er sich sehr anstrengen, diese Information in seinem Gedächtnis zu finden. Es wunderte mich nicht. An solchen Orten kamen und gingen so viele Leute, passierte so viel, hörte man so viele Gespräche, dass sich alles vermischte.

Und trotzdem gab es Gäste, die nur jedes Vierteljahr einmal kamen, «wie immer» bestellten und erwarteten, dass die Angestellten sich erinnerten.

«Weiß nicht mehr», antwortete er schließlich. «Vor einer Woche, vielleicht zwei?»

Ich schluckte schwer. Wen auch immer Ewa geschickt hatte, sie hatte es vor noch nicht allzu langer Zeit getan. Ich hatte den trügerischen Eindruck, mich ihr auf Armlänge genähert zu haben.

Vielleicht war der Eindruck gar nicht so trügerisch?

Ich zog mich in die Gegend beim Renoma zurück und sah mich nach einem Hotel um. In der Ulica Podwale stieß ich auf eine Bleibe mit einem vielversprechenden Namen. Das *Incepcja* stellte sich als kleines Hostel heraus und hatte alles, was ich brauchte.

Mein Zimmer entsprach von der Größe her einem durchschnittlichen Studentenzimmer. Ich schloss die Tür ab und legte mich mit dem Laptop aufs Bett. Dann steckte ich den USB-Stick in den Port und holte tief Luft.

Es erschien ein Fenster für das Passwort. Ich schrieb «Rosabelle» hinein.

Mir war, als enthülle sich etwas vor mir, das ebenso gut das größte Geheimnis des Universums hätte sein können. Ich schaute mir die AAC-Datei an, auf der die Antworten auf mich warteten.

Sie hieß «Plastiktüten unter der Spüle».

Ich musste ein Weilchen experimentieren, um sie auf dem alten Laptop zu öffnen. Schließlich gelang es mir. Aus dem Lautsprecher drang Ewas Stimme.

Plastiktüten unter der Spüle

Manche Kinder können Jahre später sagen, dass das Einzige, was sie von ihren Eltern gelernt haben, ist, Plastiktüten unter der Spüle in der Küche aufzubewahren. Ich beneide diese Menschen.

Meine Eltern brachten mir viele Sachen bei. Sachen, die ich gar nicht können wollte.

Durch sie erfuhr ich, wie man das Gesetz umgehen kann, um keine Steuern zu zahlen. Wie man mit kleinen Finanzpyramiden die Herkunft von Geld verschleiert und wie sich die Pyramiden vom Ponzi-Schema unterscheiden. Ich lernte Spuren zu verwischen, Geld zu waschen, den Staat auszunutzen, um riesige Mehrwertsteuer-Summen zu erschleichen ...

Ich könnte noch ewig weiter darüber reden.

Sie brachten mir diese Dinge bei, ohne Rücksicht darauf, was es mit mir machte. Du musst wissen, dass ich ihnen, seit wir unsere gemeinsame Zukunft planten, klar zu verstehen gegeben habe, wie ich den Rest meines Lebens verbringen wollte. Mit dir, weit weg von alldem, womit sie sich beschäftigten.

Aber ihre Sünden wurden schließlich auch meine. Der Schatten ihrer Aktivitäten fiel auf mich. Und leider auch auf dich, obwohl ich alles getan habe, um das zu verhindern.

Schon vor dem Unfall hatte ich mich längst von meinen Eltern gelöst.

Ich benutze dieses Wort «Unfall», aber wie du schon weißt, hatte all das nichts mit einer unglücklichen Fügung zu tun. Ihr Tod wurde geplant, kaltblütig ausgeführt und dann unter den Teppich gekehrt.

Bevor es dazu kam, habe ich meinem Vater gesagt, dass ich seine Kanzlei nicht übernehmen würde. Ich wollte nichts damit zu tun haben. Auch nichts mit meinen Eltern. Trotzdem war es für mich wichtig, dass wir irgendwie den Schein wahrten.

Für dich, für deine Eltern. Vielleicht gewissermaßen auch für mich. Ich weiß nicht, was mich dazu trieb. Vielleicht glaubte ich nicht, dass diese Fassade, die ich mein ganzes Leben lang aufrechterhalten hatte, eines Tages einfach zusammenbrechen würde.

Ich wollte, dass wir anders sein würden als meine Eltern. Ich wollte für uns eine normale, glückliche Beziehung. Kinder und ein ruhiges, bedächtiges, komfortables Leben.

Ich weiß nicht, warum ich mich der Illusion hingab, das sei möglich.

Vielleicht deshalb, weil meine Eltern schließlich ernüchtert wurden. Doch sie wurden es zu spät, es ließ sich nichts mehr ändern.

Mein Vater arbeitete für eine kriminelle Verbrecherorganisation, die vor allem in Niederschlesien aktiv war. An ihrer Spitze stand ein Typ, den alle nur Kajman nannten. Das passte ziemlich gut, weil er an ein mächtiges Reptil erinnerte.

Er zahlte der Kanzlei meines Vaters ziemlich viel, und nur ein kleiner Teil davon wurde versteuert. Jahrelang hatte mein Vater keinen Grund, zu klagen. Er verdiente mehr, als er ausgeben konnte, eigentlich hatte er keinen Kontakt zu Kajmans Umfeld, und das Schmiergeld, das er einigen Beamten zahlte, garantierte ihm Sicherheit.

Zumindest kam ihm das so vor.

Ich bin mir sicher: Wenn das *Centralne Biuro Antykorupcyjne* ihm nicht auf die Spur gekommen wäre, würde mein Vater heute noch das Gleiche tun wie zu Kajmans Glanzzeiten. Und ich wäre noch immer in Opole, es wäre nie zu dem Ereignis an der Młynówka gekommen, und inzwischen würden wir uns mit einer Schar Kinder herumschlagen.

Aber der Reihe nach.

Die Agenten des Zentralen Antikorruptionsbüros kamen nur

deshalb hinter die Schmiergelder, weil einer von ihnen anfing zu übertreiben. Er hatte eine relativ unbedeutende Stelle im Finanzamt, verdiente nicht viel mehr als Landesdurchschnitt, aber erlaubte sich trotzdem ein paarmal Sachen, die er sich eigentlich nicht hätte leisten können.

Das weckte den typischen Neid unter seinen Kollegen. Und schließlich führte es zu Argwohn. Die Anzeige eines unfreundlichen Kollegen reichte aus, dass sich das Antikorruptionsbüro für jenen Beamten interessierte.

Das Büro plante, den Beamten auf nicht ganz legale Weise zu provozieren. Sie machten das so geschickt, dass der Arme nicht einmal kapierte, von wem das unmoralische Angebot eigentlich stammte. Als er sich einverstanden erklärte, bei einer kleinen Regelwidrigkeit ein Auge zuzudrücken, und dafür ein Geschenk von mehreren tausend Złoty annahm, traten die Agenten auf den Plan.

Der Typ zerbrach schnell. Er zeigte mit dem Finger direkt auf Kajman, eine Person, die dem Büro schon vorher aufgefallen war. Es wurden alle Schnittstellen zwischen Kajman und dem Beamten analysiert, und sie wiesen zu einer Kanzlei, die sowohl dem einen als auch dem anderen geholfen hatte.

Ich muss dir wohl nicht sagen, dass sie meinem Vater gehörte.

Die Agenten des Antikorruptionsbüros hätten morgens bei ihm klopfen und ihn mit Gewalt aus dem Haus holen können. Sie wollten aber kein Gerede, sondern den fassen, der den Köder ausgeworfen hatte. Dafür hätten sie meinen Vater unter Druck setzen können, aber sie waren schon so weit gekommen, dass sie sich zu diesem Zeitpunkt keine Verfahrensfehler leisten konnten.

Sie mussten vorschriftsgemäß handeln. Und zusammen mit dem Zentralen Ermittlungsbüro, denn die Angelegenheit erwies sich als umfassender, als sie anfangs angenommen hatten. Das vermeintlich harmlose Vergehen eines Beamten hatte sich plötzlich in eine ernsthafte Operation gegen das organisierte Verbrechen verwandelt.

Sie unterbreiteten meinem Vater also ein Angebot, das er nicht ablehnen konnte. Denn sie informierten ihn, dass ein Verfahren gegen Kajman lief und sie genügend Beweise hatten, um auch ihn zu belasten.

Er wusste, was das bedeutete. Er würde nicht nur hinter Gittern landen, sondern auch alles verlieren, was er sich die letzten Jahre über erarbeitet hatte. Egal, ob es aus legalen oder illegalen Quellen stammte.

Mein Vater dachte nicht lange darüber nach, ob er die Seite wechseln sollte. Beim zweiten oder dritten Treffen sicherte er seine Mitarbeit zu. Für Anwälte, die in die unterschiedlichsten Fälle involviert sind, lohnt es sich immer, solche Angebote zu akzeptieren. Sie kennen sich mit den Vorschriften und Verfahrensregeln hinreichend aus, um zu wissen, wann sie das sinkende Schiff verlassen müssen.

Allerdings bemerkte jemand, dass mein Vater sich klammheimlich ein Rettungsboot baute. Ich vermute, dass Kajman einen Spitzel bei der Polizei hatte, aber ich kann mich täuschen. Vielleicht hat sich mein Vater selbst ein Bein gestellt – beispielsweise, indem er noch mehr Geld auf ausländische Konten verschob, um einen Teil seiner illegalen Einnahmen in Sicherheit zu bringen.

Jedenfalls bekam Kajman Wind davon. Und er machte sofort das, was er am besten konnte.

Was war das Resultat? Du weißt es genau, denn du warst auf der Beerdigung. Du hast mich wochenlang getröstet und mir geholfen, diese schwierige Zeit zu überstehen. Ich war meinen Eltern niemals so nah wie du deinen. Aber sie waren immer noch meine Eltern.

Außerdem wurde mir klar, was tatsächlich passiert war. Und ich spürte, dass mir ebenso wie dir Gefahr drohte. Trotzdem konnte ich dir nicht davon erzählen.

Ich kenne dich, ich weiß genau, was du gesagt und wozu du mich überredet hättest. Du hättest nicht hingenommen, dass die Wahrheit unter den Teppich gekehrt wird.

Vielleicht würdest du es jetzt tun?

Jetzt bist du ein anderer Mensch, das Leben hat dir zugesetzt. Hauptsächlich meinetwegen, ich weiß. Meine Schuld lässt sich nicht leugnen, und diese Aufnahme ist kein Versuch, Absolution zu erlangen.

Ich will nur, dass du verstehst.

Ich erinnere mich noch, dass meine Eltern mir viel mehr beigebracht haben, als nur Plastiktüten unter dem Spülbecken aufzubewahren. Sie sind schuld an meinen Problemen. Und an deinen.

Ich wusste alles. Ich war in alles, was mein Vater tat, eingeweiht.

Ich schwor, dieses Wissen nie zu nutzen, und bestand darauf, nichts damit zu tun zu haben. Ich schwor mir, dass uns das alles niemals beeinträchtigen würde.

Zur Hälfte habe ich mein Wort gehalten. Leider nur zur Hälfte.

Meinst du, du kannst dir jetzt das Ende der Geschichte vorstellen?

Überleg noch mal. Wenn alles so offensichtlich wäre, hätte ich mir nicht so viel Mühe gegeben.

Aber das wirst du in der nächsten Aufnahme hören. Vertrau mir, ich habe einen guten Grund, dir jetzt nicht mehr zu sagen. Gedulde dich noch ein wenig.

Die Aufnahme wartet an einem anderen Ort auf dich. Dort, wo ich eigentlich nicht hinfahren wollte, aber für dich musste ich es tun.

Nicht weit von dem Ort entfernt, zu dem Blitzer uns geschleppt hat.

Du erinnerst dich sicher, dass ich nicht desertiert oder ins Koma gefallen bin. Ich sauste wie ein Luxtorpeda mit euch mit. Du musst auch sausen, denn in zwölf Stunden wird die Datei verschwinden.

Die Aufnahme endete, ich saß reglos da. Ich war so verwirrt, dass mein Verstand nicht wusste, wie er die Hinweise zusammensetzen sollte, die Ewa vor mir wie auf einem Teller angerichtet hatte. Ich weiß nicht, wie viel Zeit verging, bevor die richtigen Zahnrädchen in meinem Kopf zu arbeiten begannen.

Ich sah auf die Uhr, um zu prüfen, wann die Frist ablief, die Ewa gesetzt hatte.

Nein, das ist absurd, sagte ich mir. Sie konnte nicht wissen, wann ich die Datei öffnete. Die nächste würde nicht verschwinden, sondern dort auf mich warten, wo Ewa sie platziert hatte.

Aber wieso hatte sie es dann gesagt?

Obwohl sie eigentlich ihr ganzes wahres Leben vor mir verborgen hatte, vertraute ich ihr. Dass so viele Jahre vergangen waren, hatte keine Bedeutung, meine Gefühle waren nach wie vor da. Vielleicht sogar stärker als zuvor. Und deshalb glaubte ich ihr bedingungslos.

Denn hatte sie irgendeinen Grund, mich zu betrügen? Nach alldem? Und der ganzen Mühe, die sie sich mit der Aufnahme gemacht hatte?

Nein, sicher nicht. Ich hatte tatsächlich zwölf Stunden Zeit, die Datei zu finden. Die Datei, auf der sich die Antworten auf Fragen befanden, die mich seit zehn Jahren quälten.

10

Ich hatte zu Recht vermutet, dass Robert meine Telefonverbindungen prüfen würde. Er bestätigte das beim Abendessen, obwohl unser Sohn zuhörte. Diesmal hatte Wojtek keine Hausaufgaben und teilte seine ganze Aufmerksamkeit zwischen uns und seinen Kichererbsen-Nuggets. Er hätte sich ständig damit vollstopfen können, aber Robert machte sie nur zu besonderen Anlässen.

Mein Mann betrachtete mich argwöhnisch, seit wir Platz genommen hatten. Auf einen unbeteiligten Beobachter hätte das harmlos gewirkt. Ganz so, als würde der Küchenchef aufmerksam schauen, ob die von ihm bereiteten Speisen den versammelten Gästen auch mundeten. Mir kündigte dieser Blick eine weitere schlaflose Nacht an.

«Du sprichst in letzter Zeit ziemlich oft mit Kliza», warf er beiläufig ein.

Das reichte, um zu wissen, dass er meine Telefonrechnung überprüft hatte. Gott sei Dank war ich vorsichtig gewesen. Sonst hätte ich früher oder später Werner angerufen, und dann hätte ich ein echtes Problem gehabt.

«Obwohl sie nicht mehr bei uns arbeitet», fügte er hinzu.

Ich nickte und konzentrierte mich auf das Essen, als wäre das Thema nicht der Rede wert.

«Habt ihr euch angefreundet?»

«Nicht wirklich.»

«Warum dann all die Anrufe?»

«Ich sagte doch, dass wir Glazur ein bisschen helfen.»

«Ja, ja, stimmt ...»

Obwohl jedes Wort einen doppelten Boden hatte, war unser Ton freundschaftlich. Vielleicht gelang es uns gerade dadurch, unser Kind zu betrügen und ihm vorzumachen, es lebe in einer normalen, glücklichen Familie. Das war natürlich nicht richtig, aber gleichzeitig auch ... befriedigend. Es war Hingabe. Ich wäre bereit gewesen, noch viel tiefer zu sinken, um unser krankhaftes Verhalten von Wojtek fernzuhalten.

«Ich hab mich wegen Glazur schlaugemacht», bemerkte Robert. Ich sah kurz auf.

«Du hast gesagt, der Mann einer unserer Klientinnen bedroht ihn, weil Glazur kompromittierendes Material über ihn gesammelt hat.»

Dieser Euphemismus charakterisierte die Informationen, die wir für scheidungswillige Ehepartner zusammentrugen, nur unzureichend. Wir sammelten den schlimmsten Dreck, den wir nur ausgraben konnten.

Gerade in diesem Fall hatten wir wenig gefunden. Eigentlich hatte unsere Klientin viel mehr an außerehelichen Ausschweifungen vorzuweisen, auch wenn ihr Ehemann ebenfalls nicht ganz sauber war. Die Schuld lag wie immer bei beiden.

Vielleicht war das bei Robert und mir genauso? Vielleicht hatte ich mich selbst in die Lage manövriert, in der ich mich befand?

Ich zog es vor, nicht weiter darüber nachzudenken. Besonders jetzt, da Robert seinen anklagenden Blick auf mich gerichtet hielt.

«Das hattest du doch gesagt», fuhr er fort. «Oder bringe ich etwas durcheinander?»

«Nein, so war es.»

«Aber Glazur ist nicht in der Stadt.»

«Das habe ich überprüft», hätte er hinzufügen müssen. Er tat das bloß aus Rücksicht auf Wojtek nicht, den diese Worte hätten beunruhigen können.

«Wir dachten, es wäre das Beste, wenn er die Stadt verlässt.»

«Und wohin ist er gefahren?»

«Keine Ahnung, damit hat sich Kliza befasst.» Ich begab mich damit auf vermintes Gelände. Nach Jolas Anruf hatte ich mir eine Ausrede zurechtgelegt und sonst nichts. Das war keine gut durchdachte Lüge, die mir als Puffer dienen konnte. Im Gegenteil.

«Den Ehemann habe ich auch gecheckt.»

«Und?»

«Der sieht mir nicht so aus, als könnte er Glazur gefährlich werden.»

Noch so ein Euphemismus. Die beherrschte Robert genauso gut wie die verbalen Tiefschläge, wenn sich die Schlafzimmertür hinter uns schloss.

«Tja ...», begann ich und versuchte, mich weiter auf mein Essen zu konzentrieren, «du weißt ja, wie Glazur ist. Der hat Angst vor allem.»

«Nein, ich weiß nicht, wie er ist, ich kenne ihn nicht.»

«Ein ängstlicher Typ, außerdem ...»

«Ich würde ihn gern kennenlernen.»

«Tatsächlich?»

«Vielleicht würde es ihm besser gehen, wenn du ihn mal einladen würdest.»

Das war das Letzte, was Robert sich wünschte. Ab da wusste ich, dass jedes weitere Wort eine unausgesprochene Drohung war. Wir wechselten zivilisierte Sätze, aber eigentlich führten wir ein ganz anderes Gespräch.

«Ich weiß nicht, ob das so eine gute Idee ist», sagte ich. «Wir haben ihn schließlich entlassen.»

«Vielleicht hast du recht.»

Dann war Schluss. Zumindest in Bezug darauf, die Fassade aufrechtzuerhalten.

Als Wojtek ein paar Stunden später eingeschlafen war und ich mit meinem Buch im Bett lag, wusste ich, dass die wirklichen Vorwürfe erst jetzt auf mich niederprasseln würden. Ich bereitete mich vor, so gut ich konnte. Ich trug Roberts Lieblingsnegligé. Hatte sein bevorzugtes Parfüm auf die Innenseiten meiner Schenkel und zwischen den Brüsten aufgetragen. Trug das Haar, wie er es am liebsten hatte. Allerdings war mir klar, dass auch das nicht viel bringen würde.

Robert kam stinksauer ins Schlafzimmer. Er schlug die Tür zu, als wäre es ihm gleichgültig, dass er Wojtek wecken konnte.

Er war betrunken. Stärker als sonst.

Ich weiß nicht, wie lange er versucht hatte, seine Emotionen in den Griff zu kriegen. Sicher eine Weile, aber ich vermute, je mehr er trank, desto schwerer fiel ihm das.

Schweigend riss er die Decke vom Bett, dann gab er mir mit einer abrupten Handbewegung zu verstehen, dass ich aufstehen sollte. Er sagte kein Wort.

Ich stand unsicher auf und ging einen Schritt Richtung Wand. Wir standen uns gegenüber, das Bett zwischen uns. Wie zwei Boxer im Ring.

Noch zwei, drei Jahre zuvor hätte ich mir überlegt, wie ich da wieder rauskommen würde. Das war lange her. Viele blaue Flecken, Kratzer und Prellungen später wusste ich, dass ich absolut nichts tun konnte, um zu verhindern, dass Robert in Raserei geriet.

Er schwieg nur noch einen Moment lang.

«Du glaubst also, dass du mich einfach so verarschen kannst?»
«Nein.»

«Und du denkst, du kannst mir ins Gesicht lügen?»
«Robert ...»

«Wofür hältst du mich, hä? Für irgendeinen scheiß Vollidioten?»

«Das war alles ganz anders.»

Ich konnte alles abstreiten.

Beschwichtigen.

Ihn anflehen, mit Komplimenten überschütten, mit Liebes- und Treueschwüren. Aber das hätte das Unvermeidliche nur hinausgezögert.

«Betrügst du mich, du Hure?»

«Ich würde dich ...»

«Mit wem?!», schrie er und ging auf mich zu.

«Ich würde dich niemals betrügen.»

Die Worte kamen wie von selbst. Was machte es schon, dass sie sinnlos waren. Ich stürzte in den Abgrund und griff nach jedem Strohhalm, obwohl ich wusste, dass mich nichts mehr retten konnte.

«Unfassbar, dass du dachtest ...», er brach ab und lachte auf. «Verdammte Scheiße, wirklich. Wie konntest du denken, dass du was vor mir verbergen kannst? Nur noch Scheiße im Kopf. Aber damit ist Schluss, klar? Merk dir ein für alle Mal, dass du keine Geheimnisse vor mir hast. Auf dich fällt noch jeder rein, sogar du selbst. Aber ich nicht, scheiß Nutte.»

An dieser Stelle erwartete ich den ersten Schlag mit der flachen Hand. Der erste kam immer probehalber, als würde Robert testen, wie weit er gehen konnte.

Danach drehte er allmählich auf.

Diesmal war es anders.

Unvermittelt trat er mit voller Wucht gegen mein Knie. Ich ging mit einem Wimmern zu Boden und hielt mir automatisch die Hände vors Gesicht. Robert packte mich an den Schultern und schleuderte mich in die Mitte des Zimmers. Nachlässig, wie die Gepäckverlader am Flughafen die Koffer von einem Wagen auf den andern wuchteten.

Sofort war er wieder bei mir und trat mir in die Rippen, dann gegen das Becken. Ich konnte nicht reagieren. Selbst wenn ich etwas sagen oder seinen Fuß hätte greifen wollen, es ging alles zu schnell.

Er führte die Schläge schnell, präzise und mit der Sicherheit eines Wahnsinnigen aus.

Er sprang auf mich und schlug mir mit der Handfläche ins Gesicht.

«Fotze ...»

Endlos klatschte seine Handfläche auf mein Gesicht. Ich hatte das Gefühl, er würde gar nicht mehr aufhören, heute war einer der Tage, an denen er völlig die Kontrolle verlor.

Normalerweise hatte er sich im Griff. Er war da wie ich, wenn ich trank. Ich wusste, trinke ich zu viel, werde ich gezwungen sein aufzuhören. Und auch er musste aufpassen. Deshalb versuchte er Verletzungen zu vermeiden, die man nicht mehr verdecken konnte.

Normalerweise.

Diesmal packte er mich am Hals und drückte zu. Ich konnte weder Atem holen noch schlucken.

«Wie konntest du ...»

Ich versuchte, etwas zu sagen. Vergeblich.

«Du dreckige Hure, wie konntest du es wagen!? Nach allem, was ich für dich getan habe!?»

Ich hatte den Eindruck, er würde noch stärker zudrücken. Seine Hände waren wie ein Schraubstock, und ich fühlte mich hilflos und zerbrechlich. Trotzdem wehrte ich mich und goss damit Öl ins Feuer seines Wahnsinns.

«Immer musst du alles ruinieren! Nicht nur mein Leben, sondern das unserer ganzen Familie!»

Vorwürfe war ich gewohnt, diese oder andere. Er gab mir die Schuld für alle seine Misserfolge, für jede von Wojteks Enttäuschungen und auch für Dinge, auf die wir überhaupt keinen Einfluss hatten.

In solchen Momenten war ich für ihn wie der Quell allen Übels.

Das machte mir Angst. Denn vielleicht war Robert bereit, mich aus seiner Gleichung zu entfernen, damit die Bilanz wieder positiv ausfiel.

Der fester werdende Griff um meinen Hals schien das zu bestätigen.

Ich bekam keine Luft und war mir bewusst, dass die Lage immer schlimmer wurde. Noch nie war er so kurz davor, den letzten Schritt zu gehen.

Ich hatte keine Angst zu sterben. Manchmal schien mir das die einzige Möglichkeit, meinem Albtraum zu entkommen. Vernichtend wirkte auf mich nur der Gedanke, was aus Wojtek würde, sollte ich nicht mehr da sein. Zweifellos würde Robert seine Aggressionen gegen ihn richten. Vielleicht nicht sofort. Aber schlussendlich würde es so kommen.

Ich verdoppelte meine Anstrengungen, mich zu befreien, aber das verschlimmerte meine Lage nur. Er drückte immer fester zu, schüttelte mich und schrie etwas. Das Blut erreichte mein Hirn nicht mehr, ich konnte die Wörter nicht unterscheiden.

Als meine Lider schwer wurden, schlug er meinen Kopf einige Male gegen den Boden wie in einem absurden Versuch, mich wieder zu Bewusstsein zu bringen. Kurz bevor ich ohnmächtig wurde, ließ er von mir ab.

Die Zeit schien stehengeblieben zu sein. Panisch holte ich Luft und versuchte mich wegzudrehen, aber Robert hielt mich noch immer fest. Er war wie erstarrt. Einen Augenblick später schüttelte er den Kopf, richtete sich hektisch auf und rannte aus dem Schlafzimmer.

Ich sah zur offenen Tür hinüber. Dort hätte jetzt mein Sohn stehen können, von den Schreien geweckt und herbeigeeilt, um zu sehen, was passiert war.

Doch ich sah niemanden. Innerlich atmete ich auf, als wäre die

Tatsache, dass Wojtek von alldem nichts mitbekommen hatte, das eigentlich Wichtige.

Unter Schmerzen stand ich auf.

Alles, was danach kam, war eine intensivere Version von Roberts üblicher Reue. Er weinte länger als sonst. Kündigte an, gleich am Morgen zur Polizei zu gehen. Sich selbst anzuzeigen.

Die Versprechen, Beteuerungen und Entschuldigungen nahmen kein Ende. Im Salon wickelte er sich in eine Decke. Eine Zeitlang hörte ich noch, wie er sich Vorwürfe machte, fluchte, sich die Nase putzte. Irgendwann schlief er ein.

Und ich ging leise in mein Arbeitszimmer.

Ich fuhr den Computer hoch und schickte Werner die SMS. Ich wusste nicht, ob sein Handy an war, ob er Zugang zum Internet hatte oder überhaupt bereit war, um diese Uhrzeit zu chatten.

Nach einer knappen Minute war er im Netz.

Als ich seine IP-Adresse sah und ihm einen Nickname verpasste, war das für mich wie ein großer Schluck Prosecco. Mir wurde leichter ums Herz.

[Damian] Schläfst du nicht?

[Kasandra] Schwere Nacht.

[Damian] Nicht nur für dich.

[Kasandra] Hast du was rausgefunden?

[Damian] Mehr, als ich wissen wollte. Und ich weiß nicht, ob ich noch mehr wissen will.

Ich ließ meine Hände über den Hals gleiten und fühlte einen stechenden Schmerz in der Seite.

[Kasandra] Ich vermute, das sagst du nur so.

[Damian] Ich vermute, du hast recht.

Ich dachte einen Moment nach.

[Kasandra] Kann ich dir irgendwie helfen?

[Damian] Momentan nicht.

Wieder hatte ich Schwierigkeiten, zu schlucken, aber jetzt war der

Grund ein anderer als bei meinem Abenteuer mit Robert. Mir wurde klar, weshalb ich fragte. Und was ich wollte:

die Grenze überschreiten, vor der ich letztens zurückgeschreckt war.

[Kasandra] Okay, hilfst du mir dann vielleicht?
[Damian] Wie?

Ich atmete tief ein und sah für einen Moment auf die offene Zimmertür.

[Damian] Bist du noch da?
[Kasandra] Ja.
[Damian] Alles in Ordnung?
[Kasandra] Mitnichten. Aber mit deiner Hilfe kann sich das ändern.

Ich starrte auf den Bildschirm und erwartete nervös eine Antwort. Endlich kam sie.

[Damian] Ich helfe dir.

Das hatte ich gebraucht, um endlich eine Entscheidung zu treffen und zu handeln. Werner war der einzige Mensch, der mir helfen konnte. Er kam von außen, war mit Robert weder finanziell noch geschäftlich verbunden. Ein Fremder. Mein Mann wusste nicht, wer er war. Außerdem war Wern vogelfrei und zu allem bereit.

Und früher oder später würde er selbst Hilfe brauchen. Im ungünstigsten Fall würde er seine Unterstützung für mich als Teil eines Tauschhandels begreifen.

Dank ihm würde ich es endlich tun. Mich befreien.

11

Meine Empathie hatte ich vor Jahren verloren. Mit der Zeit waren mir die Leiden und Sorgen anderer Menschen gleichgültig geworden, den Moment, wann das so geworden war, hatte ich verpasst. Und trotzdem hatte ich beschlossen, Kasandra Reimann zu helfen – denn es lag auch in meinem Interesse.

Bisher hatte sie sich für meinen Fall nur deshalb interessiert, weil er für sie eine neureiche Laune war. Vielleicht sogar ein skurriles Hobby. Jetzt aber hatte ich die Chance, das zu ändern.

Ich wusste nicht, was sie tatsächlich von mir verlangen würde, aber einer Sache war ich mir sicher: Was auch immer sie wollte, für mich war es eine wertvolle Währung. Eine Währung, die ich nutzen würde, wenn ich Ewa fand.

Ich wusste, dass wir Hilfe brauchen würden. Wer auch immer hinter Ewas Verschwinden steckte und dem, was danach passiert war, hatte unverhältnismäßig größere finanzielle Möglichkeiten als wir. Eine Verbündete wie Kasandra Reimann konnte Gold wert sein.

Bevor ich mich auf den Weg machte, schlief ich zwei Stunden. Ich hätte Wrocław sofort verlassen, wenn ich nicht auf den Nachtzug hätte warten müssen. Eigentlich glaubte ich nicht, dass es mir gelingen würde, einzuschlafen, aber anscheinend war mein Organismus geschwächter, als ich gedacht hatte.

Nach Ostrów Wielkopolski fuhr ich mit dem Intercity, dort musste ich ein paar Stunden auf dem Bahnhof warten, aber bis Ewas Frist ablief, hatte ich noch jede Menge Zeit. Die Fahrt von Ostrów nach Witaszyce dauerte nur eine halbe Stunde.

Ich war mir absolut sicher, dass ich es an den richtigen Ort schaffen würde.

Ewa hatte gesagt, dass sie sich nicht weit von der Stelle befand, an den Blitzer uns geschleppt hatte. Das konnten mehrere Orte in Polen sein, aber in diesem Fall ging es um Jarocin. Genauer: um das Rock-Festival, das dort stattfand. Wir gingen ungern auf Konzerte, aber einmal hatten wir uns überreden lassen. Und wir hatten es nicht bereut.

Ich sah sofort, dass ich ins Schwarze getroffen hatte, denn die Verbindung zum Auftritt der Foo Fighters war offensichtlich. Ewa hatte das so geplant, dass alles mit einem Konzert begann und alles mit einem Konzert endete.

Außerdem hatte sie gesagt, dass sie nicht desertiert war. Und dass sie mit uns hergesaust war wie ein Luxtorpeda. Das bestätigte mich in der Überzeugung, dass es Jarocin sein musste, dort hatten nämlich auch Dezerter, Coma und Luxtorpeda gespielt.

Aber das eigentliche Ziel war ein anderer Ort gewesen. Der, an den sie eigentlich nicht wollte – der Ort, der für mich ein Pflichtpunkt unseres Programms gewesen war.

Es konnte sich nur um einen handeln. Vor dem Konzert hatten wir etwas Zeit gehabt. Blitzer hatte also schnell nachgeschaut, was es in der Umgebung Interessantes gab. Als er das Star-Wars-Museum im Schloss von Witaszyce fand, konnte ich einfach nicht widerstehen.

Darth Maul in Lebensgröße? Ein riesiger Jar-Jar Binks, dem man in die Augen schauen und die Meinung geigen konnte? Nichts konnte mich von einem Besuch dort abhalten.

So tolerant Ewa auch war, was meine Faszination für Spider-Man betraf – was ich an Star Wars fand, hatte sie nie verstanden. Ich konnte sie nicht dazu überreden, sich mehr als ein paar Minuten von «Eine neue Hoffnung» anzuschauen. Mit der Prequel-Trilogie versuchte ich es erst gar nicht. Und J. J. Abrams erschütterte die Filmwelt erst lange Zeit später.

Ich wusste also, wo mein Ziel lag.

Allerdings wusste ich nicht, was mich im Museum erwartete. Und wie dieses etwa zwölf Stunden, nachdem ich die zweite Aufnahme gehört hatte, verschwinden sollte.

Weitere Zweifel kamen mir, nachdem ich für zehn Złoty eine Eintrittskarte gekauft hatte.

Ich blieb vor einer Miniaturreplik der Stormtrooper stehen und überlegte, was weiter, als sich mir ein Mann um die dreißig näherte. Er hatte eine sichtbare Narbe über dem linken Auge, aber sah nicht aus wie ein Hooligan. Im Gegenteil.

Am Anfang dachte ich, er würde dort arbeiten, aber er sah sich mit der gleichen Neugier um wie ich. Außer uns war im Museum niemand, und wahrscheinlich war das der Normalzustand.

Ich hatte mir den Touristen entschieden zu lange angesehen. Schließlich erwiderte er meinen Blick.

«Stimmt etwas nicht?», fragte er vorsichtig.

«Nein, ich warte nur auf jemanden. Oder zumindest scheint es mir so.»

Sein Blick wurde noch misstrauischer. Ich war mir nicht sicher, ob ich mich tatsächlich mit jemandem treffen sollte, aber es schien mir logisch. Wie sonst sollte mir Ewa den USB-Stick zukommen lassen?

Sie würde nicht riskieren, ihn in Obi-Wan Kenobis Mantel oder an irgendeinem anderen Ort zu verstecken, denn sie konnte nicht wissen, wie lange ich brauchte, um nach Witaszyce zu kommen. Aus demselben Grund war sie jedoch auch nicht imstande, jemanden zu schicken, der sich mit mir treffen sollte.

Und trotzdem hatte ich nach einer Weile den Eindruck, dass der neben mir stehende Mann tatsächlich da war, weil Ewa ihn geschickt hatte.

«Kann es sein, dass ich auf dich warte?», fragte ich ihn.

Ich klang wie ein Verrückter, aber das war mir jetzt egal. Ich schaute den Touristen an, unsicher, wie ich mich verhalten sollte. Sein Gesichtsausdruck veränderte sich, was eigentlich alles bedeuten konnte.

Mir fiel ein, dass ich so ebenso gut jemanden vom Personal ansprechen konnte. Wenn ich schon einen Idioten aus mir machen musste, konnte ich auch dort anfangen.

«Was meinst du?», fragte der Mann.

Er war nicht überrascht. Er machte eher den Eindruck, dass er sich vergewissern wollte, ob hier kein Irrtum vorlag. Oder sah ich nur, was ich sehen wollte? Mir lag so sehr an dem nächsten Teil der Aufnahme, dass mich mein Verstand womöglich täuschte.

Wie auch immer, es gab keinen Ausweg. Und erst recht nichts zu verlieren.

«Dass Ewa dir etwas für mich gegeben hat», sagte ich.

«Was genau?»

Ich spürte ein Kribbeln im Nacken. Diese Antwort suggerierte eindeutig, dass ich mich nicht irrte. Ich wandte mich dem Mann zu und schaute ihn noch einmal lange an.

«Ich vermute, es ist ein USB-Stick.»

«So ist es tatsächlich.»

Ich hob die Augenbrauen und konnte nichts sagen.

«Aber bevor du mich irgendetwas fragst, musst du eins wissen: Ich habe mich nur bereit erklärt, dir den Stick zu geben. Mehr nicht.»

«Verstehe.»

«Etwas anderes kriegst du von mir nicht.»

Ich nickte.

«Keine Fragen, kein Herumstochern, okay? Ich weiß sowieso nichts.»

«Klar», bestätigte ich.

Ich hatte allerdings nicht vor, ihn einfach so gehen zu lassen. Ich wusste, wenn er mir nur den Stick gab, würde ich etwas Druck ausüben und alles aus ihm herausholen, was ich wissen wollte.

Wer er war. Woher er Ewa kannte. Woher er wusste, dass ich genau jetzt hier sein würde.

Auf die letzte Frage konnte er mir vielleicht antworten. Vielleicht war, als ich den USB-Stick in Wrocław angeschlossen hatte, ein Wurm auf die Festplatte gewandert. Er konnte so programmiert sein, dass mein Laptop ein Signal an die entsprechende Stelle sendete. Es reichte ein einfaches Pling bei einer gewissen IP-Adresse, mehr nicht. Nachdem ich den Stick in die Tasche gesteckt hatte, schritt ich zur Tat.

«Woher kennst du Ewa?», fragte ich.

Er antwortete nicht und drehte sich um. Er kam nicht weit, da packte ich ihn schon am Handgelenk. Er sah nicht erschrocken aus. Hatte Ewa ihn darauf vorbereitet, dass ich nicht so leicht aufgeben würde?

Er warf mir einen feindseligen Blick zu, dann schaute er auf meine Hand.

«Ich hab doch gesagt: keine Fragen.»

«Mir ist scheißegal, was du gesagt hast», gab ich zurück und drückte stärker zu.

Ich dachte, er würde meine Hand abschütteln wollen und aggressiv werden, aber ich irrte mich.

Der Mann machte noch immer nicht den Eindruck, als sei er auf eine Auseinandersetzung aus, obwohl das in diesem Moment gerechtfertigt gewesen wäre.

«Lass los!», stieß er hervor.

Ich hatte Lust zu lachen. Wenn er in meinem Fall nur ein bisschen bewandert war, musste er wissen, dass ich nicht lockerlassen würde, solange ich von ihm nicht irgendetwas erfahren hatte.

Es bestand natürlich die Möglichkeit, dass er von Ewas Verschwinden nichts wusste. Aber trotz allem konnte er mir ein paar Dinge erklären: wer er war, woher er meine Verlobte kannte und warum sie ihm so vertraute, dass er mir den USB-Stick übergeben sollte.

«He, lass mich los!»

«Vergiss es.»

Er versuchte sich loszureißen, aber ich ließ ihn nicht gehen. Mir ging durch den Kopf, dass nicht sicher war, wer von uns der Stärkere war, sollte es zu Handgreiflichkeiten kommen. Beide waren wir nicht besonders muskulös.

Aber ich hatte einen starken Trumpf.

Die Verzweiflung.

«Was denn?», fragte er und schaute sich nervös um. «Willst du mich foltern, verdammt noch mal?»

«Ich will nur wissen, wer ...»

«Ich weiß nichts, okay?»

«Irgendwas weißt du. Sonst wärst du nicht hier.»

«Ich sollte dir nur den Stick geben, das ist alles.»

«Ach? Und woher wusstest du, wann ich herkommen würde?»

«Ich hab eine Nachricht bekommen.»

«Was für eine? Von wem?», fragte ich mit zusammengebissenen Zähnen. «Auf welche Art? Irgendwas weißt du doch!»

Erst jetzt sah ich in seinen Augen, dass er beunruhigt war. Er sah sich um, dann öffnete er leicht den Mund. Ich schloss daraus, dass er hinter meinem Rücken etwas entdeckt hatte. Ich drehte mich in der irrationalen, dummen Hoffnung um, jetzt gleich Ewa zu erblicken. Dass sie das alles geplant hatte, damit wir uns hier und jetzt treffen konnten. Dass hier alles endete.

Hinter mir stand aber nicht Ewa, sondern der Museumsangestellte, der uns aufmerksam beobachtete. Erst jetzt wurde mir klar, dass ich noch immer das Handgelenk meines Gesprächspartners umklammert hielt.

Bevor ich jedoch den Versuch unternehmen konnte, die Situation zu erklären, nutzte der Mann meine Unaufmerksamkeit und riss sich los. Sofort lief er Richtung Eingang, ich ihm hinterher.

«Moment mal», rief der Angestellte und stellte sich mir in den Weg.

Ewas Bote schaute noch einmal über die Schulter, dann rannte er auf den Gang hinaus.

Ich hatte nicht vor, dem Mann, der mich aufhalten wollte, zu erklären, dass er mich besser gehen lassen sollte. Ich stieß ihn beiseite und hastete dem Flüchtigen hinterher. Draußen angekommen, schaute mich nach allen Seiten um.

Der Bote war schon beim Tor auf dem Schlossplatz angekommen.

Ich jagte hinter ihm her, aber plötzlich bog er ab und verschwand hinter einem der zerstörten Gebäude, die noch aus der deutschen Zeit stammten. Als ich um die Ecke kam, begriff ich, dass ich ihn verloren hatte. Ich hielt kurz an – lange genug für den Mann, um ganz zu verschwinden. Auch wenn ich ihn noch gesehen hätte, wäre er schon zu weit weg gewesen.

Ich beugte mich vor und stützte die Hände auf die Knie. Statt Fußball auf dem Computer zu zocken, wäre es besser gewesen, von Zeit zu Zeit laufen zu gehen. Hätte ich diesen Menschen erwischt, wüsste ich jetzt vielleicht, wer er war und warum er Ewa half.

Sie mussten sich gut kennen, sie vertraute ihm. Er war kein zufälliger Bote, den sie bezahlt hatte, damit er sich zu einer bestimmten Zeit an einem bestimmten Ort einfand. Sie mussten sich nahestehen. Ansonsten hätte sich der Mann nicht so viel Mühe gemacht, um mir die Nachricht zu überbringen. Er musste sich zumindest darüber klar gewesen sein, dass ich versuchen würde, ihm etwas zu entlocken.

Aber auch so – wie weit war ich bereit zu gehen? Ich wusste es nicht. Vielleicht sollte ich dem Schicksal dankbar sein, dass ich keine Gelegenheit hatte, das herauszufinden. Und Ewa vertrauen, wie ich es vorher getan hatte.

So wie damals, als wir zusammen waren.

Nur schien es mir jetzt, ich hätte ihr früher zu viel vertraut. Ich hatte mit einer Frau zusammengelebt, die wichtige Dinge in ihrem Leben vor mir verschwieg. Die in einer kriminellen Familie aufgewachsen war. Und zwar in einer der schlimmsten, in der man Anzug und Krawatte anstelle von Stock und Schlagring trug.

Ich schloss die Augen und stand einen Moment reglos da. Dann wischte ich mir den Schweiß von der Stirn und richtete mich auf.

Mir blieb nichts anderes übrig, als ein Zimmer zu mieten, mich mit dem Laptop hinzusetzen und Ewas Aufnahme zu hören. Vielleicht war es die letzte.

Was den Ort betraf, hatte ich keine Wahl. Soweit ich mich auskannte, gab es hier nur ein Objekt, in dem ich die Nacht verbringen konnte. Das Hotel befand sich in dem Schloss, das ich gerade verlassen hatte.

Ich hoffte, nicht auf den Angestellten des Museums zu treffen, der mich und den Mann mit der Narbe gesehen hatte. Ich kam zur Rezeption und zahlte etwas mehr als hundert Złoty für ein Einzelzimmer, das alles hatte, was ich brauchte – ein Bad und Internetzugang.

Ich setzte mich an den kleinen Schreibtisch an der Wand und öffnete den Laptop. Als ich den USB-Stick in den Port gesteckt hatte, erklang der Ton, der mir sagte, dass ich eine SMS erhalten hatte. Aber ich konnte jetzt nicht mit Kasandra chatten. Was auch immer sie wollte, es musste warten. Ich gab dasselbe Passwort ein, das ich immer benutzt hatte, dann schaute ich auf die einsame AAC-Datei im Ordner. Ewa hatte sie «Am Grab derer, die uns gezeigt haben ...» genannt.

Am Grab derer, die uns gezeigt haben ...

Die meisten Tränen vergießen wir nicht am Grab derer, die wir am besten kannten, sondern bei denjenigen, durch die wir uns selbst besser kennengelernt haben. Bei denen, die uns gezeigt haben, wer wir wirklich sind.

Deshalb fehlen uns die Musiker und Schriftsteller, die gestorben sind, so sehr. Die einen wie die anderen geben uns einen Einblick in unsere Seele. Aber das betrifft nicht nur Personen, die wir kennen und schätzen. In meinem Fall bezog sich das auf meine Eltern – zu denen ich keine normale Beziehung hatte.

Durch ihren Tod lernte ich mich besser kennen.

Ich durchlief eine radikale Veränderung der Werte, die das Fundament meiner Existenz darstellten. Vielleicht mit einer Ausnahme: du. Du warst immer eine Stütze, die in meinem Leben alles andere aufrechterhielt.

Erinnere dich daran, wenn du meine Entscheidungen später bewertest. Denn ich habe sie gerade dadurch getroffen, weil du mir einen starken Boden gegeben hast, auf dem ich innehalten konnte. Wenigstens eine gewisse Zeit lang.

Nach dem Unfall meiner Eltern war mir sofort klar, was tatsächlich vorgefallen war, obwohl Polizei und Staatsanwaltschaft diese Information zurückhielten. Das ist die normale Prozedur in dieser Situation, schließlich lief ein Verfahren gegen die Leute, die für den Anschlag verantwortlich waren.

Die Polizei bestätigte meine Vermutungen.

Ich traf mich mit dem frischgebackenen Offizier, der die Ermittlung leitete: Tomasz Prokocki. Er erklärte, was passiert war, und ließ keine Zweifel daran, von wem die Sache ausging.

Das Urteil über meine Eltern hatte Kajman gefällt. Er wusste, dass er durch meinen Vater alles verlor, wobei die Freiheit für ihn wahrscheinlich eines der weniger wichtigen Dinge war. Im Gefängnis würde er einfach so weitermachen – doch nur, wenn er seine Organisation retten konnte. Diese Chance war jedoch gering. Mein Vater wusste zu viel und besaß Dokumente, die die Mehrheit der Mitglieder dieser Verbrecherbande belasteten.

Diese Dokumente verschwanden natürlich beim Unfall. Meine Eltern waren angeblich unterwegs gewesen, um sie der Polizei zu übergeben. Das Auto fing nach dem Zusammenstoß Feuer. Das war offensichtlicher Unsinn, aber für Prokocki hatte das keine Konsequenzen.

Er wusste nämlich, dass es eine Person gab, die Einsicht in das ganze Material hatte. Eine Person, die mit allem vertraut war, was die Kanzlei organisiert hatte. Eine Person, die vor Gericht aussagen konnte und nicht nur Kajman, sondern auch alle seine Mitarbeiter zu Fall bringen würde. Diese Person war ich.

Es gab aber auch etwas, das Prokocki nicht wusste.

Mein Vater hatte mir nicht nur beigebracht, wo man Plastiktüten aufbewahrte, sondern auch, wo man Material suchte, das mir in einer Krisensituation helfen konnte.

Er kopierte alle wichtigen Dokumente, sicherte sich ab. Und er leitete alles, was ich wissen musste, an mich weiter. Für den Fall, dass die Organisation ihn oder meine Mutter einschüchtern wollte: mit einer Entführung, Erpressung oder sonst irgendetwas.

Er hatte allerdings nicht berücksichtigt, dass Kajman so weit gehen und sich des Problems auf die einfachste Art entledigen würde.

Tomasz Prokocki kam mehrmals auf mich zu. Er trat schon mit mir in Kontakt, als meine Eltern noch lebten, und versuchte mich zu überzeugen, dass meine Kenntnisse Licht auf das werfen konnten, was in der Kanzlei los war.

Vielleicht wusste er, dass die Beziehung zwischen mir und meinen Eltern schlecht war, und zusammen mit der Staatsanwaltschaft wollte er eine alternative Anklagelinie gegen sie aufbauen. Vielleicht hatte er auch einfach erkannt, dass es gut war, eine Reserve zu haben.

Wie auch immer, ich weigerte mich hartnäckig. Ich konzentrierte mich auf uns, auf unsere Zukunft. Noch immer wollte ich nichts mit meinem Vater, mit den Strafverfolgungsbehörden oder der Unterwelt zu tun haben.

Prokocki redete mir immer wieder gut zu. Er behauptete, der Staatsanwalt würde meine Eltern wohlwollender behandeln. Ich hörte in seinen Worten die schlecht verhüllte Andeutung, die Sache könne auch mich unmittelbar betreffen.

Ich bestand jedoch darauf, von nichts eine Ahnung zu haben, und schließlich wimmelte ich ihn ein für alle Mal ab und warnte ihn, ich würde mich bei seinen Vorgesetzten beschweren, sollte er nicht aufhören, eine unschuldige Person zu belästigen. Ich bezweifle, dass er sich das zu Herzen nahm, aber er ließ von mir ab.

Für einige Zeit.

Nach dem Tod meiner Eltern wurde er wieder aktiv. Er dachte wohl, dass das alles veränderte und ich Rache an denen nehmen wollte, die den Unfall vorgetäuscht hatten.

Ich gab ihm sofort zu verstehen, dass alles beim Alten blieb und ich von nichts wusste. Eine Zeitlang war ich selbst davon überzeugt, dass ich mich von dieser Sache möglichst fernhalten sollte. Nichts konnte meine Eltern zurückbringen, also war ich nicht verpflichtet, irgendetwas zu unternehmen.

Ich dachte dabei nicht an die Menschen, die das gleiche Schicksal erwarten konnten. Auch nicht an die, denen Kajman und seine Leute früher das Leben genommen hatten. Sie hatten keine Skrupel, wie ich später erfuhr. Sie beuteten Mädchen aus der Ukraine aus, entführten Kinder, erzwangen Lösegeld, vernichteten Unternehmen, zerstörten Familien … Eigentlich gab es nichts, wovor sie nicht zurückschreckten.

Ich brauchte jedoch ein wenig Zeit, um zu verstehen, dass ich das ändern konnte.

Durch den Tod meiner Eltern lernte ich mich wirklich selbst kennen.

Ich veränderte mich, aber nur innerlich. Du hast nichts bemerkt, denn ich habe alles sorgsam unter dem Mantel der Trauer verborgen. Wenn ich nachdenklich war oder grundlos wütend, dachtest du, ich trauere um meine Eltern.

In Wirklichkeit plante ich aber bereits, was ich tun würde. Einmal, es war, nachdem wir «The Illusionists» gesehen hatten, hätte ich es dir fast erzählt. Wir saßen damals in der *Maske-Bar*, tranken Bier, du hast einen Club-Toast mit Hühnchen gegessen. Ich weiß nicht mehr, was ich bestellt hatte. In Gedanken war ich weit weg.

Die Entscheidung hatte ich schon getroffen, aber ich dachte noch immer darüber nach, wann ich dir von alldem erzählen sollte. Früher oder später musste ich es tun. Ich konnte nicht als anonymer Zeuge im Prozess aussagen. Es wäre nicht möglich gewesen, das vor dir zu verbergen, stimmt's?

Und trotzdem hast du es nie erfahren.

Und sicherlich überlegst du dir jetzt, wie das möglich war. Habe ich nicht ausgesagt? Habe ich mich im letzten Moment zurückgezogen?

Du wirst alles erfahren. Der passende Zeitpunkt ist lange vorbei, aber ich hoffe, es ist noch nicht zu spät.

Als ich mich schließlich mit Prokocki traf und ihm mitteilte, dass ich ihm helfen würde, Kajman und seine Organisation dranzukriegen, änderte sich alles. Anfangs dachte er, ich könne ihm gute, aber keine unanfechtbaren Beweise liefern. Nichts im Vergleich zu dem, was mein Vater angesammelt hatte.

Aber ich verfügte über alles, was er zur Verurteilung brauchte. Kopien aller Dokumente, die im Wrack des Autos verbrannt waren.

Ich muss dir wohl nicht sagen, dass Prokocki entzückt war. Er wirkte wie einer, der nur Lotto spielt, um aller Welt zu zeigen, wie dumm das ist, aber dann plötzlich den Jackpot knackt. Es begannen langwierige Vorbereitungen für die Anklageakte. Ich übergab Prokocki alle Materialien, und er machte sich daran, sie zusammen mit der Staatsanwaltschaft zu analysieren.

Sie wussten, dass sie auf eine Goldader gestoßen waren – und sogar auf eine ergiebigere, als sie erwartet hatten. Die Materialien betrafen nämlich nicht nur Kajmans Organisation, sondern auch Leute, die sich nicht in ihren Reihen befanden und mit denen sie trotzdem von Zeit zu Zeit zusammenarbeiteten.

Mit ein bisschen Glück konnten die Ermittler mehrere Banden ausheben. Im besten Fall Kajman und dessen Gang verurteilen und gegen die Übrigen ein Verfahren einleiten.

Es wurde schnell klar, dass mir dadurch eine Reihe von Problemen entstehen würden. Wir wussten alle, es würde nicht viel Zeit vergehen, bevor diese Leute erfuhren, wer für die Verurteilung verantwortlich war.

Wäre es nur um Kajmans Umfeld gegangen, wäre das Problem viel einfacher zu lösen gewesen. Diese Leute landeten hinter Gittern und konnten mir nichts mehr anhaben. Und ich könnte immer auf die Polizei zählen.

So aber würde zu viel Staub aufgewirbelt. Früher oder später würde jemand auf mich kommen.

Außerdem hatte Prokocki herausgefunden, dass Kajmans Männer bei der Beerdigung meiner Eltern aufgetaucht waren. Und dass sie mich seitdem beobachteten. Dich auch. Die Verbrecher wussten nicht, ob wir in die Geschäfte meines Vaters involviert waren, aber sie mussten das Schlimmste annehmen.

Eine Zeitlang wurden wir beschattet, aber auch unsere Verfolger fielen auf die Fassade herein, die ich deinetwegen aufrechterhalten hatte.

Man ließ von uns ab. Laut Prokocki bestand die Gefahr aber noch immer – und aus meiner heutigen Perspektive wundert mich das auch nicht. Einen Unfall vorzutäuschen würde sich niemand mehr erlauben, das war zu verdächtig. Aber es gab ja andere Arten, mich zum Schweigen zu bringen. Eine Entführung zum Beispiel.

Aber kam es dazu? Nein.

Es passierte etwas viel Schlimmeres. Bis heute weiß ich nicht genau, wie das kam. Prokocki auch nicht, und das bedeutet, dass die Gefahr auch nach zehn Jahren noch real ist.

Deshalb ist es auch besonders wichtig, dass du auf dich aufpasst.

Du musst in Bewegung bleiben, Tiger.

Ich verstecke die Aufnahmen nicht an jeweils anderen Orten, um dir Schwierigkeiten zu bereiten. Im Gegenteil, es ist meine Art, mich um dich zu kümmern. Am sichersten ist man da, wo einen niemand erwartet.

Nur so weiß niemand, wo man dich suchen soll.

Niemand außer mir.

Die nächste Aufnahme wird die letzte sein, ich verspreche es dir. Du wirst endlich wissen, was mit mir passiert ist. Sie wartet an einem anderen Ort auf dich und wird auch diesmal nach zwölf Stunden verschwinden. Ich hoffe, du verstehst das. Wenn ich dir nicht sagen würde, dass du deinen Aufenthaltsort ändern musst, würdest du es nicht tun. Du würdest mich suchen oder dich vielleicht irgendwo verkriechen, wo du deiner Meinung nach sicher bist.

Sicher bist du aber nirgends, so viel kann ich dir sagen. Und ich habe keine Zweifel, dass jemand deiner Spur folgt, auf welche Art auch immer.

Vertrau mir also noch dieses eine Mal und geh dorthin, wohin wir es nie geschafft haben.

Nachdem die Aufnahme geendet hatte, verharrte ich reglos mit angehaltenem Atem. Dann atmete ich mit einem Pfeifen aus. Mehr hatte Ewa nicht gesagt. Es klang entschieden zu lakonisch.

«Geh dorthin, wohin wir es nie geschafft haben»?

Ich hatte keine Ahnung, wo das sein sollte.

12

Diesmal musste ich geduldig sein. Nach der ersten SMS mit dem Aktivierungscode wartete ich vergeblich auf Werner. Ich wiederholte den Versuch eine Stunde später, als Robert nicht zu Hause war.

Morgens hatte er mir versichert, er würde alles Nötige tun. Nie wieder die Hand gegen mich erheben und zur Polizei gehen. Ich selbst musste ihn davon abhalten.

Aber das war alles nur Theater.

Ob ich ihm glaubte? Nein, natürlich nicht.

Früher war das mal anders gewesen, weil sich die Umstände unterschieden. Was er mir antat, hatte sich langsam entwickelt, es war nicht eines Tages hochgegangen wie ein vergessener Sprengsatz. Es hatte langsam Fahrt aufgenommen und war von Jahr zu Jahr gefährlicher geworden.

Die ersten Anzeichen hätte ich gleich zu Beginn wahrnehmen können, aber ich war blind vor Liebe. Nach dem ersten Date war mir aber klar gewesen, dass ich es mit einem überfürsorglichen Typen zu tun hatte. Er fragte ständig, ob er mir Wein nachschenken sollte, rückte mir den Stuhl zurecht, wollte wissen, ob alles schmeckte, ob ich noch was bräuchte und ob alles in Ordnung sei.

Aber auf so etwas achtet man nicht, das wirkt ja alles irgendwie lieb.

Dann traten die nächsten Symptome auf. Robert begleitete mich zu allen Treffen mit Freunden. Und versuchte dabei, selbst im Mittelpunkt zu stehen. Nein, mehr noch: Er wollte die Gespräche kontrollieren, ihren Ton und die Themen vorgeben. Wenn wir etwas diskutierten, das ihn nicht interessierte, fand er immer einen Weg, zu einem Thema zu wechseln, dass für ihn spannend war.

Er entschied, was wir im Supermarkt kauften. Wo wir unseren Urlaub verbrachten. Immer saß er am Steuer, ich durfte nie fahren.

Ein Kontrollfreak.

Meine Freunde bemerkten das sehr viel früher als ich. Aber so ist das nun mal, wenn einem die Gefühle im Weg stehen und den Blick auf die Wirklichkeit trüben. Und ich liebte Robert. Das kann ich nicht leugnen.

Das ist ein gewisser Trost, er spricht mich von jeder Schuld frei. Schließlich ist die Liebe eine Droge. Menschen kommen zusammen, weil sie Junkies sind.

Meine Sucht hatte ich schon lange überwunden. Auch die Entwöhnung war lange vorbei. Jetzt saß ich einfach meine Strafe ab für das, was ich getan hatte.

Aber ich wollte ausbrechen.

Eine Stunde nach der ersten SMS ging ich in mein Zimmer. Alles tat weh, jede einzelne Stufe nahm ich unter großen Anstrengungen. Mir war klar, dass die Hausüberwachung trotz Roberts hochtrabender Ankündigungen eingeschaltet war und einer der Angestellten die ganze Zeit ein Auge auf mich hatte.

Mein Mann wollte sichergehen, dass ich auch ganz bestimmt nicht zur Polizei ging.

Das hatte ich tatsächlich nicht vor. Ich plante etwas Spezielles.

Als ich nach oben ging, warf ich dem Mitarbeiter, der sich draußen herumdrückte, einen langen Blick zu. Seine Anwesenheit sollte mir als Vorwand dienen, um in meinem Zimmer zu verschwinden.

Robert würde ich sagen, ich hätte Angst bekommen, dass er Spuren der letzten Nacht an mir bemerkt.

An jedem anderen Tag hätte das nicht ausgereicht. Aber nach der gestrigen Tracht Prügel genoss ich Sonderrechte. Zumindest für eine Weile.

Ich schickte den nächsten Code und schaltete RIC ein. Dann wartete ich und dachte darüber nach, warum Wern nicht auftauchte. Die einfachste Erklärung war, dass er kein Internet hatte. Ebenso gut konnte er aber auch schon in den Händen der Polizei sein.

Nach einer Weile fiel mir eine weitere Möglichkeit ein, vielleicht noch beunruhigender. Damian konnte zu dem Schluss gekommen sein, dass ich seine Hilfe nicht wert war. Mein Ersuchen konnte ihm Angst gemacht haben.

Vielleicht hatte er kühl kalkuliert und befunden, dass die Risiken die möglichen Gewinne überstiegen.

Aber dann erschien er doch, und ich atmete auf.

Wir sprachen zunächst über völlig Belangloses, als bräuchten wir beide Zeit, um auf Touren zu kommen. Mir fiel auf, dass das schon eine gewisse Tradition hatte. Wollten wir auf diese Weise Abstand schaffen zu dem, was wirklich zählte? Irgendwann verstummte Damian für länger.

> [Kas] Lebst du noch?
>
> [Werner] Ich tu nur so. Aber ich muss den Schein wahren.

Innerlich gab ich ihm recht. Er wusste gar nicht, wie sehr er damit ins Schwarze traf.

> [Werner] Nur muss ich irgendwann damit aufhören.
>
> [Kas] Was meinst du?

Wieder ein kurzes Schweigen.

> [Werner] Es gibt ein paar Dinge, die ich dir erzählen will.
>
> [Kas] Nur zu.

Er begann langsam und unsicher, Zeile um Zeile. Er berichtete alles, was ihm in letzter Zeit widerfahren war, und ließ nichts aus. Erst war ich überrascht, dann immer weniger. Langsam begriff ich, warum er sich schließlich dazu entschieden hatte, mir alles zu erzählen.

[Werner] Du siehst, ich habe ein Problem.

[Kas] Mehr als eins.

[Werner] Außerdem habe ich gerade diesen Kellner in Wrocław angerufen.

Ich heftete meinen Blick auf den Bildschirm und überlegte.

[Werner] Den, den ich damals im *Guinness* nicht angetroffen habe.

[Kas] Dachte ich mir schon. Ist er rangegangen?

[Werner] Ja.

[Kas] Warum ist das also ein Problem?

[Werner] Weil er mir den Gast beschrieben hat, der diese Spinne dagelassen hat. Die Beschreibung passt auf den Typen, den ich im Museum getroffen habe. Er hatte auch eine sichtbare Narbe unter dem Auge. Ewa vertraut ihm also wirklich.

Ungläubig schüttelte ich den Kopf.

[Kas] Eifersucht?

[Werner] Eher Unruhe. Denn offensichtlich hatte sie bei der Wahl ihrer Helfer nicht viel Bewegungsspielraum. Der Typ macht nämlich nicht den Eindruck, als könne man sich wahnsinnig auf ihn verlassen.

[Kas] Aber durch seine Anwesenheit bestätigt er, dass Ewa lebt.

[Werner] Meinst du?

[Kas] Natürlich. Du hast recht, wenn du annimmst, dass sie einander nahestehen. Sonst würde sie ihm nie so viel Vertrauen entgegenbringen. Wenn sie

> tot wäre, wüsste er das. Und würde seine … Mission nicht fortsetzen.
>
> [Werner] Vielleicht hast du recht.
>
> [Kas] Ganz sicher.

Für einen Augenblick ließen meine Finger von der Tastatur ab und hämmerten auf den Schreibtisch. Ich überlegte, ob wohl jetzt der Zeitpunkt gekommen war, gewisse Zweifel zu beseitigen. Ich entschied, dass ja.

> [Kas] Warum erzählst du das alles gerade mir?
>
> [Werner] Du stehst nicht unter Verdacht.
>
> [Kas] Danke.
>
> [Werner] Das ist im Prinzip kein Kompliment, sondern eine Tatsache. Alle Leute, die ich kenne, sind auf irgendeine Weise mit Ewa, der Stadt oder der Region verknüpft. Und weil ich nicht weiß, wer mein Gegner ist, weiß ich auch nicht, vor wem ich mich in Acht nehmen muss. Nur bei dir weiß ich es.
>
> [Kas] Das ist eine Art Vertrauensbekenntnis.
>
> [Werner] Vielleicht. Aber wie auch immer, ich brauche deine Hilfe und du meine.

Auch wenn er mitteilsam war – ich hatte trotzdem das Gefühl, dass er nicht die ganze Wahrheit sagte.

> [Werner] Aber erst muss ich herausfinden, um welchen Ort es Ewa geht.
>
> [Kas] Wie nannte sie das? Da, wo wir nie hinkamen?
>
> [Werner] Mhm.
>
> [Kas] Und du hast wirklich keine Ahnung, was sie meinen könnte?
>
> [Werner] Nein.
>
> [Kas] Aber dir ist klar, dass es wahrscheinlich um was ganz Offensichtliches geht?

[Werner] So hilfst du mir auch nicht. Du machst mir
Druck.

[Kas] Überleg mal.

[Werner] Ich überlege ständig.

[Kas] Ist vielleicht der falsche Weg. Versuch mal,
völlig unreflektiert an die Sache ranzugehen.

[Werner] Oh, das kann ich besonders gut. Das könnte
helfen.

Offensichtlich half es nicht, denn Damian verstummte. Ich starrte auf den blinkenden Cursor und fragte mich, ob es nicht vielleicht an der Zeit für ein kleines Brainstorming war.

[Kas] Ist euch auf dem Weg in den Urlaub mal das
Auto kaputtgegangen? Oder so etwas?

[Werner] Nein.

[Kas] Vielleicht habt ihr einen Gipfel nicht erklommen, weil plötzlich ein Gewitter losbrach?

[Werner] Auch nicht.

[Kas] Vielleicht geht es also um eine Metapher?

Wieder schrieb er eine Weile nicht zurück. Dann kam eine kurze Ansage, die mich lächeln ließ.

[Werner] Ich glaub, ich weiß es jetzt.

[Kas] Bravo. Worum geht's?

[Werner] Um ein Hobby von Ewa. Das ging fast in Richtung Besessenheit – so wie ich mit Spider-Man.

[Kas] Versteh nicht ganz.

[Werner] Sie interessierte sich für frühe Siedlungen
auf polnischem Boden.

[Kas] Wirklich?

[Werner] Jeder hat so einen Spleen. Und der war sogar
ganz attraktiv.

[Kas] Kann ich mir kaum vorstellen, aber gut. Und
was war damit?

[Werner] Als wir in Jarocin waren, wollte Ewa unbedingt, dass wir auch nach Biskupin fahren.

[Kas] Nicht gerade in der Nähe.

[Werner] Ach, wenn du von Wielkopolska nach Opole fährst, ist das nicht so weit. Und wir hatten sowieso noch eine ziemliche Strecke vor uns. Und in Biskupin gibt es so eine archäologische Stätte. Irgend so eine prähistorische Siedlung, ein frühpiastisches Dorf, Hütten, Brücken, Verteidigungsmauern ... Und im Sommer rekonstruieren sie das.

[Kas] Sie wollte also fahren, konnte dich und Blicki aber nicht überreden?

[Werner] Um nichts in der Welt. Ich versprach ihr aber, mit ihr irgendwann dort hinzufahren.

[Kas] Aber ihr kamt nie hin.

[Werner] Genau.

Ich nickte und griff unwillkürlich nach meinem Glas Prosecco. Erst jetzt merkte ich, dass ich völlig unvorbereitet war. Zum ersten Mal seit langem – eigentlich, seit ich mich erinnern konnte – hatte ich nicht daran gedacht, mir von meinem geliebten Getränk einzuschenken.

Dieser Gedanke war kein Grund, nervös zu werden, aber er wirkte niederschmetternd auf mich. Er machte mir klar, wie selbstverständlich das Trinken für mich geworden war.

Wann war ich zuletzt nüchtern gewesen?

Nein, es hatte keinen Sinn, darüber nachzudenken. Nicht in meiner Situation. Mir war jedes Mittel recht, solange es mir dabei half, durchzuhalten. Für eine Weile noch, bis ich mich mit Werners Hilfe aus dieser Hölle befreit hatte.

[Kas] Dann weißt du also, wo du die letzte Aufnahme findest.

[Werner] Ja.

[Kas] Hast du's weit?

[Werner] Weiß ich nicht.

Ich ging schnell auf Google Maps und berechnete die Route. Hätte Damian ein Auto gehabt und sich etwas beeilt, wäre er in eineinhalb Stunden da gewesen. Bis Biskupin waren es per Luftlinie hundert Kilometer. Mit Zügen aber war es so eine Sache.

[Werner] Ich weiß aber, dass ich, wenn ich erst einmal dort bin, alle Antworten haben werde.

[Kas] Sicher?

[Werner] Klar. Sie hat's mir versprochen.

Wieder nickte ich, als könnte er das sehen.

[Werner] Und dann werde ich deine Hilfe brauchen.

[Kas] Ach.

[Werner] Was soll denn das heißen?

[Kas] Dass ich jetzt verstehe, warum du mir das alles erzählt hast. Da steckte ungefähr so viel Uneigennützigkeit drin wie Zucker in der Jalapeño-Paprika.

[Werner] Hmm …

[Kas] Jetzt tust du geheimnisvoll?

[Werner] Du kannst mir glauben, dass ich lächeln musste.

[Kas] Dann spricht ja nichts dagegen, dass du mal ein Emoji einfügst, anstatt mir das nur zu schreiben.

[Werner] Weiß nicht … Irgendwie kommt mir das hier nicht richtig vor. Mit dem schwarzen Bildschirm und dem blinkenden Cursor kommt es mir so vor, als würden wir so ein Instant Messaging benutzen. Oder eine abgespeckte Version von BitchX.

[Kas] Keine Ahnung, was du meinst.

[Werner] Auch egal. Kommen wir also dazu, dass wir
beim letzten Mal einen Tauschhandel ausgemacht
haben.
[Kas] Genau.

Höchste Zeit, zur Sache zu kommen. Wenn Damian mir helfen sollte, musste ich handeln.

[Werner] Von Uneigennützigkeit kann hier nicht die
Rede sein. Quid pro quo.
[Kas] Hauptsache, nicht Auge um Auge.
[Werner] Lieber nicht.
[Kas] Also an die Arbeit, Wern. Ist bei dir eine
Bank in der Nähe?
[Werner] In Witaszyce? Machst du Witze?

Ich prüfte schnell, ob da nicht doch eine Filiale war. Die einzige war eine Niederlassung der Genossenschaftsbank. Die sagte mir nicht besonders zu.

[Kas] Dann musst du nach Jarocin fahren. Da hast
du ein paar Filialen zur Auswahl. Du machst ein
Konto auf und schickst mir dann die Daten.
[Werner] Welche Daten?
[Kas] Für die Überweisung, versteht sich.

Damian antwortete nicht. Geld hatte er sicher keins erwartet. Mein finanzieller Aufwand stand in keinem Verhältnis zum Preis. Und der war gewaltig.

[Kas] Wir machen ein paar Überweisungen. Für einen
Teil des Geldes kaufst du ein Auto, und wenn du
dir die letzte Aufnahme geholt hast, fährst du in
den Norden.
[Werner] Um dich abzuholen?
[Kas] Mich und meinen Sohn.

Wieder ließ er mich eine Weile auf die Antwort warten. Dann schrieb Damian, ich müsse ihm wohl etwas mehr erzählen. Und das tat ich.

13

Es dauerte nicht lange, das Konto zu eröffnen, aber fürs Erste nutzte es nicht viel, weil ich auf die EC-Karte warten musste. Laut Kasandra kam es nur darauf an, dass ich es eröffnete, solange ich noch in Jarocin war. Um meine Spur zu verwischen.

Suchte mich tatsächlich jemand? Wahrscheinlich schon. Wenn nicht die Polizei, dann sicher die Leute, über die ich in Ewas nächster Aufnahme mehr hören würde.

Schlussendlich machte ich es so, wie mir Kas empfohlen hatte, dann fuhr ich nach Biskupin. Ich wusste, dass der nächste USB-Stick in Gestalt einer Spinne im Museum auf mich wartete, aber es war schwierig, den genauen Ort zu bestimmen, an dem Ewa ihn versteckt hatte.

Sie musste ihn so ausgewählt haben, dass ich leicht darauf kommen konnte. Das Problem war, dass wir nie dort gewesen waren und ich nicht genau wusste, was sie am meisten interessiert hätte.

Ich ging am Holzzaun vorbei, betrat das Gelände des Archäologischen Museums und sah mich um. Ein Stück entfernt sah ich eine Gruppe junger Leute mit einem Museumsführer, auf der rechten Seite befand sich eine kleine Grasfläche, die eine aussagekräftige Tafel als «Sumpf» bezeichnete.

Vielleicht sollte ich meine Suche dort beginnen. Es wäre eine adäquate Analogie zu meiner jetzigen Situation.

Ich lief weiter den bretterbedeckten Pfad entlang. Eine Weile wanderte ich durch das Museum und suchte irgendetwas, das eine Assoziation wecken würde. Ich besuchte das frühpiastische Dorf, weil ich vermutete, dass genau dieser historische Zeitraum Ewa aus irgendeinem Grund besonders interessierte.

Dann ging ich in den Museumspavillon. Wenn wir nach dem Festival hierhergefahren wären, hätte ich furchtbar gelitten. Ich war kein typischer Museumsgänger. Falls es den überhaupt gab.

Besonders interessierten mich nur Tierskelette – Gefäße, Schmuck und Werkzeuge fesselten meine Aufmerksamkeit kein bisschen. Ich hatte schon fast die Hoffnung verloren, als ich einen Museumsangestellten entdeckte. Wahrscheinlich schadete es nicht, Informationen einzuholen.

Der junge Mann war ein wenig überrascht, als ich meine Frage stellte.

«Sie suchen etwas ... das mit Spinnen zu tun hat?»

«Mhm», bestätigte ich. «Zumindest lose.»

«In welchem Sinn?»

«Weiß ich nicht.»

Er schaute mich an wie einen Idioten. Und das völlig zurecht.

«Vielleicht auch ein Spinnennetz oder ...», ich unterbrach mich und schüttelte den Kopf. «Haben Sie hier so etwas nicht?»

«Was mit Spinnen zu tun hat?»

«Sie fragen schon zum zweiten Mal.»

«Na ja ...»

«Egal», unterbrach ich ihn und winkte ab.

Ich ging zu den anderen Exponaten, obwohl ich nicht dachte, dass mir die Miniaturreplik des Dorfes aus der Bronzezeit viel bringen würde. Erst nach einer Weile bemerkte ich, dass mir der Angestellte hinterhersah.

Außer dem Gefühl, einen Vollidioten getroffen zu haben, war in seinem Blick noch etwas anderes.

«Warum fragen Sie danach?», fragte er und kam zu mir.

«Weil etwas für mich hier hinterlegt wurde.»

«Ein USB-Stick in Form einer Spinne?»

Ich zuckte nervös zusammen. Also hatte Ewa den Stick für mich hiergelassen. Mir liefen unangenehme Schauer über den Rücken, als mir bewusst wurde, dass jemand anderes den Stick gefunden und von dem Ort entfernt hatte, wo er auf mich warten sollte.

Ich warf dem jungen Mann einen langen Blick zu.

«Ja, es geht um einen USB-Stick», bestätigte ich. «Haben Sie ihn vielleicht gefunden?»

Er bejahte und zeigte dann auf eine der Attrappen. Ich konnte aus dieser Entfernung nicht sehen, was neben dem Schaukasten angeschrieben war, aber wahrscheinlich würde es mir sowieso nichts sagen. Offensichtlich hatte Ewa mich genau zu dieser Miniatur führen wollen.

«Wir haben ihn in einer temporären Ausstellung über ...»

«Die Details sind egal», unterbrach ich ihn, weil ich davon ausging, dass Ewa übertriebenes Vertrauen in meine Erinnerung hatte.

Ich wusste nicht einmal, welche Themen sie am meisten interessierten. Wahrscheinlich hatte sie mir mal davon erzählt, aber ich hatte nicht richtig zugehört. Und ich war bestimmt nicht der Einzige, dem es so ging.

«Haben Sie den Stick?», fragte ich.

«Ja, er ist an der Kasse. Wir dachten, dass ihn jemand verloren hat ...»

«Danke», schnitt ich ihm das Wort ab, drehte mich um und ging zum Ausgang.

Ich spürte den irritierten Blick des jungen Mannes auf mir, aber mir war nicht bewusst, dass der Grund seiner Verunsicherung etwas anderes war.

«Jemand hat schon danach gefragt», rief er mir hinterher.

Ich machte mitten im Schritt halt.

«Wie bitte?»

«So ein Typ um die dreißig. Schlank, groß und ...»

«Hatte er eine Narbe?»

Der Junge nickte und runzelte die Stirn.

«Unter dem linken Auge», sagte er.

Ich fühlte mich, als würde ich eine dunkle Straße in einer verlassenen Stadt entlanglaufen und plötzlich aus dem Augenwinkel jemanden sehen. Je länger ich darüber nachdachte, dass Ewas Bote vor mir da gewesen war, desto mehr überfiel mich Unruhe.

«Wann war er hier?», fragte ich.

«Heute früh.»

Ich schaute mich um, als bestünde die Chance, dass ich ihn noch irgendwo sah.

«Er hat das Gleiche gefragt wie Sie, aber als ich ihm sagte, der Stick sei an der Kasse, ging er einfach weg.»

Ich blinzelte nervös.

«Nein, Augenblick», fügte der Museumsangestellte hinzu. «Er wollte noch wissen, ob jemand anderes danach gefragt hat.»

Ich kratzte mich am Kopf und überlegte. Vielleicht sollte ich mir keine Sorgen machen. Der Mann mit der Narbe war hier aufgetaucht, um herauszufinden, ob ich die Spur gefunden hatte. Er wollte sich nur vergewissern, ob alles nach Ewas Plan ablief.

Zumindest hoffte ich das.

Ich dankte dem jungen Mann und ging schnell zur Kasse. Den USB-Stick zu bekommen war kein Problem, und ich entschuldigte mich für den Aufwand. Die zwei netten Kassiererinnen versicherten mir, dass das überhaupt kein Problem sei, jeder könne mal etwas vergessen.

«Gibt es in der Nähe ein Hotel?», fragte ich.

«Ein Hotel ... ein Hotel ...», überlegte die eine.

«Oder irgendeinen Ort, an dem man übernachten kann.»

«Ja ... Das nächste ist Przystań Biskupińska, aber ich weiß nicht, ob sie da nicht nur an Gruppen vermieten.»

«Die haben auch Einzelzimmer», warf die zweite Angestellte ein.

«Dann probieren Sie es doch. Und wenn es nicht geht, dann sicher in Przystań Wenecka.»

Ich dankte den beiden noch einmal und verließ das Museum. Den Stick hatte ich in der Hosentasche und berührte ihn mit meiner verschwitzten Hand. Ich hielt die Lösung des Geheimnisses in den Händen. Sprichwörtlich.

Ich musste den Stick nur noch an den Laptop anschließen und hören, was Ewa mir zu sagen hatte. Am liebsten hätte ich es gleich an der Palisade des Museums getan, aber der alte Akku des Asus ließ das nicht zu.

Nach einer guten Viertelstunde kam ich in Przystań Biskupińska an. Es stellte sich heraus, dass ich dort problemlos übernachten konnte. Für eine Nacht mit Frühstück zahlte ich fünfzig Złoty. Das konnte ich wegstecken, vor allem, weil mir Kasandra, wenn das Konto aktiviert war, viel mehr überweisen würde.

Ich wusste nicht, inwieweit ihre Geschichte der Wahrheit entsprach. Nach allem, was mir Blitzer und Kliza zu dem Thema gesagt hatten, vermutete ich zunächst, dass Kasandra bei den Reimanns die Hosen anhatte.

Offensichtlich war es aber anders. Hinter Erfolg und Reichtum verbarg sich eine Pathologie, die schon lange hätte ans Licht kommen sollen. Falls Kas die Wahrheit sagte.

Aber einen anderen Ausweg hatte ich sowieso nicht. Wenn ich wollte, dass Kasandra Ewa und mir später finanziell half, musste ich zuerst ihr helfen. Und das würde ich tun, sobald klar war, wo ich Ewa finden konnte.

Ich schloss mich im Zimmer ein, steckte das Laptopkabel in die Steckdose und setzte mich aufs Bett. Als der Laptop endlich hochgefahren war, kontrollierte ich für alle Fälle die Internetverbindung. Das Netz funktionierte einwandfrei, und ich atmete auf. Ich brauchte Zugriff, damit ich mit Kasandra die Einzelheiten besprechen konnte.

In der Zwischenzeit konnte ich mich aber endlich dem widmen, was wirklich wichtig war.

Bevor ich jedoch den Browser schloss, entdeckte ich, dass sich die Hauptseite von NSI lud. Ich zog die Brauen zusammen, denn es schien mir, als sei irgendwo in den neuesten Nachrichten meine Heimatstadt aufgetaucht.

So war es.

Der Artikel stand nicht auf der Hauptseite, sondern bei den Meldungen aus den Regionen. Er hieß «Neue Hinweise zum Mord in Opole».

Ich sah den USB-Stick an, dann den Bildschirm. Kurz überlegte ich und klickte dann gegen meinen Willen auf den Link. Wie ich vermutet hatte, ging es um Blitz.

NSI berichtete, dass die Polizei die Person, die mutmaßlich für den Mord verantwortlich war, identifiziert hatte. Die Fahndung war eingeleitet, aber man vermutete, dass der Verdächtige die Stadt bereits verlassen hatte.

Darunter befand sich ein Foto.

Von mir.

Der Artikel beinhaltete alle wichtigen Angaben und eine detaillierte Beschreibung mit der Bemerkung, dass ich wegen Mordes gesucht würde. Ich starrte ungläubig auf den Bildschirm. Aus irgendeinem Grund hatte ich gedacht, dass diejenigen, die für all das verantwortlich waren, nicht so weit gehen würden.

Meine Kehle krampfte sich zusammen, als ich begriff, dass diese Leute tatsächlich verzweifelt waren. Und das bedeutete, dass ich mich der Lösung näherte. Und zwar viel schneller, als es mir vor ein paar Tagen noch in den Sinn gekommen wäre.

Ich schaute den USB-Stick an, mich überfiel die blanke Furcht. Nicht, weil im ganzen Land die Jagd nach mir begonnen hatte. Auch nicht, weil ich im Gefängnis landen konnte. Nein, ich hatte Angst, dass ich niemals erfahren würde, was mit meiner verschwundenen Verlobten passiert war.

Jeden Moment konnte jemand die Strafverfolgungsorgane darüber unterrichten, wo ich mich befand.

Mich hatten viele Menschen gesehen. Glücklicherweise an ganz unterschiedlichen Orten, was die Suche mit Sicherheit erschwerte. Ewa hatte dafür gesorgt, indem sie mich von einer Stadt in die nächste lotste.

Ein Problem waren die Angestellten des hiesigen Museums. Der junge Mann im Pavillon hatte mich vielleicht nicht genau angesehen, aber die beiden Frauen an der Kasse würden sich bestimmt an mich erinnern.

Die Gefahr war unmittelbar, ich spürte es. Als seien die Ermittler nicht nur auf meine Spur gestoßen, sondern warteten bereits auf dem Flur. Mein Herz hämmerte, ich brauchte einen Moment, um mich zu beruhigen.

Schließlich bekam ich meine zitternde Hand wieder in den Griff. Einen Moment überlegte ich, was ich tun sollte. Ich wollte eigentlich die Aufnahme anhören, in diesem Moment wünschte ich mir nichts anderes. Vielleicht wäre es aber vernünftiger, so schnell wie möglich von hier zu verschwinden. Die Spur zu verwischen, solange ich noch konnte?

Bestimmt.

Aber ich richtete mich schon lange nicht mehr nach dem, was vernünftig war. Also steckte ich den spinnenförmigen USB-Stick in den Port, dann rutschte ich zum Kopfende. Ich starrte den Computer auf meinen Knien an und fuhr mit einem Finger über das Touchpad.

Die Datei hieß «Eis an einem heißen Tag». Ich klickte zweimal und bemerkte, dass mich der unschuldige Titel aus irgendeinem Grund beunruhigte. Ich holte tief Luft und richtete mich auf.

Ich war bereit, die Geschichte kennenzulernen, die zehn Jahre auf mich gewartet hatte. Ewas Geschichte.

Eis an einem heißen Tag

Der Tag, an dem ich mich überreden ließ, gegen Kajman und dessen Organisation auszusagen, war nicht der schlimmste Tag in meinem Leben. Aber bestimmt einer von ihnen. Ich hatte einen riesigen Fehler gemacht, aber zu meiner Verteidigung kann ich nur sagen, dass ich absolut der Überzeugung war, den Willen meines Vater auszuführen.

Nein, nicht ganz, Tiger.

Ich redete mir ein, dass es darum ging, aber eigentlich war es etwas ganz anderes. Ich wollte einfach Rache. Ich wollte meine Eltern rächen, und die einzige Möglichkeit war, der Polizei alle Materialien zu übermitteln und in den Zeugenstand zu treten.

Ich erklärte mich bereit und begann auszusagen, noch bevor alle verstanden, wie weit die Sache gehen würde. Mit jedem neuen entdeckten Beweis zeigte sich, dass der Kreis der Personen, die in Kajmans Geschäfte verwickelt waren, immer weiter wurde.

Aber das Hauptproblem war etwas anderes. Die Ermittler konnten einen Teil dieser Menschen nicht identifizieren. Sie zogen sich durch aufgezeichnete Gespräche, kamen als Pseudonyme in Dokumenten vor, aber ihre Spuren waren so verschwommen, dass sie auf freiem Fuß blieben, nachdem begonnen wurde, die Organisation zu zerschlagen.

Mein scheinbar einfacher Plan, mich an Kajman zu rächen, wurde komplizierter. Er wandte sich geradezu gegen mich.

Du weißt, dass Rache süß ist, ja? Und dass man dieses Gericht am besten kalt serviert? Natürlich weißt du das. Man muss nicht Mario Puzo lesen oder «Der Pate» anschauen, um das zu wissen. Schließlich ist es nichts anderes als die Beschreibung von Eis, stimmt's? Und das sogar sehr adäquat, besonders wenn wir es an einem heißen Sommertag essen.

Anfangs bringt es Erleichterung, versetzt einen fast in Euphorie. Letztendlich macht es aber nicht nur dick und krank, es vernichtet auch den Zahnschmelz. Die Karies in meinem Leben begann schon viel früher, aber wahrscheinlich war die letzte Portion Eis entscheidend. Im Prozess hatte ich den Status eines Incognitozeugen. Alle Teilnehmer des Verfahrens wussten, dass es schmerzliche Konsequenzen haben würde, wenn meine Daten durchsickerten. Und nicht nur ich, auch du warst in Gefahr.

Vielleicht sogar mehr als ich, denn Kajmans Leute hätten dich ins Visier genommen, um mich zu nötigen, als Zeugin zurückzutreten. Aber niemand kam an dich ran, dafür sorgte ich.

Das bedeutet nicht, dass die Mitglieder der Organisation mich nicht suchten. Im Gegenteil. Je länger der Prozess dauerte, je mehr Leute verhaftet wurden, desto intensiver suchte man nach dem anonymen Zeugen, der die ganze Mannschaft bedrohte.

Das waren noch Zeiten, als es sich für Verbrecher lohnte, als Kronzeugen aufzutreten. Heutzutage kommt das selten vor, denn sie haben gemerkt, dass es sich nicht auszahlt. Sie müssen ihr ganzes Leben ändern, und zum Tausch bekommen sie vom Staat nur Abfälle. Man bringt sie nicht in exklusiven Villen unter, garantiert ihnen kein üppiges Leben. Im Gegenteil, meist bekommen sie nur einen schlechten Ersatz dessen, was sie vorher gewohnt waren.

Man sollte ihnen bessere Bedingungen garantieren, um sie zu ermuntern, andere Kriminelle zu verpfeifen. Aber dem Staat ist offensichtlich das Geld dafür zu schade. Und wir alle leiden darunter.

Aber auch so bekommen sie ziemlich viel – vor allem im Vergleich zu Incognitozeugen. Als ich aussagte, stand mir weder spezieller Schutz zu noch eine Garantie, dass sich im schlimmsten Fall die Polizei um mich kümmern würde.

Sie änderten das vor ein paar Jahren, 2015. Damals wurde ein Gesetz verabschiedet, dank dem nun ein Zeuge unter Schutz darauf zählen kann, dass rund um die Uhr ein Polizist anwesend ist, und nicht nur das. Der Staat bietet einen neuen Wohnort an und deckt die finanziellen Grundbedürfnisse. Das ist kein Bombengeschäft, aber immer mehr bedrohte Personen entscheiden sich, diese Möglichkeit zu nutzen.

Ich hatte sie nicht, vor allem nicht, als es nötig war.

Schnell wurde klar, dass Kajmans Leute irgendwann doch auf mich kommen würden. Es gab keine Abweichler innerhalb der Gruppe, also mussten sie all diejenigen überprüfen, mit denen die Organisation jahrelang zusammengearbeitet hatte.

Und so kamen sie mir auf die Spur. Das war schon nach Ende des Prozesses, von dem du nie eine Ahnung hattest. Der sich aber als Schatten auf unser ganzes Leben gelegt hatte.

Als sie mich erwischten, zögerte ich nicht lange.

Die Typen aus dem *Highlander* kamen aus Niederschlesien, Kajman hatte es so entschieden. Sie waren zum ersten Mal in Opole und planten auch nicht wiederzukommen.

Wenn diese Leute gewusst hätten, wie wichtig ich für die Ermittlungen war, hätten sie es sich vielleicht zweimal überlegt, uns bei der Spötterloge zu überfallen. Sie wussten es aber nicht, auch nicht, wie viel ich wusste.

Sie vermuteten nur, dass ich die Organisation verraten hatte. Die beste Lösung war, mich richtig zu erschrecken. Ein für alle Mal zu zeigen, wer hier der Boss war und wer nur ein kleiner Fisch.

Wie kann man eine Frau besser erniedrigen, als sie vor den

Augen ihres Verlobten zu vergewaltigen? Vielleicht hatten sie sich das bei einem Bier überlegt und gelacht, während sie uns beobachteten. Ich stelle mir vor, wie ihr verkommener Verstand wach wurde, als sie begriffen, dass sie genau den Tag getroffen hatten, an dem du mir einen Heiratsantrag machen wolltest.

Die Vergewaltigung und die Schläge sollten eine Warnung sein.

Aber es passierte noch mehr. Sie definierten unser Leben neu, sie machten aus uns beiden völlig andere Menschen.

Auch nach all den Jahren kehren die Bilder von der Młynówka noch zu mir zurück. Ich bemühe mich, sie so gut es geht zu verdrängen. Ich habe viele Medikamente probiert, aber schlussendlich waren die zuverlässigsten die, die man nicht auf Rezept bekommt.

Ich weiß, das ist wie eine Flucht aus einem brennenden Gebäude in kaltes Wasser, aus dem du nie wieder herauskommst, aber es ist trotzdem eine Rettung.

Sogar, wenn sie das Unvermeidliche nur hinauszögert.

Sie vergewaltigten mich endlos, zumindest kam es mir so vor. Am Anfang tat es unvorstellbar weh, aber nicht nur physisch. Es ging um viel mehr. Um mich. Sie vernichteten mich in einem einzigen Augenblick.

Ich will nicht davon sprechen, und du musst das nicht hören. Ich zweifle nicht daran, dass du das alles die letzten zehn Jahre in deinem Kopf hin und her gewälzt hast.

Schließlich warst du da und hast alles gesehen. Auch dich haben sie gleich zu Beginn zerstört.

Ich sah, wie du um mich gekämpft hast, wie du mit aller Kraft versucht hast, sie zurückzuhalten. Und ich weiß nicht, was schlimmer war: was sie mit mir machten oder das Bewusstsein, dass du mir nicht helfen konntest.

Irgendwann bist du ohnmächtig geworden. Und ich gewissermaßen auch. Meine Augen waren geöffnet, ich schaute in den nächtlichen Himmel, aber ich befand mich nicht mehr in meinem Körper. Sie schlugen auf mich ein wie auf eine leere Puppe, keuchten laut, kneteten meine Brüste, Pobacken, und dann drückten sie mir den Hals zu.

Der, der angefangen hatte, kam am Schluss noch mal. Als er wieder in mich eindrang, fühlte ich nichts mehr. Ich hatte den Eindruck, kein Mensch mehr zu sein, sondern eine Leiche.

Als sie fertig waren, warnten sie mich – sollte ich je wieder ein Wort über Kajman oder seine Organisation verlieren, würden sie wiederkommen.

Sie sagten noch mehr, aber ich kriegte nicht mehr viel mit. Sicher waren es weitere jämmerliche Drohungen.

Doch auch ich stieß stumme Drohungen aus. Gegen sie.

Damals war ich mir dessen nicht ganz bewusst, aber heute weiß ich, dass ich die Entscheidung schon in dieser Nacht traf. Ich wollte alles tun, damit sie im Knast landeten.

Ich weiß nicht, wie viel Zeit verging, bevor ich mir die Hose wieder hochzog und zu dir hinüberkroch. Ich versuchte dich zu wecken, aber du kamst nicht zu dir. Ich fühlte deinen Puls und atmete aus, dann griff ich nach dem Telefon.

Ich wollte einen Krankenwagen rufen, zögerte aber.

Denn wenn ich jetzt das Übliche getan hätte, wären die Folgen vorhersehbar gewesen: Die Polizei hätte versucht, meine Sicherheit zu garantieren, die Vergewaltiger wären schließlich gefasst und bestraft worden, und wir hätten bis zum Ende unseres Lebens mit dem Gefühl leben müssen, dass da draußen jemand auf uns lauert.

Das konnte ich nicht zulassen. Das hattest du nicht verdient.

Anstelle des Krankenwagens rief ich Prokocki an. Als ich ihm erzählte, was passiert war, wollte er sofort alle Beamten in der Umgebung zu mir schicken. Ich hielt ihn zurück.

Ich überzeugte ihn, dass wir diese Gelegenheit nutzen mussten. Sie war ideal, um die Karten neu zu mischen. Alles auf einmal zu beenden.

Ich beschloss unterzutauchen. Mit Hilfe der Polizei ein neues Leben zu beginnen, eine neue Identität anzunehmen, mein eigenes Verschwinden vorzutäuschen. Nur so würden mich Kajmans Leute in Ruhe lassen. Mich und dich.

Ich war überzeugt, dass sei eine Lösung für ein, zwei Jahre. Ich wusste, dass ich dir schrecklichen Schmerz zufügte, aber es gab keinen anderen Ausweg.

Es gab noch einen anderen Grund, Tiger. Lange Zeit wollte ich es mir nicht eingestehen.

Ich könnte sagen, dass ich mich schämte, aber das stimmt so nicht. Nein, ich fühlte mich erniedrigt, beschmutzt ... Es ist schwierig, ein Wort zu finden, das wiedergeben kann, wie ich mich in meinem Körper fühlte.

Am liebsten hätte ich mich aus mir selbst herausgerissen. Eine Art Seelenreinigung durchlaufen und dann ein neues Leben in einem neuen Körper begonnen. Mich ekelte es vor mir selber; diese Leute waren schuld, dass nichts auf der Welt für mich so grässlich war wie mein eigener Anblick im Spiegel.

Ich wusste, das würde vergehen. Und wenn nicht, dann würde ich es wenigstens aushalten können.

In den ersten Momenten konnte ich jedoch den Gedanken nicht ertragen, dass du mich ansiehst. Ich kann das nicht erklären, und du kannst es nicht verstehen, weil du es nicht selbst erlebt hast. Und deshalb sollte niemand so etwas durchmachen.

Ich dachte, einige Monate der Trennung würden unsere Beziehung retten. Wir könnten dann unser Leben neu aufbauen, anstatt zuzuschauen, wie es langsam zerfiel.

Es war eine trügerische Überzeugung, aber sie bestätigte mich in meinem Plan. Ich brauchte Sicherheit. Und wollte Rache.

Jetzt nicht mehr nur für meine Eltern, sondern auch für mich.

Ich musste Gewissheit haben, dass diese Leute die Konsequenzen zu spüren bekamen.

Als Prokocki kam, erklärte ich ihm meinen Plan. Er hatte weder den Krankenwagen noch Verstärkung mitgebracht, denn er wusste genau, wie viel auf dem Spiel stand. Kajman und seine Leute ins Gefängnis zu stecken würde nicht nur bedeuten, die ganze Organisation zu zerschlagen, sondern auch vielen Leuten das Leben zu retten.

Das war nicht der schlimmste Tag in meinem Leben, sondern der heißeste. Und das Eis, das ich zur Abkühlung bekam, wirkte nur kurz. Doch dann wurde es kompliziert.

Warum bin ich nicht nach einem Jahr oder zwei zurückgekommen?

Wenn du nachgelesen hast, was mit Kajman passiert ist, weißt du, dass er bestraft wurde. Er sitzt seine Strafe in Strzelce Opolskie ab, zusammen mit einigen seiner Leute. Leider nicht mit allen.

Prokocki organisierte mir ein neues Leben, so als sei ich eine Kronzeugin. Ich bin mir nicht sicher, wie er das formal erledigte, aber die Personen, die von der Sache wussten, konnte ich an einer Hand abzählen.

Ich vermute, dass das Ministerium zustimmte – Politiker erklären sich gerne mit allem einverstanden, wenn eine gute Story in den Medien dabei herauskommt. Und in diesem Fall gab es eine. Die Nachricht, dass Kajmans Gang zerschlagen worden war, fand auch außerhalb Niederschlesiens und in Opole ein großes Echo. Eine neue Identität für eine junge Frau war für den Staat nicht mit großen Kosten verbunden.

Vor allem, weil es nur eine Übergangslösung war.

Aber so einfach war es nicht. Eigentlich hätten wir das erwarten können, schließlich wussten wir, wie lange Kajman ungestraft davongekommen war.

Uns hätte klar sein müssen, dass er einen Spitzel bei der Polizei hatte.

Wir verstanden das erst, als es Probleme gab, die Mitglieder der Bande festzunehmen. Jemand informierte rechtzeitig ein paar hohe Tiere in Kajmans Organisation, und die entgingen nicht nur der Verhaftung, sondern verließen das Land.

Ein Teil von ihnen läuft noch heute frei herum.

Es wurde nie aufgedeckt, wer bei der Polizei die Verbrecher informierte. Eines war jedoch sicher – sollte dieser Mensch jemals an Informationen zu meiner Person gelangen, würde er nicht lockerlassen. Er würde begreifen, dass ich Kajman ins Gefängnis gebracht hatte. Und alles tun, um mich zu finden.

Letztendlich wurde aus dem Provisorium eine permanente Lösung.

Und ich musste verschollen bleiben.

Ich hielt die Aufnahme für einen Moment an und starrte aus dem Fenster. Mir war der Polizist eingefallen, der mir in Chrząstowice geholfen hatte zu fliehen. Der gesagt hatte, ich solle niemandem trauen. Konnte er Kajmans Spitzel sein? Nein, das wäre nicht logisch. Nach dem, was ich gehört hatte, musste ich meine Meinung über die Polizei von Opole ändern.

Offensichtlich standen wir auf derselben Seite. Das bedeutete, dass J. Falkow Prokockis Vertrauter war. Vielleicht wollte der Kommissar mir auf diese Weise helfen.

Nur, warum wurde dann jetzt nach mir gefahndet?

Weitere Antworten erwarteten mich im nächsten Teil der Aufnahme. Viel war nicht mehr übrig, was merkwürdig war, denn Ewa hatte sicher viel mehr zu erzählen.

Aber vielleicht wollte sie das nachholen, wenn wir uns endlich trafen? Vielleicht würde ich jetzt die Instruktionen bekommen, die mich am Ende zu ihr führten? Ich vermutete, ja. Und dieser Gedanke war ebenso aufbauend wie erschreckend.

Wen würde ich da eigentlich treffen?

Meine Verlobte, die ich mal gut gekannt hatte, oder die Person, zu der sie nach zehn Jahren geworden war? Wenn Erstere, kannte ich sie dann überhaupt noch?

Zu viele Fragen. Die Antworten waren zum Glück nur eine Armlänge entfernt. Nur dass mich jeden Moment jemand stören konnte.

Ich schielte zur Tür und überlegte, wie viel Zeit mir noch blieb. Angenommen, die Nachrichten vom Mord an Blitzer waren nicht bis hierher gelangt, dann vielleicht genug, um das Ende der Geschichte meiner Verlobten zu hören. Ich drückte auf Play.

> Ich verkroch mich in Wiekopolska, doch wenn es nach mir gegangen wäre, hätte ich mich für die Berge entschieden. Du weißt, dass es mir dort am besten gefällt. Aber vielleicht wurde mir deshalb die Entscheidung nicht überlassen, denn es ging ja darum, dass mich niemand fand.
>
> Und niemand fand mich.
>
> Warum hörst du jetzt also diese Aufnahme? Was setzte die ganze Maschinerie in Bewegung?
>
> Nicht was, sondern wer.
>
> Denn ich hatte die Entscheidung getroffen. Wenn wir uns wiedersehen, werde ich dir erklären, warum. Jetzt musst du nur wissen, dass ich nicht ohne Grund in Wrocław aufgetaucht bin. Ich wusste nämlich ganz genau, dass Blitzer sich nicht die Gelegenheit entgehen lassen würde, auf ein Konzert seiner Lieblingsband zu gehen. Auch wenn ich die Foo Fighters nie besonders mochte, waren sie doch die Gruppe, die mit ihrer Musik mein Leben änderte.

Der Konzertbesuch setzte alles in Bewegung. Weitere Dominosteine fielen um.

Mir schien, dass ich die meisten von ihnen selbst aufgestellt hatte, aber ganz so war es nicht. Ich machte alles, damit Kajmans Leute nicht erfuhren, was los war. Inzwischen kannst du dir sicher vorstellen, dass es ein paar Komplikationen gab.

Die Konsequenzen meiner Handlungen sind jedoch nicht so offensichtlich, wie du denkst. Aber ich werde dir alles erklären, wenn wir uns sehen.

Bist du bereit, Tiger?

Wenn ja, werde ich auf dich warten. An einem Ort, den nur du erkennst. Und zu einer Zeit, die nur dir bekannt ist.

Ich wartete auf einen weiteren Teil. Ewa hatte mir zu wenig Informationen gegeben, als dass ich wissen konnte, was sie wollte. Beunruhigt sah ich auf die Laufleiste, die mir anzeigte, dass bis zum Ende der Aufnahme noch drei Sekunden blieben.

«Komm schon», sagte ich. «Sag noch etwas.»

Die Zeit schien stehenzubleiben.

Es verging noch eine Sekunde.

«Bitte!», stieß ich flehentlich aus.

Die Aufnahme endete, mehr gab es nicht. Ich saß wie versteinert da und fühlte mich, als hätte Ewa mich geohrfeigt. Einen Ort, den nur ich erkennen würde? Zu einer nur mir bekannten Zeit? Was sollte das heißen?

Mir fiel nichts ein. Absolut nichts.

Außerdem war alles so allgemein, dass ich mir nicht vorstellen konnte, wie ich überhaupt etwas finden sollte. Ich saß regungslos da, während ich fieberhaft überlegte, ob ich nicht etwas übersehen hatte.

Schließlich schüttelte ich den Kopf und beschloss, die Aufnahme noch einmal zu hören, vielleicht würde das helfen.

Ich dachte nicht mehr daran, dass die Zeit drängte und ich die Gegend um Biskupin so schnell wie möglich verlassen sollte.

Ich wollte die Datei noch mal öffnen, aber nach dem Doppelklick verschwand das Fenster mit dem, was auf dem USB-Stick war. Ich fluchte in Gedanken, weil ich genau wusste, dass das kein Zufall war. Ewa hatte dafür gesorgt, dass die Datei nur einmal angehört werden konnte.

Ich legte den Laptop zur Seite und stand vom Bett auf. Während ich durch das Zimmer stapfte, suchte ich eine Lösung.

Mir fiel nichts ein. Ich stellte mich ans Fenster und ließ den Blick in die Ferne schweifen. Die besten Ideen hat man, wenn man nicht direkt nachdenkt.

Aber dafür braucht man die entsprechenden Bedingungen.

Ruhe.

Und davon konnte keine Rede sein, als ich die zwei Polizisten entdeckte, die vor dem Gebäude standen und sich mit einem Angestellten des Restaurants unterhielten. Der kratzte sich fieberhaft am Kopf und zeigte einen Moment später direkt auf mein Fenster.

14

Das Konto zu eröffnen war kein Problem. Ich hätte schon viel früher anfangen können, Geld vom Firmenkonto zu nehmen, wenn ich nur gewusst hätte, wohin damit. Ein Konto, das auf meinen Namen lief, wäre Robert nicht lange verborgen geblieben. Und die Sache hätte kein gutes Ende für mich genommen.

Gleichzeitig wollte ich niemandem die Verantwortung für meinen Rettungsfonds übertragen. So nannte ich das Geld, auch wenn seine Bedeutung sich darin längst nicht erschöpfte.

Alle von mir getätigten Überweisungen sollten Wojteks und meine Existenz für viele Jahre sichern. Fern von Robert. Fern von dem Horror, den bislang nur ich ertragen musste, der aber irgendwann auch auf mein Kind übergreifen würde.

Das konnte ich nicht zulassen.

Werner konnte ich vertrauen. Nicht, weil er einen makellosen Charakter hatte oder mit meinem Geld nichts anstellen würde. Ich war mir sogar sicher, sollte die Situation das erfordern, würde er das ganze Geld ausgeben.

Allerdings brauchte er meine Hilfe nicht weniger als ich seine. Ich war gespannt, was er aus den Indizien machen würde, die noch auf ihn warteten. Ein ums andere Mal schickte ich die SMS mit dem Aktivierungscode und tat danach alles, um unauffällig in mein Zimmer zu gelangen.

Aber Damian erschien nicht in RIC. Als es Abend wurde, machte ich mir Sorgen. Ich verfolgte die Entwicklung live und wusste, dass er inzwischen steckbrieflich gesucht wurde. Allerdings glaubte ich nicht, dass die Polizei ihm so schnell auf die Spur gekommen war.

Man interessierte sich besonders im Süden für ihn, aber er hielt sich irgendwo zwischen Bydgoszcz und Poznań auf. Eigentlich musste er in Sicherheit sein, zumindest für eine Weile noch.

Das Konto, das er nutzen sollte, um einen Gebrauchtwagen zu kaufen, war schon aktiv. Trotzdem hatte er noch kein Geld abgehoben. Am frühen Abend war ich zutiefst beunruhigt.

Mir wurde klar, wie wenig fehlte, damit mein ganzer Plan zu einem Rohrkrepierer wurde. Alles hing an einer einzigen Person.

Kurz bevor Robert nach Hause kam, schaltete ich RIC in den Bereitschaftsmodus und ging nach unten. Das System würde mich informieren, sollte sich jemand einloggen. Ohne Aktivierungscode würde der Login scheitern, aber das war jetzt nicht wichtig. Wichtig war, dass ich es erfuhr, wenn Damian Kontakt aufnehmen wollte.

Ich hatte das vorher nicht ausprobiert, weil diese Variante mit einem gewissen Risiko verbunden war. Eine SMS zum falschen Zeitpunkt konnte Roberts Argwohn wecken. Nein, sie konnte nicht nur. Sie würde, und zwar mit absoluter Sicherheit. Er würde keine Ruhe geben, bis er wüsste, von wem die Nachricht kam.

Und ich konnte mir keine Fehler leisten. Nicht jetzt.

Während ich auf meinen Mann wartete, stellte ich das Geschirr in die Spülmaschine und räumte die Küche auf. Robert mochte keine Unordnung, wenn er nach der Arbeit nach Hause kam. Es kam selten vor, dass er so lange «arbeiten» musste, aber von Zeit zu Zeit hatte er keine Wahl.

Dann war er gereizt und ließ seine schlechte Laune nicht nur an mir, sondern auch an seinen Untergebenen aus. Manchmal auch an völlig fremden Leuten. Als würde ihn die Tatsache, dass er mich nicht im Auge hatte, daran hindern, im Alltag normal zu funktionieren.

Für unsere nächtlichen Auseinandersetzungen verhieß das nie etwas Gutes. Zum Glück kam Robert selten spät heim, denn normalerweise entschied er selbst, wen er traf und wann.

Aber hin und wieder musste er die Vorräte dessen, was er verkaufte, auffüllen. Schließlich garantierten sie unseren hohen Lebensstandard. Und gerade sie ermöglichten mir, Geld in meinen Rettungsfonds zu überweisen.

Hätte ich aus legalen Quellen geschöpft, wäre Robert sofort dahintergekommen. Weil das Geld aber aus illegalen Geschäften stammte, konnte ich beruhigt sein. Es würde einige Tage dauern, bis mein Mann merkte, dass ich mich an seinem schwerverdienten schmutzigen Geld bedient hatte.

Dieses Geld verdankte er Szaranina.

Er hatte den Namen nirgendwo in Polen patentieren lassen, aber das war auch nicht nötig, die meisten Dealer wussten auch so, wer das Monopol auf den Verkauf dieser Droge hatte.

Szaranina, Silberflöckchen. Klang harmlos, vielleicht sogar kindisch. Und auf diesen Effekt kam es Robert an.

In den USA nannte man diese Droge anders. *Grey Death*. Grauer Tod.

Half sicher beim Marketing, und vielleicht hatte man für diesen Opioid-Cocktail auf der Straße noch einen ganz anderen Namen, den kein Außenstehender kannte. Das Thema hatte mich nie besonders interessiert, und überhaupt wusste ich nicht, ob Robert nicht noch mit was anderem handelte. Wahrscheinlich schon.

Szaranina hatte keine feste Zusammensetzung. Es war unterschiedlich, je nachdem, wie viel der User zu zahlen bereit war. In der Basisversion bestand es aus Fentanyl und Carfentanyl, mit einem Schuss Heroin. Der Effekt überstieg den der Polnischen Suppe um ein Vielfaches. Und die Herstellungskosten waren niedriger.

In den USA holte der Graue Tod schon seine Ernte ein. Ärzte schlugen Alarm, dass die Zahl der Überdosierungen in die Höhe schnellte. Angeblich war es ganz leicht, die Dosis falsch zu bemessen.

Das wunderte mich nicht, schließlich wurde Carfentanyl sonst genutzt, um Elefanten zu betäuben. Außerdem hatte ich den Eindruck, dass die Hersteller den Stoff mit jeder neuen Lieferung stärker panschten. Es ging nur noch darum, dass das Aussehen stimmte und der Kunde zu erkennen glaubte, was er da kaufte.

Die Vermischung unterschiedlicher Bestandteile interessierte niemanden besonders. Auch Robert nicht. Für ihn zählte nur, dass die Verkäufer pünktlich mit ihm abrechneten.

Er war eine lokale Größe und hatte in vielen Jahren ein so verzweigtes Geschäftsimperium aufgebaut, dass es kein Problem war, darin schmutziges Geld reinzuwaschen. Seit einer Weile lief das Geschäft praktisch von selbst und funktionierte wie eine gutgeölte Maschine.

Den meisten Gewinn brachten Immobilien, obwohl auch das nicht ganz legal war. Roberts Erfahrung beim Zoll war Gold wert und seine Geschäftsidee sehr simpel: Einige seiner Firmen boten niedrig verzinste Kredite an, unter der Bedingung, dass die Kreditnehmer ihre Immobilien als Sicherheit einsetzten. Die Kunden wählte man so aus, dass man sicher sein konnte, sie würden den Kredit nicht abbezahlen können. Ihre Häuser und Wohnungen übernahm man dann zu Niedrigstpreisen und verkaufte sie für Unsummen weiter.

Solche Luftnummern liefen bei uns haufenweise, und Reimann Investigations war eine davon. Die Firma brachte nicht viel Geld ein, erlaubte aber, einen Teil der Einkünfte aus dem Verkauf des Grauen Todes reinzuwaschen.

Mir war nicht sehr wohl dabei, ausgerechnet dieses Geld zu nehmen, um mit Wojtek ein neues Leben zu beginnen, aber mir blieb keine Wahl. Ohnehin war alles schon entschieden. Das Geld lag bereits auf Konten, die auf Damians Namen liefen.

Jetzt musste ich nur dafür sorgen, dass er mir das Geld auch auszahlte.

Dann konnte ich fliehen.

Das sagte ich mir immer wieder, um nicht zu verzagen. Ich brauchte das, um irgendwie den Abend zu überstehen. Als Robert nach Hause kam, sah ich, es würde übel werden.

Vor allem, weil ich unseren Sohn nicht hörte.

Robert kam in die Küche und lächelte kurz. Ich tat das Gleiche, dann ging ich zu ihm und küsste ihn.

«Wo ist Wojtek?», fragte ich.

«Er schläft bei einem Freund.»

Ich hob fragend die Brauen, versuchte aber, nicht allzu vorwurfsvoll zu wirken.

«Davon wusste ich nichts.»

«Das haben die sich in der Schule ausgedacht.»

«Du hättest ...»

«Was?», prustete er. «Dich anrufen und nach deiner Meinung fragen sollen? Ist das so wichtig? Er hat gefragt, als ich ihn abgeholt habe, und ich habe ja gesagt. Ich muss doch nicht alles mit dir besprechen, oder?»

Ich öffnete den Mund, kam aber nicht dazu, etwas zu sagen.

«Ist doch nur eine Nacht bei einem Freund, wo ist das Problem?»

«Kein Problem.»

«Aber du siehst mich an, als hätt ich deine scheiß Mutter auf dem Gewissen.»

«Es ist nur ...»

«Was?», zischte er und kam näher. Er hatte nicht einmal seine Jacke ausgezogen. Kaum stand die Tasche in der Ecke, war er schon bereit, mich zu verprügeln. Diese Nacht würde anders als alle zuvor. Das spürte ich jetzt schon.

Noch einige Stunden zuvor war ich mir sicher, dass meine Flucht kurz bevorstand. Werner war Ewa auf der Spur, ich hatte Geld beschafft. Er musste nur noch hier auftauchen, und wir konnten mit Wojtek verschwinden.

Ich hätte keine Spuren hinterlassen. Nicht die geringste.

Robert würde niemals auf Damian kommen. Aus seiner Perspektive war er ein anonymer, zufälliger Typ, den nichts mit mir verband. Er würde nie und nimmer kapieren, dass ausgerechnet Werner mir geholfen hatte, aus dieser Hölle zu entkommen.

Und deshalb wäre er nie in der Lage, mich zur Rückkehr zu zwingen.

Und jetzt war Damian plötzlich wie vom Erdboden verschluckt, während auf mich Prüfungen warteten, die ...

Nein, ich sollte nichts beschönigen, zumindest in Gedanken nicht. Was auf mich wartete, war Folter. Das musste ich mir eingestehen.

Folter, die ich vielleicht nicht überleben würde. Das sah ich in den Augen meines Mannes, wenn er seinen Blick auf mich richtete. Er war stinksauer, bis oben hin voll mit Vorwürfen, und musste die ganzen Emotionen, die sich tagsüber in ihm aufgestaut hatten, irgendwie loswerden.

«Worum geht's dir, Scheiße noch mal?», fragte er. «Kann ich nicht selbst entscheiden, ob mein Sohn außer Haus übernachtet?»

«Es geht nur darum, dass ...»

«Worum?», unterbrach er mich und packte mein Handgelenk.

Ich tat so, als hätte ich das nicht bemerkt. Hätte ich auf seine Hand gesehen oder vor Schmerz aufgestöhnt, wäre seine Raserei nur noch größer geworden. Er hätte das als einen weiteren unbegründeten Vorwurf aufgefasst.

«Er ist ohne Schlafanzug», sagte ich leise.

Mir war jämmerlich zumute. Aber wenn ich jemals einen guten Grund hatte, unterwürfig zu sein, dann in dieser Nacht. Ich musste sie anständig überstehen, um auf Werners Ankunft vorbereitet zu sein.

«Er hat keine Zahnbürste und ...»

«Scheiß drauf», schnitt Robert mir das Wort ab und ließ meine Hand los. «Du bist unmöglich. Kann er nicht ein einziges Mal in seiner verfickten Unterhose schlafen? Oder sich nicht die Zähne putzen? Merkst du eigentlich, was du da redest?»

Er schlug mir ins Gesicht, so plötzlich, dass ich nicht reagieren konnte. Dann schaute er auf seine Hand, als gehöre sie jemand anderem. Er wurde verlegen, ging einen Schritt zurück.

Er hatte wohl selbst nicht erwartet, dass er so früh loslegen würde.

Erst einen Augenblick später wurde mir klar, dass das nicht stimmte. Er sah zur verglasten Terrassentür hinüber, und ich begriff, dass er Angst bekommen hatte, einer unserer Angestellten könnte uns gesehen haben.

Aber draußen war niemand. Und selbst wenn uns jemand beobachtet hätte, wäre er sofort verschwunden, um sich keinen Ärger einzuhandeln. So machte man das in unserem Haus.

Was bei uns passierte, war ein offenes Geheimnis. Trotzdem hatte keiner der Angestellten den Mut, zu reagieren. War das verwunderlich? Nein. Alle wussten sehr genau, für wen sie arbeiteten, außerdem hielten sich viele der Leute illegal im Land auf. Sie mussten Familien versorgen und hatten keine Alternative. Ich nahm ihnen nicht übel, dass sie sich blindstellten.

Freunde, die die Polizei hätten anrufen können, hatten wir nicht. Inzwischen waren die Leute, die mit Robert zusammenarbeiteten, unsere einzigen sozialen Kontakte. Und die wussten, wie man Geheimnisse für sich behielt.

Da war niemand, der mir helfen konnte. Außer Werner.

Robert schleuderte seine Jacke in die Ecke, dann setzte er sich an den Tisch. Eine Weile lang schwieg er, und wie jedes Mal dachte ich, dass es für diesmal vorbei sein könnte. Als Robert aufsah, wusste ich, dass nicht davon auszugehen war.

«Manchmal frage ich mich, wie ich es überhaupt mit dir aushalte», sagte er.

Ich schwieg.

«Außer Haus nichts als Ärger, und dann komme ich heim und ...»

Er brach ab, schüttelte den Kopf, seufzte tief. Mir war nicht klar, für wen von uns beiden dieses Theater bestimmt war. Sooft er das machte, hatte ich das Gefühl, etwas in seinem Kopf verschob sich.

«Du solltest mich unterstützen.»

«Das tue ich.»

«Red keinen Scheiß. Statt mir zu helfen und mir die verdammte Last vom Rücken zu nehmen, benimmst du dich, als wolltest du mir den Todesstoß versetzen.»

Er sah sich um und rieb sich nervös den Hals.

«Gibt's hier nichts zu essen?»

«Ich dachte, du würdest selbst ...»

«Was?», unterbrach er mich. «Nach so einem Tag noch kochen?»

«Wir können was bestellen.»

«Bestell lieber einen Sarg ...», brummte er vor sich hin.

Für ihn war das nichts anderes als ein gewöhnlicher Witz. Für mich klang das wie eine sehr reelle Drohung, die ich gerade jetzt besonders ernst nehmen musste. Er verhielt sich anders als sonst.

Außerdem wusste er, was bevorstand. Sonst hätte er Wojtek nicht zu seinem Freund geschickt.

Normalerweise tat er überrascht, wie schnell die Situation eskalierte. Ganz so, als sei er wirklich überzeugt, dass er sich dieses eine Mal würde beherrschen können.

Heute nicht. Heute hatte er es von Anfang an auf Eskalation angelegt.

Ob er das für den einzigen Weg hielt, seine Anspannung loszuwerden? Ob er sich endlich eingestanden hatte, was für ein Mensch er war?

Die Antwort war bedeutungslos. Heute Nacht war er zu allem bereit, nur das zählte.

Ich sah mich nach etwas um, mit dem ich mich verteidigen konnte. Messer und andere spitze Gegenstände kamen nicht in Frage. Ich konnte ihn ernsthaft verletzen, was für mich wie auch für Wojtek schlimme Folgen gehabt hätte. Roberts Mitarbeiter hätten schon dafür gesorgt.

«Passt dir was nicht?», bellte er mich an.

«Nein ...»

«Warum schaust du dich so um?»

«Ich überlege, was ich für dich kochen könnte.»

«Vielleicht hättest du dir das früher überlegen können? Mich wenigstens einmal empfangen, wie es sich gehört? Was meinst du? Findest du nicht, dass ich das mal verdient hätte?»

Er stand auf und sah auf mich herab.

«Bei all dem, was ich für dich mache, wäre es das Mindeste ...»

Er brach ab und schüttelte den Kopf.

«Andere Frauen machen so was nicht.»

Andere Frauen haben auch andere Männer, fügte ich in Gedanken hinzu. Oder sie bauen die Spannungen im Bett ab. Aber darauf hatte ich keine Aussicht. In all den Jahren hatten wir nur ein paarmal spontan miteinander geschlafen.

Robert brauchte keinen Sex. Er holte sich seine Befriedigung anders. Manchmal hatte ich sogar den Eindruck, dass er mich nie attraktiv gefunden hatte. Dass ich überhaupt schwanger geworden war, grenzte an ein Wunder.

Zuerst hatte mir seine Asexualität Kummer bereitet. Doch schließlich wurde sie zu einem wahren Segen. Gar nicht auszumalen, wenn er mich auch noch vergewaltigt hätte.

«Steh auf», sagte Robert.

Zu widersprechen hätte keinen Sinn gehabt.

Bevor ich etwas sagen konnte, packte er mich am Kragen und zog mich zu sich. Trotz meiner Bitten und Proteste zerrte er mich in die Küche und drückte meinen Kopf mit einer Hand in die Spüle. Mit der anderen griff er nach einem der Schränke und riss die Tür auf.

Er schnappte sich einen Topf, warf ihn in die Spüle und drehte das Wasser auf.

«Jetzt siehst du Fotze, wie man richtig kocht.»

«Robert ...»

«Vielleicht merkst du's dir.»

«Hör mir bitte zu.»

«Nein, nein. Jetzt hörst du mal zu, du faule Schlampe. Und lernst, dass du dich hin und wieder mal um deinen Mann kümmern könntest, anstatt den ganzen Tag nur deinen scheiß Prosecco zu saufen.»

Als das Wasser im Topf überlief, spürte ich einen heftigen Ruck. Bevor ich verstand, was los war, hatte ich schon Wasser im Mund. Ich spürte, wie ich mit dem Hals gegen den Topfrand schlug.

Robert drückte mich kräftiger unter Wasser. Ich versuchte mich loszureißen, aber vergeblich. Er war viel stärker als ich, ein solches Duell konnte ich nur verlieren. Ich merkte, dass mir die Luft ausging, und schlug wie wild um mich.

Robert ließ nicht locker.

Es fehlte nicht viel, und ich hätte mich verschluckt. Im letzten Moment zog Robert meinen Kopf aus dem Wasser, sah mich an, schnaubte und schlug mir mit der offenen Hand ins Gesicht. Er murmelte was davon, dass ich aussähe wie die letzte Schlampe.

Ich hatte kaum gehustet, als er mich zu Boden warf. Mein Kopf schlug auf dem harten Boden auf, in meinen Ohren begann es zu rauschen. Robert warf sich auf mich, legte mir die Hände um den Hals und drückte zu.

Erst spürte ich ein Brennen am Hals. Ich hatte mich verletzt. Dann bemerkte ich einen stumpfen Schmerz, der sich in meinem Brustkorb breitmachte. Wieder ging mir die Luft aus. Robert schüttelte mich heftig durch, während er weiter mit Flüchen um sich warf. Ich hörte nichts.

Dann ließ er los. Ich drehte mich zur Seite und begann zu husten. Für einen Moment war er verschwunden, kam aber sogleich wieder, diesmal mit einem Messer. Er beugte sich zu mir runter und hielt mir die Klinge an den Hals.

Das Set von Gerlach war wieder da. Genau so, wie ich es erwartet hatte.

Robert sagte was von Ausnehmen. Ich versuchte, nicht hinzuhören, alles, was er jetzt sagte, war so viel wert wie später seine Entschuldigungen. Falls er sich diesmal entschuldigen sollte. Ich hatte Gründe, anzunehmen, dass es auch anders ablaufen konnte. Und einen weiteren gab mir Robert sogleich.

Mit einer Hand packte er meinen Kopf und hielt mir die Augen zu, als könnte er meinen Blick nicht ertragen. Sein Griff war kräftig. Ich fühlte mich, als steckten meine Schläfen in einem Schraubstock.

Robert fuhr mir mit der Klinge über den Hals. Ich spürte einen schneidenden Schmerz und stöhnte laut auf.

«Halt die Fresse!», schrie er mich an.

Ich versuchte, mich von ihm zu befreien, aber ohne Erfolg.

«Halt's Maul, oder ich bring dich um, verstehst du, Fotze?!»

Er warf das Messer weg, schrie aber immer lauter, bespuckte mich und schlug mit den Fäusten zu. Vielleicht hatte er die ganze Zeit nur darauf gewartet? Auf den Augenblick, in dem er die Kontrolle verlor und sich seinen Instinkten hingeben konnte.

Mir schien, die Schläge würden kein Ende nehmen. Robert boxte gegen meine Brüste, was er nie zuvor getan hatte. Der Schmerz war unerträglich. Er schüttelte mich wie wahnsinnig, als wollte er mir einen Dämon austreiben. Mal um Mal schlug ich mit dem Hinterkopf auf dem Fußboden auf und hoffte, ich würde endlich ohnmächtig werden.

Früher oder später würde das ohnehin eintreten. Ich hoffte auf früher.

Plötzlich hörte Robert auf. Ich sah ihm in die Augen und hoffte, darin seine wohlbekannte Reue zu erblicken. Aber da war keine Spur davon.

Das Misshandeln hatte meinen Mann müde gemacht. Er brauchte etwas Erholung.

Er ging zum Kühlschrank, nahm eine Flasche Prosecco und schleuderte sie direkt neben mir auf den Boden. Ich spürte die kühlen Tropfen auf meinen Wangen. Scharfe Glassplitter hatten sich über den Boden verteilt.

Ich hörte das typische Zischen, als Robert sich ein Bier aufmachte. Als er sich Richtung Meer drehte, nutzte ich die Gelegenheit. Ich kroch über die Glassplitter hinweg zur Treppe.

Ich spürte nicht einmal, dass ich mir die Hände verletzte und sich eine blutige Spur hinter mir herzog. Ich musste mein Zimmer erreichen, bevor es zu spät war.

Robert stand noch immer mit dem Rücken zu mir da. Er redete mit sich selbst und trank sein Bier.

Ich war überzeugt, er würde sich erst wieder für mich interessieren, wenn das Bier leer war. Weil er schnell trank, hatte ich wenig Zeit. Bei der Treppe angekommen, griff ich nach dem Geländer und stand auf.

Die ersten paar Stufen bereiteten mir Schwierigkeiten, mir war schwindlig. Dann ging es besser. Als ich oben ankam, musste ich mich gegen die Wand lehnen, um nicht hinzufallen.

Aus dem Augenwinkel sah ich die roten Spuren, die ich hinterlassen hatte.

Ich ging ins Zimmer und schickte direkt einen Code an Werner. Er musste sofort kommen, es war keine Zeit zu verlieren. Ich brauchte Hilfe, und zwar jetzt.

Von unten hörte ich einen Schrei. Er war wie das Brüllen eines verletzten Tieres. Dann hörte ich Robert die Treppe hinaufstürzen.

«Bitte ...», ächzte ich und sah auf den blinkenden Cursor.

15

Zum zweiten Mal vibrierte das Handy in meiner Tasche. Ich wusste genau, wer mich kontaktieren wollte, schließlich kannten nur zwei Personen meine Nummer. Und mein Vater schrieb normalerweise keine SMS.

Ich musste nicht nach dem Handy greifen, um zu sehen, dass es der nächste Aktivierungscode war. Momentan konnte ich ihn allerdings nicht benutzen. Außerdem war das jetzt nicht so wichtig.

Ich fuhr auf der Krajowa Elf Richtung Piła, zum ersten Mal im Leben richtete ich mich nicht nur nach den Straßenbedingungen, sondern auch nach dem Tempolimit. Der alte Peugeot 206 erleichterte das, denn der Ein-Liter-Motor erlaubte es mir nicht zu übertreiben.

Ich hatte ihn in Żnin gekauft, nicht weit von Biskupin entfernt. Gleich, nachdem ich in Panik das Hotelzimmer verlassen hatte. Ich hatte keine Zeit gehabt, etwas außer dem Handy und dem Geld mitzunehmen. Sogar den Laptop hatte ich dagelassen. Mit mehr Zeit zum Nachdenken hätte ich mich anders entschieden.

Allerdings hatte mich nur interessiert, dass auf dem Stick sowieso keine wichtigen Dateien mehr waren – und dass ich so schnell wie möglich fliehen musste. Als der Polizist und der Angestellte zu meinem Zimmer gingen, war ich schon nicht mehr da.

In diesem Moment spurtete ich bereits über den Hof zum Tor

und machte einen Satz nach draußen. Dann bog ich nach rechts ab und lief drauflos. Wohin, wusste ich nicht, aber das war auch egal.

Ich kam an einer Grundschule aus roten Ziegeln vorbei, die mir furchteinflößende Gebäude aus den besten Horrorfilmen ins Gedächtnis rief, dann passierte ich ähnlich aussehende, verlassen wirkende Einfamilienhäuser.

Ich verließ Biskupin auf einer kleinen asphaltierten Straße zwischen Feldern. Wo ich herauskommen würde, wusste ich nicht. Schließlich kam ich ins Dorf Gogółkowo, und erst ab da kannte ich mich wieder ein bisschen in der Umgebung aus.

Die nächsten Bankfilialen und ein Gebrauchtwagenhändler befanden sich in Żnin. Ich überlegte nicht lange, ob das die richtige Richtung war. Nach anderthalb Stunden Fußmarsch kam ich dort an.

Die Formalitäten zu erledigen dauerte ein wenig, und ich fürchtete, die Polizei könnte mir in dieser Zeit auf die Spur kommen. Zwar wussten sie nicht, wohin ich gegangen war, aber es reichte schon ein aufmerksamer Blick, damit mich jemand auf dem Weg erkannte und die nächste Dienststelle anrief.

Je kleiner also das Dorf, desto sicherer war ich. Die Menschen an solchen Orten waren nur mit sich und ihren Angelegenheiten beschäftigt. Es interessierte sie nicht besonders, dass im ganzen Land per Steckbrief nach einem vermeintlichen Mörder gefahndet wurde.

Deshalb wandte ich mich Richtung Piła. Ich wollte die Stadt in großem Bogen umfahren, um kein unnötiges Risiko einzugehen. Ich war auf der Zielgeraden, Ewa musste irgendwo in der Nähe sein.

Für einen Moment hatte ich Wielkopolska zwar verlassen, um mich nach Żnin zu begeben, aber jetzt war ich auf dem Weg zurück in die Region. Ich wusste nicht, wo genau sie sich befand, aber sicher irgendwo auf dem Territorium der Woiwodschaft.

Vielleicht sogar direkt in Piła? Das war wahrscheinlich nur ein frommer Wunsch. Sie hatte mir keine Hinweise hinterlassen. Ich wusste einzig, dass es um einen Ort in der Woiwodschaft Wielkopolska ging.

Einen Ort, den nur ich erkennen würde.

Noch immer hatte ich keine Ahnung, was das heißen sollte. Auch nicht, warum nur ich den Zeitpunkt des Treffens kannte. Diese Aussage schien komplett sinnlos, denn sie hing mit keinem Ereignis in unserem gemeinsamen Leben zusammen.

Ich dachte zu intensiv darüber nach, als dass ich auf irgendetwas Konkretes kommen konnte. Ich übersetzte den Satz sogar ins Englische und versuchte, ihn an einen Song anzupassen. Alles umsonst. Hätte ich Zugriff auf Google gehabt, hätte ich vielleicht irgendeine Verbindung gefunden, aber ich war ganz auf mich allein gestellt.

Selbst bei einem McDonald's anzuhalten und mich in irgendeine Ecke zu verkriechen, um das WLAN zu benutzen, war keine Option. Das Telefon, das ich mir gekauft hatte, stammte noch aus einer Zeit, in der die Geräte einzig zum Telefonieren hergestellt wurden.

Ich zog das Handy aus der Tasche und schaute auf das Display. Ich hatte mich nicht geirrt, die Nachricht stammte von Kasandra. Zum wievielten Mal heute? Gab es vielleicht etwas, das ich wissen sollte?

Eine Planänderung?

Was auch immer ich mir ausmalte, bald hatte ich die Gelegenheit, sie zu fragen.

Kas hatte mir ihre Adresse übermittelt, als wir uns über die Bedingungen unserer Zusammenarbeit verständigten. Ich sollte nach Rewal kommen, nachdem ich den letzten Hinweis und mit ein bisschen Glück auch Ewa gefunden hatte. Die Situation hatte sich jedoch verändert.

Ich brauchte Kasandras Hilfe schon jetzt. Auf mich allein gestellt, wusste ich nicht, wie ich die verwirrenden Worte meiner Verlobten enträtseln sollte. Ich brauchte einen Ort, an dem ich in Ruhe darüber nachdenken konnte, ohne mich ständig umzusehen. Und mehr als alles andere brauchte ich einen Computer und Internetzugang.

Ich wusste, ich konnte mich bei niemandem melden. Kasandra war meine einzige Rettung.

Und war ich das wirklich auch für sie? Sie hatte das behauptet, als sie mir von dem Horror erzählte, den sie seit Jahren ertragen musste. Ich wollte keine Einzelheiten wissen, mir reichte vollkommen, dass ihr Mann sie misshandelte. Und dass sie sich mit ihrem Sohn endlich von ihm befreien wollte.

Sicher würde ich ihr auch ohne diesen Tauschhandel helfen.

Aber vielleicht bildete ich mir das auch nur ein. Vielleicht fehlte mir in Wirklichkeit die Empathie, und ich konzentrierte mich nur darauf, meine eigenen Probleme zu lösen.

Wie auch immer, wir brauchten uns gegenseitig. So viel war klar.

Ich sah noch einmal auf das Telefon, dann legte ich es auf die Ablage und beschleunigte etwas. Sich in Polen mit der vorgeschriebenen Geschwindigkeit fortzubewegen war wahrscheinlich verdächtiger, als zu schnell zu fahren.

Von Rewal trennten mich nach meinen Berechnungen noch über zweihundert Kilometer. In etwas über drei Stunden würde ich vor Ort sein, wenn ich auf dem Weg nicht auf eine Baustelle stieß. Oder Kasandra mir nicht eine weitere SMS schickte, um mich zu informieren, dass sie ihre Meinung geändert hatte.

16

Robert war wie im Wahn. In seinen Augen konnte ich erkennen, dass der Mensch, den ich einmal geheiratet hatte, verschwunden war. An seiner Stelle war jetzt jemand anders. Dieser Fremde brüllte Beleidigungen, drohte mir, warf meine Bücher auf den Boden.

Bevor er mich in den Flur schleppte, sah ich auf den Computer. Von Werner keine Nachricht. Ich befürchtete, die Polizei war ihm auf die Spur gekommen und er schon in Gewahrsam. Eine andere Erklärung gab es nicht.

Wie gerne hätte ich Lokalnachrichten aus Opole und Wielkopolska gelesen. Wenn mich in dieser Nacht schon mein eigener Mann zu Tode schinden sollte, wollte ich wenigstens wissen, ob Werner seiner Ewa auf die Spur gekommen war.

Robert prügelte eine gute Stunde auf mich ein. Dabei machte er immer wieder Pausen, als wollte er mir Hoffnung machen, nur um diese dann brutal zu zerstören. Er schleuderte mir alle möglichen Vorwürfe entgegen, und die Schläge wurden stärker.

Dass es um mich immer schlechter stand, stachelte ihn nur an. Er fühlte sich als Herr über Leben und Tod, das Bewusstsein, dass mein Wohl und Wehe nur vom ihm abhing, machte ihn trunken. Zur Reue war es noch ein weiter Weg, aber zweifellos würde sie früher oder später über ihn kommen.

Ich betete, es möge nicht zu lange dauern.

Während einer der Unterbrechungen war ich schon so zerschunden, als wäre ein Auto über mich hinweggerollt. Diese Wunden würde ich nicht mehr vertuschen können. Das machte meine Flucht schwieriger, schließlich fiel eine verletzte Frau überall auf.

Und ich musste unsichtbar bleiben.

Ich schob den Gedanken beiseite und betrachtete Robert, der an einem der Bücherregale lehnte. Er sog hastig Luft ein, als habe er gerade einen Sprint hinter sich gebracht. Seine Schultern bewegten sich auf und ab.

Machte ich mir etwas vor, wenn ich immer noch an Flucht dachte? Würde die Sache nicht hier und jetzt enden? Robert versank immer tiefer in seinen Wahn. Eigentlich müsste ich inzwischen die ersten Anzeichen erkennen, dass die Emotionen abflauten. Diesmal nicht.

Er drehte sich um und sah mich verächtlich an. Er kam näher, holte aus und trat mir in die Rippen. Ich krümmte mich heulend zusammen. Ich wusste nicht mehr, ob die neuen Schläge oder die alten Wunden schlimmer waren.

«Robert ...»

«Halt die Fresse!», schrie er und trat noch einmal zu.

«Schau ... Schau, was du machst ...»

Ich sprach so leise, dass ich nicht wusste, ob er mich überhaupt hörte. Obwohl ich völlig entkräftet war, hob ich die Hand und zeigte auf den Flur. Robert drehte sich kurz um und sah die blutigen Spuren an den Wänden.

Er verzog das Gesicht und gab mir einen Tritt, als wäre ich ein herrenloser Hund.

«War das etwa ich?», zischte er. «Du hast das ganze scheiß Haus versifft!»

Er stellte mir den Fuß auf die Brust und drückte zu. Mir schien, gleich würde ich meine Rippen brechen hören. Robert verlagerte sein gesamtes Körpergewicht auf das eine Bein.

«Das Haus ...», presste ich hervor, «ist voller ... Blut.»

Er sah mich wütend und vorwurfsvoll an.

«Stell dir vor ... was passiert ... wenn ...»

«Wenn was? Du die Polizei rufst? Bitte schön, mach ruhig.»

Er nahm das Bein von meiner Brust und holte sein Handy aus der Hosentasche. Er umklammerte es und presste die Lippen zusammen. Dann schleuderte er es in meine Richtung. Es traf mich direkt am Auge, der Schmerz war kaum zu ertragen. Mir schien, ich würde das Lid nie wieder heben können.

Ich erlaubte mir nur ein leises Ächzen.

«Wojtek ...»

«Was ist mit Wojtek? Versteckst du dich jetzt schon hinter einem Kind, du dreckige Schlampe?

«Er wird sehen ...»

«Er wird höchstens sehen, wie man dich Fotze verbuddelt», schleuderte Robert mir entgegen und packte mich an der Bluse.

Er zerrte mich in Richtung Flur. An der Bluse platzten die Nähte. Die ersten beiden Knöpfe waren sofort weggeflogen, die anderen hielten noch. Robert schleifte mich über den Boden, dann die Treppe hinunter. Er machte das so, dass ich mir dabei so oft wie möglich irgendwo weh tat. Mein Kopf schlug gegen die Stufen und um einen größeren Effekt zu erzielen, hob er mich bei jeder Stufe ein wenig an.

Als wir unten ankamen, war ich halb bewusstlos.

Ein einziger Gedanke setzte sich in meinem Hirn fest. Es war ganz gleich, was aus mir wurde. Mir war egal, ob Robert rechtzeitig aufhören würde. Ich dachte nur daran, dass ich es nicht schaffte, die Blutspuren und die Unordnung im Haus zu beseitigen. Wojtek würde alles sehen.

Aber dieser absurde Gedanke gehörte nicht hierher.

Ich musste an das Hier und Jetzt denken. Mich retten. Nicht, indem ich mich wehrte, dafür war es zu spät. Sondern durch Raffinesse. Ich brauchte Wörter, die den Wahnsinn meines Mannes in seine Einzelteile zerlegten.

«Du dreckige Fotze ...», zischte er auf dem Weg in den Salon.

In meinem Kopf dröhnte es, aber nicht so laut, dass ich es nicht gehört hätte. Robert war zum Äußersten bereit.

«Du wusstest, dass es so enden würde.»

Wieder schleuderte er mich, als wäre ich ein Müllsack. Ich rollte ein Stück und blieb neben der verglasten Verandatür liegen. Ich sah nach draußen. Obwohl es nicht regnete, hatte ich den Eindruck, als schaute ich durch nasses Glas.

«Darauf hast du lange hingearbeitet, du Miststück ...»

Er trat mich von hinten. Ich drückte den Rücken durch und wusste nicht einmal mehr, woher der Schmerz kam. Robert packte mich an der Schulter und drehte mich zu sich, dann schlug er mir mit der Faust ins Gesicht. Er tat das mit dem Hass und der Brutalität eines Menschen, der nach Jahren der Zurückhaltung seinen widerlichsten Gefühlen freien Lauf lässt.

Vielleicht tat er das gerade wirklich.

«Robert, du kannst nicht ...»

«Was kann ich nicht?»

«Du machst ...»

«Hör auf zu quatschen, Gott verflucht!»

Er hatte jede Kontrolle verloren. Er prügelte auf meinen Brustkorb ein, als wäre ich ein Boxsack. Schlug besinnungslos zu. Einmal, zweimal, dreimal, viermal. Kurz schien mir, er zögere, aber da war nichts. Nur meine armselige Hoffnung. Die Hoffnung darauf, dass da noch ein Funken Menschlichkeit war.

«Du ... bringst ... mich ... um», brachte ich hervor.

Das hörte er nicht. Er prügelte weiter und merkte nicht einmal, dass ich Blut hustete. Rote Spritzer landeten auf seinem weißen Hemd, den hochgekrempelten Ärmeln. Seine Muskeln spannten sich bei jedem Schlag an.

Plötzlich hörte er auf zu schlagen, schüttelte heftig den Kopf und drückte mir die Beine auseinander. Ich wusste nicht, wie mir geschah. Was er machte, nahm ich kaum noch wahr.

Er brüllte, dass ich herumhure, wenn er nicht da sei. Dass ich es mit Männern von der Straße treibe. Dass ich die Aufpasser ficke, die er für mich eingestellt habe.

Er drückte meine Beine weiter auseinander und schlug zu. Hätte er weniger kräftig zugeschlagen, mir wäre trotzdem die Luft weggeblieben. Ich war vollkommen gelähmt. Es war, als würden meine Eingeweide aufgespießt.

Ich konnte kein einziges Wort mehr sagen. Robert hob mich hoch, nahm Anlauf und schlug mich wie eine Puppe gegen die Terrassentür. Ich hielt mir eine Hand ins Gesicht, bevor ich ins Glas rauschte.

Ich flog nicht nach draußen, mein Mann hielt mich gut fest. Hätte er das nicht getan, ein Glasstück hätte sich mir vielleicht in den Hals gebohrt.

Und ich bedauerte, dass das nicht passiert war. Jetzt verstand ich, was Poe meinte, wenn er vom *Imp of the Perverse* schrieb: dem Geist des Trotzes. Dem überwältigenden Gefühl, in einer konkreten Situation bis zum Allerletzten gehen zu wollen.

Töte mich, wiederholte ich innerlich.

Töte mich.

Ich wusste: Ich liefere meinen Sohn diesem Wahnsinn aus. Robert hat nichts zu befürchten. Mein Tod ist sinnlos. Danach wartet nichts auf mich. Nur Leere.

Trotzdem wiederholte ich meinen stummen Appell.

Töte mich.

Robert brauchte keine Erlaubnis und keine Bitten. Seine Finger umschlossen mein Handgelenk. Er schleifte mich in die Mitte des Salons, dann ließ er los. Meine Hand fiel schlaff auf den Boden.

Robert ging zum Kühlschrank, um sich ein Bier zu holen. Meine

Kraft reichte gerade noch aus, um den Kopf zur Seite zu drehen. Mein Blick fiel auf den Blumentopf mit der Schwertlilie. Ich hatte sie vollkommen vergessen und nicht gegossen, die Pflanze war beinahe vertrocknet.

Ich schloss die Augen.

Ich war völlig entkräftet, an Flucht war nicht zu denken. Immer wieder wurde ich ohnmächtig, ich wusste nicht, wie lange das alles schon dauerte.

Als er zurückkam, um sein Werk zu vollenden, baute er sich breitbeinig vor mir auf. Als wollte er einen allerletzten, hoffnungslosen Rettungsversuch provozieren. Ich hätte es probiert, konnte aber nicht einmal mehr die Hand heben.

Ich wusste nicht, ob er mich physisch oder psychisch besiegt hatte. Ich konnte nicht mehr sagen, woher meine Kraftlosigkeit rührte.

Ich schwebte langsam davon, die Welt wurde immer weniger real. Kurz sah ich zur zerschlagenen Tür und glaubte sogar, da stehe jemand. Erst nach einer Weile wurde mir klar, dass da wirklich jemand war.

Und zwar kein zufälliger Passant.

Ich erkannte Werner. Kein Zweifel, das konnte nur er sein. Allerdings war ich mir nicht sicher, ob er wirklich hier war oder mein Gehirn mir einen Streich spielte.

Wenn er wirklich hier war, musste er sofort fliehen, schoss es mir durch den Kopf. Robert war stärker als er. Bevor mein Mann zum «seriösen» Geschäftsmann aufgestiegen war, hatte er sich bei Prügeleien seine ersten Sporen verdient. Er gehörte zu denen, die in Diskotheken gingen, um Ärger zu provozieren.

Ich weiß nicht, was er damit erreichen wollte. Vielleicht beweisen, dass er als Spross aus gutem Haus auch auf der Straße blendend zurechtkam. Und das tat er wirklich, dank vieler Stunden im Fitnessstudio.

In einem fairen Kampf wäre Damian chancenlos gewesen.

Ich blinzelte in der Hoffnung, die Dunkelheit draußen würde die Gestalt einfach verschlucken.

Dunkelheit. Großer Gott, wie lange dauerte das schon? Ziemlich lange. Langsam erlangte mein Bewusstsein seinen Normalzustand wieder, die Lähmung ließ nach.

Leider konnte ich das Gleiche nicht von meinem Körper behaupten. Er schien mir nicht mehr zu gehören.

Robert schlug mir in den Bauch, wieder und wieder. Ich bekam keine Luft.

«Hey!», erklang es plötzlich.

Mein Mann erstarrte, und ich erkannte die Stimme. Es war Werner.

Er war wirklich hier.

Und er musste schleunigst weg.

17

Es blieb keine Zeit zum Überlegen. Als ich bei der Villa vorfuhr und die Schreie hörte, wusste ich schon, es würde nicht gut enden. Ich ging hinter das Haus, weil ich mich mit der Situation vertraut machen wollte, als ich hörte, wie Glas zersplitterte.

Was ich sah, übertraf meine schlimmsten Befürchtungen.

Zwar hatte Kasandra mir ihre miserable Situation beschrieben, aber sie hatte nichts davon gesagt, dass ihr Mann sie so sehr misshandelte. Und wie hätte sie auch – für diese Torturen waren Worte zu wenig. Falls es überhaupt eine Entsprechung dafür gab.

Mein erster Gedanke war, die Polizei zu rufen. Allerdings verzichtete ich aus offensichtlichen Gründen darauf.

Als mir der Mann den Rücken zudrehte, wusste ich, dass das meine Chance war. Ich konnte ihn überraschen und mit ein bisschen Glück unschädlich machen. Ich musste nur etwas finden, was schwer genug war, um es ihm auf den Hinterkopf zu schlagen.

Dann schlug er auf sie los, und ich tat das Schlimmste, was ich hätte tun können. Ich verschenkte den Überraschungsmoment.

«Hey!», schrie ich.

Er erstarrte, aber nur kurz. Dann richtete er sich plötzlich auf und schaute mich an, als sei ich aus dem Boden gewachsen. Er atmete schwer, aber in seinen Augen sah ich blanken Wahnsinn.

Er machte einen Schritt in meine Richtung, und ich zog mich

gegen meinen Willen zurück. Das Glas knirschte unter meinen Schuhsohlen.

«Was bist denn du für einer, verdammt noch mal?», rief er.

Ich ging noch einen kleinen Schritt nach hinten. Ich bemerkte ihn selbst kaum und hoffte, dass er Reimann entgangen war. Als er mir näher kam, begriff ich, dass dem nicht so war – und dass jeder Zentimeter Bedeutung hatte.

«Ich bin am Strand entlanggegangen und habe gehört ...»

«Dass Glas zerbrochen ist?»

«Ja.»

«Nichts passiert», teilte mir Robert kurz mit.

Erst jetzt verstand ich, dass er nicht näher kam, um zu zeigen, wer hier der Herr war. Er wollte, dass ich mich von der zerschlagenen Scheibe entfernte. Von der am Boden liegenden Kasandra, die ich aus dem Augenwinkel entdeckt hatte.

Jetzt konnte ich sie nicht sehen, Reimann stand zwischen uns. Aber vorher hatte ich Blut gesehen. Ziemlich viel Blut. Im Halbdunkel war es nicht einfach, zu entscheiden, in welchem Zustand Kas war. Und als wir uns vom Haus entfernten, wurde es unmöglich.

Der Mann vor mir lächelte plötzlich. Erst wusste ich nicht, was er damit erreichen wollte. Dann kam es mir in den Sinn – er wusste nicht, wie lange ich schon dort gestanden hatte. Er wusste nicht, was ich gesehen hatte, und wollte die Situation retten.

«Danke der Nachfrage», sagte er. «Aber es ist wirklich nichts passiert.»

Ich schielte zu der zerbrochenen Scheibe hinüber, und Reimann zuckte die Schultern.

«Ich habe mit meiner Frau ein neues Regal aufgestellt», erklärte er. «Ikea sollte echt Mitarbeiter mitschicken, um diese Dinger zusammenzuschrauben.»

Es gab keinen Ikea in der Umgebung, aber das war auch egal.

Robert hatte mir ein klares Angebot gemacht: Vergiss, was du gesehen hast, und alles ist okay.

Ich schluckte schwer, während ich Robert anschaute. Wie weit würde er gehen?

Und was konnte ich tun? Seine breiten Schultern und deutlich sichtbaren Muskeln ließen keinen Zweifel, dass ich im Kampf mit ihm chancenlos war, außerdem hatte ich nichts, womit ich mich verteidigen konnte. Als ich das Geräusch der zerberstenden Scheibe gehört hatte, war ich zum Haus gestürzt, als würde es brennen. Ich hatte nur nicht daran gedacht, dass ich, um mit diesem Feuer klarzukommen, keinen Feuerlöscher brauchte, sondern eine ganze Mannschaft Feuerwehrmänner.

«Aber trotz allem danke noch einmal für die Nachfrage», fügte Reimann hinzu. «Wenn die Leute im Alltag nicht so gleichgültig wären, gäbe es auf dieser Welt vielleicht ein paar Tragödien weniger.»

«Vielleicht.»

Wieder lächelte er leicht. Ich bemühte mich, über seine Schultern zu schauen, aber das Innere der Villa verlor sich im Dunkel.

«Wo kommst du her?», fragte er.

Ich kannte mich in der Umgebung nicht besonders gut aus und brauchte einen Moment, um zu überlegen. Einen Moment, der Roberts Misstrauen verstärkte.

«Aus Pobierowo», sagte ich, als ich mich an den Namen einer der Ortschaften erinnerte, die zu Rewal gehörten.

«Urlaub?»

«Klar», antwortete ich so nonchalant, wie ich konnte.

«Bleibst du lange?»

«'ne Woche oder so.»

«Hotel oder Pension?»

«Pension. Gar nicht weit.»

Zum Glück fragte er nicht, welche. Falls, wäre ich bereit gewesen, den Namen irgendeines Seevogels zu nennen. In der Umgebung gab es bestimmt so etwas wie das «Albatros» oder «Kolibri».

«Bist du allein hier?»

«Ja. Ich muss ein bisschen Kraft tanken ... meiner Familie entkommen.»

«Verständlich.»

Er warf mir einen verständnisvollen Blick zu, und ich überlegte, ob er fragte, um den Anschein einer normalen, harmlosen Konversation aufrechtzuerhalten, oder um zu erfahren, ob jemand mein Verschwinden bemerken würde.

«Ich gehe manchmal am Abend hier spazieren», fügte ich hinzu.

«Das wundert mich nicht, das Gelände lädt dazu ein.»

«Stimmt.»

«Aber pass auf, wenn du Privatbesitz betrittst.»

«Ich wusste nicht ...»

«Na, stimmt, wir sollten einen Zaun aufstellen», gab er zu, als sei tatsächlich er schuld. «Aber wir wollen uns nicht den Ausblick verderben.»

«Kann ich verstehen.»

«Am Strand steht eine Tafel. Wahrscheinlich hast du sie im Dunkeln nicht bemerkt.»

Ich nickte, während sich immer mehr Speichel in meiner Kehle sammelte. Dieses Gespräch war außerordentlich beunruhigend. Als wären jeder Satz, jedes Wort eine unausgesprochene Drohung.

Ich griff mir an den Hals. Eigentlich sollte ich nach Kasandra sehen, versuchen, ihr zu helfen.

Aber wie denn? Ich konnte mich entfernen und dann die Polizei anrufen. Das war wohl die einzig mögliche Lösung. Wenn das Ergebnis nur nicht so fatal wäre, und zwar nicht nur für mich.

«Sicher alles in Ordnung?», fragte ich. «Vielleicht kann ich irgendwie helfen?»

«Junge ...», murmelte Reimann und schnaubte. «Hast du nachts nichts Besseres zu tun?»

«Eigentlich nicht.»

«In dem Fall gibt es eine gute Kneipe in Pobierowo. Das *Baltic Pipe*.»

«Interessanter Name.»

«Nicht nur der Name. Die ganze Einrichtung ist im Industrial Style, es wird dir gefallen. Tagsüber ist es ein Café, am Abend eher eine Cocktailbar. Sag, dass dich Robert Reimann geschickt hat.

«Für eine kostenlose Runde?»

Er lachte, als hätte ich wirklich etwas Lustiges gesagt. Mir wurde heiß, obwohl die Temperatur nach Sonnenuntergang ungewöhnlich niedrig war.

«Mindestens eine», erklärte er. «Ich werd gleich anrufen und dich anmelden. Vielleicht kann ich sogar noch vorbeischauen, ich muss nur mit meiner Frau noch ein bisschen aufräumen.»

Ich machte einen Schritt nach rechts und schaute zum Haus. Mein Gesprächspartner machte sofort die gleiche Bewegung, das Lächeln war von seinem Gesicht verschwunden.

«Ist mit ihr alles in Ordnung?»

«Ja, ja. Sie hat sich an der Hand verletzt. Ist aber nicht schlimm.»

Einen kurzen Moment sahen wir uns schweigend an.

Das war's dann, dachte ich. Die Zeit, Verstecken zu spielen, war vorbei. Entweder machte ich jetzt, was nötig war, oder Reimann würde die Initiative ergreifen. Er hatte aufgehört, den Grund zu sondieren.

«Also», meinte er. «Jedenfalls noch mal danke.»

Zum dritten Mal. Ein deutlicheres Signal, endlich zu verschwinden, konnte er nicht geben. Ich nickte, als ob ich begriffen hätte und zur Vernunft gekommen wäre, dann drehte ich mich in die Richtung, die er mir mit seinem Blick zeigte.

«*Baltic Pipe?*», versicherte ich mich.

«Jo.»

«Ich schau sicher rein.»

Ich ging los und hatte keine Idee mehr, was ich noch machen konnte. Verdammt, eine so vom Leben geschulte Person sollte doch die Fähigkeit besitzen, in schwierigen Situationen schnell zu reagieren. Und trotzdem war ich noch immer wie gelähmt.

Außerdem hatte ich einen riesigen Fehler gemacht, als ich mich von Reimann entfernte. Ich drehte den Kopf in Richtung der zerschlagenen Tür und entdeckte Kasandra in einer Blutlache. Ich blieb wie vom Blitz getroffen stehen – und obwohl ich eine Sekunde später weiterlief, reichte es schon, damit Robert wusste, dass ich zu viel gesehen hatte.

Sofort war er bei mir und holte aus. Seine geballte Faust landete geradewegs auf meiner Schläfe. Ich hörte den Schlag als Echo in meinen Ohren und spürte, wie der Schmerz durch meinen Kopf fuhr.

Hätte mich Reimann nicht am T-Shirt gepackt, hätte ich das Gleichgewicht verloren. Ich hob automatisch die Hände, um meinen Kopf zu schützen. Das war der nächste Fehler. Robert nutzte es aus, dass ich keinen Widerstand leistete. Er holte aus und schlug mir gegen den Adamsapfel.

Der Schlag war nicht stark, aber der Angreifer hatte gut gezielt. Ich bekam keine Luft, und in dem durchdringenden Schmerz verlor ich komplett die Kontrolle über die Situation.

Ich ging zu Boden und versuchte mich zu schützen. Dann kam ein Fußtritt. Reimann hatte nicht auf eine bestimmte Stelle gezielt, er ließ sich einfach gehen. Ich bekam einen an den Kopf, und der nächste Tritt landete irgendwo auf meinem Oberkörper.

Dann spürte ich, wie Reimann mich hochhob.

«Du hast nichts gesehen, klar?»

«O-okay.»

Ich fühlte mich erbärmlich. Eigentlich war ich hergekommen,

um Kasandra zu befreien, ihr zu helfen, dem Wahnsinn zu entkommen, in dem sie seit Jahren lebte. Ich sollte die Erlösung sein.

Das Einzige, was ich allerdings bisher erreicht hatte, war eine absurde, tragikomische Unterhaltung mit ihrem Ehemann.

Reimann schlug mich in den Magen, ich krümmte mich halb zusammen und musste husten. Nach dem Schlag auf die Kehle hatte ich den Eindruck, etwas sei geplatzt. Ich hatte einen metallischen Geschmack im Mund, der noch betäubender auf mich wirkte als jeder Schmerz.

Er erinnerte mich daran, was sich an der Młynówka zugetragen hatte. Damals hatte ich zum letzten Mal Blut im Mund gehabt.

«Wenn du jemanden benachrichtigst, kill ich dich, verstanden?»

Ich bekam zu schlecht Luft, um zu antworten. Aber ich musste etwas aus mir herauspressen, um weitere Schläge zu vermeiden.

«Sag mal ...»

«Verstehst du?!»

«Ja», gab ich unsicher zurück.

«Wo wohnst du?»

Ich schwieg.

«Sag's!»

Er wartete die Antwort nicht ab und schlug mir direkt auf den Mund. Der Schlag kam von unten, wahrscheinlich verletzte Robert sich die Finger dabei. Meine oberen Schneidezähne erzitterten. Das Zahnfleisch schien sofort anzuschwellen.

«Wo?!»

«Im Alba... Im Albatros.»

«Welches Zimmer?»

«Nummer ... fünfzehn.»

Reimann spuckte aus, dann schüttelte er den Kopf.

«Wie heißt du, Arschloch?»

Ich zögerte einen Moment zu lange, und Reimann begriff, dass etwas nicht in Ordnung war. Ich hätte sofort antworten sollen, aber wenigstens war ich noch wach genug, nicht meinen richtigen Namen zu nennen. Robert kannte die Klienten von RI sicher, er würde mich sofort erkennen.

Und sofort würde er wissen, dass ich nicht zufällig hier aufgetaucht war.

«Damian ... Blicki ...», stammelte ich.

«Jetzt lügst du auch noch?», zischte er. «Denkst du, ich prüfe das nicht nach?»

Er schlug noch einmal zu, diesmal eher schwach, von links. Dieser Schlag durchfuhr mich wie der Gong, der an die nächste Runde bei einem Boxkampf erinnert. Der Gong, der den erschöpften Boxer weckt.

Ich riss mich von ihm los, dann führte ich einen unkontrollierten Schlag aus. Ich traf ihn mit einem rechten Haken am Kopf, aber die Attacke zeigte überhaupt keine Wirkung. Reimann fing sich sofort, packte mich an der Hand und drehte sie mir auf den Rücken. Aus der Drehung holte ich mit der anderen Hand aus. Ich traf ihn mit dem Ellbogen am Kinn, und mein Gegner stöhnte leise.

Die Oberhand gewann ich nicht, aber wenigstens konnte ich mich verteidigen. Das verdankte ich vor allem der Tatsache, dass Robert von meinem Widerstand überrascht war.

Ich konnte noch einmal zuschlagen, bevor ein Hagel von Schlägen auf mich niederging.

Reimann war im Prügeln geübt, das bewies er mir. Er schlug wieder und wieder zu, und ich holte mit beiden Händen aus – hoffnungslose Versuche, mich zu schützen. Jeder seiner Schläge erreichte sein Ziel, meine dagegen gingen größtenteils in Leere.

Schließlich machte ich einen Schritt nach hinten und spürte, dass ich die Kontrolle über meinen Körper verlor. Als Reimann mir ans Knie trat, konnte ich mein Gleichgewicht nicht mehr halten. Schlaff stürzte ich zu Boden.

Der nächste Schlag kam wie ein Hammer aus dem Nichts. Mein

Angreifer traf mich auf die Nase, ich hörte, wie etwas knackte. Schmerz breitete sich irgendwo hinter den Augen aus, er war so mächtig, dass er meine Nervenenden zu betäuben schien.

Ein paar weitere Schläge brachten mich an den Rand der Ohnmacht. Ich spürte, wie mir das Blut nicht nur in Tropfen, sondern in Strömen aus der Nase floss, in meinen Mund, in die Kehle. Zu husten war fast unmöglich.

Ich war kurz davor, ohnmächtig zu werden. Mein Gesicht glich einem blutigen Brei.

Trotzdem hörte Reimann nicht auf. Er schlug besinnungslos drauflos, als sei er besessen. Er schrie etwas, aber ich verstand es nicht. Seine Stimme drang nicht durch das Rauschen, das mich taub machte.

Das war das Ende.

Nach all den Schwierigkeiten, mit denen ich fertiggeworden war. Nach dem ganzen Weg, den ich hinter mich gebracht hatte. Hier und jetzt endete alles.

Ich würde also nicht erfahren, ob Ewa tatsächlich auf mich wartete. Ich würde nicht hören, was sie die ganze Zeit gemacht hatte. Der Mann, der da auf mich einschlug, wurde fremd, fast anonym. Der Grund, warum er mich schlug, entglitt mir irgendwie.

Mich überfiel das Gefühl kompletter Verwirrung. Wie irreal die Situation geworden war. Wie absurd.

War das immer so vor dem Tod?

Ich schwamm davon. Es schien mir, als näherte ich mich dem Ort, von dem es keine Rückkehr gab.

Ich verlor das Bewusstsein. Und da hörte Reimann plötzlich auf.

Ein unerwarteter Sonnenstrahl in einem dunklen, verrückten Gewittersturm. Als hielte die Zeit an. Das Gefühl, die Situation sei irreal, verstärkte sich. Ich wusste nur noch eines: Ich war tot.

Er hörte auf, weil er sein Ziel erreicht hatte – ich war gerade gestorben.

Ich schaffte es, ein blutunterlaufenes Auge zu öffnen. Über mir sah ich den schwer atmenden Reimann. Er hob die geballte Faust, um mir den letzten Schlag zu versetzen. Den Schlag, der bewirken sollte, dass ich meine Augen nie wieder öffnete.

18

Der Glassplitter drang in Roberts Hals wie ein Messer in weiche Butter.

Robert erstarrte mit erhobener Faust. Er gab keinen Ton von sich. Ich hatte etwas anderes erwartet. Ein einziger Stoß konnte unmöglich genug sein. Robert würde sich umdrehen, mir das Glas aus der Hand schlagen, sich wehren.

Diese Furcht mischte sich mit einer Hoffnung.

Der Hoffnung, er würde sich lange quälen, irgendwas brüllen und leiden, bevor er starb. Aber er war sofort tot. Ich war kaum nach draußen gekrochen und hatte alle Kraft zusammengenommen, um aufzustehen, da war es auch schon vorbei.

Ein Stück Glas, das in seinen Körper eindrang, reichte aus.

Ich stützte Robert noch kurz, damit er nicht auf Werner fiel. Dann glitt er seitlich auf den Boden, und mich verließen alle Kräfte. Fast hätten sie mich schon vorher verlassen. Fast wäre Werner tot gewesen.

Ich hatte mich in seine Richtung geschleppt. Eigentlich war ich mir gar nicht sicher, ob ich nicht zu spät kam. Ich sah, was draußen passierte, und robbte so schnell es ging, aber jeder Meter schien mir eine übermenschliche Anstrengung.

Außerdem konnte sich Robert jeden Moment umdrehen und mich sehen.

Aber das tat er nicht. Ich überraschte ihn und war stärker. Hoffentlich realisierte er in der letzten Sekunde seines Lebens, was passierte. Und wer da für Gerechtigkeit sorgte.

Ich war wie in Trance. Aus dem Augenwinkel sah ich Robert mit dem Gesicht nach unten im Sand liegen, er rührte sich nicht, aber tief in meinem Innern befürchtete ich, er würde aufstehen und sich den Sand von den Kleidern klopfen. Und weitermachen, wo er aufgehört hatte.

Ich fixierte Damian, dann nahm ich sein Handgelenk. Ich suchte nach dem Puls, aber ich war noch immer wie gelähmt und konnte nichts feststellen.

«Wern ...»

Ich glaubte eine flache Atmung zu hören, war mir aber nicht sicher. Sein ganzer Körper war unangenehm kalt, und mich beschlich der Gedanke, dass ich zu spät gekommen war. Nicht viel, aber doch.

Er rührte sich auch nicht, als ich ihm das Blut aus dem Gesicht wischte. Falls er noch lebte, war er auf den letzten Metern.

Ich wusste, was zu tun war. Er hatte es verdient, zu hören, was ich ihm die ganzen Tage über hatte sagen wollen.

Ich holte tief Luft. Das hatte ich mir anders vorgestellt. Das hatte anders enden sollen.

Ich beugte mich zu ihm nieder und küsste ihn auf den Mund. Dann hob ich ein wenig den Kopf.

«Tiger ...», sagte ich.

Er bebte, als hätte ihn jemand defibrilliert. Öffnete die Augen und sah mich ungläubig an.

Ich hatte nicht erwartet, dass er die Kraft aufbringen würde, etwas zu sagen. Und doch.

«Ewa?», fragte er.

…
Teil III

1

Die wachen Momente waren wie Blitze, die den Himmel erleuchteten. Wie ein Fotograf auf der Jagd nach der perfekten Aufnahme versuchte ich sie zu fassen, aber sie verschwanden ebenso schnell, wie sie kamen.

Ich kam nur kurz zu Bewusstsein, immer wieder. Die Bilder flimmerten mir vor Augen, während ich versuchte, sie zu einem logischen Ganzen zusammenzufügen.

Ewa konnte nicht hier sein.

Und trotzdem beugte sie sich über mich, legte mir die Hand auf die Wange und fragte, ob ich aufstehen könne. Ich konnte nicht antworten, Dunkelheit umgab mich. Als ich die Augen wieder öffnete, war ich im Salon.

Später wachte ich kurz auf dem Sofa auf.

Ich sah Ewas lädiertes Gesicht und verstand nicht, was hier los war und wie es sein konnte, dass sie hier war. Mein Verstand weigerte sich, das Offensichtliche zu begreifen.

Ich hatte Kasandra Reimann nicht ein einziges Mal gesehen.

Ich hatte nie ihre Stimme gehört.

Sie hatte mich nur über RIC kontaktiert und darauf beharrt, das sei die einzige sichere Möglichkeit. Und wenn man das Sodom und Gomorrha kannte, in das sich die Reimann'sche Villa verwandelt hatte, musste ich zugeben, dass sie recht hatte.

Aber wenn das wirklich Ewa war, warum hatte sie es mir nicht gleich zu Anfang gesagt? Wozu das alles?

Und wie war es möglich, dass sie Robert Reimanns Frau geworden war?

Hatte sie jahrelang niemand erkannt? Sie war doch in der Öffentlichkeit aufgetreten, hatte am gesellschaftlichen Leben teilgenommen ...

Nein, hatte sie nicht, verbesserte ich mich. Zwar hatte sie ziemlich viel Geld an karitative Institutionen gespendet und lokale Initiativen unterstützt, aber sie hatte nie an üppigen Banketten teilgenommen, nie im Blitzlichtgewitter gestanden.

Mein Gott, sie war es wirklich.

Jedes weitere Mal, wenn ich aufwachte, begriff ich das mehr. Und es tauchten immer mehr Fragen auf, Antworten jedoch keine. Das ergab alles überhaupt keinen Sinn.

Warum war sie auf dieses Konzert gegangen? Und warum hatte sie mich später durchs ganze Land gehetzt?

Warte, dachte ich. Nicht durchs ganze. Im Gegenteil. Sie hatte mich vom Süden nach Norden geführt. Sie hatte dafür gesorgt, dass ich Rewal in kleinen Schritten näher kam.

Als ich schließlich richtig aufwachte, saß sie am Rand des Sofas und starrte in die Schwärze vor dem Fenster. Die Schwärze, die Reimanns Körper verdeckte. Mich schüttelte es bei dem Gedanken, dass Ewa ihm tatsächlich das Leben genommen hatte.

Ich schaute sie schweigend an und wusste nicht, was ich sagen sollte. Sie hatte sich verändert, sah etwas anders aus. So sehr, dass unsere alten Bekannten sie auf der Straße vielleicht nicht erkannt hätten.

Das war sicher Absicht. Jahrelang hatte sie alles getan, um sich nicht selbst zu sehen. Auch ihre Stimme hatte sich verändert. Vielleicht sogar mehr als alles andere. Einzig die Augen waren so wie früher, auch wenn ich tief in ihnen etwas sah, was mir ins Herz schnitt.

«Ewa ...»

Sie schüttelte den Kopf und sah mich an.

«Beweg dich nicht, du hast ein paar gebrochene Rippen.»

Zehn Jahre lang hatte ich mir unser Wiedersehen vorgestellt. Doch diese ersten Worte hatte ich nicht erwartet.

«Ich hab dir den Brustkorb verbunden, aber du musst aufpassen.»

«Wie ...»

«Ich erklär dir später alles.»

Trotz ihrer Warnung wollte ich mich hochziehen. Sofort hielt sie mich zurück, indem sie mir vorsichtig eine Hand auf den Arm legte. Wir sahen uns kurz an und versuchten uns dabei mehr zu sagen, als Worte ausdrücken konnten.

Erst jetzt war mir klar, warum wir uns auf RIC so gut verstanden hatten. Obwohl wir uns nicht sahen, unterhielten wir uns wie zwei alte Bekannte. Führten angeregte Gespräche, wir verstanden die Scherze des anderen problemlos. Von Beginn an war da diese Chemie zwischen uns – was mir hätte zu denken geben sollen, wenn man in Betracht zieht, dass wir uns nur aus einem Chat kannten.

Ewa zog die Hand weg und legte sie auf meine. Auch ohne all die Wunden, die man mit bloßem Auge sehen konnte, sah sie nur wie der Schatten eines Menschen aus. Blutspuren und die ersten blauen Flecken hoben sich deutlich von ihrem blassen Teint ab. Die Schatten unter ihren Augen wirkten fast gespenstisch, und die geplatzten Äderchen in den Augen bildeten rote Flecken im Weiß.

Ewa drehte den Kopf weg und starrte wieder in die undurchdringliche Schwärze. Ich hatte den Eindruck, als hätte ich sie irgendwo im nächtlichen Dunkel verloren. Nicht vor zehn Jahren, sondern jetzt. Als hätte sie ihr wirkliches Ich vor kurzem dort draußen gelassen.

Sie ließ den Kopf hängen und bewegte sich einen Moment lang nicht. Ich wollte gar nicht daran denken, was sie fühlte. Ich weiß nicht, ob der erste Stoß tödlich gewesen war, ich hatte keine Ahnung, ob sie mit Reimann gerungen und um ihr Leben gekämpft hatte ... Oder ob sie einfach kaltblütig gemordet hatte.

Schließlich gelang es mir, mich aufzurichten. Ich stöhnte vor Schmerz, aber Ewa tadelte mich nicht.

«Warum ...», stammelte ich. «Wozu das alles?»

«Bald erzähl ich es dir.»

Wir flüsterten beide. Nicht, weil uns jemand hören könnte. Keiner von uns hatte die Kraft zu sprechen.

«Wir müssen fliehen, Tiger.»

«Fliehen?»

Ich wollte fragen, vor wem, weil Robert ja tot hinter dem Haus lag. Ich biss mir aber rechtzeitig auf die Zunge.

«Sie werden uns verfolgen.»

«Wer? Die Leute, vor denen du dich versteckst? Die von Kajman?»

«Auch.»

«Auch? Wer noch?»

«Roberts Untergebene», antwortete sie, ohne den Kopf zu heben. «Und seine Mitarbeiter. Jemand wird seinen Platz einnehmen, und das Erste, was er machen wird, ist ...»

Sie brach ab und schüttelte den Kopf. Das verursachte ihr sichtlich Schmerzen.

«Alles beginnt von vorne», sagte sie deprimiert. Schließlich hob sie den Blick und sah mich kurz an.

«Ich werde all das wieder durchmachen, Wern.»

«Bestimmt nicht.»

Ich wusste nicht alles, aber ich wusste genau, woran sie dachte.

«Diesmal bin ich da. Zusammen schaffen wir das.»

Sie lächelte schwach.

«Es muss wirklich schlimm sein, wenn du mit solchen Plattheiten kommst.»

«Darin bin ich Meister.»

«Stimmt ...»

Ich drehte mich und stellte vorsichtig die Füße auf den Boden. Ein scharfer, durchdringender Schmerz war die Folge, aber ich wollte mir das nicht anmerken lassen. Ich leistete es mir nur, leicht das Gesicht zu verziehen.

Dieser verdammte Reimann hatte mir tatsächlich ein paar Rippen gebrochen. Ich konnte nicht einmal Luft holen, ohne das Gefühl zu haben, dass etwas in meinem Brustkorb zerriss. Die kleinste Bewegung hatte den gleichen Effekt.

«Wir müssen Wojtek abholen», sagte Ewa. «Wir nehmen ihn mit und verschwinden sofort.»

Ich schaute zu der zerbrochenen Glastür hinüber.

«Und was ist mit ihm?»

«Wir lassen ihn da.»

«Bist du dir sicher? Wäre es nicht besser ...»

«Nein», unterbrach sie mich und erhob sich. Sie schwankte, ich stützte sie automatisch.

Sie hatte recht, wir mussten so schnell wie möglich von hier verschwinden. Aber wie sollte das in diesem Zustand gehen? Wir konnten uns beide kaum auf den Beinen halten, schon ein paar Schritte strengten uns zu sehr an.

«Wir lassen ihn da», fügte sie hinzu. «Früher oder später finden sie ihn sowieso, und wir verlieren nur kostbare Zeit.»

«Wir könnten mit ihm ein Stück aufs Meer hinausfahren.»

«Und kannst du rudern?»

«Nein», antwortete ich, ohne zu zögern.

Ich wollte fragen, ob es in der Nähe nicht ein Motorboot gab, aber wenn das so wäre, wüsste Ewa das sicherlich und hätte es bedacht. Eine ganze Menge anderer wichtiger Fragen raste durch meinen

Kopf. Ich beschloss, mich für den Moment auf das zu konzentrieren, was hier und jetzt war. Wir hatten später noch Zeit, über alles zu sprechen.

Ich stand vom Sofa auf, wir stützten uns gegenseitig, als wir nach draußen gingen.

«Wie willst du ihn abholen?», fragte ich.

Sie sah mich verständnislos an.

«Deinen Sohn», sagte ich. «Er übernachtet doch bei jemandem, oder?»

«Ja», bestätigte sie. «Bei einem Freund.»

«Und du willst in diesem Zustand dort auftauchen und ihn einfach mitnehmen?»

«Uns fällt schon etwas ein.»

Die Tatsache, dass sie im Plural sprach, baute mich auf. Ich spürte, wie mich Kraft durchströmte, wenn auch nur kurz. Ein paar Sekunden später hatte ich wieder Schwierigkeiten, das Gleichgewicht zu halten.

Wir setzten uns in den Peugeot. Ich auf den Beifahrersitz, Ewa hinter das Steuer. Sie drehte den Schlüssel im Schloss herum.

«Du nimmst nichts mit?», fragte ich.

«Nein. Ich habe alles, was ich brauche.»

Schwierig zu sagen, ob sie damit mich meinte oder das Geld, das auf den Konten lag, die auf meinen Namen liefen. Auf die Ewa, die ich früher gekannt hatte, würde erstere Möglichkeit zutreffen. Nur wusste ich nicht, inwieweit die Frau, die neben mir saß, noch der alten Ewa entsprach.

Wir fuhren zu der Straße, die die Ortschaften an der Küste miteinander verband. Mir hallten Ewas Worte im Kopf nach, die sie gesagt haben musste, als ich kurz bei Bewusstsein war.

So habe ich mir das Ganze nicht vorgestellt.

Das hatte sie gesagt, mit einer Stimme, die irgendwie nicht zu ihr gehörte. Ich vermutete, dass sie sich unser Wiedersehen oft ausgemalt hatte – nur eben nicht so. Dass jemand starb, kam darin nicht vor. Sie hatte geplant, spurlos zu verschwinden – ohne den Schatten, der uns jetzt verfolgte.

Wir parkten vor einem Haus in Rewal.

«Warte hier», sagte Ewa und stieg aus, ohne eine Antwort abzuwarten.

Ich beobachtete, wie sie zur Tür ging und auf die Klingel drückte. Ein Blick auf die Uhr sagte mir, dass es schon nach Mitternacht war. Der Junge schlief bestimmt, wie auch alle anderen dort drinnen. Auf der Straßenseite brannte kein Licht im Haus.

Nach einer Weile wurde es in einem Fenster hell. Dann öffnete sich die Tür, und auf die Schwelle trat eine Frau mittleren Alters.

Ich betrachtete Ewa und ignorierte die Hausbesitzerin völlig. Ich sah meine verschollene Verlobte an. Gleich würde ich sehen, wie sie ihren Sohn in den Armen trug.

Und dann? Konnten wir uns tatsächlich vormachen, eine Flucht sei möglich? Und wenn ja, was dann? Würden wir dann eine glückliche Familie, mit mir als neuem Vater?

Himmel noch mal, ich musste aufhören, solche Gedanken zu spinnen. Alles der Reihe nach.

Erst diese Gegend verlassen, dann überlegen, was zu tun war. Ewa hatte bestimmt einen Plan. Wenn ich überlegte, was sie in diesem verrückten Spiel alles geschafft hatte, durfte ich durchaus erwarten, dass sie für jede Eventualität gerüstet war.

Ich blinzelte und versuchte, die Reaktion der Frau zu sehen. Die zog sich zurück und verschwand sichtlich betreten im Flur. Ewa schaute über die Schulter und nickte. Alles in Ordnung.

Vielleicht hatte die Frau, aus dem Schlaf gerissen, die Wunden nicht gesehen. Oder vielleicht hatte Ewa ihr eine nette Geschichte erzählt.

Wie auch immer, Wojtek erschien auf der Schwelle. Er gähnte, und Ewa nahm ihn bei der Hand und führte ihn zum Auto. Als er sich nach hinten setzte und anschnallte, bemerkte er mich.

«Mama, wer ist das?»

Die Antwort auf diese Frage war genauso kompliziert wie alle anderen Antworten, die ich noch nicht kannte. Jetzt hatte ich keine Lust, darüber nachzudenken.

«Werner», sagte ich und drehte mich mühevoll um.

Als der Kleine meine Hand zur Begrüßung schüttelte, schmerzte mein ganzer Oberkörper.

Ewa fuhr aus dem Zufahrtsweg hinaus und bog links ab. Dann ging es auf der 102 Richtung Trzebiatów.

Wir fuhren einem neuen Leben entgegen. Niemand hielt uns an, niemand fuhr uns hinterher. Erst jetzt verstand ich, dass die Antworten nur noch eine Frage der Zeit waren. Dass es uns am Schluss gelingen würde, zu erreichen, was Ewa jahrelang vorbereitet hatte.

Wir warteten, bis Wojtek schlief. Es dauerte nicht lange, der Junge war müde. Irgendwo bei Kołobrzeg streckte er sich gemütlich auf der Rückbank aus. Und wir seufzten erleichtert.

«Ich beginne von vorne ...», sagte Ewa.

2

Es fühlte sich komisch an, als würde ich in einer anderen, fremden Welt agieren. Ohne jemanden fragen zu müssen, konnte ich an einer Tankstelle halten oder mir kaufen, was auch immer ich wollte. Ich konnte von jeder Hauptstraße abbiegen und fahren, wohin ich Lust hatte. Konnte den Radiosender hören, der mir am besten gefiel.

Alles war meine eigene Entscheidung, niemand sah mir über die Schulter.

In den ersten Sekunden kam ich nicht zurecht. Ich war verloren wie ein Häftling, der nach Jahrzehnten im Gefängnis plötzlich frei ist.

Die Erinnerung daran, wie ich herausgekommen war, lähmte mich fast. Das Bild der Glasscherbe, die sich in Roberts Hals bohrt, stand mir verschwommen vor Augen. Wenn es wiederkehrte, schien es mir, als beobachtete ich das Ganze von der Seite.

Ich sah, wie mein Mann sofort starb. Beobachtete mich selbst dabei, wie ich seine Leiche packte und mit ihr neben Werner zu Boden glitt.

Ich sah Werner an. Er saß mit dem Ellbogen an die Scheibe gestützt da und starrte ins Leere. Bestimmt versuchte er, sich das alles irgendwie zu erklären, aber ich war mir sicher, dass es nicht klappte.

Nicht ohne meine Hilfe.

Er bemerkte meinen Blick und lächelte kaum merklich, flüchtig, hörte aber gleich wieder auf, wahrscheinlich wegen der Schmerzen. Sein Gesicht war angeschwollen und mit blauen Flecken übersät. Ich befürchtete, er würde Wojtek Angst machen – oder wir beide –, aber im Halbdunkel sah mein Sohn die Wunden nicht. Jetzt schlief er ruhig auf dem Rücksitz.

«Also?», trieb mich Damian leise an.

«Ich denke nach, wo ich anfangen soll ...»

«Mhm.»

«Was würdest du vorschlagen?»

«Fang da an, wo du in der letzten Aufnahme aufgehört hast. Beim Eis an heißen Tagen.» Er sah mich lange an, ich klammerte meine Hände fester um das Lenkrad. «Ich finde den letzten Titel nicht besonders.»

«Zum Schluss hin wollte ich für dich ein bisschen optimistisch klingen.»

«Hat nichts gebracht», gab er halblaut zurück. «Vielleicht, weil du mich da ohne alles hast stehen lassen.»

«Ohne alles?»

«Der letzte Hinweis hat mir überhaupt nichts gesagt. Er sagt mir immer noch nichts.»

Seine zusammengekniffenen Augen schauten geradeaus, als wollten sie in der Finsternis etwas erkennen. Die Straße war leer, kein Gegenverkehr.

«Der Ort, der nur für mich bestimmt ist? Die Zeit, die nur ich kenne?», seufzte er. «Was hatte das alles zu bedeuten?»

«Nicht viel.»

«Dachte ich mir selbst schon.»

Ich sah in den Rückspiegel. Wojtek schlief eindeutig, Eindrücke hatte er heute genug gehabt. Außerdem redeten wir so leise, dass ich mir keine Sorgen zu machen brauchte. Ich holte tief Luft.

«Ich meinte damit nur, dass ich bald Kontakt aufnehmen würde,

Tiger», flüsterte ich. «Ich würde dir den Ort und die Zeit nennen, und nur du würdest sie kennen. Das war alles.»

«Und wie wolltest du das anstellen?»

«Über RIC.»

«Du wolltest mir alles schreiben, einfach so?»

«Nicht einfach so», widersprach ich heftig. «Ich hatte dich lange genug darauf vorbereitet, stimmt's?»

Er schwieg, was die schmerzhafteste aller Antworten war. Ich wusste, irgendwann würde ich mir seine Vorwürfe anhören müssen. Aber das war ein Preis, den ich zu zahlen bereit war.

«Warum das alles?», wollte er schließlich wissen.

«Ich erkläre dir alles.»

«Dann fang damit an.»

«Ich würde jetzt lieber ...»

«Was?», unterbrach er mich. «In einem Motel haltmachen und bei einem Glas Wein plaudern? Dafür haben wir keine Zeit.»

Er hatte recht, obwohl ich für einen Schluck Prosecco viel gegeben hätte. Nach den Ereignissen der Nacht wirkte der Alkohol nicht mehr. Das Adrenalin hatte meinen Stoffwechsel beschleunigt, ich war vollkommen nüchtern.

In Wirklichkeit stimmte das nicht. Aller Wahrscheinlichkeit nach hatte ich noch für ein paar Stunden nichts am Steuer eines Autos verloren. Aber eine Polizeikontrolle hätte auch so ein tragisches Ende genommen.

Wären wir jemandem in Uniform aufgefallen, er hätte alles in Bewegung gesetzt, um herauszufinden, was uns zugestoßen war.

«Du hattest dich in Wielkopolska versteckt», brummte Werner. «Damit endete die letzte Aufnahme.»

«Ja.»

«Wann war das?»

«Kurz nachdem ich gegen Kajman ausgesagt hatte.»

«Kamen sie dir auf die Spur?»

«Nein, aber ...», ich brach ab und seufzte. «Ich hatte die ganze Zeit das Gefühl, dass nicht viel fehlte.»

Damian nickte, wahrscheinlich gab er mir innerlich recht.

«Ich spürte die Gefahr lauern, Tiger. Die ganze Zeit.»

«Verstehe.»

«Und das Gespenst dessen, was passiert war.»

Werner schwieg. Er hatte mit genau der gleichen Finsternis zu kämpfen gehabt. Ich musste nichts hinzufügen, damit er verstand, dass die Szenen von damals nicht nur in seiner Erinnerung weiterlebten.

Trotzdem sagte ich, was gesagt werden musste.

«Das war entscheidend für alles, was ich später tat.»

Er ließ die Arme sinken und rutschte tiefer in seinen Sitz. Dann sah er zu mir herüber.

«Was meinst du damit?»

«Dass die Ereignisse von damals mein ganzes Leben bestimmt haben. Und die Angst. Verstehst du?»

«Natürlich ...»

«Alles, was ich tat, hatte damit zu tun. Jeder noch so kleinen Entscheidung lag eine Kalkulation zugrunde.»

«Und worauf basierte die?»

«Auf meinem Bedürfnis nach Sicherheit. Ich brauchte das, sonst wäre ich verrückt geworden. Aber vielleicht bin ich das auch so.»

Ich hoffte, er würde lächeln und bestätigen, dass ich tatsächlich verrückt sein musste, wenn ich mich zu so einem Plan hinreißen ließ. Aber Damian schwieg.

«Ich schrieb mich für Wirtschaftspsychologie ein», fuhr ich fort.

«Hast du abgeschlossen?»

«Ja.»

«Ich bin aus dem Tritt gekommen. Den Magister hab ich nicht gemacht.»

«Ich weiß. Ich hab versucht, deinen Weg zu verfolgen.»

«Und du hast nie versucht, Kontakt aufzunehmen? Ein Lebenszeichen zu senden? Eine Nachricht, dass alles okay ist und dir nichts droht?»

«Ich dachte ...»

«Was dachtest du?»

Wojtek zuckte auf dem Rücksitz nervös zusammen. Wir waren beide laut geworden. Werner machte eine entschuldigende Geste und sah wieder nach vorne.

«Ich dachte, das wäre dir nach den Aufnahmen klargeworden», fuhr ich fort. «Das war auch der Grund, warum ich sie gemacht hatte, Wern.»

«Wenn das so ist, war ihr Effekt jedenfalls gegenteilig, ich bin jetzt verwirrter als vorher.»

Eine Weile sagten wir nichts. Aber ich wusste auch so, dass Damian alles verstanden hatte. Nur musste er bestimmte Dinge einfach aus meinem Mund hören. Kein Wunder.

«Ich lebte im Bewusstsein ständiger Gefahr», wiederholte ich. «Und ich wusste, dass Kajmans Leute hinter mir her waren. Und dich beobachtet haben. Ein unbedachter Schritt, und es wäre aus gewesen.»

Werner rieb sich die Schläfen und zischte leise vor Schmerz.

«Warte ...», grummelte er. «Wenn ich richtig verstehe, habe ich die Situation falsch eingeschätzt.»

Jetzt wusste ich nicht, was er meinte.

«Mein Gegenspieler war also nicht die Polizei», fügte er hinzu.

«Nein.»

«Damals kam es also zu keinem Amtsmissbrauch, keiner Pflichtverletzung, nichts wurde vertuscht und unter den Teppich gekehrt. Keiner der Polizisten ließ sich etwas zuschulden kommen, und keiner hatte was mit deinem Verschwinden zu tun?»

Er wartete auf eine Bestätigung, aber die konnte ich ihm nicht geben.

«Oder täusche ich mich?»

«Nein. Aber da ist noch etwas.»

«Was?»

«Bei der Polizei war jemand, der für Kajman gearbeitet hat. Die hatten nur wegen ihm überhaupt von mir erfahren. Und ich vermute, dieser Maulwurf trägt noch immer Uniform. Vielleicht wurde er sogar befördert. Deswegen konnte ich nichts riskieren, Tiger. Kontakt mit dir oder Prokocki aufzunehmen hätte katastrophale Folgen gehabt.»

Ich wollte weiterreden, aber Damian runzelte die Stirn.

«Was ist?»

«Ich glaube, ich kenne den Maulwurf. Sagt dir der Name Falkow was?»

«Nein.»

«Ihm verdanke ich meine Flucht aus dem Hotel bei Chrząstowice», erklärte Wern und atmete hörbar aus. «Er sagte mir noch, ich solle niemandem vertrauen.»

Klingt überzeugend, quittierte ich im Geist.

«Aber was hatte er davon?», fügte Damian hinzu. «Sie waren doch ...»

Als er verstummte, wusste ich, dass er alles zu einem logischen Ganzen zusammengefügt hatte.

«Ja», brummte er. «Diese Leute wussten, was du vorhattest.»

«Ja.»

«Und sie wussten, ich würde sie geradewegs zu dir führen. Sie wussten, ich würde dich schließlich finden. Deswegen halfen sie mir.»

Ich nickte, und Wern wandte sich zu mir. Endlich sah ich in seinem Blick das, was ich die ganze Zeit vermisst hatte. Mitgefühl, Verständnis. Endlich hatte er zur Kenntnis genommen, dass ich die ganzen Jahre hindurch Kajmans Atem im Nacken gespürt hatte.

«Ist alles in Ordnung?», fragte er.

«Ja ... das heißt ...», ich machte eine Pause und schüttelte den Kopf. Mein Nacken tat weh. «Ich weiß selbst nicht ... Verrückt, wie nah dir diese Leute gekommen sind.»

Er überlegte, was er antworten sollte.

«Das ist alles vorbei», entgegnete er schließlich. «Wir haben sie hinter uns gelassen, weil du die Idee hattest, mich in den Norden zu locken. Selbst wenn sie irgendwann auf meine Spur gestoßen sind, unterwegs habe ich sie abgeschüttelt.»

Das Benzin ging zur Neige. Wir mussten bald anhalten, sonst liefen wir Gefahr, irgendwo zwischen zwei Tankstellen liegenzubleiben. Nur war auch ein Tankstopp nicht ganz unbedenklich. Beide sahen wir aus, als wären wir aus einem Käfig voller wilder Tiere entkommen.

Wir hatten einen langen Weg vor uns. Welche Richtung auch immer wir einschlugen, die Reise würde beschwerlich.

Plötzlich spürte ich Damians Hand auf meiner. Ich sah ihn an, blickte aber sofort wieder auf die Straße.

«Wir schaffen das», sagte er.

«Ich weiß.»

Von weitem kam uns ein Auto mit eingeschaltetem Fernlicht entgegen. Der Fahrer bemerkte uns zuerst nicht und blendete spät ab. Als wir aneinander vorbeifuhren, sah ich unwillkürlich in seine Scheinwerfer und konnte für einen Augenblick nichts mehr erkennen.

«Ich will alles wissen», sagte Damian leise. «Wie es dir ging, wie genau dein Plan aussah, ich will, dass du jeden deiner Schritte beschreibst, jede Etappe und ...»

«Gib mir noch einen Moment», erwiderte ich mit einem gespielten Lächeln. «Ich muss erst meine Gedanken sammeln.»

«Dafür hattest du schon die letzten zehn Jahre Zeit», sagte er mit einem leisen Spott, der mir sehr willkommen war. «Und du siehst ja, wohin das geführt hat.»

«Ich soll also einfach drauflosquatschen, ohne Punkt und Komma?»

«Wir bringen da später Ordnung rein», erklärte er. «Jetzt möchte ich einfach wissen, warum du das alles getan hast.»

3

Ich kannte Ewa gut genug, um zu wissen, dass es mir nicht gelingen würde, meine Wünsche durchzusetzen. Zumindest nicht ganz. Schließlich erreichten wir einen Konsens: Die Nacht würden wir irgendwo in der Nähe von Słupsk verbringen, und dort könnte Ewa alle Lücken ihrer Erzählung füllen.

Auf dem Weg mussten wir tanken, obwohl keiner von uns eine Idee hatte, wie das gehen sollte, ohne dass wir Verdacht erregten. Schließlich kamen wir zu dem Schluss, dass es nur einen Ausweg gab.

Wir mussten ein Spiel daraus machen. Nachdem wir bei einer größeren Tankstelle an der Krajowa 6 angehalten hatten, weckten wir Wojtek. Ich tankte auf, er sollte bezahlen. Der Mann hinter der Theke warf mir aus der Entfernung einen langen Blick zu, aber er konnte von dort aus die Wunden in meinem Gesicht nicht erkennen. Ich hob die Hand und winkte ihm freundlich zu, er nahm das Geld von dem Jungen.

Wir atmeten auf und fuhren weiter Richtung Słupsk.

Das gleiche Spiel spielten wir, als wir ein Zimmer in einem Motel nahmen. Erleichtert schlossen wir die Tür hinter uns. Das Auto hatten wir auf der Rückseite geparkt, obwohl es wahrscheinlich niemand suchte. Es war ein unauffälliges Fahrzeug, das in keiner Verbindung mit den Reimanns stand.

Ähnlich war es mit mir. Von diesem Standpunkt aus war ich die ideale Rettung für Ewa und Wojtek. Aber es gab natürlich noch einen anderen Blickwinkel. Schließlich wurde ich für den Mord an Blitzer gesucht.

Noch immer wusste ich nicht, warum er hatte sterben müssen. Und wer ihm nach dem Leben getrachtet hatte.

Ich vermutete jedoch, dass ich alles erfahren sollte. Hier und jetzt, in diesem Motelzimmer in der Nähe von Słupsk. An diesen Ort und diese Zeit würde ich mich vermutlich für immer erinnern.

Wojtek schlief sofort ein. Ich beneidete ihn, als ich daran dachte, dass ich die nächsten paar Tage kaum schlafen würde. Ewa erst recht nicht. Selbst wenn wir mit der Vergangenheit fertigwürden, mussten wir uns mit den Gespenstern der Gegenwart auseinandersetzen. Und die erwiesen sich als noch schrecklicher als die mir schon bekannten.

Wir setzten uns an den Tisch im größeren Zimmer. Ewa holte aus der Minibar ein kleines Żywiec für mich, für sich zwei Fläschchen Wodka. Sie machte sich einen Drink, schloss die Augen und nahm einen Schluck.

Mir wurde bewusst, dass ich sie betrachtete wie eine Drogenabhängige, die sich eine Pille einwarf. Ich schob den Gedanken beiseite. Das war ein gewöhnlicher Drink, nicht schlimmer als mein Bier.

Ewa jedoch begriff meinen Blick schnell.

«In Anbetracht all unserer Sorgen ist das wohl das kleinste Problem», bemerkte sie.

«Ich wollte nichts sagen.»

«Musst du auch nicht.»

Ich lächelte leicht.

«Wahrscheinlich war ich zum letzten Mal nüchtern, als wir nach Haj gefahren sind.»

«Mhm», murmelte ich. «Nach meiner Kalkulation sind das ungefähr zehn Jahre in schwerelosem Zustand.»

«War's bei dir anders?»

«Weiß nicht. Den größten Teil dieser Zeit sehe ich wie durch einen Nebel.»

«Das werte ich als Nein.»

Ich nickte und trank einen Schluck Bier. Kein Wunder, dass sie Tag für Tag getrunken hatte. Auch ohne das Päckchen, das sie mit sich herumschleppte, war das Leben mit einem Menschen wie Robert Reimann so schlimm, dass diese Selbstzerstörung durchaus gerechtfertigt schien.

Daran wollte ich nicht denken. Und trotzdem konnte ich dem nicht entweichen. In Kürze würde ich jedes Detail ihres Lebens erfahren, alles, was mit ihr von dem Moment an geschehen war, mit dem die Geschichte auf der Aufnahme geendet hatte.

«Also hast du dich in Wielkopolska versteckt, Wirtschaftspsychologie studiert ...»

«Und dort Robert kennengelernt.»

«Ich nehme an, das war nicht das Beste, was dir im Leben passiert ist.»

Meine Bemerkung war völlig gedankenlos. Unnötigerweise versuchte ich dem Gespräch mehr Leichtigkeit zu verleihen, obwohl es eigentlich im Grabeston hätte geführt werden müssen. In Gedanken nahm ich mir vor, das nicht mehr zu machen.

Ich erwartete keine Antwort von Ewa, aber sie räusperte sich vielsagend.

«Nein, nicht das Beste», antwortete sie. «Aber damals habe ich einige Entscheidungen aus reiner Berechnung getroffen.»

Ich zog die Brauen zusammen.

«Inwiefern?»

«Ich wollte Sicherheit. Vielleicht sogar mehr: die Garantie, dass mir nichts passieren würde, wenn Kajmans Leute mir auf die Spur kämen.»

«Und Reimann konnte dir das garantieren?»

«Ja. Ich begriff das, als ich entdeckte, womit er sich tatsächlich beschäftigte.»

Eine Zeitlang erklärte sie mir, dass Reimann Investigations und Roberts andere Unternehmen nur Strohfirmen waren. Die einen hatten solide Fassaden, andere waren nur Luftschlösser, die genauso schnell verschwanden, wie sie gegründet wurden.

Reimann hatte eine kriminelle Organisation aufgebaut, die nicht nur Drogen und auch sonst alles verkaufte, was der illegale Handel begehrte. Er mischte auch auf dem Immobilienmarkt mit. Das Bild, das sich mir aus Ewas Erzählung zusammenfügte, ließ tatsächlich vermuten, dass die Organisation dieses Menschen sie geschützt hätte, falls Kajmans Leute sie fanden.

Zum ersten Mal begriff ich, dass sie einen Rettungsanker verloren hatte, indem sie beschloss, dieses Leben zu verlassen und in ihr altes zurückzukehren. In das Leben, in dem die Verantwortung für ihre Sicherheit bei mir lag. Oder so ähnlich.

Dann erinnerte ich mich an den Horror, den sie durchgemacht hatte. Nichts war es wert, das länger zu ertragen. Auch wenn sie den Gedanken an Sicherheit aufgeben musste.

«Am Anfang unserer Beziehung habe ich nicht gewusst, was für ein Mensch er ist.»

«Das heißt ...»

«Ich habe nicht gedacht, dass er so etwas mit mir machen würde.» Sie ließ sich nicht unterbrechen, obwohl ich es versuchte, damit sie nicht über Dinge sprechen musste, die ihr Schmerz bereiteten. «Ich wusste zwar, wie rücksichtslos er war und dass er über Leichen ging, aber ... Wern, ich wusste nicht, dass er so brutal sein würde. Nichts in seiner Vergangenheit wies darauf hin, dass er so ...»

Degeneriert war? Grausam? Ich wollte ihr helfen, das entsprechende Wort zu finden, aber ich fand keins. Ewa wohl auch nicht, denn schließlich schüttelte sie den Kopf, ohne den Satz zu beenden.

«Als das alles begann, war ich schon schwanger. Ich konnte nicht zurück.»

Ich verstand das sehr gut.

«Außerdem redete ich mir ein, das es nur vorübergehend sei. So eine psychologische Folge der Schwangerschaft. Eine atavistische Furcht von Robert, dass sich meine ganze Liebe und Aufmerksamkeit fortan auf das Kind konzentrieren würden.»

Ich öffnete den Mund, denn eine grundlegende Frage pochte die ganze Zeit in meinem Kopf. Ich sagte jedoch nichts. Ich musste nicht.

«Ja, ich habe ihn geliebt», fuhr Ewa fort. «Zu Beginn war es nur Berechnung, aber später ... mit der Zeit ...»

Sie verstummte. Wir saßen schweigend da, schauten uns nicht an und tranken scheinbar träge. Aber Trägheit war das nicht. Wir waren wach, unsere Herzen hämmerten.

«Du verstehst das, oder?», fragte Ewa schließlich.

«Ja.»

«Das alles wegen eines Sicherheitsgefühls, das er mir damals gegeben hat.»

«Ja», bestätigte ich noch einmal, in der Hoffnung, sie würde das Thema beenden.

Ewa nickte, aber wahrscheinlich glaubte sie mir nicht. Die Wahrheit war, dass ich selbst nicht wusste, ob ich mich in ihre Situation hineinfühlen konnte. Theoretisch sollte das nicht schwierig sein – eine vergewaltigte, eingeschüchterte Frau traf jemanden, bei dem sie sich sicher fühlte. War es so verwunderlich, dass sie sich schließlich in diesen Mann verliebte?

Nein, war es nicht. Vor allem, weil sie nicht erwartete, dass wir uns irgendwann wiedersehen würden. Sie hatte mich aus ihrem Leben streichen müssen, es war das Beste für uns beide gewesen. Und genau das verstand ich.

«Nach dem Studium haben wir eine Weile in Wielkopolska gelebt, er arbeitete beim Zoll», ergriff sie wieder das Wort. «Dann ging ich mit ihm zurück, in die Nähe seiner Familie. Wir lebten in Rewal, und anfangs lief alles gut. Aber dann begannen die Probleme ...»

«Du musst es nicht erzählen.»

«Aber ich will», entgegnete sie und richtete sich auf dem Stuhl auf. «Du sollst den ganzen Kontext kennen.»

«Okay.»

«Die ersten Warnhinweise hätte ich schon zu Beginn wahrnehmen müssen. Er wollte jedes Gespräch dominieren, traf alle Entscheidungen und gab mir nur scheinbar irgendwelche Freiheiten. In Wahrheit grenzte er sie Schritt für Schritt ein, und am Schluss hatte er mich komplett entmündigt.»

Ich trank mein Bier und überlegte, dass bei diesem Tempo die Flasche bald leer sein würde. Vielleicht sollte ich zum nächsten Laden gehen und ein Sixpack besorgen ... Aber den Gedanken verwarf ich schnell wieder. Ich musste nüchtern sein, wenn Ewa endlich zum Punkt kam.

Eine Weile sprach sie noch davon, wie Reimann mit jeder weiteren Woche ihre Freiheit immer mehr unterdrückte. Irgendwann hatte sie ihn verlassen wollen, aber kurz danach bemerkt, dass sie schwanger war.

Dann kam die Lawine. Er bedrohte sie, es kam zu den ersten Handgreiflichkeiten. Es fing mit Würgen an, dann schlug er sie so, dass er keine Spuren hinterließ. Später erlaubte er sich alles, vor allem, nachdem Wojtek geboren worden war, worauf Ewa die Villa nicht mehr verließ.

«Ich war entsetzt, Tiger», flüsterte sie und starrte abwesend an die Wand.

Sie sah verlegen aus, obwohl sie dazu nicht den geringsten Grund hatte. Jeder an ihrer Stelle hätte Angst gehabt.

«Nach dem, was ich durchgemacht habe ... du weißt schon.»

Ich nickte kläglich.

«Mit dieser Bedrohung kam die Vergangenheit zurück», fügte sie hinzu und schüttelte ihre zeitweilige Starre ab. «Ich hatte den Eindruck, dass Robert schlimmer war als die, die uns an der Spötterloge attackiert haben. Dass er zu viel grausameren Dingen fähig war, wenn ich mich ihm nicht unterordnete. Lange Zeit war ich wie gelähmt.»

Vor einem Moment hatte ich ihren leblosen Blick gesehen, ich konnte es mir vorstellen.

«In dieser Phase hatte ich niemanden mehr, zu dem ich hätte zurückkehren können. Ich hatte alle Freunde und Bekannten verloren», sprach sie weiter. «In Rewal kannte ich so gut wie niemanden. Und wenn ich jemanden gekannt hätte, dann wären es Leute gewesen, die auf irgendeine Weise in Verbindung mit Robert standen. Erst als ich Leute bei Reimann Investigations anstellte, traf ich Menschen, die nichts mit ihm zu tun hatten.»

Auch ohne das wusste ich, dass sie niemanden gehabt hatte, den sie um Hilfe bitten konnte. Nach dem ganzen Horror, den sie durchgemacht hatte, nach der irrigen Hoffnung, endlich vergessen zu können, hatte sie sich in einer noch schlimmeren Situation befunden.

Ich schloss für einen Moment die Augen und senkte den Kopf.

«Der Typ mit der Narbe ...», sagte ich. «Wer ist er?»

«Ah, das ist Glazur.»

«Wer?»

«Ein Angestellter von RI, ein Informatiker. Ihm verdanke ich das alles.»

«Verstehe ich nicht.»

«Ich wandte mich an ihn, als ich erkannte, dass du meine einzige Rettung bist. Ich dachte, es würde funktionieren, aber Robert bemerkte etwas. Er feuerte Glazur, zum Glück untersuchte er keine Details. Er entfernte mich von allen, die mir zu nahe kamen.»

«Ist Kliza deshalb rausgeflogen?»

«Ja. Sie und Glazur traf das gleiche Schicksal.»

«Wusste sie von dir? Von deiner wahren Identität?»

«Nein.» Ewa schüttelte den Kopf. «Glazur wusste übrigens auch nur so viel, dass ich mich in einer pathologischen Beziehung befand und mich befreien wollte. Und dass nur du mir dabei helfen konntest.»

Für einen Moment dachte ich nach. Auf den ersten Blick schien das alles logisch, aber als ich die ganze Konstruktion betrachtete, tauchten eine Menge Fragen auf. Ich vermutete, dass Ewa sie jetzt zerstreuen würde, wenn sie davon sprach, was sie dazu getrieben hatte, diese und keine andere Entscheidung zu fällen. Eine Sache ließ mir jedoch keine Ruhe.

«Aber Kliza hätte dich doch erkennen können», sagte ich. «Als sie sich mit meinem Fall beschäftigte.»

Ewa lächelte.

«Das war der Plan.»

«Und?»

«Sie sollte dieses Foto sehen, das Phil Braddy auf dem Konzert geschossen hatte. Und irgendwann auch das, das du all die Jahre über auf deinem Smartphone hattest.»

Ich wartete auf weitere Erklärungen und biss mir auf die Zunge, um Ewa nicht mit weiteren Fragen zu überschütten. Doch ich konnte mich nicht zurückhalten.

«Wer ist er? Braddy?», fragte ich.

«Er hat nie existiert. Glazur hat diesen Post veröffentlicht und damit alles in Gang gesetzt.»

«Und dann hat er ihn gelöscht?»

«Nein, das war die Polizei.»

Ich kratzte mich im Nacken und beugte mich über den Tisch.

«Ewa, das musst du mir erklären.»

«Das will ich auch, aber ich will dir alles chronologisch erzählen. Das ist einfacher.»

«Wir kommen gleich darauf zurück», schlug ich vor. «Sag mir nur erst, wer das Foto gelöscht hat.»

«Prokocki», antwortete sie und seufzte. «Er hatte keine Ahnung, dass ich das eingefädelt hatte. Dass ich alles tat, damit du mich findest. Er hat so reagiert, wie ihm das die Prinzipien und die reine menschliche Moral vorschrieben. Er verwischte die Spuren, damit mich Kajmans Leute nicht finden. Die Fotos wurden entfernt, und er sorgte dafür, dass sie nicht wiederauftauchen konnten.»

Diesmal verstand ich wenigstens, was passiert war. Und wie sehr Blitz und ich uns geirrt hatten. Wir hatten die Situation falsch eingeschätzt, weil wir dachten, das alles seien Schachzüge derjenigen, die Ewa Leid zufügen wollten.

Dabei wollte die Polizei sie schützen.

Und sie hatte ihre Aufgabe gut erfüllt. Eine Aufgabe, die inzwischen gesetzlich festgelegt war. Ewa hatte Jahre zuvor als anonyme Zeugin ohne gesetzliche Garantie angefangen, aber seit der Reform stand ihr die volle staatliche Unterstützung zu.

Prokocki musste die nackte Angst gepackt haben, als ihm klarwurde, dass jemand auf Ewas Spur gestoßen war. Und er war bereit gewesen, alles zu tun, damit man sie nicht fand. Und ich war zum Opfer seiner Maßnahmen geworden.

Ich richtete mich auf und verschränkte die Arme im Nacken. Mich schmerzte jeder Muskel, aber ich bemühte mich, nicht zu zeigen, wie lädiert ich war. Außerdem hatte ich den Eindruck, dass ich psychisch viel angeschlagener war.

«Glazur musste es wissen», fügte sie hinzu. «Das heißt, ich musste sicherstellen, dass er es wusste. Ihm war zwar nicht klar, in was er sich da hineinbegeben hatte, aber ich brauchte ihn dringend.»

«Um mir die Aufnahmen zukommen zu lassen?»

«Genau. Und weil wir über RIC in Kontakt blieben, wusste ich immer, wo du warst.»

«Deshalb die zwölf Stunden, nach denen die Aufnahme verschwinden würde.»

«Ja, aber das war ein ...»

«Bluff.»

Sie wich meinem Blick aus, bestätigte es aber mit einem Kopfnicken.

«Glazur hätte die USB-Sticks nicht vernichtet, auch wenn du zu spät gekommen wärst.»

«Warum mich also so hetzen?»

«Weil du nicht zu lange an einem Ort bleiben durftest. Kajmans Leute hätten dich sonst geortet.»

Ewa hatte, was das betraf, nicht die leisesten Zweifel und ich auch nicht. Wahrscheinlich hatten sie mich schon ewig beobachtet, aber die letzte Bestätigung, dass sie mich verfolgten, war die Tatsache, dass J. Falkow in Chrząstowice aufgetaucht war.

Hatte ich sie später abgeschüttelt? Anscheinend schon, denn keiner von ihnen hatte uns bisher gefunden. Wir waren sicher, zumindest sagte ich mir das immer wieder.

Ewa leerte mit einer geübten Bewegung das Fläschchen und machte das nächste auf.

«Hast du noch Fragen?», meldete sie sich spöttisch.

«Ein paar bestimmt.»

«Dann such dir eine aus. Mein Mund wird trocken, und ich fürchte, dass es nicht mehr lange reicht.»

«Ich kann dir Medizin dagegen besorgen.»

«Wenn du das machst, kannst du auch weiterfragen.»

«Okay», antwortete ich. Dann erhob ich mich unwillig und schaute zur Tür. «Willst du was Bestimmtes?»

«Prosecco», antwortete sie, ohne zu zögern. «Aber, Tiger, zwei Flaschen.»

Ich nickte und wollte losgehen, aber sie nahm meine Hand. Sie zog mich leicht zu sich hin und stand auf. Als unsere Lippen sich trafen, hatte ich den Eindruck, dass die ganze Welt um uns herumwirbelte und wir uns im Auge eines Zyklons befanden. Als hätten wir Schutz vor einem Erdbeben gefunden. Das dauerte nur ein paar Sekunden, aber es reichte, dass alle Fragen, Antworten, Zweifel und Unsicherheiten plötzlich unwichtig wurden.

Wir sahen uns an, dann drehte ich mich wortlos um und verließ den Raum. Auf wackligen Beinen ging ich zum nächsten Laden. Ich dachte an nichts mehr, mein Verstand war völlig gelähmt.

Ich sah mich ständig um, aber erst nach ein paar hundert Metern wurde mir klar, dass ich keinen Laden suchte, sondern ein Anzeichen, dass Gefahr lauerte.

Nach der ganzen Tragödie, die sich in den letzten Stunden abgespielt hatte, war das alles ein bisschen zu schön, um von Dauer zu sein. Konnten Ewa und ich in unser Leben zurückkehren? Oder zusammen ein neues schaffen?

Beide Möglichkeiten schienen irreal. Ich ließ meinen Blick über die Umgebung wandern, als suchte ich eine Bestätigung dafür, dass unsere Geschichte nicht glücklich enden konnte.

Jeden Moment konnte hinter einem Gebäude ein Polizist hervorkommen. Oder eine Waffe im Mondschein funkeln, gehalten von jemandem, den Kajman gesandt hatte. Hier und jetzt würde alles enden.

Ich würde nie erfahren, was Ewa angetrieben hatte, warum sie auf diese Weise vorgegangen war. Und auch nicht, wie sie dies und jenes eingefädelt und ihren Plan verwirklicht hatte.

Aber ich entdeckte niemanden in der Dunkelheit. Humpelnd erreichte ich die Tankstelle. Ich kaufte zwei Flaschen Prosecco und ignorierte den beunruhigten Blick des Verkäufers. Dann nahm ich noch ein Sixpack Heineken aus der Kühltheke.

Als ich zum Hotelzimmer zurückkehrte, war die Unruhe wieder da. Einen Moment lang verwandelte sie sich sogar in die Gewissheit, dass ich Ewa nicht mehr vorfinden würde.

Ich klopfte, warum, weiß ich selbst nicht, dann öffnete ich langsam die Tür. Ich trat einen Schritt hinein und blieb stehen. Erschrocken ließ ich den Blick durch das leere Zimmer wandern.

«Ewa?», fragte ich.

4

Ohne Werner wurde mir die Zeit lang und länger. Ich versuchte, meine Gedanken mit irgendwas zu beschäftigen, aber vergeblich. Sie wirbelten mir wie wahnsinnig im Kopf herum. Ich wusste nicht einmal mehr, wie weit ich in meiner Erzählung gekommen war.

Ich brauchte Alkohol, so viel war sicher.

Ich lief im Zimmer auf und ab, sah zum Fenster hinaus, schließlich nahm ich die Zeitung und setzte mich an den Tisch. Blätterte um, ohne zu wissen, was ich da eigentlich las. Dann ging ich nach Wojtek sehen.

Da hörte ich, wie die Tür aufging.

Kurz darauf vernahm ich Schritte. Leise, bedächtig, als ginge jemand über ein Minenfeld.

Erst als ich Damian meinen Namen sagen hörte, atmete ich wieder auf. Ich trat aus dem Schlafzimmer und schloss vorsichtig die Tür. Ich lächelte Werner zu. Er sah aus, als wäre er gerade dem Tod von der Schippe gesprungen.

«Stimmt was nicht?», fragte ich.

«Nein ... nein, du hast mir einfach Angst eingejagt.»

«Womit?»

Er schüttelte den Kopf und winkte ab. Dann stellte er den Prosecco auf den Tisch und fing an, am Korken herumzunesteln. Ich beobachtete ihn von der Seite. Er tat sich schwer, und in einer anderen Situation hätte ich das vielleicht als süß empfunden. Jetzt aber wollte ich einfach nur etwas trinken.

Als der Korken schließlich draußen war, lief ein wenig Prosecco auf den Tisch. Er schimpfte leise und sah sich um.

«Keine Sorge, morgen früh wischen wir das auf.»

«Ich suche ein Glas.»

«Ach», entgegnete ich lächelnd, «nicht nötig.»

Ich nahm die Flasche und goss mir in einen Pappbecher ein, den das Zimmermädchen dagelassen hatte, falls wir uns einen Tee machen wollten.

Einen Augenblick später trank Werner sein Bier und ich meinen Lieblingstrunk. Sofort ging es mir besser. Meine Gedanken fanden ihre Ordnung wieder, ich wusste jetzt wenigstens, was ich als Nächstes sagen sollte.

Damian war angespannt und sah ständig aus dem Fenster. Das Beste war, ihn von der Bedrohung abzulenken, die von Roberts und Kajmans Leuten ausging.

Wir hatten uns Feinde gemacht, kein Zweifel. Aber niemand wusste, wo wir waren. Nicht einmal, mit welchem Auto wir uns fortbewegten. Zum jetzigen Zeitpunkt drohte uns keine Gefahr.

«Wo waren wir stehen geblieben?», fragte ich.

«Da, wo du einfach genug hattest.»

«Das ist noch freundlich formuliert», gab ich zu und stellte den Becher ab. «Die Grenze des Erträglichen war längst überschritten.»

«Kann ich mir vorstellen.»

«Also musste ich etwas tun.»

«Warum hast du mich nicht einfach kontaktiert?»

«Wie denn? Robert kontrollierte jeden meiner Schritte. Weißt du, welchen Aufwand jede Minute auf RIC erforderte? Und selbst das ging nur, weil der Klang einer Tastatur kein Misstrauen bei ihm weckte. Weder bei ihm noch bei meinen Aufpassern.»

Werner hob die Augenbrauen.

«Ich meine die Gärtner, Putzfrauen, Wachleute ... Ich könnte jeden nennen, der bei uns im Haus ein und aus ging. Alle sollten ein Auge auf mich haben.

«Das klingt, als wärst du im eigenen Haus gefangen gewesen.»

«War ich auch. Aber nicht nur zu Hause.»

Er kniff die Augen zusammen, als verursache ihm dieser Gedanke körperliche Schmerzen.

«Ich habe mir lange überlegt, wie ich Kontakt aufnehmen soll», fuhr ich schnell fort. «Ich brauchte etwas, das Robert nicht auffallen würde. Und einen Kommunikationskanal, den ich geheim halten konnte, und zwar nicht für ein paar Stunden oder Tage, sondern viel länger. Ich wusste nicht, wann du kommen würdest oder wie lange die Überweisungen und die Vorbereitung der Flucht dauern würden.»

Er hörte aufmerksam zu und versuchte jedes Wort aufzunehmen. Ich dachte, dass sich mir gegenüber schon lange niemand mehr so verhalten hatte. Schon lange hatte mich niemand so angesehen.

Mir wurde klar, dass ich mich mit Werner wirklich sicher fühlte. Er brauchte keine Organisation im Rücken, die Kajmans Mafia im Zweifelsfall die Stirn bieten konnte.

Es reichte aus, dass er bereit war, alles für mich zu tun.

Ich sah ihn einen kleinen Augenblick zu lange an, und er bemerkte, dass ich mit den Gedanken woanders war. Er machte eine nervöse Bewegung und nahm einen Schluck Bier.

«Mir ist nicht ganz klar, wie das, was du dir ausgedacht hast, helfen sollte ...», bemerkte er.

«Weil du nicht weißt, dass ich gelernt hatte, Robert zu manipulieren, zumindest ein Stück weit.»

«Das heißt?»

«Ich wusste, wenn ich ihn am Abend noch wütender machte als

sonst, würde er mir tags darauf Zugeständnisse machen. Robert war wie ein Pendel. Und ich hatte gelernt, wie man es in Schwingung versetzen kann.»

«Klingt eher beunruhigend.»

Ich reagierte nur mit einem Schulterzucken. Von außen musste das so wirken. Letzten Endes hatte meine einzige Einflussmöglichkeit auf Robert darin bestanden, ihn anzustacheln, stärker und häufiger zuzuschlagen. Vielleicht zeigte das am besten, wie pathologisch unsere Beziehung war.

«Ist auch egal, wie das klingt.» Ich wollte das wirklich nicht ausdiskutieren.

«Eines Nachts begann ich mit sexuellen Anspielungen.»

Damian musste schlucken. Erst jetzt wurde mir bewusst, dass seine Phantasie auch so schon auf Hochtouren arbeiten musste.

«Er war asexuell», erklärte ich. «Er holte sich seine Befriedigung, indem er mich schlug.»

Werner nickte.

«Ich nutzte das aus, um ihn noch weiter zu reizen, wenn er sein abendliches ... Ritual begann.»

«War vermutlich nicht schwer.»

«Nein, ganz einfach.»

Ich wollte nicht an dieses Ereignis zurückdenken. Als ich Robert an den Kopf warf, er sei impotent, wisse nicht, wie man Liebe mache, und schließlich auch, er stehe auf Männer, tat er alles, um mich vom Gegenteil zu überzeugen.

Es war eine gewöhnliche Vergewaltigung. Mit Schlägen davor und Schlägen danach. Sexuelle Gewalt hatte ihn nie interessiert, mein Eindruck war, dass er das nicht brauchte, um seine perverse Begierde zu befriedigen. Trotzdem hatte ich ihn dieses eine Mal dazu gebracht.

Das musste sein. Es war der einzige Ausweg.

«Tags darauf tat er, was er immer tat», fuhr ich fort. «Er bat nie um Vergebung, er wusste, dass er keine verdiente. Dafür flehte er mich an, es ihm zurückzuzahlen. Er erwartete, dass ich mir irgendwie Genugtuung verschaffen würde. Er wollte Buße tun.»

«Oder er tat so.»

«Nein», widersprach ich entschieden. «Das war echte Reue. Er fühlte sich wirklich schuldig.»

«Er sah mir nicht aus wie einer, der ...»

«Ich kannte ihn gut, Wern», fiel ich ihm ins Wort. «Oder eher die beiden, denn es gab zwei Robert Reimanns. Jetzt beschreibe ich dir den zweiten.»

«Okay.»

Seine Stimme klang alles andere als überzeugt, und das wunderte mich auch nicht. Jeder hätte angenommen, es besser zu wissen als ich.

«Am Morgen setzte ich um, was ich mir in der Nacht ausgedacht hatte.»

«Und was?»

«Ich zwang ihn, mir einen Ausflug zu erlauben. Ganz kurz, für einen Tag.»

Ich sah, dass Werner jetzt verstand.

«Zum Konzert nach Wrocław?»

«Genau. Ich hatte das schon seit ein paar Monaten geplant, seit ich wusste, dass die Foo Fighters spielen würden. Ich war mir sicher, dass Blitzer da sein würde, so eine Gelegenheit konnte er sich nicht entgehen lassen.» Ich holte Luft und strich mir die Haare aus dem Gesicht. «Und ich auch nicht.»

«Du mochtest die Foo Fighters nie.»

Ich lächelte flüchtig.

«Aber das wusste Robert nicht. Im Gegenteil, er war überzeugt davon, dass ich gerade auf diese Band stand.»

«Aha?»

«Ich spielte ihre Alben rauf und runter, seitdem ich von dem Konzert wusste. Und als der Moment kam, zweifelte Robert nicht, dass ich wirklich Wert drauf legte, sie live zu sehen.»

Damian zog die Augenbrauen hoch und atmete schwer aus. Als würde das Bewusstsein dessen, was ich alles hatte unternehmen müssen, bedrückend auf ihn wirken.

«Noch am selben Tag gab ich in einem Bekleidungsgeschäft eine Bestellung auf», fügte ich zufrieden hinzu. «Für Robert ein graues Kapuzenshirt.»

«Mit der Inschrift ‹There's nothing left to lose› und dem Logo der Foo Fighters.»

«Korrekt.»

«Und für dich das Shirt, dass mich auf deine Spur brachte.»

Endlich hörte ich Anerkennung in seiner Stimme.

«Es war der einzige Weg, keinen Verdacht zu erregen», sagte ich. «Robert kontrollierte meine Einkäufe. Eigentlich entschied er, was ich kaufen durfte.»

Werner wurde immer klarer, wie wenig Kontrolle ich über mein eigenes Leben gehabt hatte. Er schüttelte sich. Ich wollte, dass er verstand. Das erklärte viel, genauso wie all die Aufnahmen, die ich für ihn gemacht hatte. Durch die Aufnahmen sollte Damian das Gefühl haben, dass wir zumindest einen Teil dieser verlorenen zehn Jahre wiederbekommen konnten. Ich war mir nicht sicher, ob mir das gelungen war.

«Dann musste ich nur noch die Eintrittskarten bestellen», fügte ich hinzu.

«Und hoffen, dass Blitzer dich sehen würde?»

«Nein, er sollte mich nicht sehen, das wäre zu riskant gewesen. Schließlich war ich mit Robert dort.»

«Stimmt ...»

«Aber Glazur war auch da. Er sollte ein Foto von mir machen, das er dann bei Spotted und auf Fanseiten der Foo Fighters platzieren würde. Ich wusste, wo Blitz sich später online tummeln würde.»

Werner nickte abwesend.

«Wenn es ums Flirten ging, war auf Blitzkrieg immer Verlass», bemerkte er. «Und überhaupt ...»

Er brach ab, aber ich vermutete, er wollte sagen, dass man sich auch sonst immer auf ihn verlassen konnte. Ich wollte nicht an Blitz denken, sein Tod bereitete mir Gewissensbisse. Mein Plan hatte ihn nicht vorgesehen.

Allerdings hatte ich auch nicht alles vorhersehen können.

Ich konzentrierte mich auf das, was ich Damian zu sagen hatte. Damit das Sprechen leichter fiel, nahm ich einen Schluck Prosecco. Noch ein paar mehr, und ich konnte wieder zusammenhängend reden.

Wern sah mich erwartungsvoll an.

«Phil Braddy sollte sich also davon überzeugen, dass Blitzer auf deine Spur gestoßen war», bemerkte er.

«Glazur.»

«Ach so ... Woher eigentlich dieser Spitzname?»

«Wegen der glänzenden Narbe.»

«Passend.»

Ich zuckte mit den Schultern, während ich darüber nachdachte, an welcher Stelle ich den Faden meiner Erzählung wieder aufnehmen sollte. Das Beste war wohl, chronologisch vorzugehen. Ich erzählte, wie ich nervös das Vorgehen von Blitz beobachtet und auf irgendein Anzeichen dafür gewartet hatte, dass Damian an der Suche beteiligt war.

Und wie sehr mich die Reaktion der Polizei überrascht hatte.

«Prokocki fühlte sich wirklich verantwortlich», sagte ich. «Er hat gleich dafür gesorgt, dass alle Fotos und Spuren verschwanden. Er meinte es gut.»

«Vielleicht.»

«Ganz sicher. Er ist der Einzige, dem ich nichts Böses unterstelle. Er hat mich die ganzen Jahre über beschützt.»

«Aber irgendwo war eine undichte Stelle, vielleicht doch nicht bei Falkow», brummte Werner. «Am Ende war Prokocki schuld am Tod von Blitz.»

Ich nickte abwesend.

«Weißt du, wer es war?»

«Nein», entgegnete ich. «Wahrscheinlich jemand von außerhalb, im Auftrag von Kajman. Ich glaube nicht, dass er dafür einen von seinen Leuten oder den Spitzel bei der Polizei benutzt hätte.»

«Aber ...»

Ich wusste genau, was er fragen wollte. Trotzdem hatte ich nicht vor, ihm die Antwort auf einem Silbertablett zu präsentieren. Es war sinnvoller, wenn Wern die Puzzleteile selbst zusammenfügte.

«Aber man hat mich beschuldigt», sagte er nach einer Weile. «Warum? Prokocki hätte doch wissen müssen, dass ich Blitz nicht getötet hatte.»

«Ich nehme an, das wusste er.»

«Aber?»

«Ich hab dir doch gesagt: Er sah es als seine oberste Pflicht an, mich zu beschützen.»

«Auf diese Weise?»

«Wunderst du dich?», fragte ich, während ich den Pappbecher in meinen Händen drehte. «Er ist ein Polizist der alten Schule, der mir sein Wort gegeben hat, ich sei sicher. Nachdem Kajman die Ermordung meiner Eltern angeordnet hatte, schwor Prokocki sich, dass er alles tun würde, um mir so ein Schicksal zu ersparen.»

«Er hat mich also eines Mordes beschuldigt, mit dem ich nicht das Geringste zu tun hatte?»

«Er hat nur die Aufmerksamkeit des Staatsanwalts auf ...»

«Lass das», unterbrach mich Damian. «Ich möchte wissen, warum.»

«Um mich zu schützen», erwiderte ich schwer. «Er nahm an, dass du die größere Gefahr für mich wärest.»

Damian schnaubte leise, als hätte ich Unsinn geredet.

«Er war sich sicher, dass Kajman hinter der ganzen Aktion steckt», fügte ich hinzu, «und dass er nach all diesen Jahren schließlich einen Weg gefunden hat, mich ausfindig zu machen. Durch dich.»

«Mhm.»

«Prokocki war sich sicher, du würdest letzten Endes auf die Wahrheit stoßen und mich in Pomorze holen kommen. Und mit dir die Leute, die seit Jahren nur darauf warteten, Rache zu nehmen.»

«Dann hätte er einfach ...»

«Was?», fiel ich ihm ins Wort. «Kontakt zu dir aufnehmen sollen, nachdem du untergetaucht warst?»

Erst jetzt verstand Werner. Er hatte von Anfang an angenommen, dass man ihm etwas in die Schuhe schieben wollte, er verfolgt würde und sich verstecken musste.

Und genau darum ging es Kajman. Ein Typ, der untergetaucht ist und verzweifelt nach seiner verschollenen Verlobten sucht, ist ein brauchbarer Handlanger. Deshalb war Blitzer umgebracht worden und Damian noch am Leben.

Kajmans Schachzug war in seiner Einfachheit genial. Er hatte erreicht, was er wollte – mit der kleinen Einschränkung, dass er nicht damit gerechnet hatte, dass ich Werner von einem Punkt zum nächsten führen und so dafür sorgen würde, dass er seine Verfolger abschüttelte.

«Willst du damit sagen, dass das Ganze ein anderes Ende genommen hätte, wenn ich mit Prokocki über alles geredet hätte?»

«Manchmal hilft so ein Gespräch weiter», erwiderte ich diplomatisch und machte eine kurze Pause. «Und manchmal eben nicht.»

Wir schwiegen. Ich sah, dass Damian sich doppelt manipuliert fühlte. Erst durch mich, dann durch die Leute, die mir nach dem Leben trachteten.

Trotzdem war jetzt nicht die Zeit, ihn wieder aufzubauen. Er musste den Rest erfahren.

«Prokocki merkte schließlich, dass sich eine Krise anbahnte und Kajman nur ein Schritt fehlte, um mich ins Visier zu nehmen.»

«Also hat er die Nummer mit der Leiche auf Bolko inszeniert.»

«Ja», sagte ich und seufzte.

«Wer war sie?»

«Keine Ahnung. Vermutlich eine nicht identifizierte Tote. Oder es gab gar keine Leiche.»

«In den Dienstprotokollen gab es sie sicher.»

«Natürlich», bestätigte ich. «Prokocki wollte alle, einschließlich dich, davon überzeugen, dass ich tot bin», fügte ich hinzu. «Aber vielleicht hätte er das alles viel früher machen müssen, um den gewünschten Effekt zu erzielen.»

Werner starrte auf irgendeinen Punkt hinter dem Fenster. Er hatte die Einzelteile jetzt zu einem Ganzen zusammengefügt. Zumindest, wenn es um die Aktionen Dritter ging. Was meine Motivation anging, war ich mir nicht so sicher.

«Ich hatte keine Wahl, Tiger», sagte ich nach einer Weile.

Er hob fragend die Brauen.

«Ich musste dafür sorgen, dass du die ganze Zeit in Bewegung warst.»

«Ich weiß.»

«Und ich musste mir sicher sein, dass nur du meine Nachrichten entschlüsselst. Kajmans Leute hatten dich im Blick und hätten jede Spur gefunden, die ich hinterließ.»

Damian stand auf und ging zum Fenster. Eine Weile starrte er nach draußen, ohne sich umzudrehen. Ich hatte den Eindruck, dass etwas an meiner Geschichte für ihn nicht stimmte, dass irgendwas knirschte. Und zwar so laut, dass er nicht einfach darüber hinweggehen konnte.

Aber ich wusste nicht, was.

5

Der Mann mit der Schiebermütze macht zwei Schritte zurück, als er Damian Werner im Fenster auftauchen sieht. Der wird ihn zwar sicher nicht bemerken, aber lieber jetzt auf Nummer sicher gehen, als sich später ärgern, entdeckt worden zu sein.

Seine Tarnung ist ordentlich, wenn man bedenkt, an welchem Ort sie sind. Er ist mit einem Lastwagen vorgefahren, dem neuen Modell von Scania. Niemand beachtet ihn, schon gar nicht Werner. Wer auf der Flucht ist, erwartet eher, dass irgendein verdächtiger schwarzer PKW hinter einem her ist. Lastwagen sind harmlos. Sie sind auf Polens Straßen ein Teil der Landschaft und verschmelzen mit der Umgebung.

Der Mann weiß, dass er nur so an Werner und Kasandra dranbleiben kann.

Die beiden Flüchtigen hatten kaum die Villa verlassen, da war er auf Reimanns Leiche gestoßen. Er hatte überlegt, was er damit machen sollte, denn Zeit hatte er genug. Er war gut vorbereitet und musste nicht Stoßstange an Stoßstange hinter dem blauen Peugeot herfahren, um das flüchtige Pärchen nicht zu verlieren.

Reimann verkomplizierte die Angelegenheit. Seine Leiche konnte die Polizei aufschrecken. Die Ermittler würden nicht erst Expertisen abwarten müssen, um Verantwortliche zu benennen. Aber würden sie auch auf die richtige Spur stoßen? Eher nicht.

Der Fahrer beobachtet Werner und überlegt, wie lange er noch warten muss, bevor er handeln kann. Er ist bereit. Damian selbst hat keine Ahnung, dass er beobachtet wird. Wenn er es merkt, wird es schon zu spät sein.

Der Mann zieht sich die Mütze tiefer ins Gesicht, dann klettert er zurück ins Führerhaus. Er schlägt die Tür zu, lässt aber den Vorhang offen. Der Laster steht so, dass man das Hotelzimmer sieht.

Doch selbst wenn er nicht sähe, dass das Licht eingeschaltet ist, wüsste er, dass Kasandra Werner gerade erzählt, wie sie sich jahrelang vor Kajman versteckt hielt. Der Mann mit der Schiebermütze ist überzeugt, dass er jedes Detail der Geschichte kennt. Und jeden Schritt, den das Duo von nun an macht.

Sie schlafen, ruhen aus und machen sich wieder auf den Weg. Er ist sich nicht sicher, wohin, aber sicher raus aus der Europäischen Union. Es ist kein Zufall, dass sie nach Osten fahren.

Kurz vor der Grenze, in irgendeiner kleinen Stadt, halten sie an, um das Geld abzuheben, das Kasandra von den Konten ihres Mannes genommen hat. So ausgestattet, fahren sie weiter in ein neues Leben.

Der Fahrer sieht jetzt Werners Gesicht. Darin erkennt er ein Lächeln, das ihn vermuten lässt, dass auch Damian die Zukunft so ähnlich sieht.

Die Hoffnung ist die Mutter der Dummen und die treulose Mätresse der Verliebten, denkt der Mann, macht es sich bequem und richtet sich darauf ein, lange zu warten. Um dann seinen größten Erfolg einzufahren.

6

Ich drehte mich um und setzte mich aufs Fensterbrett. Ewa sah mich unsicher an, als erwarte sie, dass ich sie nicht verstehe.

Ich verstand sie jedoch ausgezeichnet. Irgendwann war ich einmal auf Untersuchungen zu häuslicher Gewalt gegen Frauen gestoßen, die einem das Blut in den Adern gefrieren ließen. Eine Statistik war mir besonders im Gedächtnis geblieben. Pro Woche starben drei Frauen durch Männer wie Robert Reimann.

Ewa hätte eines Tages eine dieser drei werden können. Reimann war immer brutaler geworden, und nichts wies darauf hin, dass sich das irgendwann ändern würde. Um sich diesem Grauen zu entziehen, musste meine Verlobte handeln – mit höchster Vorsicht. Nicht nur aus Angst vor Kajman, sondern auch vor ihrem Mann. Vielleicht vor allem vor ihm.

Wenn er erfahren hätte, dass Ewa fliehen wollte, hätte alles viel tragischer geendet. Das erklärte, warum sie sich für eine so komplizierte Lösung entschieden hatte.

Ich schloss meine Augen für einen Moment und stellte mir vor, wie viele andere Frauen sich in der gleichen Situation befanden. Drei wurden jede Woche von ihren Partnern umgebracht, aber wie viele durchlebten eine solche Hölle wie Ewa? Eine Hölle, die sich hinter verschlossenen Türen abspielte und deshalb in keiner Statistik auftauchte?

«Stimmt etwas nicht?», fragte sie plötzlich.

Ich öffnete die Augen.

«Nein, alles okay.»

«Du siehst so besorgt aus.»

Sie erhob sich und kam langsam auf mich zu. Beim Fenster blieb sie stehen, dann sah sie sich aufmerksam im Zimmer um.

«Hast du etwas Verdächtiges entdeckt?»

«Nein», antwortete ich und nahm ihre Hand. «Auch wenn in dieser Situation ein bisschen Paranoia tatsächlich angebracht ist.»

Wir standen uns gegenüber, nur ein paar Zentimeter voneinander entfernt. Wir sahen uns so lange an, dass ich den Eindruck hatte, die Welt würde still stehen und uns endlich die Zeit geben, unser Beisammensein genießen zu können.

«Niemand verfolgt uns», sagte Ewa. «Die Polizei hat keine Ahnung, wo sie uns suchen soll. Kajman hat unsere Spur ebenfalls verloren, und Roberts Leute wissen noch nicht einmal, was passiert ist.»

«Auf dass es so sein möge.»

«Ich habe dafür gesorgt», antwortete sie und lächelte. «Von dieser Seite droht uns wirklich keine Gefahr.»

«Aber von der anderen schon?»

Sie ließ meine Hand los und kehrte an den Tisch zurück. Dann schenkte sie sich Prosecco nach und setzte sich so, dass sie mich im Blick hatte.

«Das befürchte ich», sagte sie.

«Und was genau?»

Ich hatte gedacht, dass die drei Bedrohungen, von denen sie gesprochen hatte, völlig ausreichten, damit wir uns Sorgen machen mussten.

«Ich weiß nicht, ob du mir jemals verzeihen kannst, Tiger.»

«Wieso denn?»

«Alles, was ich gemacht habe ...» Sie ließ den Kopf hängen, um mich nicht ansehen zu müssen. «Ich weiß, wie das auf dich wirken muss.»

«Wie?»

«Als hätte ich mit dir gespielt», sagte sie deutlich verlegen. «Als hätte ich bestimmt, dass du den gleichen Weg gehen musst wie ich.»

Ich runzelte die Stirn, um eine gute Antwort zu finden. Ich kannte ihre Beweggründe, ich verstand sie sehr gut. Sie sollte das wissen, aber vielleicht hätte ich an ihrer Stelle auch Zweifel gehabt.

«Du redest, als würdest du mich nicht kennen», sagte ich und ging auf sie zu.

Sie antwortete lange nicht. Viel zu lange. Ich wusste, was das bedeutete.

Ich setzte mich ihr gegenüber und zwang mich zu einem Lächeln. Immer noch schmerzte mein ganzes Gesicht, aber daran musste ich mich einfach gewöhnen. Auf absehbare Zeit war ich angeschlagen. Physisch und psychisch.

«Und du kennst mich doch gut», sagte ich.

«Bist du dir sicher?»

«Ja. Ich bin derselbe Typ, der dir an der Spötterloge einen Heiratsantrag gemacht hat. Vielleicht war ich die letzten zehn Jahre ein anderer, aber jetzt bin ich wieder da.»

Sie sah mich forschend an. Ich hatte das Gefühl, dass ihr die eine, wichtige Frage durch den Kopf ging: Waren wir noch immer dieselben Menschen, die damals eine Beziehung miteinander hatten? Mir schien, dass wir das waren. Auch wenn wir viel durchgemacht hatten.

«Ich wollte dich nicht demütigen, Tiger.»

«Weiß ich», sagte ich, ohne zu zögern. «Außerdem weiß ich, dass dir deine Beweggründe nicht alle bewusst sind.»

«Wie bitte?»

«Vielleicht bist du noch nicht bereit, das zuzugeben, aber du wolltest mich prüfen.»

«Wovon sprichst du?»

«Davon, dass du unterbewusst wolltest, dass ich den Test bestehe. Aufopferung, Liebe ... So hast du gesehen, dass ich noch der Alte bin. Und noch immer bereit, durch die neun Kreise der Hölle zu gehen, um dich zu finden.»

Sie lächelte schwach. Mit Sicherheit waren das nicht ihre hauptsächlichen Beweggründe gewesen, aber tief in ihrer Seele musste sie wissen, dass auch das einen Teil ihrer Motivation darstellte. Sie musste die Gewissheit haben, dass sie es mit demselben Werner zu tun hatte, den sie einmal gekannt hatte.

Sie konnte sich nicht erlauben, den gleichen Fehler wie mit Robert zu machen.

«Das stimmt nicht», sagte sie.

«Egal. Wichtig ist, dass ich dir gezeigt habe, wie viel mir an dir liegt.»

Sie bestätigte das mit einem leichten Lächeln.

«Stimmt.»

Ich zog sie sanft zu mir heran und küsste sie. Ich hatte den Eindruck, ich könnte sie damit verletzen. Das war absurd, völlig grundlos und gleichzeitig berechtigt.

Die vielen Ereignisse hatten Ewa fast zerstört. Und ich hatte Angst, dass ich durch eine unglückliche Bewegung das Werk vollenden würde.

«Behandle mich nicht wie ein rohes Ei», sagte sie, als hätte sie meine Gedanken gelesen.

«Will ich auch nicht.»

Sie neigte den Kopf und sah mir direkt in die Augen.

«Dann los, Tiger.»

Ich umfasste ihre Taille und tat so, als hätte ich tatsächlich vor, zur Sache zu kommen. Hatte ich aber nicht. Mir schien das in diesem Moment unpassend.

Als würde ich sie ausnutzen, weil ich als Retter von dem Drama profitierte, das sie erlebt hatte. Das war nicht logisch, aber alles andere eigentlich auch nicht. Unsere Situation war unmöglich.

Wir flohen aus dem Land, von der Polizei und Kajmans Gang gesucht. Wenn Robert Reimanns Leute die Lage erkannten, würden sie ihre Gorillas schicken. Und obendrein hatten wir noch ein Kind dabei.

Ich schüttelte den Kopf.

«Früher hast du das aber anders angepackt», meinte sie.

Ich schaute zum Bett.

«Und du würdest schon lange dort liegen und ich auf dir, wäre Wojtek nicht im anderen Zimmer.»

«Oooh», meinte sie anerkennend. «Bist du auf die alten Tage charmant geworden?»

«Ich war schon immer so.»

Anstatt zu antworten, kuschelte sie sich an mich wie in eine warme Decke in einer kalten Nacht. Was wir sagten, hatte eigentlich nicht viel mit der Unterhaltung zu tun, die wir tatsächlich führten. Für die brauchten wir nämlich keine Worte.

Wir hielten uns schweigend umarmt. Schließlich trat Ewa einen halben Schritt zurück und sah mich fragend an.

«Was willst du noch wissen?», fragte sie.

«Alles.»

«Dann frag. Damit wir es hinter uns haben.»

«Okay ...», antwortete ich und erlaubte ihr, mich zum Tisch zu führen. «Aber die Vergangenheit interessiert mich nicht mehr.»

«Nein?»

«Ich will jetzt wissen, was vor uns liegt.»

Ihre erhobenen Brauen ließen mich vermuten, dass sie mir nicht übermäßig glaubte.

«Willst du nicht wissen, ob sich meine kulinarischen Vorlieben geändert haben? Oder ob ich meine Zeit mit Comics von Marvel verbringe? Oder eine kosmetische Operation hinter mir habe?»

«Was soll ich da fragen? Ich muss dich nur anschauen, es ist offensichtlich.»

«Tatsächlich? Dann sag mir bitte, was sich verändert hat.»

Sie schenkte sich Prosecco nach, verschränkte die Arme vor der Brust und wartete, dass ich etwas sagte.

«Du hast deine Nase leicht korrigieren lassen, die Wangenknochen sind gewölbter, der Mund ein bisschen größer.»

«Und?»

«Das ist alles.»

«Nicht ganz. Ich habe mir gegönnt, meinen Rückbiss etwas zu korrigieren.»

«Du hattest nie einen Rückbiss.»

«Vielleicht in deinen Augen», antwortete sie spöttisch. «Aber es ging ja schlussendlich nicht um eine Verschönerung.»

«Und trotzdem hast du die Gelegenheit genutzt.»

Sie zuckte die Schultern und lächelte. Es wunderte mich nicht, dass sie ihr Aussehen verändern wollte – an ihrer Stelle hätte ich genau dasselbe getan. Zwar wirkten solche Eingriffe trotz der Beteuerungen der Chirurgen keine Wunder, aber mit ein bisschen Glück konnte Ewa so die allzu Neugierigen täuschen. Jemand, der sie nicht gut kannte, würde sie in Kasandra Reimann vielleicht nicht wiedererkennen. Ich allerdings hatte damit kein Problem.

Wahrscheinlich hatte sie diese Eingriffe nach der Hochzeit vorgenommen, denn vorher hatte sie bestimmt nicht die finanziellen Mittel dazu gehabt. Ich wollte sie aber nicht fragen. Was sie mit diesem Menschen verband, interessierte mich nicht.

Außerdem wollte ich mich jetzt wirklich auf die Zukunft konzentrieren. Wir hatten noch viel zu tun.

«Dann sollte ich mich jetzt um eine Operation kümmern ...»

«Es reicht, wenn du dir einen Bart wachsen lässt.»

«Meinst du?»

«Da, wo wir hingehen, brauchst du nichts anderes.»
«Und wo gehen wir hin?»
«In die Zukunft.»
«Also nach Weißrussland?»
«Oder in die Ukraine. Vielleicht auch nach Kaliningrad», antwortete sie und stellte ihren Becher ab. «Es wäre am besten, die Entscheidung zu verschieben, bis wir das Geld abgehoben haben.»
«Bist du sicher, dass uns niemand aufspüren kann?»
«Ja.»
Ihre Stimme klang sicher. Sie war überzeugt davon, dass sie alles bedacht hatte.
«Alle Konten laufen auf dich, die Einzahlungen waren nur so hoch, dass sich das Finanzamt nicht dafür interessieren wird, und Robert und ich haben nichts mit ihnen zu tun. Zumindest auf dem Papier. Sogar wenn jetzt jemand die ... Leiche entdeckt, können sie das Geld nicht mehr rechtzeitig zurückholen.»
«Hoffentlich.»
Das Geld war unsere einzige Versicherung. In Weißrussland oder der Ukraine konnten wir nicht damit rechnen, gutbezahlte Arbeit zu finden, aber in Rubel oder Hrywnja umgetauscht, würde uns der von Reimann angesammelte Reichtum ein sicheres Leben garantieren. Mit ein bisschen Glück konnten wir es gut anlegen und vermehren, dachte ich.
Außerdem hatte Ewa bestimmt auch dafür schon einen Plan.
«Und die Polizei wird mir nicht auf die Spur kommen?», fragte ich.
«Doch. Aber bis dahin sind wir weit weg.»
«Bist du dir sicher?»
«Ja», bestätigte sie wieder, ohne zu zögern. «Sie werden dich in Opole und Umgebung suchen, aber hier bist du erst mal sicher.»
Sie hatte recht. Blitzers Tod war eine Tragödie für mich, aus Sicht der polnischen Strafverfolgungsbehörden war er ein Fall wie jeder

andere. Außerdem würde es im schlimmsten Fall reichen, dass Ewa mit Prokocki sprach und ihm sagte, es sei sinnlos, mich weiter zu verfolgen.

«Was also jetzt?», fragte ich.

«Morgen früh fahren wir weiter, holen an verschiedenen Orten das Geld ab, und dann verschwinden wir.»

«Und Papiere?»

«Das ist schon erledigt.»

«Wie?»

«Musst du das wissen?»

«Na ja, wenn man bedenkt, dass du mich durch halb Polen gelotst hast und ich von nichts wusste ...»

«Okay, okay», unterbrach sie mich mit einer Handbewegung. «Du hast das Recht, zu wissen, mit was für finsteren Gestalten ich zu tun habe.»

Eigentlich musste ich nicht alles wissen. Mir war klar, dass Ewa Kontakte genutzt hatte, die sie durch ihren Mann besaß. Andererseits hatte sie sicherlich keine Leute um Hilfe gebeten, die sie verraten würden. Zumindest nicht gleich.

«Hilft uns Glazur immer noch?»

«Nein. Ich hab ihm gesagt, er soll verschwinden, gleich, nachdem er dir die letzte Nachricht überbracht hatte. Ich wollte kein Risiko eingehen. Er hat sowieso viel für mich getan. Er hat alles übernommen, was am Computer zu tun war. Er hat die Spuren im Deep Web gelegt und auch das Format der Datei gewählt.»

«Dabei sah er gar nicht so tüchtig aus.»

«Der Schein trügt. Er kann ziemlich viel.»

«Muss ich eifersüchtig sein?»

«Nein», antwortete sie spöttisch. «Überhaupt nicht.»

Klar, wenn sie ihn weggeschickt hat, gab ich in Gedanken zu. Auf dieser Etappe war jeder, der in unsere Sache eingeweiht war, eine Last. Ich blickte Ewa an und versuchte einen Moment lang zu erahnen, wie sicher sie wirklich war, dass sie ihren Plan bis zum Ende ausführen konnte. Bisher hielt sie sich tapfer, aber wie lange konnte sie das noch durchhalten?

In ihren Augen waren keine Zweifel. Deshalb glaubte ich ihr, dass uns wirklich nichts drohte.

Trotzdem konnte ich nicht einschlafen, als wir uns endlich hinlegten. Es war schon Morgen, langsam wurde es hell. Die ersten Vogelstimmen waren der endgültige Beweis dafür, dass es schon zu spät war, um auszuruhen.

Wir legten uns eine Stunde hin, vielleicht zwei. Dann beschlossen wir, dass es Zeit war, weiterzufahren. Wojtek wachte nur so lange auf, um wie in Trance vom Zimmer zum Auto zu laufen. Er legte sich auf den Rücksitz und schlief wieder ein. Ich beneidete ihn um seine kindliche Sorglosigkeit.

Diesmal saß ich am Steuer. Ich drehte mich zu dem Lastwagen um, der an der Einfahrt parkte, und hatte das Gefühl, mir brachen dabei die Rippen.

Bald darauf fuhren wir nach Osten. Ich war erleichtert, als würden wir die Gefahr weit hinter uns lassen. In manchen Momenten sorgte ich mich nicht einmal um das, was uns an der Grenze erwarten würde.

Irgendwann vergaß ich beinahe, dass wir noch immer vorsichtig sein mussten. Ich verließ die Deckung und erlaubte mir, ein bisschen glücklich zu sein. Und wann immer ich einen kurzen Blick mit Ewa tauschte, sah ich, dass ich das Recht dazu hatte.

Wir fuhren langsam, vorschriftsmäßig. Hinter uns war von Zeit zu Zeit ein LKW zu sehen, wahrscheinlich ein Scania.

Als die Sonne über der taubedeckten Straße vor uns auftauchte, hatte ich den Eindruck, dass mit dem anbrechenden Tag unsere gemeinsame, freudige Zukunft begann. Ich wusste, Ewa sah es genauso. Wir fühlten uns unsterblich.

Am Abend, nicht lange, nachdem wir das letzte Geld abgehoben hatten und endlich Richtung Ukraine fuhren, machte uns das Leben auf brutale Weise deutlich, wie sehr wir uns geirrt hatten.

Wir befanden uns auf einer schmalen Straße, beruhigend weit von den Hauptverkehrsachsen entfernt. Wir hatten vor, die Ukraine auf den Woiwodschaftsstraßen zu erreichen und die Schnellstraßen zu meiden.

So kurz vor dem Ziel, mit all unserem Besitz und unserer ganzen Zukunft im Auto, wollten wir nicht das geringste Risiko eingehen.

Das war unser Fehler.

Damit gingen wir das größte Risiko ein. Die Straße verlief zwischen endlosen Feldern, als ich im Rückspiegel denselben Scania sah, der schon im Norden hinter uns hergefahren war.

Aber es war bereits zu spät, um etwas zu machen. Der Scania beschleunigte, als wäre der Fahrer hinter dem Steuer eingeschlafen und der Tempomat so eingestellt, dass er immer schneller wurde. Bevor ich bemerkte, dass der LKW nicht bremsen konnte, war er schon ein paar Meter hinter dem Peugeot.

7

Der Mann mit der Schiebermütze ist sich sicher, den richtigen Moment abgewartet zu haben. Bevor er eine Entscheidung getroffen hat, ist er dem blauen Peugeot lange in sicherer Entfernung gefolgt. Er hat vorher die Karte studiert, hat sich vorbereitet, so gut er konnte.

Er musste nur den richtigen Moment abwarten, und jetzt ist er da. Sie sind auf einem geraden Teilstück, bis zur nächsten Abzweigung sind es laut Navi einige Kilometer.

Ein Stück vor dem Peugeot fährt ein anderer Lastwagen. Über den CB-Funk prüft der Mann, mit wem er es zu tun hat. Besser konnte er es gar nicht treffen – ein Ukrainer, der kaum Polnisch versteht. Mit ein bisschen Glück transportiert er irgendwelches zusätzliches, nicht ganz legales Zeug und wird nie und nimmer die Polizei alarmieren.

Aber vielleicht wird er auch keinen Grund haben, darüber nachzudenken, sagt sich der Mann mit der Schiebermütze und beschleunigt weiter. Ihn interessiert Damian Werners Reaktion. Einen Augenblick später ist ihm klar, dass Kasandras Begleiter die Gefahr nicht kommen sieht.

Kurz bevor die Schnauze des LKW die Stoßstange des Peugeot touchiert, steigt der Mann auf die Bremse. Werner reagiert genau, wie er sollte, er beschleunigt.

Der alte 206er hat vielleicht hundert PS unter der Motorhaube, er beschleunigt nicht besonders gut. Hätte der Mann nicht gebremst, Damian wäre chancenlos gewesen.

Aber er will ihn nicht von der Straße schieben. Das Risiko ist zu groß.

Er ist zwar frei in seinen Entscheidungen, aber eines gilt: Kasandra und dem Kind darf nichts passieren.

Auch Werner will er schonen. Sollte es hart auf hart kommen, ist er allerdings bereit, ihn abzuschreiben.

Der Fahrer nimmt das Mikrophon und hustet. Sein Russisch ist etwas eingerostet, er hat es lange nicht mehr gesprochen, es wird aber schon ausreichen.

Er holt Luft, dann schreit er an den Ukrainer gerichtet, er solle Gas geben. Unter gar keinen Umständen soll der Peugeot ihn überholen.

Der Mann weiß nicht, ob seine panischen Schreie Wirkung zeigen, aber wenn der andere tatsächlich Zigaretten, Motoröl oder irgendwas anderes schmuggelt, das die Grenzbeamten interessieren könnte, wird er es nicht riskieren. Außerdem dürfte die Solidarität unter Truckern hier auch eine Rolle spielen.

Er gibt eindeutig Gas, antwortet etwas über Funk, aber der Mann in der Schiebermütze hört ihn nicht mehr. Jetzt kommt es nur auf ihn an. Wieder tritt er aufs Gaspedal, diesmal wird er nicht bremsen. Der blaue PKW sitzt in der Falle.

8

«Überhol ihn!», rief ich, obwohl ich wusste, dass es zu spät war.

Alle drei Fahrzeuge bewegten sich so schnell, dass Damian keine Zeit für die richtige Reaktion blieb. Er konnte das Steuer herumreißen und auf die Gegenfahrbahn ausweichen, aber hier lauerte gleich eine doppelte Gefahr.

Man konnte unmöglich erkennen, ob jemand entgegenkam. Ein Frontalzusammenstoß mit einem anderen Auto wäre katastrophal gewesen, niemand von uns hätte überlebt. Der Peugeot hätte sich in eine Ziehharmonika verwandelt.

Und selbst ohne Gegenverkehr wären wir im Nu auf einer Höhe mit dem LKW gewesen. Der Fahrer hätte dann nur leicht nach links zu lenken brauchen, um uns in den Straßengraben zu befördern.

Und das konnte ebenso schlimm enden wie der Frontalzusammenstoß mit einem anderen Auto.

Trotzdem schrie ich so laut ich konnte. Zum Glück ignorierte Werner mich und versuchte nicht einmal, den vor uns fahrenden LKW zu überholen.

Innerhalb eines Sekundenbruchteils fanden wir uns zwischen den beiden Fahrzeugen wieder.

«Mama!», schrie Wojtek, als der Wagen hinter uns leicht unsere Stoßstange touchierte.

Ich sah, wie sich Damians Hände um das Lenkrad klammerten und seine Knöchel weiß wurden.

«Mama!», schrie Wojtek aus Leibeskräften.

Ich wollte ihn beruhigen, ich wollte irgendetwas sagen, brachte aber kein Wort hervor. Ich stemmte mich gegen das Armaturenbrett, obwohl es das Schlimmste war, was ich hätte machen können.

Bei einem Zusammenstoß könnte ich mir die Arme brechen, ganz zu schweigen davon, dass ich so dem Airbag im Weg war. Wenn der Peugeot überhaupt einen hatte.

Gedanken schossen mir durch den Kopf. Ich konnte sie nicht sammeln, fand keine passende Lösung. Schließlich blickte ich in den Rückspiegel.

«Werner!», schrie ich. «Er ist allein!»

Damian sah mich erschrocken an.

«Der Ukrainer vor uns ist zufällig hier!»

Er verstand nicht, was ich meinte. Großer Gott, die Zeit lief uns davon, und ich konnte mir nicht erlauben, auch nur eine einzige weitere Sekunde zu verlieren.

«Brems!»

«Spinnst du?!»

«Sofort!»

Endlich verstand er, zumindest glaubte ich das. Unsere einzige Rettung war, zu verlangsamen, damit der Ukrainer vor uns davonziehen konnte, und danach ruckartig zu beschleunigen. Unser Motor hatte nicht viel PS, aber ein PKW kam allemal schneller vom Fleck als ein Laster.

Eine andere Möglichkeit blieb uns nicht.

«Brems!», schrie ich.

Schließlich bremste er. Alles passierte in Sekundenschnelle, uns blieb keine Zeit zum Nachdenken. Wir mussten uns auf die einzige Art und Weise retten, die uns einfiel.

Werner stieg kräftig auf die Bremse, während ich mit Entsetzen in den Rückspiegel starrte. Ich befürchtete, Damian hatte zu heftig gebremst.

Der obere Teil des Führerhauses schien sich nach vorne zu neigen, als der LKW verlangsamte. Für einen kurzen Moment fuhren wir Stoßstange an Stoßstange.

Dann passierte, was nicht hätte passieren dürfen.

Unter dem Druck des tonnenschweren LKW drehte Damian den Lenker leicht nach rechts. Wir hörten unsere Reifen quietschen, innerhalb von Sekundenbruchteilen hatte der Peugeot die Bodenhaftung verloren. Als es uns zur Seite trug, gab Wojtek einen markerschütternden Schrei von sich.

Das Auto landete im Graben. Es krachte, als wäre etwas explodiert. Aber da war keine Explosion. Wir waren in einer kleinen Schneise gelandet, und ich sah sofort, wie viel Glück wir gehabt hatten.

Einen Moment lang verstand ich nicht, was los war. Ich war desorientiert, und die Situation erschien mir völlig irreal. Allerdings kam ich schnell zu mir. Trotz Sicherheitsgurt versuchte ich mich zu meinem Sohn umzudrehen. Nichts da.

Als sich der Gurt schließlich mit einem Sausen löste, beugte ich mich nach hinten. Wojtek war in Ordnung. Er stand unter Schock, atmete unregelmäßig und sah sich nervös um, aber ihm fehlte nichts.

Ich atmete auf und sah aus dem Augenwinkel, wie Damian aus dem Auto sprang. Ehe ich verstand, was los war, rannte er bereits in Richtung des bremsenden Lasters.

Er hatte richtig entschieden. Der Fahrer war allein, die einzig richtige Entscheidung in dieser Situation war, selbst die Initiative zu ergreifen. Wobei Damian bei einem Kampf Mann gegen Mann auch den Kürzeren ziehen konnte.

Ich rief Wojtek zu, sich nicht zu rühren, dann riss ich die Tür auf.

Ich stürzte aus dem Wagen, als würde es brennen, und rannte zu Werner. Plötzlich schienen alle mir von Robert zugefügten Wunden verheilt. Zumindest war der lähmende Schmerz verschwunden.

Dank an das Adrenalin. Doch der Schmerz würde schon noch zurückkehren.

Werner und ich rannten, so schnell wir konnten. Damian war klar, dass er den Fahrer nur überwältigen konnte, wenn er das Führerhaus erreichte, bevor sein Gegner überhaupt verstand, was los war.

Ich konnte ihn nicht einholen. Konnte keine Luft holen und hatte den Eindruck, mir würde etwas die Lungen zerbersten lassen. Als Werner beim LKW ankam, musste ich stehen bleiben. Mir ging es schlechter als gedacht. Adrenalin hin oder her, mein Körper signalisierte mir, dass es genug war.

Ich beugte mich vor, stützte die Hände auf die Knie und sah keuchend nach oben.

Die Fahrertür ging auf. Ein Mann lugte aus dem Führerhaus, völlig ahnungslos, dass Werner direkt neben ihm stand. Kaum hatte er den Kopf durch die Tür gestreckt, packte Wern ihn am Kragen und warf ihn auf die Straße.

Ohne zu fackeln, trat er ihm gegen den Kopf.

Der Mann hatte nicht die geringste Chance.

Für einen Moment schloss ich die Augen, holte Luft, dann rannte ich los, am Straßenrand entlang. Aus dem Augenwinkel sah ich einen Ast, den ich benutzen konnte. Ich schnappte ihn mir im Lauf. Dann nahm ich meine letzten Kräfte zusammen, um den LKW zu erreichen.

Damian schlug noch einmal zu, dann erstarrte er.

Ich wusste sehr genau, warum.

9

Ich funktionierte wie auf Autopilot. Ich überlegte nicht, ich kalkulierte nicht, ich schätzte nicht meine Chance im Kampf gegen diesen Menschen ein. Ich wusste nur, dass er allein im Wagen war. Das reichte, um eine Entscheidung zu treffen.

Als ich ihn aus dem Gefährt geworfen hatte, zögerte ich nicht, bevor ich zuschlug. Ewas Sicherheit stand auf dem Spiel. Nein, nicht nur ihre Sicherheit, unsere ganze Zukunft.

Dieser Mensch konnte sie uns wegnehmen.

Ohne nachzudenken, schlug ich ein zweites Mal zu und wollte noch einmal, so lange, bis ich sicher sein konnte, dass er nicht mehr aufstehen würde. Dann aber schaute ich ihm ins Gesicht.

Aus seinem Mundwinkel lief Blut, auf seiner Schläfe war ein Schnitt, und gleich daneben zeichnete sich deutlich einer meiner Schläge ab. Ein rotes Rinnsal lief auf sein Auge zu. Und überflutete die kleine Narbe darunter.

Ich erstarrte wie vom Blitz getroffen und verstand erst gar nicht, wie das möglich war. Spielte mir mein Verstand einen Streich? Träumte ich? Ich hatte den Mann vor mir, dem ich unter anderem in Biskupin begegnet war.

Dem Mann mit der Narbe.

Glazur.

Der, der Ewa von Anfang an geholfen hatte, der am Computer

alles erledigt, der mir all die Informationsschnipsel überbracht hatte. Der deshalb entlassen worden war, sich von seiner Karriere verabschieden musste und wahrscheinlich die ganze Zeit von Robert Reimanns Leuten beobachtet wurde.

Was war hier los, verdammt noch mal?

Ich machte einen Schritt zurück und verstand nicht, warum Glazur uns angegriffen hatte. Auch nicht, wie er uns überhaupt hatte finden können.

Er war kein Verbrecher aus Reimanns Organisation. Aus Kajmans Gang auch nicht. Wäre das der Fall gewesen, hätte Glazur seine wahren Motive schon viel früher offengelegt. Schließlich hatte er genügend Gelegenheiten gehabt, das zu tun.

Die Gedanken schwirrten mir im Kopf. Ich hörte, wie Ewa näher kam, konnte mich aber nicht bewegen.

«Was ... verdammt noch mal ...», stammelte ich.

Der Mann am Boden spuckte ein bisschen Blut aus und sah mich unsicher an. In seinen Augen lag keine Angst, obwohl sie angebracht gewesen wäre.

Vielleicht arbeitete er mit der Polizei zusammen? Nein, das ergab auch keinen Sinn.

«Wer bist du?», fragte ich.

Er murmelte etwas Unverständliches, und ich ging einen halben Schritt zurück. Erst jetzt verstand ich, dass er noch benommener war als ich.

Ich drehte mich zu Ewa um.

Dann kam der Schlag. Er war stark, schnell und besiegelte alles. Ich fühlte, dass meine Schläfe getroffen war, aber mein Verstand weigerte sich zu begreifen, woher der Schlag gekommen war. Ich wollte mich umdrehen, da schlug Ewa zum zweiten Mal zu.

Mein Kopf dröhnte, als stände ich bei einem Rock-Konzert direkt neben den Lautsprechern. Verwirrung machte völliger Erschöpfung Platz. Ich fiel wie ein Mehlsack zu Boden.

Ewa stand schwer atmend über mir. Sie ließ die Hand mit dem blutigen Ast sinken. Ich spürte einen nassen Fleck am Hinterkopf, der immer größer wurde.

Ich verstand nichts.

Absolut nichts.

Ewa ging um mich herum, ohne mich im Geringsten zu beachten. Als würde sie erkennen, dass ich keine Bedrohung mehr darstellte und man sich nicht mehr für mich zu interessieren brauchte. Sie ging neben Glazur in die Hocke und berührte sein Gesicht.

Sie sagte etwas, aber so leise, dass ich es nicht verstand.

Ich wollte aufstehen, brachte aber nur ein Zittern zustande. Einer der Schläge war wohl besonders unglücklich gewesen. Er hatte mir mehr Schaden zugefügt, als Ewa wollte. Zumindest sagten mir das die Reste der Rationalität, die mir blieben, um die Situation einzuschätzen.

Was war eigentlich passiert? Worum ging es hier?

Und was ereignete sich hier überhaupt? Oder schlief ich womöglich noch im Hotelzimmer und hatte den schlimmsten Albtraum meines Lebens?

Ewa half Glazur aufstehen, dann sah sie sich sein Gesicht an. Als er eine Hand auf ihre Taille legte und etwas sagte, sah er aus wie ein normaler Mann, der seiner Liebsten versichert, dass ihm nichts fehlt.

Ich kroch in ihre Richtung.

Genau so wie zehn Jahre vorher an der Spötterloge.

Der Kreis hatte sich geschlossen.

10

Glazur nahm die Hände von meiner Taille und versicherte mir noch einmal, dass alles in Ordnung sei. Dann sah er mit besorgter Miene auf den Peugeot.

«Ist Wojtek in Ordnung?», fragte er.

«Ja, er ist in Ordnung. Ein bisschen erschrocken, aber ... Wir kümmern uns gleich um ihn.»

Er nickte, dann richtete er seinen Blick auf Werner. Er sah ihn lange an, während ich festzustellen versuchte, ob er eine Gehirnerschütterung hatte. Er verstand schnell, was ich dachte, umarmte mich und sagte, alles sei gut.

«Der Tritt war heftig», hielt ich ihm entgegen.

«Hätte schlimmer sein können.»

Stimmt. Aber das alles hatte ganz anders enden sollen – hätte nur Damian nicht die Kontrolle über das Auto verloren. Aber wir wollten jetzt kein Aufheben darum machen.

War sinnlos.

«Du hättest auch weniger stark zuschlagen können», bemerkte Glazur.

Ich nahm ihn an der Hand, und er zog mich zu sich.

«Jetzt ist alles gut», sagte er.

«Ich weiß.»

Wieder sah er zu Damian rüber.

«Überlebt Werner?», fragte er.

Ich hoffte, er würde überleben. Ich hatte nie gewollt, dass ihm etwas Schlimmes zustößt. Mein Plan war an sich schon schlimm genug.

«Ich hoffe», antwortete ich.

«Du hättest selbst nicht auch noch zuschlagen müssen.»

«Ich musste sichergehen, dass er dir nicht mehr gefährlich werden kann.»

«Der hätte nichts mehr gemacht. Er hat mich doch erkannt und wahrscheinlich selbst schon verstanden, was los ist.»

Das glaubte ich nicht. Aus Damians Perspektive stellte sich die Situation ganz anders dar, als sie in Wirklichkeit war.

Er hatte ein Recht auf die Wahrheit. Bloß hätte er sie von mir unter anderen Umständen erfahren sollen. Ich hatte vorgehabt, sie ihm schonend beizubringen, um den Schlag, den ihm das Schicksal versetzt hatte, etwas abzumildern.

Nein, nicht das Schicksal. Sondern ich, Glazur und alle, die daran beteiligt waren. Es war höchste Zeit, mir das einzugestehen. Ich holte Luft und drehte mich zu Damian um.

Er kroch in unsere Richtung, eine rote Spur hinter sich herziehend. Ein furchtbarer Anblick, als lege er die letzten Meter zurück, die ihn noch vom Tod trennten.

Ich sah mich nervös um.

«Wir haben wenig Zeit», hörte ich Glazur sagen.

«Ich weiß.»

«Wenn du ihm was erklären willst, solltest du dich beeilen.»

«Ja, ich will, aber ...»

«Was?», fragte Glazur und sah mir tief in die Augen. «Er hat es verdient, die Wahrheit zu hören.»

«Ich weiß», gab ich zu. «Aber wir können kein weiteres Risiko eingehen.»

Da war nicht viel zu diskutieren. Ein zufällig vorbeifahrender

Wagen hätte ausgereicht, um zu ruinieren, worauf wir so lange hingearbeitet hatten.

Wir gingen wortlos zum Peugeot. Wojtek würde sich freuen, Glazur wiederzusehen:

Er begrüßt ihn enthusiastisch mit «Onkel!», wie früher schon. Glazur nimmt ihn hoch und trägt ihn ins Führerhaus, so, dass der Junge den auf der Fahrbahn liegenden Damian nicht sieht.

Wir erklären, dass Werner uns verlassen musste.

Das nimmt Wojtek einfach hin, er kennt Werner nur kurz, er bedeutet ihm nichts. In einigen Jahren wird er sich nicht einmal mehr an ihn erinnern.

Das werden Glazur und ich nicht von uns behaupten können.

Wir trugen Wojtek zum LKW, dann kehrten wir zum Peugeot zurück. Eilig wickelten wir das Geld in kleine Bündel und versteckten sie im Laderaum des Lasters. Alles bereit für den Grenzübertritt.

Wir sahen einander zufrieden an. Nur irgendwo tief in meinem Innern spürte ich Ernüchterung. Glazur musste das bemerkt haben, denn plötzlich runzelte er unruhig die Stirn.

«Ich wollte ihm wirklich alles erklären», sagte ich.

Glazur sah sich um.

«Vielleicht haben wir noch einen Moment.»

«Nein», widersprach ich entschieden.

Er nickte und stieg ein. Ich ging neben Werner in die Hocke. Er war bewusstlos und blutete. In diesem Zustand würde er nicht viel hören, geschweige denn verstehen.

«Es tut mir leid», sagte ich nur.

Ich stand auf und ging zum Laster. Dann stieg ich ein und lächelte Glazur zu. Er lächelte zurück. Mehr brauchte ich nicht, um glücklich zu sein.

Als wir davonfuhren, schaute ich noch einmal in den Seitenspiegel. Werner schien leicht den Kopf zu heben.

11

Ich würde gerne sagen, dass ich in einem Krankenhaus aufwache, aber das wäre nicht die Wahrheit. Ich öffnete zwar die Augen in einem Krankenhauszimmer, aber eigentlich erwachte ich in einer völlig neuen Welt.

Sie war frei von Wünschen, Illusionen und Hoffnungen. Jetzt war sie wirklich da. Ein realer Ort, den ich seit einiger Zeit angesteuert hatte.

Neben meinem Bett saßen meine Eltern. Auf dem Flur sah ich von Zeit zu Zeit einen Polizisten vorbeigehen. Aus seiner Perspektive war nichts passiert. Er musste sich mit nichts beschäftigen, vor allem nicht mit mir.

Die Vorwürfe gegen mich waren fallengelassen worden, die Suche nach Blitzers Mörder war beendet, der Verdächtige saß bereits im Gefängnis. Er war der Polizei bekannt und stand nicht mit Kajman in Verbindung. Sicher war er von ihm engagiert worden, aber Beweise gab es keine.

Die brauchte der Staatsanwalt, nicht ich.

Meine Eltern versuchten ein paar Mal, ein Gespräch mit mir anzufangen, aber ich antwortete nicht. Schließlich befürchteten sie, dass das so bleiben würde, aber der Arzt versicherte ihnen, dass auf den Röntgenbildern nichts Auffälliges zu sehen war.

Ich hatte eine Gehirnerschütterung erlitten, aber das Schlimmste lag schon hinter mir. Mir ging es gut. Zumindest im Hinblick auf die Beschwerden, die man im MRT sehen konnte.

Schließlich sagte ich etwas, um meine Eltern zu beruhigen. Sie atmeten erleichtert auf, und ich spürte kurzzeitig Gewissensbisse, dass ich sie so lange im Ungewissen gelassen hatte. Aber die Wahrheit war, dass ich nicht wusste, was ich sagen sollte.

Vor allem, weil sie mir nur eine einzige Frage stellten. Mein Vater wiederholte sie noch einmal, nachdem ich etwas gesagt hatte.

«Was ist passiert, Junge?»

«Weiß ich nicht.»

Sie sahen sich an.

«Und was sagen die Polizisten?», fragte ich.

«Dass ...», begann meine Mutter und stockte.

«Sie wollen weitere Vorwürfe erheben», vollendete mein Vater.

Jetzt schien mich völlige Lähmung zu erfassen. Ich brauchte einen Moment, um die soeben gehörte Information zu verdauen. War der Polizist also doch nicht einfach so hier? Das war doch absurd.

Vielleicht hatte ich mehr abbekommen, als zu Beginn gedacht? Konnte ich mich an irgendetwas nicht erinnern?

Ich schluckte schwer und sah meinen Vater unsicher an.

«Mein Gott», stöhnte ich. «Weswegen?»

«Mord und Entführung.»

«Wie bitte?»

«Sie sagen, du hättest in Rewal jemanden umgebracht.»

Jetzt begriff ich, dass sie Robert Reimanns Leiche gefunden hatten. Und mit ihr eine ganze Ladung DNA. Überflüssig, die Spuren auf meinem Körper zu untersuchen, um zu wissen, woher meine zahlreichen Wunden kamen.

Ich machte eine nervöse Bewegung, und plötzlich spürte ich jede meiner Verletzungen. Ich sah meine Eltern an, weil ich wissen wollte, wie das alles aus ihrer Perspektive wirkte. Ich sah, dass sie der Polizei nicht glaubten. Aber was dachten sie dann?

«Hört mal zu ...»

«Du musst nichts sagen», unterbrach mich meine Mutter.

Sie deutete mit dem Blick Richtung Tür, und mir wurde bewusst, dass der Polizist auf der Schwelle stand. Ich war nicht mit Handschellen ans Bett gefesselt, wahrscheinlich gingen sie davon aus, dass mein Zustand für eine Flucht zu schlecht war.

«Ich weiß», antwortete ich. «Aber ich will euch das erklären. Und mich stört auch nicht, dass jemand zuhört.»

«Für uns ist alles klar, Junge.»

«Nicht alles.»

«Du wurdest in etwas hineingezogen», fuhr mein Vater fort. «Wir wissen nicht, auf welche Art, aber wir werden dir auf jeden Fall helfen.»

Ich wusste, dass sie das wirklich machen würden, auch wenn ich in den Augen meiner Mutter eine unausgesprochene Frage entdeckte. Vielleicht nicht nur eine. Ich sah sie so lange an, bis sie begriff, dass ich hören wollte, was sie am meisten quälte.

Schließlich räusperte sie sich leise, und ich nickte ihr ermunternd zu.

«Frag, Mutter.»

«Ich will nur ...»

«Nicht jetzt», unterbrach sie mein Vater leise.

«Nein, nein», widersprach ich. «Es gibt überhaupt keinen Grund, etwas vor der Polizei zu verbergen.»

Beide holten Luft, antworteten aber nicht.

«Ihr fragt euch, warum ich nach Rewal gefahren bin?», half ich nach, weil ich vermutete, dass sie gerade das meinten. «Weil Ewa dort auf mich gewartet hat. Und genau darum geht es höchstwahrscheinlich bei diesem Entführungsvorwurf.»

«Junge ...»

Ich hob ein wenig die Hand.

«Warte», sagte ich zu meinem Vater. «Lass mich zu Ende sprechen.»

«Ewa ist tot, Junge.»

Ich schüttelte den Kopf.

«Sie lebt. Der Körper, der auf Bolko gefunden wurde, ist ...»

«Ihrer», fiel mir meine Mutter ins Wort. «Sie ist es wirklich.»

Mein Vater senkte kläglich den Blick.

«Das haben die Untersuchungen bestätigt», fügte er hinzu.

«Die Polizei hat keine Zweifel.»

Meine Eltern sahen aus, als hätten sie auch keine. Ich jedoch war nicht bereit, das zu glauben – auch wenn ich nach allem, was passiert war, jede Version akzeptieren musste, und sei sie noch so abwegig.

Ich musste auf alles gefasst sein. Und nicht erst jetzt, ich hätte es schon viel früher sein müssen.

«Das kann nicht sein», antwortete ich.

«Junge, wir haben die Ergebnisse selbst gesehen. Kommissar Prokocki hat uns aufs Präsidium bestellt, er hat uns alles gezeigt.»

«Dokumente kann man fälschen. Und sie wollten sie ja schützen.»

«Schützen?», fragte meine Mutter. «Vor wem?»

«Vor Kajmans Leuten. Vor denen, die sie gesucht haben.»

«Kajman?»

Ich sah den Polizisten an, als rechnete ich damit, dass er meinen Eltern alles erklärte. Als ich jedoch seinem verwunderten Blick begegnete, wurde mir eines bewusst: Alles, was ich über Kajman wusste, stammte aus Ewas Aufnahmen.

Genauso stand es mit dem, was sie die letzten zehn Jahre über gemacht hatte.

Außerdem stammten jede Information über Prokocki, das Zeugenschutzprogramm und das Vorgehen der Polizei aus derselben Quelle.

Ich hatte mir die ganze Geschichte auf der Grundlage dessen, was mir Ewa erzählt hatte, zusammengesetzt.

Mein Gott, hatte ich mich in einen gigantischen Schwindel hineinziehen lassen?

Meine Gedanken schienen sich in einen Wirbel zu verwandeln, der meine ganze Vernunft einsog. Ich konnte nur zusehen, wie ihre Reste sich immer schneller darin drehten. Und wie sie schließlich verschwanden.

Ich schaffte es nicht, auch nur eine logische Folgerung aus diesem Wirbel herauszufischen. Alles schien mir möglich und unmöglich zugleich. Durchführbar und undurchführbar. Ich war komplett verloren – und das Schlimmste war, dass mir niemand einfiel, der mir Antworten geben konnte.

Außer Ewa.

«Junge?»

«Alles okay ...», murmelte ich.

«Wer ist Kajman?»

Ich schüttelte den Kopf und kniff die Augen zu.

«Das ist jetzt egal. Ich werde der Polizei alles sagen, was ich weiß ...»

Sie schauten sich noch einmal an, als erwarte der eine vom anderen, dass ihm eine Idee kam, wie mir zu helfen sei. Ich vermutete, dass mein Vater etwas vorschlagen wollte, aber er schaffte es nicht. Ein Beamter kam ins Zimmer, und wir alle richteten unsere Aufmerksamkeit auf ihn.

Er hielt ein Handy in meine Richtung, als ziele er mit einer Pistole auf mich.

«Kommissar Prokocki möchte mit Ihnen sprechen.»

Ich öffnete den Mund, sagte aber nichts.

Das sah mir nicht nach der normalen Prozedur aus. Falls sie tatsächlich Anklage erheben wollten, war ein Kontakt übers Telefon eher eine schlechte Idee.

Ich streckte die Hand nach dem Telefon aus.

«Ja?», fragte ich.

«Sie haben sich ein paar Probleme eingehandelt», meldete sich Prokocki.

«Das habe ich bemerkt.»

«Aber zumindest einen Teil davon können Sie loswerden, wenn Sie sich für eine Zusammenarbeit entscheiden.»

«Ehrlich gesagt weiß ich nicht, mit wem ich zusammenarbeiten soll.»

Prokocki schnaubte leise.

«Das höre ich nicht zum ersten Mal», antwortete er. «Aber ich antworte immer das Gleiche: Am besten vertraut man denen, die geschworen haben, über die Sicherheit der Bürger zu wachen.»

«Meinen Sie die, die von Zeit zu Zeit ihren Schwur brechen?»

«In jeder Herde gibt es ein schwarzes Schaf.»

«Und Sie sind das nicht?»

«Nein», antwortete er und seufzte, als bedrückte ihn, dass er das überhaupt aussprechen musste. «Ich bin Ihre letzte Rettung. Und die einzige Hoffnung, dass Sie sich aus dem Sumpf befreien können, in den Sie sich versenkt haben.»

Ich schwieg, weil ich nicht wusste, ob Prokocki nicht eigentlich recht hatte. Wenn ich den Aufnahmen glaubte, war er tatsächlich der Einzige, der mir helfen konnte. Aber inzwischen glaubte ich dem, was Ewa gesagt hatte, nicht mehr.

«Sind Sie noch da?»

«Ja», antwortete ich.

«Das ist gut. Und da Sie noch nicht aufgelegt haben, schlage ich vor, dass Sie zumindest noch einmal darüber nachdenken, ob Sie mir nicht vertrauen wollen.»

«Ich überlege.»

Prokocki seufzte wieder.

«Dann halt so: Sie haben absolut keinen Ausweg, verdammt noch mal!», stieß er hervor. «Sie sind des Mordes an Reimann angeklagt und außerdem der Entführung seiner Ehefrau und seines Kindes.»

«Das ist absurd.»

«So scheint es mir auch.»

«Und deshalb ...»

«Aber die Tatsache, dass mir das so scheint, reicht weder meinem Vorgesetzten noch dem Staatsanwalt.»

Einen Moment lang sagten wir beide nichts.

«Deshalb muss ich wissen, verdammt noch mal, was Sie da eigentlich wollten. Verstanden?»

Ich verstand nichts, aber das sagte ich nicht. Ich sah meine Eltern an, die mich gespannt beobachteten. Sie mussten nichts sagen – ich wusste auch so, dass sie Prokocki nach ihrem Treffen aus irgendeinem Grund glaubten.

Vielleicht wussten sie mehr als ich? Vielleicht hatte er ihnen etwas gezeigt, was alle drei zu meinem eigenen Wohl vor mir geheim hielten?

Ich schüttelte den Kopf und tadelte mich dafür, dass ich diese Frage mir stellte und nicht meinem Gesprächspartner. Ich wurde mir bewusst, dass ich damit eine Entscheidung getroffen hatte. Prokocki reichte mir mit diesem Anruf die Hand. Inoffiziell, als Zeichen seines guten Willens. Das sollte ich nutzen.

«Kasandra ist in Wirklichkeit Ewa.»

«Was?»

«Sie hat Robert Reimann vor Jahren geheiratet, um ihre Sicherheit zu garantieren. Allerdings dachte sie nicht ...»

«Verflucht, was reden Sie da?»

Ein Telefongespräch war nicht die beste Art, ihm diese komplizierte Geschichte zu erzählen, aber ich hatte keine Wahl. Ich holte tief Luft, um fortzufahren, aber Prokocki ließ mich nicht.

«Wir haben die Leiche identifiziert», sagte er. «Und zwar sowohl mit Hilfe der Familienmitglieder als auch durch eine DNA-Analyse. Wir wollten absolut sichergehen.»

«Das behaupten Sie.»

«Jetzt hören Sie mal auf. Warum sollte ich denn lügen?»

«Weil Sie sie immer noch schützen wollen.»

«Schützen?»

«Ewa. Sie haben Angst, dass man sie findet.»

«Wer?», fragte Prokocki. «Wer sucht sie denn?»

«Die Leute von Kajman. Die, gegen die sie ausgesagt hat.»

«Ewa hat nie gegen irgendjemanden ausgesagt.»

«Aber ...»

«Ich weiß nicht, woher Sie diese Informationen haben, aber offensichtlich wurden Sie in die Irre geführt.»

Ich wollte schlucken, aber meine Kehle war wie zugeschnürt. Mir wurde heiß, und ich hustete nervös.

Ich packte das Telefon noch fester, obwohl mir die Kraft dazu fehlte. Langsam dämmerte mir die Wahrheit.

«Aber ...», wiederholte ich. «Sie ...»

Schließlich verstand er, woher ich meine Version der Geschichte hatte.

«Kasandra Reimann ist Kasandra Reimann», sagte er. «Wir haben auch das nachgeprüft, nachdem ihr Mann tot aufgefunden wurde. Sie hat nichts mit Ihrer Verlobten zu tun, außer vielleicht, dass sie ihr ähnlich sieht.»

Seine Worte echoten in meinem Kopf.

«Sind ... sind Sie sich sicher?»

«Sofern nicht jemand die Dokumente auf den Ämtern gefälscht, Leute bestochen, damit sie sich als ihre Familie und Bekannten ausgeben, und Fotos aus den letzten Jahrzehnten manipuliert hat, ja. Ich bin mir sicher.»

Ich wusste nicht, was ich antworten sollte.

Der Beamte sprach noch weiter, versicherte sogar, mir alle Beweise vorzulegen. Ich würde mich selbst überzeugen können, dass die Frau von Bolko meine Verlobte war. Schließlich ließ er sogar durchscheinen, dass ich Fotos von der Obduktion sehen könnte.

Ich lag wie gelähmt da, die Wirklichkeit schien weit, weit entfernt. War es tatsächlich möglich, dass Kasandra Reimann nicht Ewa war?

Inzwischen konnte ich mir überhaupt nicht mehr sicher sein, die Antwort zu kennen. Ich musste zulassen, was vor kurzem noch unmöglich schien.

Mein Gott, was war dann mit Ewa passiert? Wo war sie zehn Jahre lang gewesen? Und warum war sie gestorben?

Weitere Fragen tauchten in meinem Kopf auf, während Prokocki mir weiter versicherte, dass ihnen kein Fehler unterlaufen sei. Er redete weiter, aber ich hörte nicht mehr zu.

Dann gab ich dem Polizisten mit zitternder Hand das Handy zurück und sah meine Eltern an.

«Wo ... wo ist mein Handy?», stammelte ich.

Mein Vater zeigte auf eine Schublade am Bett. Wahrscheinlich war das Handy von einem Polizisten genauestens überprüft worden – mich wunderte sogar, dass sie es mir nicht weggenommen hatten. Aber vielleicht dachten sie, dass sich, wenn ich mit jemandem zusammenarbeitete, dieser Jemand früher oder später bei mir melden würde.

In gewissem Sinn war es ja auch so.

Als ich das Handy einschaltete, wartete eine ungelesene SMS auf mich. Ich öffnete sie und sah einen Autorisierungscode von RIC. Ich hatte den Eindruck, alles Blut würde aus meinem Gesicht weichen.

«Was ist los, Junge?», fragte mein Vater.

Ich schluckte mühsam.

«Ich brauche einen Laptop.»

12

Wir waren in der Nähe von Łódź, als RIC mich informierte, dass Wern den Code empfangen hatte. Wir fuhren nicht zur östlichen Grenze, diese Richtung hatte ich zunächst nur eingeschlagen, um Damian zu verwirren. Ich war überzeugt, dass er alles, was ich ihm erzählt hatte, früher oder später an die Polizei weitergeben würde.

«Er hat die SMS empfangen», sagte ich.

Glazur sah zu mir rüber.

«Willst du anhalten?»

«Ja.»

Er nickte nur. Es hatte keinen Sinn, mich vom Gespräch mit Werner abzubringen. Ich musste es führen. Das war ich Damian schuldig.

Einem Kontakt über RIC stand nichts im Weg. Die Verbindung war verschlüsselt und meine virtuelle Spur so verworren, dass man mich nicht hätte finden können, selbst wenn man gewusst hätte, wo man suchen sollte.

«McDonald's?», fragte Glazur.

«Egal. Hauptsache, es gibt WLAN.»

Wir mussten nicht weit fahren. Der charakteristische gelbe Bogen war schon von weitem sichtbar, kurz nach dem Kreuz Skierniewice. Wojtek und Glazur setzten sich an einen Tisch am Fenster, ich suchte mir einen Platz etwas abseits.

Niemand sollte mich stören. Ich nahm mir einen großen Kaffee und loggte mich ein. Damian wartete schon. Womit sollte ich anfangen? Ich holte tief Luft.

Zum Glück kam Werner mir zuvor.

[Wern] **Wer bist du eigentlich?**

Keine einfache Frage, aber als Einstieg ins Gespräch so gut wie jede andere auch. Ich nahm einen Schluck Kaffee und bedauerte, dass kein Prosecco zur Hand war.

[Kas] **Kasandra Reimann.**
[Wern] **Und du hast nichts mit Ewa zu tun?**
[Kas] **Nein.**

Eine Weile lang kam keine Antwort. Ich versuchte mir vorzustellen, wie sich Damian fühlen musste, hörte aber schnell auf. Solche Gedanken waren unangenehm.

[Wern] **Erklär mir das.**
[Kas] **Vieles hast du sicher schon selbst verstanden.**
[Wern] **Nicht wirklich.**

Ich nickte, als könnte er es sehen. Glazur sah zu mir rüber, und ich schickte ihm einen kurzen, beruhigenden Blick. Ich wusste, was ihm Sorgen bereitete. Er fürchtete, das, was wir die ganzen Jahre getrieben hatten, würde mich nicht zur Ruhe kommen lassen. Gewissensbisse verursachen, mit denen ich nicht zurechtkäme.

Ich hatte ihm tausendmal gesagt, dass das nicht stimmte. Ich wiederholte immer wieder, dass ich jeden meiner Schritte als bittere Notwendigkeit ansah und mir klar war, dass ich keine Wahl hatte.

Ich musste mich retten. All meine Entscheidungen dienten einzig dem Zweck, mich und Wojtek in Sicherheit zu bringen.

Ich sah auf den Bildschirm und erstarrte für einen Moment, die Finger auf der Tastatur. Sie waren von selbst auf den richtigen Buchstaben zum Liegen gekommen. Langsam drückte ich Taste um Taste.

[Kas] Entschuldigung.

Wieder dauerte die Antwort eine Weile.

[Wern] Ich will keine Entschuldigung, sondern eine Erklärung.

[Kas] Verstehe.

[Wern] Dann fangen wir doch mit der Frage an, wie viel von dem in den Aufnahmen die Wahrheit war.

[Kas] Alles, was Robert betraf.

[Wern] Und dass du gegen Kajman ausgesagt hast?

[Kas] Das war auch die Wahrheit, aber ... über Ewa.

[Wern] Erklär mir das.

Ich starrte auf den blinkenden Cursor.

[Kas] Alles hat sich wirklich so zugetragen. Ewas Vater war in irgendwelche krummen Geschäfte mit Kajman verwickelt und setzte damit eine Folge von Ereignissen in Gang, die schließlich zu dem führten, was in der Spötterloge passierte. Und zu allem anderen. Wir nutzten Reimann Investigations, um jede Spur nachzuverfolgen und das Geflecht zu entwirren.

Ich unterbrach mich für einen Moment und nahm einen Schluck Kaffee.

[Wern] Prokocki behauptet was anderes.

[Kas] Er lügt. Er will dich im Gefängnis sehen, denn seiner Meinung nach bist du schuld an Ewas Tod. Außerdem hält man dich für den Mörder von Robert.

Ich mochte mir nicht vorstellen, wie es in Damian aussah. Er wusste nicht, was Wahrheit war und was Lüge. Hatte keine Ahnung, wem er vertrauen konnte.

[Wern] Aber wie seid ihr auf diese Sache gestoßen? Wie ist es euch gelungen, mich so hinters

[Kas] Licht zu führen? Du siehst ja schließlich aus wie sie.

[Kas] Ich weiß.

[Wern] Erklär mir das.

Ich strich mir nervös die Haare zur Seite.

[Kas] Du weißt, was ich in den letzten Jahren durchgemacht habe, ich habe dir alles erzählt.

[Wern] Ja.

[Kas] Was du nicht weißt, ist, wie lange das so ging. Die Geschichte, die ich dir erzählt habe, musste ich abkürzen. Die Wahrheit ist, dass Robert mich seit vielen Jahren misshandelt hat, Wern.

[Wern] Und?

[Kas] Ich habe lange nach einem Weg gesucht, dem zu entkommen.

[Wern] Wie?

[Kas] Unter anderem, indem ich Datenbanken vermisster Personen durchforstete. Ich suchte nach einer Möglichkeit, die Identität einer davon zu benutzen.

[Wern] Sich als sie auszugeben. Nenn die Dinge doch beim Namen.

[Kas] Meinetwegen. Zunächst ging es nur darum, eine Identität anzunehmen und die Polizei auf mich aufmerksam zu machen. Die sollten mir von selbst zu Hilfe kommen. Das schien mir die einzige Möglichkeit, dieser Hölle zu entkommen.

[Wern] Du hättest dich einfach an die Polizei wenden können.

[Kas] Nein. Robert hatte alle Leute, an die ich mich hätte wenden können, in der Tasche. Außerdem überwachte er jeden meiner Schritte. Selbst wenn

ich jemanden engagiert hätte, der sich seinem
Einfluss entzog, Robert wäre sofort aktiv geworden. Und glaub mir, er hatte auch hochrangige
Offiziere in der Hand. Also verstand ich, dass das
der falsche Weg war. Es musste etwas anderes her.

Eine Weile schrieb Damian nichts, wahrscheinlich ordnete er diese ersten Puzzlestücke, aus denen sich das Gesamtbild ergeben sollte.

[Wern] Wie bist du auf Ewa gekommen?

[Kas] So wie auf alle anderen auch - per Datenbank.
Du kannst dir nicht vorstellen, wie lange ich
nach so jemandem gesucht hatte. In den ganzen
Jahren war ich auf eine Handvoll junger Frauen
gestoßen, die einen Versuch wert gewesen wären,
aber als ich auf Ewa stieß, wusste ich, dass ich
endlich die Richtige gefunden hatte.

[Wern] Wegen der physischen Ähnlichkeit.

[Kas] Ja. Ich hatte Hunderte, vielleicht Tausende
Profile von vermissten Frauen sondiert und von
Zeit zu Zeit welche gefunden, die mir ähnlich
sahen, aber keine so sehr wie Ewa. Trotzdem waren
ein paar kosmetische Eingriffe nötig, und ich
befürchtete, Robert würde Verdacht schöpfen, aber
das tat er zum Glück nicht. Das größte Problem
war, dass ich keine Ahnung hatte, inwiefern meine
Stimme an Ewas erinnerte. Das musste ich einfach
riskieren. Und die Tatsache, dass zehn Jahre
vergangen waren, seitdem du Ewa zuletzt gesehen
hattest, machte mir Hoffnung. Die Zeit war auf
meiner Seite. Je mehr Jahre vergingen, desto
besser waren meine Aussichten auf Erfolg.

Wieder schwieg er. Langsam musste Damian klarwerden, wie viel Kraft mich diese Täuschung gekostet hatte. Wie viel Anstrengung und Planung nötig gewesen waren. Von Anfang an hatte ich gewusst, dass alles von meiner Ausdauer abhing. Und schließlich hatte sie sich ausgezahlt.

Entscheidend war auch die psychologische Herangehensweise. Mir war klar, dass Werner Zweifel beschleichen konnten, ob er wirklich die echte Ewa gefunden hatte. Nötig war die größte denkbare Kluft zwischen dem, was er wusste, und dem, was er wissen wollte.

George Loewenstein hat darüber geschrieben, dass der Phantomschmerz der Wissenslücke eine Triebfeder menschlichen Handelns ist. Ich musste diese Lücke nur groß genug werden lassen. Schon würde Damian wie verblendet nach der Wahrheit suchen.

Sein Bedürfnis danach wurde schließlich so groß, dass es alles andere in den Schatten stellte. Logik und Rationalität rückten in den Hintergrund, während jede weitere Aufnahme seinen Appetit steigerte. Er schlussfolgerte nicht mehr sauber. Die Möglichkeit, dass alles nur eine große Täuschung war, zog er nicht einmal in Betracht.

Und je länger das so ging, desto größer war der Effekt. Nicht nur auf die Psyche, auch auf die Physiologie. Das Warten auf ein ersehntes Resultat bewirkt die Ausschüttung von Dopamin. Laut Helen Fisher steigt die Produktion dieses Neurotransmitters in Gehirn und Rückenmark, je länger das Warten andauert. Letzten Endes übernimmt auf diese Weise das Dopamin die Kontrolle über unsere Entscheidungen.

Alles läuft darauf hinaus, dass wir glauben, was wir glauben wollen. Und Tatsachen, die dem entgegenstehen, ignorieren wir. Und klammern uns einfach an diejenigen, die unsere Annahmen stützen.

Ich habe nicht mit Damians Gefühlen gespielt. Ich spielte auf der Klaviatur der universellen Prinzipien, denen die menschliche Natur gehorcht.

> [Wern] Wann hast du sie gefunden?
> [Kas] Vor ein paar Jahren.
> [Wern] Und seitdem hast du dich vorbereitet?
> [Kas] Ja. Das hat mich viele Opfer und manches Risiko gekostet, aber ich hatte keine Wahl.
> [Wern] Hattest du schon.
> [Kas] Nein.

Meine kurze Antwort sollte ihm bewusst machen, dass ich nicht den geringsten Zweifel hatte. Und wenn das nicht ausreichte, so würden weitere Erklärungen helfen.

> [Kas] Du musst begreifen, dass ich mich an niemanden wenden konnte, nicht an die Polizei, nicht an Bekannte, Verwandte, Mitarbeiter. Robert hatte schrittweise alle Menschen, die er nicht kontrollieren konnte, aus meinem Leben verbannt. Ab einem bestimmten Zeitpunkt war ich ganz allein. Nur Glazur stand mir noch bei, aber sein Bewegungsspielraum war eingeschränkt.
> [Wern] Also hast du dir einen Idioten gesucht, der dich aus diesem Morast zieht.
> [Kas] Ich wusste, du würdest alles Nötige tun.

Einen Moment lang kam keine Antwort.

> [Wern] Du bist krank.

Ich wusste nicht, was ich schreiben sollte. Und zwar nicht nur deshalb, weil ich nicht auf Streit aus war. Ich wusste nicht, ob ich nicht krank war.

Gelegentlich hatte ich den Eindruck, in meiner eigenen, verzerrten Welt zu leben. Geprägt von Gewalt, Alkohol und steter Bedrohung. Ich konnte mich gar nicht an den letzten Tag ohne Alkohol erinnern oder an die letzte Nacht ohne Prügel.

Es gab Momente, da kam ich mir verrückt vor.

Aber den Verstand verloren hatte ich nicht. Ich war rational vorgegangen. Ich hatte mein Kind auf die einzig mögliche Weise gerettet.

Ich nahm einen Schluck Kaffee und schüttelte mich, ich musste dieses Gespräch fortsetzen. Das war ich Werner schuldig.

[Kas] Ich brauchte jemanden, der zu allem fähig
ist. Und dem ich das Geld von Roberts Konto
anvertrauen konnte. Das verstehst du doch, nicht
wahr?
[Wern] Nein. Und ich bezweifle, dass irgendjemand
das versteht. Du solltest zum Arzt gehen.
[Kas] Ich hatte keine Wahl, Wern.
[Wern] Du hättest mir die Wahrheit sagen sollen.
[Kas] Und darauf hoffen, dass du einfach so vergisst, dass ich dich betrogen habe? Und dass
du aus Nettigkeit dein Leben riskierst, um mich
zu retten? Während Ewa irgendwo da draußen war?

Diesmal hatte es ihm die Sprache verschlagen.

[Kas] Dieses Risiko konnte ich nicht eingehen. Das
Leben meines Sohnes stand auf dem Spiel.
[Wern] Es gab viele Möglichkeiten, vor Robert zu
fliehen.

Wäre er physisch anwesend gewesen, ich hätte ihm jetzt ins Gesicht gelacht. Er wusste nicht, was für ein Mensch Robert Reimann gewesen war. Wusste nicht, was seine Leute zu tun bereit waren. Und er selbst.

[Kas] Sicher?
[Wern] Ja.
[Kas] Gut, dann sag mir doch bitte, wie ich das
hätte anstellen sollen. Angefangen mit der Flucht
bis hin zu dem Geld, mit dem ich meinem Sohn die
Zukunft sichere. Sag mir, wie ich jemanden hätte
finden sollen, der mir nicht nur zur Flucht ver-

holfen, sondern mir auch noch das Geld übergeben
hätte?

Ich erwartete keine Antwort. Selbst wenn Damian eine parat hatte, er musste an ihr zweifeln. Schließlich würde auch er zum gleichen Schluss kommen wie ich: dass ich keine Wahl hatte.

Das sagte ich mir immer wieder, wusste aber, dass ich weder ihn noch mich hundertprozentig davon überzeugen würde.

War ich, nach allem, was mir widerfahren war, überhaupt in der Lage, Dinge rational zu betrachten? Wegen meiner jahrelangen Trinkerei konnte ich nicht immer klar unterscheiden, was noch erlaubt war und was nicht mehr ging.

Nein. Diese Gedanken waren sinnlos. Ich hatte alles um Wojteks willen getan.

Das wollte ich Damian schreiben, aber dann schien es mir, als sei das nicht nötig. Er hatte mich zwar als eine andere Person kennengelernt, aber er verstand meine Motive. Und er verstand noch etwas anderes. Etwas, das mir keine Ruhe ließ.

Und vielleicht würde mich gerade das in den nächsten Jahren wie ein Gespenst verfolgen.

[Wern] Dann hast du sie umgebracht.

[Kas] Nein.

[Wern] Wegen dir ist sie gestorben.

[Kas] Ich hatte damit nichts zu tun, Wern.

[Wern] Red keinen Scheiß. Entweder hat Ewa durch
deine Aktion beschlossen, aus ihrem Versteck
zu kommen, oder Kajmans Leute haben sie deshalb gefunden. Wie auch immer, du hast alles in
Bewegung gesetzt. Du hast sie auf dem Gewissen,
verdammt noch mal. Und ich werde nicht aufgeben,
bis ich dich gefunden habe. Und ich schwöre dir,
du wirst die Konsequenzen tragen. Für alles, was
du getan hast.

Ich erstarrte für einen Moment. Dann sah ich zu dem Tisch, an dem Wojtek und Glazur saßen.

Ich klappte den Laptop zu. Als schlösse ich hinter mir eine Tür, hinter der nicht nur Robert und Werner zurückblieben, sondern meine ganze Vergangenheit.

Ich trank den Kaffee aus, mein Blick verlor sich hinter dem Fenster. Auf der Autobahn rasten Wagen an mir vorbei, manche davon nahmen die Ausfahrt zum McDonald's. Das Leben ging seinen Gang, niemand hatte eine Ahnung, was ich getan hatte.

Jedes Jahr wurden in Polen 20 000 Menschen als vermisst gemeldet. Das waren über 50 am Tag.

Was hatte es schon zu bedeuten, dass ich die Identität einer dieser Personen geklaut hatte? Und selbst wenn das wirklich zu ihrem Tod geführt hatte, war es das nicht wert, um meinen Sohn vor einer Tragödie zu retten? Einer Tragödie, die mit Roberts Zutun schließlich über ihn hereingebrochen wäre.

Außerdem hatte ich noch viele andere Menschen gerettet. Die Organisation meines Mannes würde sich nach seinem Tod in Machtkämpfen aufreiben und früher oder später auseinanderfallen. Damit würden Menschen, von deren Existenz ich nicht einmal wusste, vor einem schlimmen Schicksal bewahrt.

Dieses und Ähnliches sagte ich mir immer wieder, während ich mit Wojtek und Glazur Richtung Westen fuhr.

Aber es half nicht. Ich hatte widerliche Dinge getan und musste damit zurechtkommen. Würde ich jemals die Konsequenzen tragen müssen? Sicher nicht so, wie Wern sich das vorstellte.

Niemand würde mich finden, niemand auf meine Spur stoßen. Wir würden alles und jeden hinter uns lassen.

Außer Ewa, denn sie war ein Teil von mir geworden.

Nachwort

Die Vermisstenzahlen in Polen sind beängstigend, aber das Ausmaß von häuslicher Gewalt gegen Frauen lässt einem das Blut in den Adern gefrieren. Schätzungen gehen davon aus, dass jährlich zwischen siebenhunderttausend und einer Million Polinnen zu Opfern werden. Drei Frauen sterben jede Woche.

In gewisser Weise kam daher der Anstoß für das Buch. Ich fragte mich, wie weit eine dieser Frauen zu gehen bereit wäre, wenn nicht nur ihr eigenes, sondern auch das Leben ihres Kindes auf dem Spiel stünde. Und wenn die sich bietende Aussicht auf Rettung wenig mit Moral zu tun hätte.

Die Suche nach einer Antwort versprach beunruhigend zu werden, und die Arbeit am Buch bestätigte das. Irgendwann begriff ich, dass die Geschichte kein glückliches Ende nehmen konnte. Und ich begann darüber nachzudenken, wie ein glückliches Ende aus Sicht der beiden Hauptfiguren überhaupt aussehen könnte.

Kasandra kann sich retten, zerstört aber dabei, was von Werners Leben noch übrig ist. Und sie verursacht den Tod eines unschuldigen Menschen. Trotzdem hat sie ihre Ziele erreicht und ihren Plan wahrgemacht. Ist das ihr *Happy End*? Die Antwort ist wahrscheinlich klar.

Aber kann eine Frau in Kasandras Lage überhaupt auf ein glückliches Ende hoffen?

Ich hoffe, ja. Nicht zuletzt deshalb, weil unser tägliches Verhalten entscheidend ist, die Art, wie wir auf Fälle wie diesen reagieren, die Haltung, mit der wir durchs Leben gehen, und unser Umgang mit dem, was in der Öffentlichkeit passiert. Vor der physischen kommt die psychische Gewalt. Und diese speist sich aus Vorbildern, die wir ein Leben lang in uns aufnehmen.

Die Verdinglichung von Frauen, sei es durch das Gerede vom «schicken Arsch» oder die infantile Vergabe von Punkten, sät Geringschätzung in der Psyche junger Männer. Und gegen die daraus erwachsende Verachtung ist schwer anzukommen.

Dieses Problem haben nicht nur wir. Weltweit sterben mehr Frauen durch häusliche Gewalt als infolge von Autounfällen. Oder Krebserkrankungen. Oder Malaria, das im tropischen und subtropischen Afrika auch heute noch eine Gefahr darstellt.

Laut Amnesty International ist weltweit eine von drei Frauen von häuslicher Gewalt betroffen. In manchen Ländern gilt Vergewaltigung in der Ehe bis heute nicht als Straftat – und damit meine ich nicht nur rückständige Länder, sondern z.B. auch Tunesien. In London, das von der Dritten Welt Lichtjahre entfernt scheint, berichten vierzig Prozent der Frauen von Erfahrungen mit Gewalt. Und die Dunkelziffer? Werden wir wahrscheinlich niemals erfahren.

Fragt sich nur, warum: Weil wir nicht können oder weil wir nicht wollen ...

Das für dieses Buch verwendete Papier ist FSC®-zertifiziert.